William Wharton
WERNIKS

KLUB CIEKAWEJ KSIĄŻKI

ЅALAMANDRA

Tego autora
w serii z SALAMANDRĄ
ukazały się

**W KSIĘŻYCOWĄ JASNĄ NOC
PTASIEK
TATO
STADO
FRANKY FURBO
SPÓŹNIENI KOCHANKOWIE**

w przygotowaniu
DOM NA SEKWANIE

William Wharton

W E R N I K S

Tłumaczenie Krzysztof Fordoński
Wiersze przełożył Marek Obarski

DOM WYDAWNICZY REBIS
POZNAŃ 1996

Tytuł oryginału
SCUMBLER

Copyright © for the Polish edition by REBIS Publishing House Ltd.,
Poznań 1994

Redaktor
Aldona Fabiś

Opracowanie graficzne serii i projekt okładki
Lucyna Talejko-Kwiatkowska

Fotografia na okładce
Piotr Chojnacki

Wydanie I (dodruk)

ISBN 83-7120-151-6

Dom Wydawniczy REBIS
ul. Żmigrodzka 41/49, 60-171 Poznań
tel. 67-47-08, tel./fax 67-37-74

Łamanie komputerowe i naświetlanie:
perfekt s.c., Poznań, ul. Grodziska 11, tel. 67-12-67
Drukarnia Wydawnicza im. W. L. Anczyca S. A. w Krakowie
Zam. 3740/96

ZGODZIE, MARZENIOM...
SNOM

Nie wiem sam,
Dlaczego, dlaczego
Właśnie ja
Umrzeć mam?

WERNIKS — płynny, szybko schnący pokost, którym pokrywa się obrazy olejne i temperowe w celu nadania im połysku i zabezpieczenia ich przed wpływami atmosferycznymi.

W. Kopaliński, *Słownik wyrazów obcych i zwrotów obcojęzycznych*

Rozdział 1

SZCZURZE NORY

W tej chwili mamy w Paryżu siedem gniazd. Nie wliczam w to naszego młyna wodnego, położonego trzysta pięćdziesiąt kilometrów od Paryża. Połowę swojego czasu spędzam na moszczeniu, przygotowywaniu i wyposażaniu gniazd.

Moszczenie szczurzych nor, na tym właśnie wszystko to polega, nie potrafię powstrzymać się od grzebania, kopania nor, utykania drobiazgów po kątach.

Zanim jeszcze wyprowadziliśmy się z Kalifornii, mieliśmy cztery gniazda i czterdzieści akrów ziemi. Żadnego z tych miejsc nie dałoby się określić mianem normalnego domu, były to kolejno — przyczepa campingowa wkopana w zbocze pagórka, namiot przytulony do wylotu jaskini, a wreszcie drewniana chata na szczycie wzniesienia, która służyła nam za dom, dopóki nie spłonęła w wielkim pożarze. Był jeszcze schron, który zbudowałem z kamieni i cementu na krawędzi suchego koryta wyżłobionego przez strumień na naszej czterdziestoakrowej działce.

Każde z naszych gniazd zostało kompletnie wyposażone, aż po łyżki i widelce; każde stanowi kryjówkę, miejsce, gdzie można uciec w razie nagłego niebezpieczeństwa; dziurę, w której można schronić się pod ziemią, przeczekać, ukryć się przed wariatami, polubić radioaktywne jajka, fioletowe słońce płonące na zielonym niebie, smród martwego świata.

W dzisiejszych czasach ojciec rodziny musi myśleć perspektywicznie, zwłaszcza ktoś taki jak ja, człowiek mieszkający na obczyźnie, były więzień, mężczyzna, któremu odebrano jego pierwsze gniazdo — żonę, dwójkę małych dzieci, dom, wszystko. Zawsze rozglądam się za jakimś miejscem, gdzie w razie czego mógłbym się schować.

W Kalifornii polowałem na potrzebne sprzęty w magazynach Armii Zbawienia i sklepach z używanymi rzeczami. W Paryżu nawiedzam regularnie pchle targi, czasami udaje mi się zdobyć pełne wyposażenie kolejnego gniazda za niecałe pięćdziesiąt dolarów.

> *Mężczyzna i kobieta*
> *Wzajemnie sobie matkują,*
> *Wzajemnie ojcują.*

Mieszkamy w Paryżu od ponad dwudziestu lat, teraz nie jestem już nawet pewien, czy wiem, dlaczego tak się stało, może w głębi duszy jestem włóczęgą, specjalistą od szczurzych gniazd. Co roku w Sylwestra pytam całą rodzinę, czy chcą wrócić.

Nie, chcą tu zostać, podoba im się rola cudzoziemców.

Nadal uważam się za poważnego artystę, maluję dużo, kiedy tylko nie łapie mnie gorączka budowania gniazd, gdy nie wzbierają we mnie ojcowskie soki.

Nie zrozumcie mnie źle, nie mówię o arcydziełach i muzeach, marzyłem o nich w czasie wojny, teraz już mi na tym nie zależy. Kiedy człowiek zbliża się do końca, takie szalone myśli tracą na znaczeniu, całą uwagę skupia na sobie samo malowanie.

> *Poruszam się zygzakiem. Żyję*
> *Bez żagla. Zdany na łaskę wiatru.*

Lubię wynajmować swoje paryskie schronienia podobnym do mnie ludziom — studentom i artystom, ludziom spoza nawiasu, oni potrafią docenić moje kryjówki, czują się w nich bezpieczni.

*

Jedno z moich gniazd mieści się w dzielnicy położonej na tyłach Bastylii, która miała zostać wyburzona pięćdziesiąt lat temu. Zaszedłem tutaj pewnego dnia, poszukując tematu do obrazu, czegoś, co mógłbym uwiecznić, czegokolwiek, co mogłoby pomóc mi przekonać siebie, że życie ma w ogóle jakiś sens.

Jeżdżę na motocyklu honda, dostałem go siedem lat temu za obraz. Teraz motor ma już ponad dziesięć lat, potężny jałowy skok, ze stu sześćdziesięciu centymetrów sześciennych cylindra pracuje góra siedemdziesiąt pięć. Motocykl jest podobny do mnie, zaciera się, rozsypuje, jest ogólnie dość zaniedbany.

Skrzynkę na farby i sztalugi mam przypięte na plecach, resztę wożę na bagażniku. Czasami maluję, siedząc okrakiem na siodełku tyłem do kierownicy, ze stopami na pedałach. W moim wieku kręgosłup szybko sztywnieje, nie wytrzymuje zbyt długiego malowania na stojąco. Czasami wysiada na amen i rano nie mogę podnieść się z łóżka, Kate musi w takie dni pomóc mi się pozbierać, żebym mógł zabrać się do roboty.

*

Myszkuję, węszę po podwórkach pełnych drewnianych szop i stosów desek. Każde zapełnione jest do granic możliwości. Brodzę po tyłek w połamanych ramach okiennych, starych, spleśniałych materacach, workach i skrzyniach pełnych śmieci — wszystko tu cuchnie stęchlizną. W śmieciach baraszkują szczury. Czuję się tutaj jak u siebie w domu, oto moje naturalne środowisko, postępujący rozkład dokonujący się pod szarym paryskim niebem.

W zaułku mieści się zakład kamieniarza pracującego w marmurze, przepiękne bloki kamienia leżą pocięte na plasterki jak ser, czekając, aż zostaną przerobione na blaty brzydkich, francuskich stołów.

Przede wszystkim pachnie tu piłowanym drewnem, trocinami i naoliwionymi narzędziami. Ta część miasta należy do stolarzy, powoli chyli się ku upadkowi, bo interesy idą coraz gorzej. Fabryki produkują nowoczesne, klejone meble, które są tanie i nietrudno się z nimi rozstać, nawet nie zdążą się znudzić. Zmień meble, a przy okazji żonę czy męża; ciężko przyszło, łatwo poszło, i już masz całkiem nowe życie.

Zatrzymuję się i zaczynam rozmowę z potężnym, starym mężczyzną — starszym nawet ode mnie. Ma na głowie szarą drelichową czapeczkę, przypomina trochę Chruszczowa, słynnego z walenia butem w mównicę. Jest zbudowany jak tur. Ustawiam motocykl na nóżkach i wchodzę do zakładu mego rozmówcy. Okazuje się właścicielem wytwórni materaców, robi je sam ze sprężyn. Lubię oglądać taką robotę, to widok, który sprawia, że bardziej jeszcze doceniam swoje łóżko.

Gospodarz zaczyna długą i ciekawą opowieść. Potrafię przesiedzieć tak cały dzień, jeśli tylko trafię na dobrego gawędziarza.

Sześćdziesiąt lat temu zdezerterował z okrętu, służył w rosyjskiej marynarce wojennej. Wylądował sam w Paryżu, miał dziewiętnaście lat i był Żydem. Niezły początek.

Przybrał imię Sasza, sam nie jest już dziś pewien, jak się naprawdę nazywał. W czasie drugiej wojny światowej ukrywał się przed łowcami Żydów, Francuzami i Niemcami, właśnie w tym budynku. Chwyta mnie za ramię i prowadzi tunelem do schronu, który wykopał pod swoim garażem.

Ma tutaj cały pokój wygrzebany w ziemi, pełen żywności, ryżu, fasoli, puszek; są nawet świece.

*

Sasza i ja moglibyśmy być braćmi krwi. Zaprasza mnie, bym zjadł z nim obiad na tyłach zakładu — zimny barszcz, chleb, dojrzały ser i ciepławe wino.

Gadamy przez cztery godziny. Opowiada mi, jak zaczął produkcję materaców ze sprężyn, jednoosobowa fabryka, nigdy nikogo nie zatrudniał do pomocy. Znalazł sobie miłą dziewczynę, francuską Żydówkę, ożenił się, miał troje dzieci, przez trzydzieści lat mieszkali nad zakładem. Teraz dzieci dorosły, założyły własny sklep z meblami na Faubourg Saint-Antoine. Wstydzą się Saszy, nie chcą, by pojawiał się w ich modnym sklepie, jest zbyt tłusty, zbyt brudny, zbyt śmierdzący, zbyt rosyjski i zbyt żydowski.

Gdy nadchodzi starość, stajemy się dla dzieci
Zawadą, jednym z niepotrzebnych rupieci,
Choć je kochamy, choć one nas kochają.

W zeszłym roku żona Saszy umarła na raka. Łzy kręcą mu się w oczach, kiedy mi o tym mówi, wyciąga z kieszeni zatłuszczoną, błękitną chusteczkę do nosa i ociera je, nie przerywając opowieści. Wciska chusteczkę do tylnej kieszeni spodni, patrzy mi prosto w oczy i mówi, że ma teraz przyjaciółkę.
Uśmiecha się. Odpowiadam mu uśmiechem. Mówi, że mężczyzna, który pięćdziesiąt lat przeżył w małżeństwie, nie potrafi obejść się bez kobiety. I komu to mówi?
Mężczyźni są dla kobiet jak miejsca na parkingu. Mężczyzna bez kobiety jest jak dom bez okien. Boże, nie chcę nawet myśleć o tym, co bym zrobił, gdyby Kate umarła. Jej śmierć pozbawiłaby moje życie sensu, może niezupełnie, ale na pewno w wielkiej części.

Zobaczyć w oczach kogoś bliskiego
Swoje własne marzenia
I poszybować, odrywając się od ziemi.

W całej tej sprawie najbardziej szalone jest to, że przyjaciółka jest o czterdzieści lat młodsza od Saszy. Mówiąc to, puszy się jak kogut. Związek ten doprowadza jego dzieci do szaleństwa, boją się, że zapisze jej wszystkie pieniądze. Przyjaciółka jest arabską wdową, znalazł dla niej mieszkanie w pobliżu swojego zakładu, teraz rozważa możliwość wprowadzenia się do niej.

Sasza wybucha śmiechem, mówi, że miał już w życiu wszystko, co najlepsze, cóż zatem z tego, że ma podłe dzieci. Nie widzę żadnego sensu w wyjaśnianiu mu, na czym polegają takie nawroty podłości, zbyt to skomplikowane, poza tym i tak nikt nie chce przyznać, że to prawda.

Mówię, że powinien mieć dzieci ze swoją nową kobietą, pokój na Bliskim Wschodzie osiągnięty na własną rękę w centrum Paryża. Do diabła ze starymi, niech zrobi sobie nowe dzieci, może one okażą się prawdziwsze, bardziej podobne do niego. Daje mi kuksańca w ramię, mocnego kuksańca. Dla mężczyzn jest to zachowanie najbliższe okazywaniu sobie miłości, na jakie potrafią się zdobyć, właśnie dawanie i przyjmowanie kuksańców. Dziwne.

Leżę tutaj, płacząc samotnie
W pajęczynie, suche pyłki płyną
Swobodnie w powietrzu bez owadów.

Pytam Saszę, czy zechce pozować mi do portretu. Sasza podchodzi do sprawy bardzo serio, chce tylko wiedzieć, ile potrwa malowanie. Wystarczy mi półtorej godziny; nieźle mi nawet wychodzi. Wybieram płótno rozmiaru 20F, mniej więcej czterdzieści pięć na sześćdziesiąt centymetrów. Maluję głowę, ramiona, pełną twarz, wielką głowę, świńskie oczka, perkaty nos. Kiedy kończę, próbuję ofiarować mu go w prezencie.

— A to za co?

— Podaruj go dzieciom, niech trochę pocierpią!

Chcę też odwdzięczyć mu się za jego opowieść, za jego życie.

Sasza daje mi jeszcze jednego kuksańca, ma mocne dłonie, każda rozmiarów sporego baleronu. Wiesza swój portret na ścianie pomiędzy mosiężnymi sprężynami, prosi, bym gdzieś za nim poszedł.

Idzie przede mną rozkołysanym krokiem marynarza, wchodzimy w głąb zaułka. Znajduje się tam trzypiętrowy drewniany budynek o dachu pokrytym papą, który pochyla się na wszystkie możliwe strony. Do połowy wypełniają go stare meble, wydaje mi się, że w większości pochodzą z lat dwudziestych naszego wieku. Wszystko jest tu potwornie brudne, warstwa kurzu ma chyba z cal grubości. Sasza wskazuje mi meble, mówiąc, że mogę wybrać dla siebie, co tylko mi potrzebne, i tak od lat nikt nie chciał ich kupować.

Na mnie jednak największe wrażenie robi sam budynek. Pytam, czy nie zechciałby mi go wynająć. Sasza wybucha śmiechem. Mówię, że przerobiłbym go na studio, gdzie mogłyby mi pozować nagie modelki. Sasza śmieje się teraz jeszcze głośniej, mówi, że po całym domu hula wiatr, pełno w nim kociego gówna, bo tutaj wyjątkowo często pieprzą się po kątach, szczury żrą kocięta, a gołębie wlatują do środka przez dziury w dachu. Odpowiadam, że będę dokarmiał gołębie, a koty wytresuję tak, by przegoniły wszystkie szczury.

Dążymy gdzieś, upadamy. Daremnie
Wypatrując na oślep w śniegu.
Niewiedza wyraża się w pogardzie,
Która jest kresem niewinności.

Umowę ubijamy na miejscu, żadnych papierów. Co trzy miesiące będę płacić sześćset franków, czyli mniej więcej czterdzieści dolarów miesięcznie. Obiecuję też namalować portret jego zmarłej żony z maleńkiej fotografii. To wszystko, co po niej zostało, fotografia paszportowa zrobiona w ulicznym automacie.

Na wypogodzonej twarzy
Przetrwało wspomnienie
Pogodnego życia.

Wchodzę do środka i zabieram się do porządków. Wnętrze budynku stanowi obraz nędzy i rozpaczy. Większość mebli wyciągam na strych, najbardziej zniszczone rąbię siekierą na kawałki i odkładam do spalenia.

Zaczynam od ustawienia kilku potężnych belek, żeby cała konstrukcja nie zwaliła mi się na głowę przy mocniejszym podmuchu wiatru, potem wycinam dziurę w dachu, by wpuścić do środka trochę światła. W dziurę wstawiam plastykowe szyby, szpary uszczelniam plastykową taśmą. Ściany i sufity wykładam styropianem, po czym maluję je na biało.

Sasza pozwala mi podłączyć się do swojej instalacji elektrycznej, ustalamy stałą opłatę miesięczną. Kupuję na pchlim targu dwa żelazne piecyki, uzupełniam je długimi rurami, które będą w zimie ogrzewać pomieszczenia. Ściągam ze stryszku trochę mebli i rozstawiam je po pokojach. Pełno tu teraz światła, wspaniałe miejsce, z wyglądu przypomina równocześnie tani burdel i salę operacyjną.

Następne gniazdo, choć nie na fest
przechodzi ostateczny test.

Moją pierwszą pracą w nowym studio będzie portret żony Saszy. Pozwalam moim myślom odpłynąć i maluję, prawie nie patrząc na fotografię. Maluję ją taką, jaką opisał mi Sasza, maluję to, co do niej czuł, jej duszę.

Nie przypominam sobie tej twarzy. Jednak
Ktoś wtopił się we mnie. Matka, siostra, brat.

Zajmuję się tym po południu. Sasza stwierdza, że obraz jest wierniejszym portretem jego żony niż fotografia. Wybucha płaczem.

Chyba jestem trochę nienormalny, mam w sobie coś z kobiety. Mógłbym pracować na pół etatu jako męska czarownica. W swoim życiu dwa razy zdarzyło mi się spotkać prawdziwe czarownice, były to fascynujące kobiety.

Kobieta mieszka we mnie. Rada,
Że siedzi na koźle karocy,
Trzymając w rękach lejce.

Parter wynajmuję pewnemu rzeźbiarzowi, młodemu i bogatemu francuskiemu arystokracie, który płaci mi sześć stów miesięcznie i to gotówką. Wszystko tu idzie gotówką. Francuscy urzędnicy dostają wysypki na samą myśl o ludziach takich jak ja.

Pierwsze piętro zatrzymuję dla siebie. Schody prowadzą tu prosto od drzwi, zabudowuję więc klatkę schodową, a dla rzeźbiarza robię oddzielne wejście.

Potrzebuję bieżącej wody, podłączam się więc do ulicznego hydrantu umieszczonego po przeciwnej stronie zaułka — co oczywiście jest absolutnie nielegalne. Zakładam podłączenie w nocy, umieszczam plastykowy wąż pod kocimi łbami.

Właśnie pracuję w ciemnościach, przyświecając sobie latarką, podważam kostki bruku, kiedy przyłapuje mnie dozorczyni. Mówię jej, że szukam zgubionych pieniędzy. Gapi się na mnie zaskoczona, ale nie ma ochoty powiedzieć mi prosto w oczy, że jestem kłamcą. To właśnie jest miłe u Francuzów.

Doprowadzam wodę na parter i pierwsze piętro, ale nie potrafię założyć kanalizacji na drugim.

Drugie piętro w ogóle nie jest zbyt wiele warte, sufit jest bardzo niski i stale panuje tu półmrok. Uznaję, że wykorzystam to miejsce na magazyn. Aby się tu dostać, trzeba przejść przez moje studio, wejść po drabinie i podnieść pokrywę umieszczoną w podłodze.

Gniazdo pająka, podstępna sieć.
Zmień pajęczynę. W kryjówce cichutko siedź!

Wkrótce przekonuję się o tym, że nigdy nic nie wiadomo. Trzy miesiące później pracuję w swoim studio z holenderską modelką, która pozuje mi nago. Ma ładne ciało i bierze jedynie dziesięć franków za godzinę. Wspaniałe, mocne, jędrne, okrągłe piersi, które czekają tylko na oseski, po jednym niemowlęciu przy każdym sutku. Oblewa mnie gorąco i zakłopotanie, gdy tylko na nie patrzę. Oddałbym wszystko za takie piersi, czułbym się jak fontanna życia. Podnajmowałbym się jako mamka, nauczyłbym się też jeść trawę, prawdziwą zieloną trawę.

Wspomina, że nie ma gdzie mieszkać, napomyka coś o darmowym pozowaniu w zamian za kąt w studio — takie tam gadanie. Żeby uciąć dyskusję, mówię, że wynajmę jej pokój na górze za dwieście pięćdziesiąt franków miesięcznie.

Jak się okazuje, należy ona do nowoczesnych kobiet, które potrzebują tylko kątka, by urządzić sobie dom. Bierze mnie za słowo, wprowadza się od razu i płaci za dwa miesiące z góry.

Męczę się przez trzy dni, zanim zbieram w sobie dostatecznie wiele odwagi, by powiedzieć o tym Kate, mojej żonie. Kate nie jest zachwycona, wie, jak łatwo ulegam pokusom. To, co nas łączy, opiera się na wzajemnym poszanowaniu stylu życia drugiego człowieka, mimo to czasami nie jest nam lekko. Niemożliwe byłoby znalezienie drugiej pary tak różnych od siebie ludzi, którzy są dla siebie tak bardzo bliscy. Nigdy nie zgodziłbym się, by było inaczej, ale czasami naprawdę nie jest nam lekko.

Traude okazuje się prawdziwym chomikiem, czysta i schludna, nie sprawia żadnych kłopotów. Nawet nie zauważam, jak wiele czasu spędza na górze.

Sprawiła sobie kuchenkę gazową, sama przygotowuje posiłki, raz na jakiś czas zaprasza mnie na obiad, prawdziwy domowy obiad. Zazwyczaj w chłodne dni wstaje z łóżka dopiero wtedy, gdy porozpalam w piecach. Jestem pewien, że ogrzewają trochę jej pokój, ale zawsze schodzi na dół i ubiera się przy piecu, ma ładne, krągłe, prawie ciężkie ciało, szerokie biodra i śliczne pośladki. Korzystam z okazji i robię trochę szkiców, to naprawdę był niezły interes. Nie zamierzam jednak pokazywać ich Kate, po co prowokować burzę. Zdołałem przekonać sam siebie, że uczciwość bywa czasami okrutną hipokryzją.

*

Popełniłem ogromny błąd, wynajmując parter błękitnokrwistemu rzeźbiarzowi. Przede wszystkim prowadzi on najbardziej aktywne życie towarzyskie, jakie zdarzyło mi się kiedykolwiek obserwować. Rzeźbi w kamieniu, obrabia pięcio-, sześciotonowe bloki marmuru lub granitu. Pracuje ciężko, kiedy tylko ma po temu okazję, ale nie zdarza się to nazbyt często. Najczęściej przyjmuje wizyty francuskich diuków, którzy przyjeżdżają do naszego zaułka wielkimi limuzynami, by popatrzeć, jak Claude bawi się w rzeźbiarza. Nie potrafią uwierzyć w to, że próbuje pracować; tylko wieśniacy pracują. Podnieca ich widok Claude'a z młotem w dłoni, z oczami osłoniętymi przez gogle, kiedy prawdziwy pył pobiela jego twarz, która wygląda wtedy jak maska klowna, gdy potyka się o stosy kamiennych odłamków.

Jest chyba tylko jedna sytuacja gorsza od braku pieniędzy: posiadanie ich w nadmiarze. Pieniądze wciągają, zaraz pojawiają się bogaci krewni i przyjaciele. I jak, u diabła, można w takiej sytuacji cokolwiek zrobić?

Dla mnie jednak największym problemem jest kamienny pył. Dostaje się wszędzie. Drobniutki, leciutki jak mydło w proszku, przedostaje się z jego studio do mojego. Biegam, utykając wszędzie watę szklaną, gips, kit, próbuję pozatykać wszelkie szpary. Nic jednak nie potrafi powstrzymać pyłu. Co rano pokój wygląda jak zasypany śniegiem, przez cały dzień unosi się delikatna mgiełka. Pył dostaje się do farb i przywiera do obrazów.

Mój sposób malowania wymaga użycia schnącego powoli werniksu; unoszący się stale w powietrzu pył jest po prostu zabójczy dla obrazów. Wszystko razem, pył w powietrzu, kurz osiadający na moich okularach i mieszający się z werniksem, sprawia, że wydaje mi się, iż pracuję w mące. Moja broda staje się tak biała, że zdaje się świecić własnym światłem.

Słabnące białe światełko
Zagubione w mrokach pamięci. Głucho
Kroczy zdruzgotana idea. Wrzawa narasta.

W końcu poddaję się. Wynajmuję moje własne studio innemu malarzowi, przyjacielowi Claude'a. Maluje abstrakcyjne kompozycje, białe kleksy na białych płaszczyznach, czasami jasnofioletowe lub zielone plamy na dużych, białych płótnach, różne odcienie bieli, bardzo subtelna robota. Twierdzi, że kamienny pył wcale mu nie przeszkadza.

Okazuje się towarzyskim facetem, konieczność robienia z siebie małpy przed arystokracją nie powinna mu przeszkadzać. Umawiamy się na osiemset franków miesięcznie. Mówię o wszystkim Traude, pyta tylko, czy nowy lokator jest żonaty. Nie ma nic przeciwko niemu. Czynsz od Traude pokrywa wszystkie wydatki na dom, pozostałe tysiąc czterysta franków to czysty zysk. Na pewno znajdziemy jakieś przeznaczenie dla tych pieniędzy. Próbuję równocześnie malować prawdziwie osobiste obrazy, zarabiać na życie i być dobrym mężem i ojcem, a czasami trudno to wszystko pogodzić. Poza tym, staram się mieć jeszcze jakieś własne życie.

Jakoś jednak nam się wiedzie. Sami mieszkamy w dawnym zakładzie stolarskim. Wykupiłem prawo najmu za pięć tysięcy, a teraz płacę osiemdziesiąt dolarów czynszu miesięcznie.

Nasze mieszkanie to wspaniałe miejsce, osiemdziesiąt siedem metrów kwadratowych plus *grenier* i *cave*, to znaczy strych i piwnica. Kiedy się tu wprowadzaliśmy, wyburzyłem wszystko, pozostawiając tylko środkowy słup wspierający strop. Wymieniliśmy wszystkie okna, by chronić się przed deszczem i wiatrem. Potem nakreśliłem plan, tak samo jak wtedy, gdy zabierałem się do budowy naszego domu na Woodland Hills w Kalifornii. Narysowałem swój plan od razu kredą na podłodze i z miejsca zacząłem wznosić ściany. Robota zajęła mi sześć miesięcy. Z początku Kate trochę się martwiła, ale z czasem bardzo polubiła to miejsce.

Dzieci śpią na specjalnych platformach. W ten sposób zaoszczędziłem sporo miejsca, a one nie muszą ścielić łóżek. Wokół dużego pokoju biegnie balkonik, z którego można wchodzić do wszystkich sypialni. Na górze jest jeszcze mały stryszek, kiedyś dzieci chowały tam swoje kolejki i samochodziki, po pewnym czasie trafił tam sprzęt stereo. W domu panuje zasada, że muzyki słucha się wyłącznie przez słuchawki, moje zszargane nerwy nie znoszą głośnej muzyki, niezależnie od gatunku. Dzięki Bogu, Kate całkowicie się z tym zgadza.

Zbudowałem kominek, można się do niego przytulić w chłodne wieczory. Jest to gniazdo wewnątrz gniazda. Takie mieszkanie to fantastyczne miejsce dla rodziny. Co wieczór jemy wspólnie kolację przy trzymetrowym stole, który sporządziłem sam z jednej, grubej na osiem centymetrów mahoniowej deski wyciętej ze środka jakiegoś afrykańskiego drzewa. Zostawiłem korę na krawędziach, by przypominała nam wszystkim, skąd pochodzi. Kupiłem tę deskę w tartaku w sąsiedztwie, waży ponad sto dwadzieścia kilogramów: potrzeba było czterech osób, by wnieść ją do naszego mieszkania. Taki właśnie potężny, ciężki stół pozwala utrzymać wszystkie sprawy w kupie, nadaje życiu pewną wagę, nie pozwala mu po prostu odlecieć.

Wieczorami, po zmywaniu, zasiadamy razem za stołem, siedzimy, czytamy, rozmawiamy, budujemy modele albo rysujemy. To naprawdę wspaniałe miejsce, by żyć i kochać. Nasza kuchnia jest zawsze otwarta, znajduje się dokładnie w środku, jak mostek kapitański, widać stąd wszystko; można stąd kontrolować nasz rodzinny domek na drzewie. Żyjemy w centrum Paryża jak rodzina szwajcarskiego Robinsona.

*

Nie mamy telewizora, nigdy go zresztą nie mieliśmy, był to jeden z powodów, dla których uciekliśmy z Kalifornii. Mamy wielki pokój, w którym jemy, mieszkamy, dzielimy się wszystkim, każdy ma też swoje własne miejsce do spania i pracy. Pięć sypialni jak pięć wgłębień w strączku grochu. Kanalizacja najczęściej nie szwankuje, ale sama w sobie stanowi dzieło sztuki.

Na lato wynajmujemy mieszkanie za pięćset dolców profesorom z amerykańskich uniwersytetów, którzy przyjeżdżają do Paryża, by tutaj prowadzić badania. Wystarcza to prawie w zupełności na czynsz za cały rok. My sami i tak każde lato spędzamy w naszym zniszczonym kamiennym młynie wodnym.

*

I tak nam się plecie. Chryste, jeśli jest się malarzem z pięciorgiem dzieci, z których dwójka studiuje w Stanach, to trzeba sobie jakoś radzić. Wykorzystuję swoje szczurze instynkty, paryski żebrak-kamienicznik.

Nie wyróżniam się z tłuszczy. Żyję jak kaleka,
Którego dotknęło jeszcze jedno nieszczęście —
Trzecia ręka wyrastająca pomiędzy oczami.
I teraz zasłania mi widok, sprawiając, że garstka
Przechodniów wydaje mi się ogromnym tłumem.

Z tej zwariowanej książki bardzo łatwo będzie wyrobić sobie błędne zdanie o moim życiu.

Wiele tu piszę o malowaniu, o tym, co dzieje się na ulicach, ale moje prawdziwe życie, a przynajmniej jego sens, to dom, Kate i nasze dzieci.

Prawie nigdy nie zdarza mi się malować po piątej po południu, nawet latem, nigdy też nie maluję w niedziele. W niedziele często chodzimy do zoo — wszyscy kochamy zwierzęta — albo wiosłujemy na stawie w Lasku Bulońskim czy parku w Vincennes.

Prawie codziennie jadam kolację w domu, w czasie kolacji opowiadamy sobie o wszystkim, co przydarzyło się nam tego dnia. Niewiele tu napiszę o tej części mojego życia, może poświęcę jej inną książkę, chociaż nie, nigdy jej nie napiszę, nie starczy mi na to czasu.

Pamiętaj, że przede wszystkim jestem budowniczym gniazd, a mój dom jest moim gniazdem. Nie daj się oszukać błędnym ognikom, bo nigdy nie zrozumiesz tej książki, tego, o co naprawdę w niej chodzi.

Rozdział 2

AUTOPORTRET

Od rana deszcz. Pogoda w Paryżu bywa naprawdę beznadziejna. Czyszczę więc paletę i przygotowuję się do namalowania autoportretu. Robię tak co roku, zazwyczaj zimą, pomaga mi to przezwyciężyć zimowe nastroje; tani masaż emocjonalny, który pobudza do życia neurony. Pracuję w dawnej sypialni Tima, mieszkał tu, dopóki Annie nie wyjechała na uniwersytet, wtedy przeniósł się do jej sypialni. Jest to moje mini-studio. Właściwie nie potrzebuję zbyt wiele przestrzeni do malowania. Autoportrety to zdecydowanie najciekawsze obrazy. Wystarczy spojrzeć na dzieła Tintoretta, Chardina, Rembrandta czy choćby Davida. Są równocześnie aktywne i pasywne, ciało i umysł postrzegają umysł poprzez ciało, oko maluje oko, które je widzi. Z autoportretu można dowiedzieć się wszystkiego; tego, jaki malarz jest, a jaki chciałby być; jak maluje, a jak chciałby malować, wszystko w tym samym miejscu i w tym samym czasie. Zaglądanie we własne wnętrze jest najtrudniejszą, a zarazem najbardziej satysfakcjonującą rzeczą, do jakiej zdolny jest człowiek.

Weźmy na przykład Rembrandta. Z początku puszy się jak paw, pokazuje wszystkie pióra, skupia się jak głupiec, wierzy w to wszystko. Później wycofuje się powoli, zaczyna zastanawiać, pozwala pędzlowi malować za siebie, zaczyna wpatrywać się w czarną dziurę, maluje aż do ostatecznych granic, dotyka ściany, wpada w nią; pustka, pustka pełni księżyca.

Nikt mnie nie widzi. Ani tutaj,
Ani tam. Tylko pustka w przestrzeni
W kształcie mojego ciała
Wciąż wychodzi mi naprzeciw.

Ustawiam lustro i wpatruję się w nie. Potrzeba malowania oblewa mnie jak rumieniec, opanowuje mnie, wciąga w siebie. Staram się jej nie poddawać. Jest coś z szaleństwa w tym nagłym przypływie potrzeby, chęci wyrażenia siebie pędzlem.

W zasadzie uwielbiam malować kogokolwiek. Problem polega na tym, by zmusić ludzi do tego, by usiedli. Kiedy o to proszę, zachowują się dziwacznie. Kobiety sądzą, że chodzi mi o coś zupełnie innego. Nikt nie potrafi zrozumieć, że ktoś może naprawdę chcieć spojrzeć, posłuchać, porozmawiać z drugim człowiekiem. Każdy jest samotny, wie, że chce czegoś więcej, nie wie jednak ani co to jest, ani jak to zdobyć. Wszechogarniająca, wielka tajemnica — radość.

Prawie wszyscy mężczyźni zakładają nogę na nogę i krzyżują ramiona, może spodziewają się, że będę gapił się na ich rozporki.

W końcu jestem artystą. Mężczyźni mają takie głupie życie, ciągle bronią swojej bezcennej nietykalności, śmiesznego terytorium. Najczęściej obawiają się, że ktoś mógłby odkryć pustkę panującą w środku. Żyją jak gdyby w dekoracjach filmowych, które zwiedzać można w studiach filmowych wytwórni Universal, budują piękne fasady, za którymi rozpościera się pustka, istnieje jedynie front dla turystów.

Ludzie w ogóle stają się coraz bardziej niewidzialni, rozmywają się w swoich historiach. Niektóre kobiety wydają się nawet przepuszczać światło, w odpowiednim oświetleniu potrafię przejrzeć przez nie na wylot. A może to ja zapadam na specyficzną ślepotę, która objawia się niedostrzeganiem ludzi. Być może problem rozwiązałyby nowe okulary: grube, wieloogniskowe szkła barwione na różowo, umieszczone w platynowanych oprawkach.

Jak uniknąć pustki? Najpierw
Była pustka, potem słowo. Później świat.
Teraz znowu będzie jak dawniej.

Wszystko już gotowe. Sztalugi i płotno rozmiar 25F stoją przede mną, w ręku paleta z przygotowanymi kolorami ziemi, terpentyna, werniks. Lustro stoi po lewej stronie. Najlepiej maluje mi się przez lewe ramię, prawdopodobnie dlatego, że jestem praworęczny.

Pierwsze ruchy pędzla.
Lekkie starcie. Pokusa, by opowiedzieć się
Po stronie zwycięzcy.

W lustrze trzymam pędzel w lewej ręce. Próbuję spojrzeć na siebie jak na leworęcznego malarza. Nie. To nie ja, nie jestem oburęczny. Nie potrafię zadawać zaskakujących lewych prostych. Zawsze próbuję się osłaniać. Lustra też kłamią. Kłamstwo odbija się w kłamstwie, tworząc coś, w co gotowi jesteśmy uwierzyć. Oczywiście, jeśli jest się wierzącym. Wierzę, że wierzących brakuje nam coraz bardziej.

Przeciągam się, aż plecy trzeszczą, i patrzę. Czuję się jak Rosjanin siadający na chwilę, by odmówić modlitwę przed wyruszeniem w podróż. Muszę pozwolić, by zaczęło się dziać, poddać się temu magicznemu nastrojowi.

*

Jestem już gotów. Pochylam się ku przodowi. Poddaję się, wpadam w moje osobiste wariactwo, szaleństwo, które pozwala mi pozostać przy zdrowych zmysłach.

Kiedy kogokolwiek maluję, nawet siebie, wariuję odrobinę. Pożądam czegoś, co nie istnieje, a prawdopodobnie w ogóle nie powinno istnieć. Zawsze ustawiam sztalugi tak, bym widział albo płótno, albo modela, nigdy obydwu naraz. Wszystko ma być blisko, żadnych tajemnic, przecież uczestniczymy w narodzinach, na dobre i na złe.

Jednak tym razem modelem jest lustro, ja sam. Chcę przy tym osiągnąć niemożliwe, chcę zbliżyć się do siebie. Zawsze znajduję się w odległości równej podwójnemu dystansowi między moim okiem a lustrem. Wiem, że jestem na jego powierzchni, ale w pewnej odległości od niego. Pochylam się, zbliżam, próbuję zobaczyć siebie, nie dotykając, wśliznąć się do wnętrza samego siebie.

Oczy w lustrze są nieruchome, ani drgną. Umysł zamazuje to, drobna histeryczna ślepota. Właśnie dlatego autoportrety wydają się patrzeć z uwagą i bolesnym napięciem.

Jak okropnie można wyglądać?
Czy wygląd może nas zwieść?

Kiedy maluję kogoś innego, jesteśmy bardzo blisko siebie, model, ja, sztalugi, tworzymy trójkąt, dotykamy się kolanami, zaplątani w siebie, przytuleni do sztalug. Potrzebujemy zbliżyć się, w przeciwnym razie mogę tylko patrzeć. A samo patrzenie podobne jest do obliczania, mierzenia czy opisywania, a może, co jest jeszcze gorsze, do szacowania.

Nie ma oczywiście mowy o nieruchomym siedzeniu. Nie staramy się przecież uchwycić chwili, staramy się namalować całe życie, dwa życia, wszystkie życia, przeszłość, przyszłość, teraźniejszość. To nie zdjęcie z polaroidu, pstryk-wrrr — proszę czekać. Jesteśmy istotami ludzkimi, zdolnymi do popełniania błędów, skaczemy w luźnych wprawdzie, ale ograniczających nas skórach, starając się uczynić nasze błędy rzeczywistymi, naszymi własnymi. W jakiś sposób musimy uchwycić życie i utrwalić je w obrazie, życie musi być wciśnięte, wessane, uwiedzione, przetworzone w obraz; to bardzo ciężka praca. Ciężka praca, zajmuję się nią od ponad czterdziestu lat i nic tak naprawdę się z niej jeszcze nie narodziło, zaledwie jakieś nie donoszone ciąże, aborcje, anomalia płodu.

W przewrotnych wierszach maskujemy czarne myśli.
Kruki uprawiają nasze otwarte umysły.
Zaorywują dylematy. Sieją zwątpienie. Spożywają
                                                    ziarno.

Zaczynam szkicować, próbuję pozwolić, by wszystko stało się samo, ale robię to samodzielnie, ustalam wzajemne stosunki między postacią a tłem, niewiele myśląc, nie tworzę jeszcze kompozycji. Częścią tego, czym jestem, jest przestrzeń, którą zajmuję, jak i gdzie, nie wiem teraz, na czym polega różnica. Coraz trudniej zachować mi złudzenie ważności własnej niepowtarzalności, indywidualności.

O wiele łatwiej jest wtedy, gdy mam przy sobie drugiego człowieka, który mówi, ziewa, wyciera nos, uśmiecha się, pali papierosy, marszczy albo unosi w górę brwi, drapie się, kicha, odbija mu się, stara się lepiej lub gorzej ukryć pierdnięcia, popatruje ukradkiem na mnie albo na obraz. Wszystkie te rzeczy przenoszą się przeze mnie do obrazu, nadają mu życie, które nie pochodzi ode mnie. Nie jest to prawdziwy akt tworzenia, ale na nic więcej nie może sobie pozwolić ktoś, kto nie ma nawet porządnej kanalizacji.

Jest to swego rodzaju osmoza, ludzie zostają przeze mnie przefiltrowani. Nigdy nie zdarza mi się malować i patrzeć równocześnie. Maluję jak we śnie, absorbując moich modeli, jestem przez nich absorbowany. Stają się krwią, komórkami, związkami chemicznymi, elektrycznością w moim mózgu. Przechodzą przeze mnie, mieszają się ze mną, moimi kationami i anionami, moimi łańcuchami węglowodanów, chemicznymi bankami pamięci. Przez chwilę wszystko wrze dziko, a potem spływa po moich nerwach, wzdłuż ramienia do koniuszków palców i dalej do pędzla. Z pędzla wylewają się kolory i światło kierowane przez mój mózg, moje ciało, moją psychikę, przed moimi oczami, a wzrok mam zamglony przez modela, kogoś, nie mnie; wspomaga, przemienia mnie, symbiotycznie, trochę kanibalizmu z odrobiną rzymskiego pogaństwa.

Upodobnij się do mnie, zostań!
Powędrujemy razem, a potem
Rozstaniemy się, zabierając z sobą
Tylko wspomnienie.

Każdy portret musi być nowym człowiekiem. Nową istotą, która powstaje ze zmieszania się drugiego człowieka ze mną. Jest to małżeństwo, chwilowe, ale spełnione, portret zaś jest naszym dzieckiem, narodzinami, drugim wspólnym spełnieniem.

W porównaniu z prawdziwymi narodzinami przypomina to staromodne transmisje radiowe z meczów baseballu, z czasów, zanim jeszcze na scenę wkroczyła telewizja. Spiker stukał ołówkiem w mikrofon, by zaznaczyć trafienie, uruchamiał nagrane na taśmie okrzyki tłumu, opisywał przy tym dokładnie każdy rzut, trafienie czy werdykt sędziego. Lepsze to jednak niż nic. Staram się z tym żyć, bez tego skrawka nadziei byłbym już martwy.

Poruszając ociężale skrzydłami, pszczoła,
Zbyt ospała, by użądlić,
Zbiera nektar jesienny
Na plaster zimowy. Słońce wędruje
Nisko na gasnącym niebie.

Maluję bardzo tradycyjną techniką, sam przygotowuję farby, naciągam płótno tak, by miało odpowiednią elastyczność, która pozwala tańczyć po nim pędzlem. Malowanie na desce albo sklejce przypomina mi taniec w butach narciarskich.

Gruntuję niezbyt grubo, aby uzyskać właściwą chłonność płótna. Podkład wykonuję mieszaniną mojego wynalazku; składa się z Lucitu, werniksu i oleju lnianego, potem impast, wreszcie laserunek. Polegam na starych sztuczkach, ale uzupełniam je kilkoma, które sam wynalazłem.

Promień słońca przeszywa jak szkło
Ciemne niebo, rysując kontury obłoków,
Dobrze znane granice wieczornego mroku.
Więc lepiej zamknę oczy!

W naszych czasach trudno znaleźć szkołę, w której można by się tego nauczyć. Podobne sprawy nikogo już dziś nie obchodzą. Wszystko, co się liczy, to wynagrodzenie od ręki, podziw dla widocznych, chwilowych efektów, nikogo nie obchodzi trwałość, a przynajmniej to, co może za nią uchodzić. Czasami poważnie zastanawiam się, czy nie przyszło mi żyć w ciemnych wiekach malarstwa.

Nauczyłem się niewiele, ale wszystko to osiągnąłem przez obserwację, lekturę lub kopiowanie. Przez pięć lat codziennie rano chodziłem do Luwru i oglądałem wszystkich najlepszych. Jadłem i piłem Rubensa, Tycjana, Rembrandta, Chardina, Velasqueza, Goyę, tak długo, aż stali się częścią mnie, a ja ich częścią. Czuję się bliższy ludziom, którzy odeszli wiele lat temu, niż moim dzisiejszym przyjaciołom. Malarze ci są nadal wyraziści. Każdy czuł w sobie determinację, by trwać, walczył o to, by przetrwać. Stanowili część swoich czasów, ale potrafili je przekroczyć. Potrafili wyjść w przyszłość ze wszystkim, co mieli do zaoferowania. Można u nich znaleźć cierpienie i radość, które razem mieszają się, tworząc siłę — prawdziwą siłę, żadnego napinania mięśni. Próbowali żyć w czasach, które jeszcze nie nadeszły.

Nadal szkicuję. Muszę najpierw naszkicować cały obraz. Rysunek to przemienianie przestrzeni w objętość, a nie wyłącznie kreślenie linii. Tak naprawdę coś takiego jak linia nie istnieje. Dobry szkic powinien wskazywać malarzowi, gdzie i jak musi iść farba. Łatwo zaplątać się w rysunek, tak że nic już nie zostaje do namalowania, kontynuować romans tak długo, aż nie ma w nim miejsca na miłość, odizolowany nie zamalowany, niezamalowywalny kąt obrazu.

Opis pozostawia szramy. Drobne
Rysy na stalowej ścianie
Naszej rozłąki. Sprawiamy jedynie,
Że powrót staje się jeszcze bardziej niemożliwy.

Gdyby ktoś mógł obserwować mnie przy pracy, oszalałby z całą pewnością. Wydawałoby mu się, że patrzy na krawca, który pracuje starannie, ma do dyspozycji najlepszy materiał i nici i szyje płaszcz, który ma jeden rękaw dłuższy od drugiego albo brakuje mu w ogóle otworu na głowę.

Chodzi mi o to, że naśladowanie życia nie ma sensu, podobnie jak jego odtwarzanie, muszę je wynaleźć, wyobrazić sobie na nowo. Nie oznacza to malowania abstrakcyjnych przedmiotów ani teatralnych zniekształceń czy wysilonych intelektualnie prób kompozycji. Wszystko to jedynie proste chwyty, techniki uniku. Trzeba pokazać życie takim, jakim się je widzi, jak się je odczuwa.

Ostatecznie więc moje kolejne obrazy wychodzą powykrzywiane w dziesięciu różnych kierunkach. Wszystko w porządku, taki właśnie jestem. Walczę o to, by pokazać moją osobistą rzeczywistość, jedyną, jaką znam. Staram się malować ostrożnie, z pełną uwagą i miłością.

Zagubieni gdzieś w przestrzeni,
Pochylmy się łagodnie ku sobie.

Kiedy kogoś maluję, mój model widzi, że się gapię, dziabię płótno pędzlem, pochylam się, odsuwam; staram się przynajmniej nie podskakiwać. Pamiętam o tym, by uśmiechnąć się co pewien czas, nie chcę przecież, by mój model uciekł albo zniknął. Większość ludzi sądzi, że to ich właśnie maluję. Tak naprawdę jednak maluję smak, zapach, przestrzeń, którą zajmują. Staram się namalować całą ich drogę od zarodka do zwłok, a wszystko to w jednej chwili, w jednym miejscu.

Widzą potem, że maluję jedno ucho zbyt wysoko, albo nazbyt czerwone. Portret przypomina im Eisenhowera albo wujka Jima widzianego w 1962 roku, stają się nerwowi, niespokojni. Czasami zaczynają chichotać albo wręcz wybuchają śmiechem!

Wielki Boże, przecież to poważna sprawa, chodzi tu o obraz. Zagłębiam się we wnętrza nas obojga i staram się zebrać wszystko w jednym miejscu. Jesteśmy tak bardzo blisko kontaktu, to poważny wysiłek, sklejenie wszystkiego razem.

*

Kiedy kończę malować, czuję, że mam buty pełne potu, palce u nóg chlapią w miniaturowych kałużach. Czy Rembrandt namalował Hendrickje Stoffels tak, jak naprawdę wyglądała? Do diabła, przecież na pięciu różnych obrazach wygląda jak pięć różnych osób. Prawdopodobnie była nimi wszystkimi, a on kochał ją całą. Tylko całość rzeczy jest piękna, a malarz musi przedrzeć się jakoś przez zewnętrzne pozory. A przynajmniej przekonać siebie i jeszcze parę osób, że zdołał to zrobić.

Sporządź miksturę z uciszonych szeptów
I wylej w kącie — smak woni.

Wstaję, idę do toalety. Siadam i znowu patrzę w lustro. Ostatnio niewiele na siebie patrzyłem, oglądałem siebie wyłącznie we własnej pamięci. Wiem, że próżny ze mnie sukinsyn, ale rzadko przyglądam się sobie z bliska, jedynie wtedy, gdy maluję swój autoportret. Przypomina to sprawdzanie zegarka, patrzę, ile jeszcze zostało mi czasu, nie która jest właściwie godzina, tylko ile czasu już minęło, ile jeszcze mogło mi zostać.

Patrzę na moje stare oblicze. Coraz szybciej się starzeje. Coraz więcej zmarszczek wokół oczu, ciemne, fioletowoniebieskie wory pod oczami, nowe żyłki popękały mi na policzkach. W rzeczy samej wyglądam na kandydata do śmiertelnego zawału. Najwyższa już chyba pora. Boże, tak trudno zrozumieć, kiedy nadchodzi pora, by poddać się i zacząć umierać.

Nad czołem nie ma już prawie włosów, broda stała się niemal śnieżnobiała. Dodaję trochę żółtej ochry i czerni na brodę, otrzymuję w ten sposób prawie właściwy kolor. Teraz wygląda dużo lepiej. Broda ukrywa znakomicie obwisłe mięśnie twarzy, a to daje mi sporą przewagę nad innymi. Zastanawiam się, dlaczego kobiety nie mają bród. Mężczyźni potrzebowali ich najpewniej po to, by łatwiej przyjmować ciosy, od dawna żyli w głupiej fizycznej dominacji. Kobiety nauczyły się chyba lepiej znosić szturchańce od życia. Nie potrzebują osłony włosów.

Jedno jest pewne, gdyby kobiety nosiły brody, z całą pewnością by ich nie goliły. Uczyniłyby z nich coś pięknego, takiego jak piersi.

Jestem szczery, ty też nie kłamiesz
Jak zwykle wielcy łgarze.
Ale chcąc powiedzieć prawdę,
Musimy posłużyć się kłamstwem!

Zabieram się do podkładu. Pracuję szybko wielkim pędzlem. Malowanie autoportretów jest fantastyczne, pozuję tylko wtedy, kiedy nie patrzę, nie tracę ani chwili czasu. Jestem wewnątrz.

Kręci głową, przygląda się kątem oka, ten sukinsyn wygląda na podejrzliwego faceta, wygląda z obrazu tak, jak gdyby nie chciał już patrzeć, z każdą chwilą jest coraz trudniej. To wsadź tam, Scum, złap to. Jeśli nie będziesz uczciwy tutaj, jesteś niczym. Pamiętaj jednak, by nigdy nie ufać udawanej uczciwości. To najwyższy stopień nadużycia zaufania.

Na obrazie ujmuję siebie do pasa, może namaluję też dłonie, ale pędzel umieszczę w prawej. Tonuję tło sjeną paloną, szmatką rozcieram kształty, pracuję, rozkładając cienie.

Stworzeni, by walczyć z czasem i przestrzenią,
Najpierw na ziemi, potem w powietrzu.
Aż znajdziemy właściwe miejsce
Obróceni w proch.

Pora już wzmocnić środki, nabudować cienie. Zaczynam od zimnych kolorów, pracuję od jaśniejszej strony, wciskam barwy tam, gdzie będzie impast.

Spójrzcie tylko na te głupie oczy, gapią się z taką natarczywością, jak gdyby miało to jakieś znaczenie. To też namaluj, Scum! Bokobrody, naprawdę kochasz siebie, ty męcie, no a co jeszcze niby, kogo jeszcze? Wszyscy malarze kochają siebie, inaczej nigdy nie zabraliby się do malowania; pisarze chyba też, wydaje mi się, że Camus powiedział to kiedyś wyraźnie.

Zaczynam mazać po tle, przenoszę tam to, co dzieje się wewnątrz. No, złap tę zmarszczkę koło nosa i umieść ją tam, gdzie trzeba, w prawym rogu. Jestem szczęśliwy, równocześnie żonglując dwoma, trzema wymiarami. Samo to wystarcza, by chciało mi się żyć. To wszystko kłamstwa, jedno większe od drugiego. W porządku, to, co trudne, czyni obraz prawdziwszym, maluj głośniej!

Wyciskam farby z tubek na paletę, biel tytanową, kadmy. STOP! Ostrożnie z kadmami, Scum, używaj palonej umbry, więcej sjeny, żółtej ochry, twoich kolorów, tanich farb. Jestem zwolennikiem kolorów ziemi. Nie zapominajmy o tym!

Czy wybaczymy sobie
Nasze szczęśliwe chwile?
Drobne skazy w życiu,
Które tak dalekie jest od szczęścia.

Teraz zaczynamy wchodzić w głąb. Wychwytywać najważniejsze punkty światłem. Biel przechodzi w pasy barw biegnące poprzez czoło i w półcień. Uczyń je żywym! Teraz żyję, oddycham pędzlem, kolor jak krew, światło jak tlen.

Trzeba trzymać pędzel blisko, kłaść farby ostrożnie, głęboko, z wielką czułością. Żółć obok pomarańczowego, a potem razem. Niech się stanie. Oświetl! Rozjaśnij! Do cholery, Scum! Teraz wycofaj się, wygaś najjaśniejsze punkty. Łagodnie laseruj, łagodnie, dodaj cieni, ale nie oddalaj, pomóż ostrym krawędziom zlać się w jedną całość. Pamiętaj, obraz ma żyć, a nie łżeć, wymień niepotrzebne literki. Wprawdzie to tylko słowo, ale na początku było słowo. Nie, na początku i na końcu była pustka.

Czuję teraz swój zapach: trochę oleju, trochę potu, w sumie koński nawóz. Proszę, oto śmieję się ze swojego śmiechu i płaczę z niego równocześnie. Tyle cennych lat zmarnowałem, próbując stać się bohaterem Dostojewskiego, późnym van Goghiem. Potem napełniłem się środkowoeuropejskim cierpieniem, *Sturm und Drang*, jeszcze później eksperymentowałem z dziewiętnastowiecznym melodramatem. Teraz jestem całkowicie wysuszony, wypłakałem wszystkie łzy. Proszę tylko o coś, co nada mi jakiś sens, zanim będzie na wszystko zbyt późno. Jak głupim można się stać?

Obojętne wysłuchiwanie, płacz, krzyki.
Jak dorzecza spływające bez końca.
Jeszcze jeden dowód naszej niewiedzy.

Pochylam się bliżej. Uchwyć tę złośliwość, ten strach, Scum. Kryją się w ustach, we włosach, ale są tam na pewno, dobrze o tym wiesz, przecież musisz z nimi żyć.

Ponad sześćdziesiąt lat z tą samą twarzą, tym samym ciałem. Patrzyłem, jak rośnie, twardnieje, mięknie, słabnie, pokrywa się włosami. Teraz nawet w uszach wyhodowałem kępki podobne do lisich kit. Rozpadam się, upadam pod działaniem siły grawitacji, rozpadu komórek, śmiechu, łez i zwyczajnej nudy. Patrzę, jak rysy pogłębiają się, ciało słabnie, powoli przemieniając się w nieświeże mięso. Umieść to wszystko, Scum, pokaż. Śmierć już czeka, jeszcze tylko godziny. Może już wczoraj.

Wykańczam błękitną kurtkę, uznaję, że nie będę jednak malować dłoni. Ciemność zaczyna na mnie napierać, przyciska mnie do ziemi. Nie mogę w to uwierzyć, malowałem tak przez cztery godziny, przynajmniej część tego czasu spędziłem na malowaniu, przegadałem, przemędrkowałem resztę. Cała rodzina powinna za chwilę wrócić do domu.

Odchylam się i patrzę. Nie jest to zły obraz, nadal jednak zbyt wiele w nim użalania się nad sobą. Wyglądam jak donator wciśnięty w narożnik średniowiecznego obrazu. Tylko że ja stoję samotny na środku płótna, nie błagam nikogo, a może każdego, modlę się do wszystkich, nikogo. Bezdyskusyjnie obsceniczne, w najgłębszym sensie tego słowa, nie nadające się do oglądania.

Sprzątam, pakuję swoje rzeczy. Potrzebuję nowego pędzla ze świńskiej szczeciny, czerń słoniowa prawie się skończyła. Używam zbyt wiele czerni w moich obrazach. Sam nie potrafię się na tym przyłapać, ale farba gdzieś znika, a przecież jej nie jem. Będę musiał zwrócić na to baczniejszą uwagę.

Pożeranie czerni! Skupione poszukiwanie koloru
Albo raczej brak światła, w którym
Można pogrzebać noc. Ale noc to tylko
Płaszczenie się: dojmujące zimno,
Wolniejszy ruch molekuł. Staję oko w oko
Z czernią. Nikogo. Nigdzie.

Rozdział 3

KAMIENICZNIK Z RUDERY

Dzisiaj pracuję na świeżym powietrzu, mamy 14 lutego, dzień świętego Walentego. Zimno, staram się jednak nie tracić ani jednej słonecznej chwili. Czuję nagromadzoną w środku potrzebę malowania, jak gdybym tęsknił za życiem. Najszczęśliwszy jestem na ulicy, kiedy walczę z tłumem, klnę na samochody, gadam z ludźmi. Wszystko to znajduje swoje odbicie w moich obrazach.

Moje malowanie nie może jedynie opisywać życia, musi stanowić jego część. Na chwilę zagłębiam się w sobie, ostrzę noże, zbliżam się do samego siebie, ale muszę wyrwać się i nabałaganić. W jakiś sposób czuję, że żyję najpełniej, kiedy maluję, jak gdyby pozostała część mojego życia była tylko czekaniem. Nie wiem, na co czekam, ale tak to właśnie odbieram.

*

Pracuję na rue Princesse w Dzielnicy Łacińskiej. Właśnie zacząłem malować zakład stolarski, *menuiserie-ébéniste*. Właściciel staje przed drzwiami. Zaczynamy zwykłą w takich sytuacjach rozmowę o upadku rzemiosła i świecie, który schodzi na psy, po prostu próżne biadolenie. Prosi, bym umieścił jego nazwisko na szyldzie, skąd zmyły je deszcze. Przez chwilę myślę, że chce, bym wspiął się na górę i zajął prawdziwym, uczciwym malowaniem, ale nie, chodzi mu o szyld na obrazie, takie rozwiązanie w zupełności mi odpowiada.

Obraz utrzymany będzie głównie w brązach, może trochę ciemnobłękitnych szarości, wewnątrz zakładu wisi żarówka, oświetlająca nie obrobione drewno i trociny, puste przestrzenie w żółtych ochrach. Ustawiam się na wprost, może trochę w lewo. Po lewej stronie mieszczą się stare, rzeźbione drzwi z drewna, które chciałbym jakoś zmieścić na obrazie.

Kiedy szkicuję, drzwi pozostają zamknięte. W połowie malowania dozorczyni wychodzi i otwiera je na oścież.

Konsjerżka jest starszą już kobietą, gruba warstwa makijażu wygląda jak maska namalowana wprost na jej twarzy; do tego jaskrawoczerwone włosy obcięte na chłopczycę. Wygląda wspaniale, prawie jak klown. Nadal ma całkiem niezłe ciało, porusza się lekko, trzyma prosto; tylko szczupłe, pokryte plamkami nogi zdradzają wiek. Może nawet mieć już siedemdziesiątkę, ale nadrabia to pięćdziesięcioma funtami libido. Podchodzi do mnie i próbuje oczarować mnie swoim „Oh-la-la" w staroświeckim stylu. Uwielbiam to.

Proszę, by stanęła w drzwiach, tak bym mógł namalować ją na moim obrazie. Przeczesuje przypominające czerwoną słomę włosy, zauważam teraz kościste, powykrzywiane palce. Opiera się o framugę, drugim ramieniem wspiera o ścianę. Nosi sukienkę w błękitne kwiaty. Na obrazie będzie pomarańczowa, przyda mi się w tym miejscu pomarańczowy akcent. Skracam sukienkę, na moim obrazie konsjerżka będzie miała koło czterdziestki. Chciałbym móc odmłodzić tak siebie, wszystkich. Nie, każdy z nas ma swój przypisany czas.

Czas przeznaczony każdemu...
Przemierzamy nasze życie, minuty,
Godziny, dni, miesiące, lata,
Aż wydamy ostatnie tchnienie.
Zatopieni we łzach.

Nie może uwierzyć, że już skończyłem, coś takiego zabiera mi zaledwie chwilę, może pięć minut. Jedno jest pewne — naprawdę potrafię malować — dobrze, szybko, mocno. Może brakuje mi poczucia estetyki, choć może to nie brak, lecz nadmiar? Potrafię okręcić się na pięcie, stanąć i zacząć malować wszystko, cokolwiek znalazło się przed moimi oczami, nie potrzebuję nawet podnosić wzroku. Kocham tu wszystko, mogę malować wszystko, żadnej pieprzonej dyskryminacji. W zasięgu stu metrów od każdego miejsca, w którym stanę, znajdę pięćdziesiąt tematów na obraz. Wiem o tym na pewno. Mógłbym spędzić resztę życia, malując autoportrety albo kamienne mury, ot tak.

Weźmy na przykład kubki do mleka, tej zimy namalowałem już szesnaście kubków do mleka. Kto, u diabła, chce kupować obrazy przedstawiające kubki do mleka? Dzięki Bogu, pogoda zaczyna się wreszcie poprawiać, będę mógł dać spokój moim kubkom. Ciągle czuję w nozdrzach zapach kwaśnego mleka. Tak samo było, kiedy malowałem ryby, ciągle otaczał mnie zapach zepsutych ryb. Zaczynam wariować na punkcie takich rzeczy, tracę panowanie nad sobą, a to nierozsądne.

Trzeba się zgubić,
Aby odnaleźć siebie.

Konsjerżka patrzy na mój obraz i zaczyna płakać. Jej makijaż spływa na ulicę, ogarnia mnie chęć, by chwycić pędzel i poprawić go trochę. Boję się też, że zapyta mnie o cenę. Wiele już obrazów sprzedałem za cenę niższą od wartości samego płótna, bo ludzie chcieli je kupić, a nie mieli pojęcia, ile może kosztować obraz. Bogacze powinni płacić mi po pięć tysięcy dolarów za płótno, w ten sposób zarabiałbym na te, które sprzedałem po dziesięć. Jedynym problemem jest to, że bogacze nieczęsto kupują moje obrazy — przypominają im o wszystkich tych rzeczach, o których woleliby zapomnieć. Konsjerżka wrzuca pięciofrankówkę do mojego pudła, teraz czuję się jak prawdziwy męt.

Gdy zaufania brak,
Duszę przeżera rdza.

Za moimi plecami stoi jakiś Amerykanin. Obserwuje całe to przedstawienie z uśmiechem, jest bardzo podobny do kota, pełen powagi. Młody, ale nosi się z godnością. Jego ubranie jest wyraźnie stare, widzę wystrzępione mankiety, źle odprasowane spodnie, ale całość wydaje się bardzo schludna, zabrał ze sobą parasol, choć dzień jest słoneczny.

Dozorczyni odchodzi, a ja zabieram się na powrót do malowania, staram się zapomnieć o tych pięciu frankach.

— To było bardzo miłe, stary.

Od początku wiedziałem, że to Amerykanin, godność i parasol nic tu nie pomogły. Ma wodniste, błękitne oczy, często mruga — szkła kontaktowe. Mówi, że podoba mu się mój obraz, staje na słońcu i patrzy, jak maluję, na szczęście nie gada zbyt wiele.

Stoję na chodniku, przy Hôtel Princesse, obraz świetnie mi wychodzi, piękne cienie przecinają ścianę, w tej chwili maluję skrzynkę GAZ, śliczne są takie skrzynki, zwłaszcza o wczesnym, prawie już wiosennym poranku, kiedy światło jest tak czyste.

Amerykanin podchodzi do mnie, mówi, że kupiłby coś za te pięć franków. Co mi szkodzi? Jeśli chce je wziąć, proszę bardzo, kiwam więc głową. Uśmiecham się bez słowa, próbuję nie wypadać z magicznego nastroju. W tej chwili poruszam się w samym środku, unoszę w świetle i powietrzu, myślę i śnię równocześnie. Chyba będę musiał zamalować dozorczynię, tworzy zbyt ostry kontrast, a przez to górny narożnik wydaje się pusty. Jeszcze nad tym popracuję, postaram się ją ocalić. Amerykanin znika razem z monetą.

Nagle wraca z kwiatami, stokrotkami, wsuwa się w drzwi konsjerżki, wychodzi kocim krokiem, już bez kwiatów. Z całą pewnością jest kotem, i to dużym, ma wszystkie podstawowe kocie cechy. Na ogół lubię koty, bywają wprawdzie niebezpieczne, ale co mi tam. Wilki i psy, takie jak ja, zazwyczaj potrafią się dogadać z kotami. Jesteśmy odmienni, ale szanujemy się nawzajem.

Skradam się w moim lesie,
Wypatrując śladów. Szukając miejsc,
By ukryć swoją wiedzę. Lęk.

Po chwili dozorczyni wychodzi z kwiatami w wazonie. Ustawia je na moim pudle, obok terpentyny. Ona też jest chyba małym kotem, ma drobne, czyste stopy, to pewny znak. Proszę, proszę, próbuję malować otoczony przez koty. Wielki Boże!

Zabawa w śmierć.
Ostatni oddech. Maluję.

Amerykanin zaprasza nas oboje na kawę. Co mi tam, tracę światło, ale niech będzie, przecież maluję po to, żeby być bliżej ludzi. Idziemy do małej kafejki obok hotelu.

Tutejszy barman twierdzi, że jest byłym toreadorem. Każdy niewysoki Hiszpan, którego spotkałem w Paryżu, jest emerytowanym *torero,* podobnie jak każdy Amerykanin jest byłym piłkarzem albo bokserem. Nie, dzisiaj nie jest to już prawda. Dzisiaj wszyscy okazują się specjalistami od kung-fu czy karate albo mają czarne pasy w judo. Czasy się zmieniają, a wraz z nimi i opowieści, ale głupie kłamstwa, jakie ludzie opowiadają o sobie samych, pozostają prawie takie same.

Pijemy po filiżance kawy, a potem koniak. Dozorczyni, ma na imię Blanche, jest bardzo podniecona. Byłaby gotowa zamknąć między swoimi chudymi udami nas obydwu. Prawdopodobnie byłoby nam tam wspaniale. Stary Ben Franklin wiedział dobrze, o czym mówi, na zawsze pozostał moim bohaterem. Miał siedemdziesiąt lat, kiedy zaczęła się wojna o niepodległość Stanów, ale bez niego nie mogli jej wygrać, choć sam nie oddał nawet jednego wystrzału. Zastanawiam się, jakie obrazy mógłby namalować, gdyby kiedykolwiek taka myśl pojawiła się w jego fantastycznym umyśle?

Zagubione ciała. Kochające dusze.
Zrywamy się stąd, wracamy na ląd,
Gdzie żyjącym bije dzwon.

Obraz stoi samotnie na słońcu. Mam jeszcze co najmniej godzinę, zanim zmieni się światło. Światło jest bardzo ważne, gdy zabieram się do impastu. O tej porze roku nie mogę sobie pozwolić na to, by utracić choć jedną słoneczną godzinę. Czas ucieka mi, niezależnie od tego, jak szybko ja uciekam przed nim.

Wychodzę, mój Amerykanin i dozorczyni zostają w kawiarni i gadają. On ma na imię Matthew, każe mówić do siebie Matt. Jakoś udaje mi się nie podawać własnego imienia.

Pracuję jak szalony, chcę zrobić impast jeszcze dzisiaj, potem pozwolę obrazowi schnąć przez parę dni. Później zajmę się laserunkiem, werniksem, zaakcentuję trochę światła. Malowanie ma swój własny rytm, wystarczy, że się nim kieruję. Wciąż próbuję odnaleźć Srokatego Kobziarza, który gra czarowne melodie, sam jednak ledwie je słyszę.

Dźwięczna melodia wielobarwnej bieli.
Słyszę krwi dzwonek, który rozbrzmiewa żałobnie
w nocy.

Kończę w godzinę później. Amerykanin znowu stoi za moimi plecami, możliwe, że stał tam przez cały czas, zaprasza mnie na lunch. Jestem już zmęczony, ale zgadzam się. Budzi się we mnie podejrzenie, że to jeden z tych bogatych Amerykanów, którzy urywają się do Paryża, żeby poznać język francuski, francuską kuchnię, francuski styl życia, francuską miłość, francuskie frytki i francuskie pralnie chemiczne.

Jemy w małej *friterie* za rogiem. Nigdy tu nie zaglądałem, a miejsce okazuje się przyjemne i tanie. Urządzamy sobie ucztę składającą się z oberżyny, wieprzowiny, wina i ciastka za jedyne dwadzieścia dwa franki. Jak się okazuje, wcale nie jest bogaty, wprost przeciwnie, zarabia niecałe sto pięćdziesiąt dolarów miesięcznie. Mieszka w hotelu, płaci piętnaście franków za dzień, bez ogrzewania, więc oszczędza na tym jednego franka, gorzej być już nie może. Studiuje na Sorbonie, pisze pracę o jakimś socjaliście nazwiskiem Jean Jaurès. Żeby przeżyć, uczy angielskiego francuskich biznesmenów z IBM.

Rozmowa schodzi na motocykle. Matt ma ariela, rocznik 1950, naprawdę szacowny zabytek. Idziemy razem na plac Saint-Sulpice, by go obejrzeć. Motocykl owinięty jest płachtami czarnego brezentu. Odkrywamy go. Jest tak śliczny, że można się popłakać. Dobra, zadbana maszyna to naprawdę coś pięknego. Chciałbym namalować choćby jeden obraz tak doskonały jak ten motor. Sprawdzamy poziom oleju, magneto i zapalamy. Po drugim kopnięciu rozlega się piękny, głęboki warkot silnika.

Matt kupił motor od pewnej staruszki z Wersalu za pięćset franków. Przez dwadzieścia pięć lat stał na klockach w garażu. Trzydzieści lat temu przekonała swojego męża, by przestał nim jeździć, ponieważ uważała to za zbyt niebezpieczne. Dziesięć lat później zmarł na cukrzycę.

Wszystkie liczniki wyskalowane są w milach, motor przejechał już 6021 mil. Są też skórzane sakwy i dwa staromodne kaski. Myślę, że poprzedni właściciel myślał, że może uda mu się jakoś przekonać swoją żonę, by wybrała się z nim kiedyś na przejażdżkę. W owych czasach jazdę na motocyklu uważano za przyjemność.

Matt bierze mnie na miłą, niezbyt szybką wycieczkę po Paryżu. Siedzę z tyłu, nieco wyżej, mam stąd świetny widok, nie założyłem kasku. Matt twierdzi, że nigdy nie przekracza trzydziestki, nie spieszy mu się. Nieczęsto zdarza się spotkać młodego człowieka, a zwłaszcza mężczyznę, który rozumie tak wiele. Jeśli jedzie się szybko, nic się nie widzi, a skoro nic się nie widzi, to po co jechać? Zatrzymujemy motocykl, starannie okrywamy go brezentem i wymieniamy uścisk dłoni.

Wyścig przez całe życie. Pośpieszne
Gromadzenie jedzenia. Dom.
Żona. Dzieci. Wieczny rozgardiasz.
Wreszcie łabędzia pieśń. Stara sztuczka,
Na którą wszyscy dajemy się nabrać.

Jestem już spóźniony. Pakuję farby i zachodzę jeszcze do Lotte, która mieszka na sąsiedniej ulicy. Powinienem naprawić jej grzejnik elektryczny, daje dużo ciepła, ale jest bardzo kosztowny. Zawsze mam przy sobie zestaw narzędzi, rozpakowuję go więc, przechodzę przez podwórko na rue Mabillon, prosto do jej mieszkania.

Lotte nie jest zachwycona. Wczoraj miałem zjeść z nią lunch i zupełnie o tym zapomniałem. Powinienem kopnąć się, gdzie trzeba. Lotte jest Austriaczką, świetnie gotuje. Dostaje też wyśmienite rzeczy z domu, jak *weisswurst* czy *stollen*.

Jest bardzo spokojna, ma około trzydziestki, najczęściej ubiera się na czarno, uczy niemieckiego we francuskim liceum. Mądra kobieta, wrażliwa; kocha malarstwo, należy do tych ludzi, dla których można malować, zupełnie jak moja Kate.

*

Poznałem ją na ulicy, stanęła za moimi plecami tak jak spotkany dzisiaj Amerykanin. Ma spokojne, egipskie, zielone oczy. Powiedziała mi po francusku, że bardzo podoba się jej mój obraz. W odpowiedzi zacząłem udawać szalonego artystę. W jej staropanieństwie znalazłem jakieś wyzwanie dla siebie. Słuchała, a ja gadałem o wiele bardziej niż zwykle łamaną francuszczyzną. Oczywiście chciałem ją poderwać, nie uwieść. Większość ludzi nie potrafi odróżnić tych dwóch rzeczy. Pierwsza to zabawa, druga to sprawa poważna, stanowczo niewskazana dla błaznów, takich jak ja. Kiwa głową i patrzy mi prosto w oczy.

— Może pan mówić po angielsku.

Powiedziała to prawie bez obcego akcentu. Malowałem właśnie fronton domu Chardina na rue Princesse, bardzo blisko miejsca, gdzie pracowałem dzisiaj, koło rue Canettes.

Podoba mi się uczucie, że mistrz Chardin zagląda przez ramię, kiedy maluję na tej ulicy. Mieszkał pod numerem 13. Czas płynie szybciej, kiedy mogę porozmawiać z piękną, młodą kobietą i czuć jego obecność. Taka rozmowa zabija czas. Nie chodzi mi o to, że tracę go w ten sposób, nie, po prostu wydaje mi się wtedy mniej realny.

Zapraszam ją na filiżankę kawy. Odmawia i odchodzi. Domyślam się, że to już koniec, nie ma sprawy, wracamy do roboty; wyważam światło i przestrzeń, złudzenie przestrzeni. Łączę się z Jean-Baptiste Chardinem, mistrzem prawie całkowicie niedocenianym w swoich czasach.

Łopatą mojego umysłu wyrównuję czas,
Wytyczając równo ścieżkę
Pomiędzy niebem i piekłem.

Właśnie śmiertelnie wyczerpany pakuję swoje rzeczy, kiedy wraca i zaprasza mnie na filiżankę kawy do swojego mieszkania. Teraz już wystarczająco wyzwoliłem się z malowania, by odebrać wysyłane przez nią wielkie czarne fale smutku. Idę za nią. Czy to próba uwiedzenia? Nie, to, co nas łączy, przypomina raczej wzajemną indukcję, prąd elektryczny. Prawdopodobnie coś takiego jak uwiedzenie nigdy się tak naprawdę nie zdarza, nie ma uwodzicieli ani uwiedzionych, wszystko to jedynie wymówki.

Mieszka w małym pokoiku na strychu przy rue Buci, dwie ulice dalej. Pokój jest wręcz wymieciony, czysty, bardziej austriacki niż francuski. Stoją tu dwa łóżka, niewielkie pomieszczenie służy jako kuchnia, toaleta jest oddzielona zasłonką. Stary budynek o grubych ścianach, słońce wpada do środka przez okno, na którego parapecie stoją kwiaty.

Jemy wspólnie smakowite ciasteczka domowej roboty i pijemy kawę. Parzy bardzo smaczną kawę, żadnych granulatów, filtrowaną. Rozmawiamy o Chardinie, śmierci, reinkarnacji, wibracjach. To poważna kobieta, o seksie nie może być mowy. Mogę odprężyć się, cieszyć naszą rozmową.

Mówimy właśnie o czymś, nie pamiętam już o czym, kiedy nagle wybucha płaczem. Ot tak, rozmawia i nagle płacze, bez żadnego przejścia.

Łzy, które zamurowaliśmy
Głęboko pod cembrowiną duszy.
Zakręciłem kran w obawie,
Że wytrysną nagle. Wszak
To moje ostatnie zasoby.

Mój macierzyński instynkt budzi się natychmiast. Przysuwam bliżej krzesło i biorę ją w ramiona. Przytula się i zaczyna płakać jeszcze mocniej. Mówi, że przeprasza, ale cały dzisiejszy dzień spędziła, krążąc po mieście, starała się zapomnieć o wszystkim, wymyślić jakiś bezbolesny sposób, by ze sobą skończyć. Moje gruczoły macierzyńskie pracują na całego, ale nadal jestem ostrożny. Zbyt wiele kobiet próbowało nabierać mnie na kończenie ze sobą, tym razem jednak sprawa jest zbyt poważna, ta kobieta potrzebuje czułości, troski pełnej prawdziwej miłości, nie seksu. Trzymam ją w ramionach i pozwalam się wypłakać. Coraz mniej jest we mnie najzwyklejszej miłości, a i seksu nie znalazłbym zbyt wiele.

W końcu odpycha mnie od siebie. Idzie do kuchni, wraca, niosąc jeszcze trochę ciasteczek. Zaczyna mnie obserwować, jak gdybym za chwilę mógł poderwać się i spróbować ją zgwałcić.

Niewiele jeszcze wie o zaufaniu. Siada i mówi, że musi się stąd wynieść. Francuz, z którym dotąd żyła, kazał jej się wynosić, właśnie dlatego chce się zabić, nie chodzi jej tyle o utratę mieszkania, ile o sposób, w jaki z nią zerwał. Naprawdę jej na nim zależy, chyba nadal go kocha. Robi mi się przykro. Proszę, oto prawdziwa, urodzona matka, która nie ma ani swojego gniazda, ani odpowiedniego faceta. Czuję się jak świnia, ja, który mam tyle gniazd i rodzinę. Opowiadam o jednym ze swoich gniazd, położonym niedaleko stąd. Mógłbym wynająć je za siedemset franków miesięcznie, mniej niż płaci teraz swojemu Francuzowi. Tamto miejsce daje ogromne możliwości, czasami używałem go jako studia, chowałem tam też swoje rzeczy, kiedy malowałem w okolicy. Nie jest jeszcze gotowe, ale mogę doprowadzić je do stanu używalności w ciągu tygodnia.

Znalazłem je zeszłej jesieni, kiedy malowałem podwórko przy rue Mabillon. Mieści się na końcu podwórka, trzeba przejść przez bramę podobną do tunelu, ale za to odcięte jest od ulicznych hałasów. Pracuje tam *ébéniste*, *monsieur* Moro. Namalowałem wnętrze jego zakładu na dużym płótnie, 50F. Malowałem je jako martwą naturę, wszystkie piły, heble i inne narzędzia leżały spokojnie, czekając na drewno. Wracałem potem do domu przesiąknięty zapachem drewna i trocin bardziej nawet niż terpentyny. Kate pytała wtedy, czy nie rzuciłem czasem malarstwa i nie wziąłem się do ciesielki. Całkiem to możliwe, mój tato był stolarzem.

Wiele gadałem z *monsieur* Moro. Dziwny z niego człowiek, homoseksualista, ale sam nie chce się z tym pogodzić. Żona rozwiodła się z nim dziesięć lat temu, wyszła za mąż po raz drugi i ma dzieci. Co niedziela odwiedza ją, by bawić się z jej dziećmi, następna urodzona matka z niewłaściwą kanalizacją. Próbuję opowiedzieć mu o moim starym druhu, Benie Franklinie, który też był wspaniałą matką, ale nie rozumie.

Moro ma obszerne pomieszczenie, w którym składuje drewno, nieczęsto go używa. Przekonuję go, by pozwolił mi zbudować magazyn na drewno na stryszku, potem mógłbym zająć dolną część pomieszczenia. Mówię, że wynajmę od niego dół za dwieście franków miesięcznie. Po długich dyskusjach zgadza się, a ja oddzielam dla siebie spory pokój, dla niego buduję oddzielną klatkę schodową, posługując się jego wspaniałymi narzędziami. Pomieszczenie, które w ten sposób stworzyłem, ma oddzielne drzwi i okna, wszystko na jednej ścianie. Ten budynek był dawniej wozownią należącą do kościoła Saint-Germain-des-Prés. Otrzymałem pięćdziesiąt metrów kwadratowych powierzchni, wprawdzie całość ma zaledwie dwa metry wysokości, ale za to położona jest w świetnym miejscu, parter wychodzi prosto na podwórko. Znajduję stary piec i lodówkę. Buduję toaletę i podłączam ją do kanalizacji. Wstawiam prysznic i używany grzejnik do wody. Za osiemdziesiąt franków kupuję na pchlim targu w Montreuil grzejnik olejowo-elektryczny. W sumie inwestuję w to miejsce czterysta dolarów. Prawdopodobnie mógłbym za nie zażądać tysiąca franków miesięcznie, ale oddaję je za siedemset. Boże, ktoś powinien się mną zająć.

Mam szczęście do panienek w kłopotach, powinienem nauczyć się, jak się przed tym bronić. Wplątywanie się w cudze nieszczęścia prowadzi do stresów, a stresy w końcu doprowadzą do mojej śmierci.

Brodzę w kałużach powszednich
Ludzkich spraw. Potem odkrywam, że
To jedna wielka sprawa. Samotny ocean.

Lotte wprowadziła się po tygodniu. Potrafi docenić to miejsce, to urodzona gospodyni. Co jakiś czas wpadam do niej na lunch, uwielbia gotować i naprawdę świetnie to robi. Trochę gra na klawesynie, wcale nieźle, jest prawdziwą artystką. Nie ma między nami seksu, nawet wibracji. Jesteśmy dla siebie jak siostra i brat, a może ojciec i córka.

Ten Francuz popełnił wielki błąd, Lotte urodziła się

na żonę, myślę, że byłaby z niej też znakomita matka, ale nie, twierdzi, że nie chce mieć dzieci. Mówi, że nie chciałaby wydać nikogo na ten okrutny, podły świat, gdzie ludzie przygotowują bomby atomowe w powietrzu, pod ziemią i wodą.

Takie gadanie może złamać serce staremu Scumblerowi. Co u diabła liczy się na tym świecie oprócz życia? Oczywiście, powinniśmy obawiać się wariatów z bombami, zwalczać ich wszystkimi dostępnymi środkami, ale musimy też kochać i być kochani, inaczej staniemy się tacy sami jak oni. Nie znają miłości, nie znają więc też strachu, to prawdziwy kłopot.

Naprawiam grzejnik, z jednego z elementów zaczął kapać olej. Lotte odgrzewa posiłek, o którym wczoraj zapomniałem. Nie mam serca, by powiedzieć, że już jadłem. Zawsze mogę zjeść jeszcze trochę, w końcu powinienem zostać grubasem, może tak się stanie, jeśli tylko będę żyć odpowiednio długo. Tylko dzięki malowaniu potrafię zrzucić dziennie dwa i pół kilograma. Kiedy wieczorem wracam do domu, jestem tak spocony, jak gdybym właśnie ukończył bieg maratoński. Muszę brać codziennie dwa prysznice, by można było przebywać w pobliżu mnie.

Kończymy posiłek *Steinhagerem* do szynki. Potem siadam w świetle słabego jeszcze, wiosennego słońca i słucham, jak Lotte śpiewa, kilka niemieckich pieśni, akompaniując sobie. To lekarstwo dla mojej zmęczonej, spalonej terpentyną, przeklętej przez chromosom Y duszy.

Zestawiam znowu zbutwiałe
Drewno, wbijam zardzewiałe gwoździe,
Wmurowuję poodpryskiwane kamienie,
By odbudować znowu to stare mieszkanie
Zwane mną. Być może tym razem zbuduję
Jaskinię lub domek na drzewie?

Rozdział 4

PRZEJAŻDŻKA

Dzisiaj nadal jest słonecznie i zimno. Kończę obraz przedstawiający zakład stolarski na rue Princesse. Rano mam niezłe światło, ale koło południa zaczyna się ściemniać. Kończę laserunek na ścianach i nad drzwiami. Znajomy Amerykanin podchodzi do mnie, kiedy pracuję. Nazywa się Sweik, pasuje do niego to nazwisko, dobre dla kota. Jemy obiad w tym samym miejscu, co wczoraj, a potem idziemy do niego na górę, na łyk Grand Marnier.

To mi dopiero pokój, hotel wyraźnie schodzi na psy, nazywa się Hôtel Isis. Korytarze są długie i ciemne, żadnego oświetlenia. Schody były kiedyś wybite wykładziną, ale pozostały po niej tylko strzępy, o które łatwo się potknąć, wszędzie unosi się zapach kurzu. Płócienne płachty wiszą przy ścianach i pod sufitem, spada do nich tynk osypujący się ze ścian, żałosne wory pełne gipsowych okruchów.

Pokój Sweika mieści się na drugim piętrze. Wspaniały, pełen światła, okna wychodzą na ulicę. Kominek został zamurowany. Pod ścianą stoi podwójne łoże, w rogu umywalka, obok toaleta. Zielone tapety w fantazyjne kwiaty pokryte są zaciekami, przez środek pokoju przechodzi wielka belka, wisi na niej mała lampa. Fantastyczne miejsce, warto by je namalować. W tym pokoju mógłbym oderwać się od naszej planety, uwolnić swój umysł.

*

Słońce znowu wychyla się zza chmur. Siedzę na parapecie, plecami do słońca, sączę Grand Marnier z miniaturowej buteleczki, delikatny smak pomarańczy w chłodny dzień. Z dołu dobiegają kroki przechodniów. Wychylam się z okna i zaglądam do *café-charbon madame* Boyer. Słońce sięga w głąb pokoju Sweika. Namaluję go od strony okna, z przestrzenią zamkniętą za moimi plecami, a potem od drzwi, wyglądając przez okno jak królik wychylający się na zewnątrz z wejścia swej norki.

Staromodne sakwy i hełm z dobrze naoliwionej brązowej skóry wiszą przy drzwiach. Sweik twierdzi, że wszystkie swoje rzeczy trzyma w tych sakwach. Rzeczywiście, nie ma tu żadnych porozrzucanych ubrań, wszędzie bardzo czysto, jak to u kota. Twierdzi, że ma tylko tyle rzeczy, ile mieści się w tych torbach, nic więcej. Wielkie nieba, moje życie jest tak bardzo odmienne, moje wnętrzności, przedmioty rozrzucone są wszędzie wokół mnie.

Ściany obwieszone są rysunkami, mapami historycznymi Francji, jest tu nawet kilka miedziorytów Goi, przedstawiających walki byków. Sweik twierdzi, że lubi corridę. Ja sam nie potrafię się do niej przekonać, moje nerwy nie potrafią tego wytrzymać, w końcu żal mi wszystkich, ale równocześnie nienawidzę ich z całego serca, przypomina to zawsze rozdrapywanie starej rany.

Sweik mówi, że nie ma nic przeciwko temu, bym namalował jego pokój. Zostawi klucz pod wycieraczką, nie ma go w domu przez większą część dnia. Ustalamy, że zacznę jutro. Jestem cały rozgrzany, wrę, by zabrać się do tej roboty, wypić, wessać ten pokój, uczynić go rzeczywistym na mój własny sposób, powstrzymać wszelkie zachodzące tu zmiany. Umawiamy się też na wieczór na spotkanie z kilkoma przyjaciółmi Sweika, potem pojedziemy do Bastylii oglądać motocykle. Kate najprawdopodobniej nie zechce się z nami wybrać, ale nie będzie też miała nic przeciwko temu, bym pojechał sam. Kate i ja mamy wiele wspólnego, ale nasze rozrywki są zasadniczo odmienne.

Równoczesny wybór.
Ale po co zaraz przed ołtarzem?

Spotykamy się o dziewiątej w pokoju Sweika. Większość paryskich motocyklistów zjeżdża do Bastylii w piątkowe wieczory, tutaj spotykają się wszyscy. Gliniarze na motocyklach stoją dookoła, czekając na rozróbę. Przyjeżdża tu trochę starych motorów, nie brakuje też różnych zwariowanych typów. Po prostu macho-orgia na szybkie maszyny.

U Sweika poznaję najdziwniejsze indywidua. Jeden z nich nazywa się Lubar, Żyd z Brooklynu ożeniony i rozwiedziony z francuską prawniczką. Prowadzi lekcje języka angielskiego dla Francuzów pracujących dla IBM, pracuje razem ze Sweikiem. Następny typ, Tompkins, jest fizykiem-poetą, przyprowadził ze sobą dziewczynę imieniem Donna. Siedzi tu na stypendium z Berkeley, powinien prowadzić badania na Sorbonie nad fizyką ciała stałego, ale cały swój czas spędza na pisaniu wierszy. Duncan, wysoki, szczupły mężczyzna, ma triumpha 500, niewiele mówi. Lubar ma BMW 750. Tompkins przyjechał na tylnym siodełku motoru Lubara, Donnę przywiózł Duncan.

Sweik przyprowadza swoją maszynę i rozgrzewamy silniki przed hotelem na rue Guisarde. Robimy potworny hałas na tej wąskiej ulicy zabudowanej wysokimi domami. Jakiś facet oblewa nas wodą z trzeciego piętra, trudno go o cokolwiek winić. Gaszę swój motor. Lubar sika na ścianę, zaczyna wydzierać się po francusku, ani śladu brooklyńskiego akcentu. Tym razem facet z góry oblewa go gorącą wodą. Lubar jest teraz przemoczony do suchej nitki, zaczyna tańczyć jiga na jezdni, śpiewając na cały głos o swojej pierdolonej maszynie, dzięki Bogu po angielsku. Coraz więcej ludzi zbiera się na ulicy, wszyscy gapią się na Lubara, który wyraźnie się popisuje.

*

Wreszcie ruszamy z rykiem silników, najpierw w stronę rzeki, przejeżdżamy na prawy brzeg i wzdłuż bulwarów. Nie jedziemy wcale szybko, ot, mała przejażdżka w chłodną, prawie już wiosenną noc. Sweik i ja zamykamy kolumnę, moje zmęczone sto sześćdziesiąt centymetrów sześciennych brzmi jak organy.

Śmiertelny guz. Gąbczasta narośl.
Ropień jakby rzucono zły urok.
Bolesna cysta, ukryta gdzieś głęboko.

Kręcimy się po Bastylii przez około godzinę, jest tu trochę pięknych motorów. Widzę nowe kawasaki, coraz więcej jest też motocykli do crossu. Jakiś facet ubrany od stóp do głów w skórę proponuje Sweikowi tysiąc franków za jego ariela. Sweik uśmiecha się tylko i grzecznie odmawia. Kilka razy objeżdżamy kolumnę Bastylii razem ze wszystkimi, a później kierujemy się w dół Roquette w stronę rue de Lappe.

Parkujemy i przeciskamy się do „Belajo", staromodnej francuskiej tancbudy. Pełno tu Algierczyków i czarnych, trochę zniszczonych kobiet w średnim wieku, niemało też prostytutek płci obojga. Znajdujemy wolny stolik pod balkonem, nad nami rozsiadła się orkiestra.

Donna idzie do toalety, przejażdżki na motorze potrafią nieźle wytrząść nerki, jeśli nie jest się do tego przyzwyczajonym. Lubar przekłada kurtkę jakiegoś Algierczyka czy Tunezyjczyka, żeby zrobić miejsce dla Donny. Arab wścieka się, rzuca kurtkę z powrotem na puste krzesło. Lubar skacze na równe nogi i zrzuca ją na podłogę.

No proszę, znowu się zaczyna. Bramkarze zaczynają zbliżać się do nas niebezpiecznie. Lubar podwija rękaw koszuli i potrząsa pięścią tuż przed nosem Araba. Zsuwam się pod stół, naciągając hełm na moją biedną, starą, łysą głowę. Jestem gotów wyczołgać się stąd choćby na kolanach.

Donna wraca z toalety, zajmuje wolne krzesło i uśmiecha się do wszystkich. Arab też się uśmiecha, wycofuje się, przeprasza Donnę, jak gdyby Lubar w ogóle nie istniał. Wszystko nagle się uspokaja, bramkarze znikają jak duchy. Odegrano przed nami następny, równie głupi jak wszystkie inne, popis męskości. To jeszcze gorsze niż oglądanie tańca brzucha czy króliczków z „Playboya".

*

Zamawiamy piwo, zaczynamy obserwować parkiet. Mężczyźni są tu w wyraźnej przewadze, stosunek wynosi dwa do jednego. W większości są to prości robotnicy, Arabowie, Murzyni, Hiszpanie i Portugalczycy, niewielu z nich tańczy. Są w Paryżu sami, bez kobiet, przychodzą tu w nadziei znalezienia sobie kogoś. Samotni mężczyźni, pozbawieni kobiet, potrafią być niebezpieczni.

Orkiestra znowu zaczyna grać, wszyscy tłoczą się na parkiecie. Lubar nadal ma ochotę na bójkę, podrywa się wciąż, klepie mężczyzn po ramieniu, wtrąca się, wygłupia. Niski facet jak on, nieudany atleta, nie ma nigdy dosyć. Może skończyć z nożem między łopatkami, jeśli się szybko nie uspokoi.

Tańczę z jakąś kobietą w peruce, prawie w moim wieku, sztywna jakaś, miałaby może ochotę poskakać, ale ciągle odpycha mnie chudymi, żylastymi ramionami. Ponad parkietem obraca się staromodna kryształowa kula, od której na ścianach i podłodze odbijają się kolorowe światła. Gdy skupiam się na światłach, wydaje mi się, że wszystko jest tu do góry nogami.

Moja następna partnerka wciska we mnie swój obwisły brzuch. Gdybym zbliżył jej zapałkę do ust, mogłoby to grozić wybuchem, mieszanina alkoholu, czosnku i gazu. Słaniając się na nogach, wracam do stolika.

Siedzimy przez dwie następne kolejki. Lubar przyprowadza do stolika bladą dziewczynę w króciutkiej spódniczce mini, o niewiarygodnie chudych nogach, panienka zaczyna podawać cenę, ale uznajemy, że nie wchodzimy w ten interes, to zbyt smutne. Wychodzimy, uruchamiamy motocykle i kierujemy się w stronę Contrescarpe. Meldujemy się w „Cinq Billards", małej kafejce, gdzie mają cztery niezłe stoły. Lubar i Duncan zaraz zabierają się do gry. Tompkins i Donna kibicują. Sweik gra ze mną w ping-ponga w tyle sali. Ma silny forhend, niezłe ścięcia, ale serwuje przeciętnie, a bekhend ma po prostu marny. Staram się to wykorzystywać, sam nieźle serwuję, ale z bekhendem też u mnie słabiutko. Partia kończy się remisem, niezła gra i sporo zabawy. Sweik i ja jesteśmy sportowcami, za dużo się śmiejemy. I dobry Boże, szybko się męczę, możecie to sobie wyobrazić? Męczę się, grając w ping-ponga!

Śmierć to filiżanka kawy. Albo świt.
Orgazm. Całe dobro, jakiego doznajemy
W swym życiu. I całe zło. Takie jest życie.
Taka śmierć.

Robi się już późno, starszy pan powinien już wracać do domu. Jadę sobie z górki, mijam Jardin des Plantes, kostnicę i Jussieu, wydział nauk przyrodniczych Sorbony. Tu właśnie mieściły się dawniej Halles aux Vins, to chyba dowód postępu. Przejeżdżam mostem przez wyspę Świętego Ludwika i w górę rue Henri IV jadę z powrotem w stronę Bastylii. Motocykle rozjechały się już i panuje tu cisza.

Zjeżdżam w rue Charenton, aby ominąć Faubourg Saint-Antoine. Nie potrafię znieść widoku mebli stojących na wystawach. Cała ta długa ulica pełna jest rzeczy, które udają coś, czego nie ma i co w ogóle nie powinno istnieć. W niedzielę, kiedy sklepy są pozamykane, biedacy spacerują tędy prawie że na kolanach.

Na końcu rue Charenton zauważam człowieka leżącego na ulicy. Leży pod latarnią z głową opartą o krawężnik. Wokół widzę krew. Nie ma nikogo w pobliżu, cisza i spokój. Rynsztok pełen jest krwi. Krzyczę na cały głos, ale nikt nie otwiera okna. Kucam przy nim, jego twarz i dłonie są blade i zimne, nie oddycha. Wskakuję na motocykl i pędzę na Marché Aligre, na komisariat policji.

Dwaj policjanci stoją w kącie na szeroko rozstawionych nogach. Wyjaśniam, co się stało. Wiem, że pakuję się w kłopoty. Jeden z gliniarzy, ku mojemu zaskoczeniu, wskakuje na siodełko mojego motocykla, podczas gdy drugi dzwoni po posiłki. Jedziemy z powrotem na rue Charenton. Kiedy dojeżdżamy na miejsce, gliniarz pochyla się nad tym biednym wykrwawionym facetem. Teraz ludzie tkwią już w wielu oknach. Gliniarz pyta mnie o nazwisko, przegląda mój paszport. Domyślam się, że czeka mnie noc w areszcie.

*

Ściąga płaszcz i przykrywa nim trupa, łącznie z głową. Miło, że o tym pomyślał, nie jest zbyt ciepło. Mówi, że mogę już jechać. Zapisał moje nazwisko, adres i numer paszportu w swoim małym notesie. Przypuszczałem później, że będę miał jeszcze do czynienia z policją; myliłem się, we Francji nigdy nie wiadomo, co się zdarzy.

Przyjeżdżam do domu. Zastaję drzwi zamknięte, ale wziąłem ze sobą klucz. Próbuję cichutko wśliznąć się do łóżka, ale bez powodzenia. Obudziłem Kate, przytulam się więc do niej. Wspaniałe uczucie, układamy się jak łyżeczki, ciepłe ciało, ciepłe łóżko. Nie ma nic lepszego niż spać wtulonym we własną żonę. Okropnie tak leżeć na ulicy, kiedy nikt nie chce nawet otworzyć okna, by spojrzeć, co się stało.

Kate przewraca się na drugi bok i przygląda mi się uważnie, kiedy zapadam już prawie w sen.

— Kochanie, nie możesz kłaść się o tej porze i pracować normalnie za dnia. Jest prawie trzecia nad ranem, to bez sensu. Wiesz przecież, że nie jesteś już dzieckiem.

Nie mam specjalnej ochoty, by odpowiadać, ale Kate powinna wiedzieć.

— Masz rację, ale zdarza się, że malarz pracuje, choć nie ma w ręce pędzla.

Cisza, nie powinienem nic więcej mówić. Przysiągłem sobie, że z nikim nigdy nie będę się kłócić, zwłaszcza z Kate. W kłótni przegrywają obie strony. Ale martwy mężczyzna, którego znalazłem na ulicy, tak bardzo wytrącił mnie z równowagi, że nie potrafię utrzymać języka za zębami. Chcę jej o wszystkim powiedzieć, podzielić się swoim strachem.

— Kiedy jechałem do domu, znalazłem zwłoki na rue Charenton. Wezwałem policję, gliniarz wskoczył na mój motor i pojechał tam razem ze mną. Przez chwilę myślałem nawet, że mogę wylądować na noc w kiciu. Wiesz przecież, Kate, że zadzwoniłbym do ciebie, gdyby coś się stało.

Urywam. Takie rzeczy wytrącają mnie z równowagi, chyba nawet bardziej niż trupy. Boję się najprawdopodobniej, że sam stanę się jednym z żywych trupów, będę żył, wyłącznie starając się o usprawiedliwienie swoich czynów. Wielu ludzi wyciera sobie ramiona ciągłym oglądaniem się do tyłu.

Potoki słów, palce na cynglu. Wieczne pomyłki,
Błędy za cenę życia, które spaliło na panewce.
W malowanej iluzji tracimy ufność.

Rozdział 5

MALARZ DLA LUDZI

Dzisiaj zaczynam malować pokój Sweika. Naprawdę zostawił mi klucz pod wycieraczką. Pokój jest chłodny, ale pełen światła. Silne promienie słońca wpadają ukośnie do środka. Nawet przy otwartym oknie unosi się tu zapach stęchlizny.

Staję w drzwiach i ustawiam sztalugi. Tego mi właśnie potrzeba, może później uda mi się przekonać Sweika, by usiadł pod oknem; będzie rzucał niemożliwe w tej chwili do przewidzenia cienie na pokój.

Pokój nie wygląda na legowisko kota. Książki, fajka, butelka po winie, spodnie przewieszone przez oparcie krzesła, zepsuty zegar na półce nad kominkiem, drobiazgi. Sweik może okazać się niedźwiedziem, może nawet niedźwiedziem himalajskim, który przesypia zimę. Będę musiał dowiedzieć się, czy jada miód i jagody. Niedźwiedzie uwielbiają miód, jagody, owoce i mięso, są prawie tak wszystkożerne jak człowiek.

W tym pokoju przydałyby się obrazy, które zasłoniłyby zacieki na ścianach. Przyniosę kilka słonecznych płócien, które przywiozłem z Hiszpanii. Namalowałem je dwa lata temu, kiedy pojechaliśmy na południe na ferie wielkanocne, nigdy nie zdołałem sprzedać choćby jednego. Nikt w nie nie wierzył, takie rzeczy przydarzają się także malarzom. Ludzie nie potrafią uwierzyć w bardzo piękne rzeczy.

Robię znakomitą kompozycję, z pozycji stojącej, przez stół i ponad łóżkiem, prawie jednopunktowa perspektywa. Ściana, kominek, półki i lustro wypełnią prawą stronę obrazu. Okno będzie stanowić martwy środek. Za oknem, po przeciwległej stronie ulicy znajduje się kryjąca się w cieniu stara ściana. Ten pokój jest pełen uwięzionego światła, jest go tak wiele, że można w nim wręcz brodzić.

Wspaniale byłoby namalować na pierwszym planie czytającego Sweika, samotnego jak niedźwiedź, zdecydowanie — niedźwiedź. Jak w ogóle mogłem pomyśleć, że jest kotem? Jego dłonie i stopy są zbyt duże. Wielki, miękko poruszający się niedźwiedź z gór, który co pewien czas unosi głowę, węszy, rozgląda się dokoła, tak jak robią to wszystkie niedźwiedzie.

Leżę w ukryciu w wilgotnej jaskini.
Niewolnik wszystkich pór roku.
Jednak błogosławiony.

Najpierw ultramaryna, ochra, sjena palona na podkład. Jeszcze nie rysuję, rysunkiem zajmę się w czasie malowania. Jestem teraz we wnętrzu formy i światła, łączę miejsca, gdzie zbiegają się ściany. Belka biegnąca przez sufit stanowić będzie kontrast z dywanem i światłem padającym na płytki podłogi. Motyw przewodni — żółcie, żółte brązy skontrastowane z ciemną zielenią.

Żyjąc powietrzem, ścigając się ze światłem,
Lecę w przestrzeni. Wciąż oczy mam wygłodniałe.

Ja sam jestem chyba psem. Chciałbym być wilkiem. Kate to wilk pełnej krwi. Psy potrzebują, by ktoś je lubił; dużo szczekają i wyją. Psy są troskliwe. Wilki nigdy niczego nie oddają, są bardzo lojalne, dumne, zaborcze; dbają o swoje gniazda. Moja pierwsza żona również była wilczycą. Sprowadziła na mnie stado i zniszczyli mnie wspólnie. Czasami zdarza mi się nawet myśleć, że jej się to podobało. Staram się wymazać z pamięci tę myśl, ale nie potrafię.

Świst wiatru w kominie.
Zew wilczycy przywołującej swoje młode.
Czuję się samotny, kiedy gaśnie ogień.

Chcę objąć swoim obrazem tak wiele, jak tylko można, rozszerzam więc perspektywę. Problem z czterema zbiegającymi się siłami polega jednak na tym, że mogą pozbawić obraz ostrości.

Zaczynam rysować na podkładzie. Światło przesuwa się przez pokój, pada z lewej ku prawej. Przesuwam się wraz z nim, ustawiając w myślach kąt, opierając się na fotonach.

*

Właśnie zabierałem się do impastu, kiedy Sweik wszedł do pokoju. Zgadza się usiąść w oknie, musi trochę poczytać. Siada na krześle i zaczyna kołysać się, opierając stopę na poręczy łóżka. W pokoju panuje cisza, obydwaj ciężko pracujemy. Słyszę tylko szelest pędzla na płótnie.

Czuję i pozwalam, by wszystko działo się samo. Jestem poza sobą, a pokój przepływa przeze mnie. Nie wiem nawet, jak do tego dochodzi. Oglądam swój obraz z odległości, jak gdybym obserwował Boga w akcie tworzenia świata. Przez godzinę czy dwie pracuję pędzlami. Kontrolowane spadanie, jeżdżę na nartach po świetle.

Światło zaczyna przygasać. Sweik opada wraz z krzesłem, przeciąga się. Decydujemy, że zjemy coś razem na miejscu. Mamy już pół butelki wina, butelka ta znalazła się na moim obrazie. Nigdy nie zostanie wypita do dna, pozostanie na obrazie na zawsze, a przynamniej na czas, który uchodzi za wieczność.

Zrzucamy się po dziesięć franków i Sweik idzie na zakupy. Pakuję swoje rzeczy, czując pustkę w środku. Wyciągam się na łóżku i słucham. Obraz stoi na półce nad kominkiem, następny dzień przyszpilony do płótna. Odwracam go do ściany, nie mogę na niego patrzeć, jest bardziej rzeczywisty od rzeczywistości, nie potrafię się z niego wydostać. Tak łatwo jest się zgubić, stracić rozeznanie, nie wiedzieć już, co jest prawdą.

Sweik wraca, przynosi ciepłą bagietkę, ser camembert, kilka pomidorów. To pierwsze ładne pomidory w tym roku, marokańskie. Przekrawam bagietkę wzdłuż i układam pokrojone w plasterki camembert i pomidory. Kroimy też kawałek kiełbasy, która nadal wisi nad zlewem na moim obrazie. No i proszę, w gasnącym świetle słońca jemy nieśmiertelną kiełbasę i popijamy nieśmiertelnym winem. Bezdyskusyjnie niemoralne.

> *Każda rzecz lub szpargał*
> *Przykuwa na chwilę moją uwagę.*
> *Zastanawiam się, co to takiego,*
> *Czym było. Albo mogło być.*

Siedzę na podłodze, Sweik na łóżku. Słońce tańczy na ścianie domu odległego o pięć metrów. Odbite światło jest ciepłe. Nalewam wina do kubka do mycia zębów, Sweik pije prosto z butelki. Tanie, wytrawne, białe wino świetnie pasuje do sera.

Całe popołudnie spędzamy na pogaduchach. Sweik nie ma pojęcia, co powinien ze sobą zrobić. Czuje, że nie ma żadnych specjalnych zdolności, żadnych wielkich namiętności, ale nie chce zgodzić się na życie automatu. Lubi podróżować, poznawać nowe miejsca; lubi też kobiety, no i seks, ale niełatwo przychodzi mu przemycić kogokolwiek przez główny hol obwieszony zwisającymi płóciennymi workami. Chciałby znaleźć poważną, rozsądną kobietę, z którą mógłby zamieszkać na jakiś czas.

*

Opowiadam mu o mieszkaniu Lotte. Może byłbym w stanie wykombinować tam trochę miejsca dla Sweika. To gniazdo jest zbyt duże dla jednego człowieka, wielkie nieba, ma przecież ponad pięćdziesiąt metrów kwadratowych powierzchni. To prawie tyle, ile mam u siebie dla pięciu osób. Wydzielę pokój dla Sweika. Taniej go to wyniesie niż hotel. Może dzielić toaletę, kuchnię, a może nawet łóżko z Lotte. Dobrze by jej to zrobiło. Facet taki jak Sweik byłby dobry dla jej duszy, rozpuściłby lodowce, jakie pozostawił tam niewierny Francuz. Dusza Sweika jest tak wielka, że Lotte nie zdoła nad nią zapanować, to dusza wielkiego niedźwiedzia. Lotte na pewno skorzystałaby tylko na beztroskiej miłości.

Tak, przydałby się Lotte taki mruczący miś, który trochę by się nią zajął, wniósłby nowy zapach do jej domu. Ze Sweikiem byłaby szczęśliwsza, nadałby jej życiu nowy sens, wniósł do niego kilka niespodzianek. Źle jest żyć wyłącznie wśród rzeczy, które już dobrze się zna.

Zaintubowani. Pod psychicznym
Namiotem tlenowym. Dzięki rurkom
I cewnikom podtrzymujemy sztucznie
Swoje życie. Krwią, potem i łzami smarujemy osie
Karawanu, który wiezie nas na cmentarz.
Nie ocalając nic.

Przed wyjściem umawiam się na dalszy ciąg malowania. Wychodzę, wskakuję na motor i jadę do Marais, starej dzielnicy żydowskiej Paryża. Mają tu wspaniałe piekarnie, gdzie można dostać chałkę i pumpernikiel, delikatesy, gdzie sprzedają pastrami, na ulicach słyszy się jidysz. Dzieci w czarnych czapeczkach idą z tornistrami do *shul*. Wspaniałe zapachy, piękne uliczki.

Siedzę na siodełku motocykla i zaczynam szkicować. Przygotowuję pomysły na cały cykl obrazów, co najmniej trzydzieści albo czterdzieści płócien. Rozmyślałem nad nim od miesiąca i jestem już prawie gotów, by zabrać się do roboty.

Mieszkają tu wspaniali ludzie, zadają ciągle najdziwaczniejsze pytania. Zazwyczaj pierwsze dotyczy tego, czy jestem Żydem. Czasami odpowiadam tak, czasami nie, chcę dowiedzieć się, czy powoduje to jakąś różnicę. Żadnej jednak nie potrafię zauważyć.

Katolik, protestant, hinduista.
Muzułmanin, prawowierny żyd.
Ale kim, u diabła,
Jesteś ty?

Zawsze maluję cykle, w ten sposób próbuję dać szersze pojęcie o dzielnicy. Pojedynczy obraz jest jak człowiek o sztywnym karku — ładny widok, który trwa tak długo, jak długo nie odwróci się głowy. Ja wybieram właściwe miejsca, potem obracam się wolno, tak że jeden obraz zaczyna się tam, gdzie kończy się poprzedni.

Jestem przekonany, że przyszłością malarstwa są kasety wideo. Będę opowiadał, o czym myślę, kiedy maluję, filmując moje obrazy kamerą wideo, pokażę, jak powstają. Ludzie będę mogli obejrzeć tak, jak ja je widzę, całkowicie subiektywnie, mój Paryż, nic co rzeczywiste nie stanie nam na drodze, jedynie wspaniałe, osobiste kłamstwa. Już wkrótce wszyscy będą mieli odtwarzacze wideo, a do nich ogromne ekrany. Taka na pewno będzie przyszłość malarstwa, problem polega jedynie na tym, że ja już tego nie dożyję.

Muzea są jak pokazy mumii, gdzie nikt nie przychodzi. Prywatne zbiory to kosztowne grobowce, odcięte od świata. Do diabła, maluję przecież dla ludzi! Maluję tak, jak większość ludzi chciałaby to robić, gdyby tylko potrafili. Moje obrazy podobają się przechodniom na ulicach, ludzie lubią patrzeć, jak maluję. Dryfują wraz z moimi myślami i im więcej wiedzą o tym, co maluję, tym bardziej podobają im się moje płótna. Jest to dla mnie istotna część tego, co nadaje sens całej mojej pracy.

Męczy mnie jednak, że zawsze muszę dzielić swoje cykle, sprzedawać je w częściach. Nie znalazłem jeszcze nikogo dość bogatego, by mógł kupić całość.

Staram się dowiadywać o dalszych losach moich płócien, może pewnego dnia zdołam zebrać je na nowo, ale byłoby to bardzo trudne, przypuszczalnie niemożliwe, a na pewno nieprawdopodobne.

Nasze wysiłki, marzenia, ideały, idee
Rozwiały się. Rozproszyły. Opuszczają
nas jak dorosłe dzieci. Mogło być gorzej!

Zbliżam się już do końca cyklu poświęconego Canettes. Malowałem już w domach i na ulicach. Malowałem portrety, fasady domów, zaglądałem do okien, węszyłem po okolicy. Zaczynam mieć już tego dosyć. Teraz będę musiał pociąć swoją pracę jak ser czy salami.

*

Następny cykl poświęcę Marais. Najlepszym sposobem na zapomnienie o obrazach jest malowanie następnych. Chciałbym tutaj zamieszkać, znalazłem nawet mieszkanie do wynajęcia, należy do Żyda, który zamierza wyemigrować do Izraela, do swoich dzieci. Nie mogę jednak przeprowadzać się dla każdego obrazu. Kate twierdzi, że nigdy nie zgodzi się na następną przeprowadzkę, nie mogę jej za to winić. Naprawdę wiele lat przeżyliśmy jak Cyganie i to bez cygańskiej muzyki. Z całą pewnością zasługuje na stałe gniazdo. Dzięki Bogu, że choć trochę się zgadzamy, oboje lubimy status obcych, życie poza swoim krajem, ale mój wewnętrzny niepokój potrafi czasami stać się nie do zniesienia nawet dla Kate.

Ma swój dom, własną
Toaletę, cztery ściany, sień
I łóżko wygodnie posłane.
Więc czemu jej tak źle?

A zatem siedzę na siodełku motocykla i szkicuję, tworzę przestrzeń ołówkiem, kiedy podchodzi do mnie jakaś kobieta. Ma mniej więcej czterdzieści pięć, może pięćdziesiąt lat, ładna twarz, krótko obcięte włosy, wygląda trochę dziwnie, ale miło. Odzywa się do mnie po angielsku, poprawną angielszczyzną, z francuskim akcentem. Wie, że jestem Amerykaninem, bo mój motocykl ma kalifornijskie tablice rejestracyjne, w ten sposób unikam francuskich podatków i mandatów.

Mówi, że sama jest malarką, i patrzy mi prosto w oczy. Ma najbardziej brudne oczy, jakie w życiu widziałem. Czuję, że mam ochotę podnieść rękę i wytrzeć swoje. Przechyla głowę i przysuwa się bliżej, czuję słaby zapach alkoholu, odór bakterii i ludzkich wymiocin. Zwraca łagodne, brudne oczy w stronę mojego rysunku, potem kładzie dłoń na mojej, kiedy próbuję szkicować. Uśmiecha się do mnie, w takich warunkach nie mogę pracować!

Zaprasza mnie na kropelkę. No pewnie, że chcę, może da mi święty spokój, kiedy jej coś postawię. Zabiera mnie do kafejki za rogiem, siadamy na tyłach sali. Jestem już zmęczony, sam nie wiem, jak się tu znalazłem.

Zaledwie usiedliśmy, a już wyciąga rękę i kładzie dłoń na moim kroczu. Nic poważnego, myślę, szuka sobie ciepłego miejsca. Zamawia po kieliszku wódki dla nas obojga. Zaczyna opowiadać mi historię swojego życia; niektórzy ludzie sądzą, że artyści są księżmi. Może rzeczywiście powinienem nosić ze sobą zawsze przenośny konfesjonał, a na szyi stułę. Może udałoby mi się jakąś ukraść.

Twoje ramiona bywają nieraz
Równie twarde jak kamień.
Ale uważaj, by nie obsunął się
Jak skała i nie stał się twoim nagrobkiem.

Jak się okazuje, jest córką słynnego malarza. Jej matka i ojciec umarli, kiedy była jeszcze dzieckiem. Wydaje mi się, że dostrzegam ojca w jej oczach, może to tylko alkohol albo narkotyki, wyschnięta skóra, coś więcej niż wiek. Maluje, sprzedaje rysunki ojca, wystawia poświadczenia autentyczności jego obrazów.

Właśnie wróciła ze Szwajcarii. Jej brudne oczy napełniają się łzami, może zobaczę błotniste ślady na policzkach, opowiadanie robi się już kosztowne. Kiedy była w Szwajcarii, jej córka uciekła z domu i zaszła w ciążę. I cóż w tym takiego strasznego? Ja też chciałbym móc zajść w ciążę. Chyba wszyscy pożądamy tego, co niemożliwe, to część ludzkiej natury.

Kładzie głowę na stole, obok dłoni trzymającej kieliszek. Obraz jak z Lautreca. Szlocha jak bóbr, mężczyźni siedzący przy barze zaczynają odwracać się w naszą stronę. Chcę stąd wyjść. Cała ta sytuacja zaczyna rozwijać się w coś, co mnie przeraża. Zaprasza mnie, bym zajrzał do jej mieszkania, obejrzał rysunki jej ojca i jej własne prace. Zaczyna robić się słodka, nalega, że to ona zapłaci za wódkę, wyciąga z torebki gruby plik stufrankówek. Powinienem był zapakować się i od razu odjechać.

Wychodzimy z kafejki, nie mam ochoty iść z nią, ale nie chcę ranić jej uczuć. Okłamuję ją więc, mówię, że muszę dokończyć rysunek, zajdę do niej później. Wskazuje mi kierunek, mieszka na sąsiedniej ulicy. Odchodzi, kołysząc się na boki. Wracam pędem do swoich rzeczy, pakuję się pospiesznie, wskakuję na siodełko i zjeżdżam z górki spory kawałek, zanim odważę się kopnąć rozrusznik i umknąć cichaczem.

Nie stać mnie na smutną miłość z pijaczką. Potrafię czasami okazać się okropnym tchórzem; brakuje mi siły właśnie wtedy, gdy robi się naprawdę niebezpiecznie, moje nerwy nie wytrzymują napięcia. Mam tylko nadzieję, że upije się do nieprzytomności i zapomni, że kiedykolwiek mnie widziała.

Nie chcę też tracić czasu, zbyt cenna to dla mnie rzecz, dochodzę już do dna swojej beczki. To okropne, czuję się jak ośmiodniowy zegar, do którego zgubiono kluczyk. Nie podaję już nawet właściwej godziny, zawsze trochę się spóźniam.

Rozdział 6

NOTATKI Z PODZIEMIA

Środa, kończę malowanie pokoju Sweika w ujęciu od drzwi. Przyniosłem kilka słonecznych obrazów, by zdjąć ze ścian przekleństwo zacieków.

W czwartek zacząłem następny obraz, tym razem ustawiłem się przy oknie, twarzą do drzwi. Przy łóżku Sweika stoi wielka komoda z lustrem. We francuskich hotelach zawsze można znaleźć lustro obok łóżka. Maluję sakwy i kask Sweika, wiszące obok drzwi na ścianie. Po przeciwnej stronie umieszczam zlew i bidet, starannie oddając wszystkie szczegóły hydrauliczne.

Sweik leży w łóżku. Uszkodził sobie kręgosłup, wnosząc po schodach jakąś Dunkę. Twierdzi, że niósł ją zgięty wpół, żeby konsjerżce wydawało się, że słyszy tylko jedną parę nóg na schodach. Potknął się o resztki wykładziny, nadwerężył sobie kręgosłup i upuścił niesioną kobietę.

Sweik jest naprawdę zirytowany, Dunka została wprawdzie na noc, ale nie miała z niego żadnego pożytku. Poszła sobie wcześnie rano, na schodach słychać było tylko jedną parę nóg.

Radość seksu.
Ulubiona zabawka.
Polowanie na seks.
Ostrze noża
W stalowej pułapce.

Kiedy kończę rysować, pomagam Sweikowi podnieść się z łóżka, by mógł się choć trochę umyć. Z jego kręgosłupem jest na tyle źle, że nie może usiąść na krześle, zsuwa się z łóżka i klęka na podłodze. Kiedy tak klęczy, wygląda naprawdę jak zraniony niedźwiedź. Ściągam z łóżka koce i pościel. Przekładam ją na drugą stronę, cienkie, szare, brudne prześcieradło, żadnych śladów nasienia. Korzystając z kuchenki gazowej, podgrzewam trochę wody. Naprawdę cierpi. Pomagam mu podnieść się z podłogi i usiąść na skraju łóżka. Siada i zaczyna się opłukiwać. Niedźwiedź, taki jak Sweik, cierpi, kiedy nie może zadbać o swoją higienę. Spodziewam się wręcz, że zacznie lizać łapy i przygładzać zmierzwione futro. Jako temat na obraz pokój ten może wydawać się piękny, ale kiedy ktoś musi pozostawać w nim przez cały dzień, nie ruszając się z łóżka, potrafi wpędzić w depresję.

Próbuję namówić Sweika na przebudowę mieszkania Lotte. Oddzieliłbym dla niego mały pokoik, znalazł płaską deskę i kawał gąbki, zrobiłbym łóżko. Dla jego pleców byłoby to najlepsze rozwiązanie. Koja, w której sypia, ma wgłębienie dokładnie w samym środku, najgorsze możliwe ułożenie.

Nasze sny zależą od krzywizny Ziemi,
Od tego, jakie Ziemia kryje bogactwa.
W snach nie ma żadnego matactwa.

Tymczasem praca nad moim obrazem posuwa się naprzód. Umieszczam w nim moje własne płótna. Maluję obrazy odbite w lustrze na obrazie. To właśnie nazywam bezczelnym, czterowymiarowym kłamstwem, którego celem jest przekazanie prawdy, cokolwiek może to znaczyć. Mój umysł przepełniają przeróżne myśli na temat czasu w obrazach. Pewien jestem, że pierwszy plan to teraźniejszość, a tło to przeszłość. Zaczynam skłaniać się ku myśli, że drugi plan to przyszłość. To, co wiemy, bierzemy z przeszłości, a w teraźniejszości czynimy przypuszczenia o tym, co dopiero się zdarzy. Tak, przyszłość to najprawdopodobniej drugi plan.

Kiedy Sweik wraca do łóżka, zaczynamy rozmawiać. Mówimy o tym, jak trudna jest przyjaźń między mężczyznami, traci sens, gdy okazuje się zwykłym kumplowaniem: liga piłki ręcznej, gra w kręgle, partie pokera. Mówię mu, że jestem przekonany, iż mężczyźni boją się siebie nawzajem, krążą wokół siebie wzajemnie z wyszczerzonymi kłami.

Obydwaj wiemy, że sondujemy się na razie, próbujemy obalić dzielące nas ściany, ale czujemy się bezbronni. Tak trudno jest przebić się na drugą stronę. Mężczyźni zmuszeni są do współzawodnictwa, walki tak wcześnie, że kontakt staje się rzeczą prawie całkowicie niemożliwą. Sweik wygina się w łuk, jęczy, odzywa się przez zaciśnięte zęby.

— Sam wiesz, facet jest w końcu tak załatwiony, że wolno mu mieć jednego prawdziwego przyjaciela, z czterech miliardów tylko jednego!

Patrzę na niego, przerywam malowanie. Uśmiecha się, zaciskając zęby.

— Wiesz, tak naprawdę boję się małżeństwa. Po ślubie wolno facetowi być blisko tylko z jedną kobietą. Jako że mężczyźni w ogóle nie wchodzą w rachubę, oznacza to, że liczba osób bliskich spada do jednej.

Przekręca się na bok i jęczy. Byłoby chyba lepiej, gdyby leżał na podłodze, a nie na nierównym łóżku. Zmieniam pędzle, dodaję trochę terpentyny do werniksu.

— Przecież to samo dotyczy kobiet. Jeśli ludzie są dość głupi, by żyć według takich reguł, nie powinni się dziwić, jakie są tego skutki.

Sweik wpatruje się w sufit, znowu wygina się w łuk. Wydaje mi się, że mnie nie usłyszał. Patrzy w moją stronę, prawie udało mu się zrobić mostek, ma zaciśnięte zęby.

— Sam nie wiem, są inne. Kobiety mają siebie nawzajem, są sobie bliższe.

Nie odpowiadam, ale nie wierzę w to, co powiedział.

Miłość siostrzana i braterska są zastrzeżone dla prawdziwych braci i sióstr, a nawet w ich wypadku bywa rzadka.

Kiedy przemokniesz do suchej nitki,
Czujesz się jak prawdziwy rozbitek.

Przegadujemy w ten sposób całe popołudnie. Dobrze jest rozmawiać na tym etapie malowania. Miło, że Sweik leży w łóżku. Gadamy jeszcze trochę o tym, co jest złe w męskim życiu. Jak na młodego faceta wiele zdążył zauważyć.

Opowiadam mu o swoim udziale w drugiej wojnie światowej. Sweik jako student wymigał się od awantury w Wietnamie.

Czasami ogarnia mnie poczucie winy, teraz, kiedy tyle już wiem. Jeśli kiedykolwiek był przeciwnik, z którym trzeba było stoczyć wojnę, to sądzę, że byli to właśnie faszyści. Mój problem polegał jednak na tym, że nie chciałem brać udziału w zabijaniu, nadal tego nie chcę. Nawet zabijanie ludzi, którzy mordują innych, nie ma dla mnie sensu. Jak można położyć temu kres? Nienawidzę uczestniczenia w rzeczach całkowicie pozbawionych sensu. Muszę jednak przyznać, że spieprzyło mi to życie.

Łańcuch pokarmowy: wzajemnie zjada się cały świat.
Jak nazywa się ten piękny
Kwiat, który właśnie trawimy?

Nagle, sam nie wiem, skąd nam się to wzięło, zaczynamy obmyślać założenie fantastycznego klubu motocyklistów w Paryżu. Postanawiamy zorganizować mistyfikację, niby-klub w stylu supermacho, Warlocks albo Hell's Angels z Paryża, tylko bez motocykli, jako się rzekło — kompletna mistyfikacja.

Sweik śmieje się tak mocno, że z bólu łzy spływają mu po policzkach. Napiszemy do największego klubu motocyklistów w Stanach i poprosimy o statut dla Paryskiego Amerykańskiego Klubu Motocyklowego — Paris-american Motorcycle Club. Będziemy wymyślać raporty z wycieczek i wyścigów, wymyślimy zupełnie nie istniejący świat motocyklistów.

Sweik śmieje się i płacze, jest to prawdopodobnie najlepsze lekarstwo na jego bóle, rozluźnia mięśnie. Biorę ze stołu kartkę papieru, a Sweik siada w łóżku. Wychodzi nam wcale niezły list, pełen wręcz barokowych wywijasów stylistycznych.

Najlepsze lekarstwo przed kurarą
Nagłe rozstanie,
A potem wybuch śmiechu.

Później, kiedy zbieram się już do wyjścia, Lubar, Duncan i Tompkins zachodzą, by zobaczyć, jak czuje się Sweik. Nie mogą uwierzyć w nasz list. Lubar myśli, że napisaliśmy go na serio. Duncan wychodzi na chwilę, by kupić wino. Lubar zbiega na dół w ślad za nim i z bagażnika swojego motocykla przynosi papeterię ukradzioną z biura IBM. Przepisujemy list, jeszcze bardziej go ozdabiając. Nasz list staje się powoli małym poematem prozą. Opisujemy motocykle, które niby posiadamy, wychodzą nam z tego najbardziej wymyślne maszyny, o jakich ktokolwiek mógł słyszeć. Oto prawdziwa staromodna scena szczerej męskiej przyjaźni. Kate zwymiotowałaby, gdyby mogła nas teraz zobaczyć. Nie, usunęłaby się w swój chłodny spokój, udawałaby, że jest ponad to, sprawiłaby w ten sposób, że poczulibyśmy się jak beznadziejni głupcy. Kate nie toleruje kumplostwa. Myślę jednak, że głupota leży u podstaw każdej sztuki. Być może miałaby rację — być może ten nonsens to marnowanie sił twórczych, jakie jeszcze w nas drzemią. Sam już nie wiem.

*

Ukończenie obrazu zajmuje mi dwa dni. Sweik czuje się już lepiej, ale nadal leży w łóżku. Znalazłem deskę, jakoś przeszmuglowałem ją przez hol, omijając czyhające na schodach pułapki, przeszedłem pod zwisającym bre-

zentem obok konsjerżki i wsuwam deskę pod jego mate-
rac. Łóżko nadal nie jest zbyt dobre, ale choć trochę lepsze. Ściągam pościel i biegnę z nią do pralni za rogiem.
Biedny Sweik ma już odleżyny, twierdzi, że nie wierzy,
iż jeszcze się podniesie i będzie mógł chodzić.

> *Na początku był koniec.*
> *Stąd bierze się początek.*

Tymczasem zabieram się do budowy przepierzenia
u Lotte, aby przygotować pokój dla Sweika, na czas, gdy
będzie mógł podnieść się z łóżka. Lotte jest niezadowo-
lona, że przebudowuję jej mieszkanie, nie chce się nim
dzielić. Odpowiadam, że może się stąd wyprowadzić, kiedy tylko chce. Nie chce się wyprowadzać, potrzebuje przestrzeni życiowej — *Lebensraum*!

Lotte to prawdziwa kotka; norka, a może nawet mała
lamparcica. Lubi porządek, wszystko ma być wytarte do
czysta. Ona słucha nawet, czy umyłem ręce, kiedy robię
siusiu w jej łazience. Mój kogut nie jest już tyle wart, co
dawniej, ale to najczystsza część mojego ciała. Rzadko sty-
ka się choćby z powietrzem, cały czas spędza w elastycz-
nym suspensorium. To moje dłonie brudzą się od stykania
z pieniędzmi czy innymi brudnymi przedmiotami. Właściwie powinienem myć ręce przed sikaniem! Jeśli nie będę
ostrożny, mogę sobie jeszcze pomalować mój pędzel, a wtedy jakaś niewiarygodnie szczęśliwa kobieta miałaby kobal-
towobłękitną łechtaczkę. Ach, fantazja, dzięki niej łatwiej
znosić gorzkie chwile! Poza tym w ogóle nie używam ko-
baltowego błękitu, jest zbyt drogi i nie dość trwały.

Wiercę więc dziurę w podłodze, aby zamocować pod-
stawę pod przepierzenie, kiedy nagle wiertło przechodzi
przez podłogę na wylot! Podciągam w górę kamień płaski
jak płyta chodnika, przed moimi oczami otwiera się wielka dziura! Wyciągam następne bloki. Pod stopami mam
ogromną pustą przestrzeń. Lotte zaczyna szaleć, opowiada coś o szczurach, potem o grobach. Rzeczywiście, z dziury ciągnie jak z grobowca, ciemny, wilgotny, martwy odór.

Proszę Lotte o świeczkę. Pochylam się nad dziurą, ale przeciąg gasi płomyk. W ostatniej chwili tłumię okrzyk przerażenia, spodziewałem się, że z ciemności wyskoczy na mnie sam Dracula.

*

Biegnę po latarkę i zaraz wracam. Lotte zasłoniła dziurę dywanem i płacze, leżąc na łóżku. Jestem okropnie podniecony, zaglądanie w tę wilgotną pustkę podkręciło mnie do szaleństwa. Zastanawiam się, gdzie zacząć badanie podziemi. Nagle wyobrażam sobie, że ktoś mógłby stanąć na tym dywanie, i wybucham śmiechem. Lotte płacze teraz jeszcze mocniej. Myślę, że wyrządzam Sweikowi niedźwiedzią przysługę.

Dziura okazuje się głęboka. Z drewna przeznaczonego na budowę przepierzenia zbijam drabinę i opuszczam ją w pustkę. Od dna dzieli mnie dwa i pół metra. Schodzę powoli na dół. Lotte krąży nerwowo wokół dziury. Może wciągnie na górę drabinę, zasłoni dziurę dywanem, oszczędziłaby w ten sposób na czynszu.

Schodzę na dno i rozglądam się dokoła, przyświecając sobie latarką. Przede mną rozpościera się długi tunel. Przechodzi pod zakładem *monsieur* Moro, sklepienie zbudowane zostało z kamiennych łuków, jest tu wystarczająco wysoko, bym mógł chodzić wyprostowany, niewiele jednak zostaje miejsca nad głową.

Przechodzę około trzydziestu metrów, ostrożnie stawiam każdy krok, w miarę jak wokół robi się coraz ciemniej, jest też coraz straszniej. Nagle obracam się za siebie. Nie widzę dziury, przez którą tu wszedłem. Naprawdę to zrobiła!

Czuję nagły atak paniki! Rzucam się w tył i biegnę, aż znowu widzę dziurę w suficie, tunel zakręca, i ściana zasłoniła mi widok. Wspinam się na górę po drabinie. Poproszę Sweika o pomoc, znajdę linę, więcej latarek. Lepiej będzie nie wspominać Kate o tym odkryciu, uznałaby, że to niebezpieczne przy moim ciśnieniu, że to tylko następny sposób tracenia czasu, kiedy powinienem skoncentrować się na malowaniu. Ale, na Boga, pomyślcie tylko, tunele w Paryżu. Czuję się jak Jean Gabin w roli Jeana Valjeana w *Nędznikach*.

Uziemiony jak elektryczność.
Przykuty jak pilot. Przywiązany
Do tej ziemi. Przekopuję się na oślep
Jak kret, aż odnajdę ostatnie gniazdowisko.

Tego samego dnia po południu opowiadam Sweikowi o tunelu. Trochę się już rusza, nadal bardzo ostrożnie, pociąga nogami, jak gdyby miał kłopoty z prostatą. Mówi, że chciałby pomóc, ale nie zdoła zejść na dół po drabinie. To mi wystarczy. Kupuję sznurek, kawałek linki, trzy latarki, zapasowe baterie, kompas i szczegółową mapę centrum Paryża. Planuję wielką operację, myślę, że jutro wkroczę do paryskich podziemi.

Ślady korników w spróchniałych
Kołach. Paszport do wieczności,
Do której zaglądam — nicość przelatuje
Mi koło uszu — nie słyszę nic!

Wykonuję ostatnie pociągnięcia pędzlem na obu obrazach przedstawiających pokój Sweika, potem bierzemy się do wina, jestem więc trochę podchmielony, kiedy wsiadam na motocykl. Nie powinienem prowadzić, kiedy piłem, problem polega jednak na tym, że bardzo trudno przewieźć moje rzeczy i wilgotne płótno metrem czy autobusem. Zawsze rozmazuję wszystko o współpasażerów. Nie służy to obrazom, a i ludzie niezbyt to lubią. Pewna starsza pani uderzyła mnie kiedyś w głowę książką, kiedy ozdobiłem jej płaszcz ręcznie malowanym widoczkiem. Pewnego dnia płaszcz ten nabierze zawrotnej wartości, wtedy jednak pozostał niedoceniony. Naprawdę było mi przykro, próbowałem dać jej dwadzieścia franków na pralnię chemiczną, ale wtedy właśnie dała mi w łeb.

Toczę się do domu na motorze. Kate nie jest zbyt zadowolona — spóźniłem się na kolację i jestem pijany, czy może być jeszcze gorzej? Pokazuję jej obrazy i wszystko znowu jest w jak najlepszym porządku. Moja żona wie, co naprawdę się liczy. Uratowała mi raz życie, wtedy gdy było to bardzo ważne, więc wie, że do niej należę. Całuje mnie, ogląda poważnie obrazy, całuje mnie raz jeszcze i odgrzewa kolację. Jem i oboje kładziemy się do łóżka. Trudno być równocześnie artystą, mężem i ojcem. Każde z tych zajęć wymaga poświęcenia całego życia, a ja mam tylko jedno, w dodatku chyba niezbyt długie. Nie wiem, ile mogę wymagać od Kate, by żyć w zgodzie z samym sobą. Ona nie chce wymagać ode mnie więcej, niż musi, ale wiem, że czasami nie jest jej z tym lekko.

Sweik twierdzi, że różnica między Duńczykiem a Szwedem polega na tym, że z Duńczykiem można zejść do dziury, ale to Szwed powinien trzymać linę. W żadnym wypadku nie powinno się zostawiać liny w moich rękach.

Niewyraźna linia życia. Lina
Spleciona z nadziei. Poplątana. Wystrzępiona.
Trzymamy się jej kurczowo. Aż do śmierci.

Następnego dnia zabieram ze sobą Sweika do Lotte, by pomógł mi przy badaniu tunelu. Sweik świetnie wchodzi w rolę chłodnego, dobrze wychowanego mężczyzny. Jest przystojny urodą dziewiętnastowiecznego marynarza. Znajdą się z Lotte w łóżku, zanim jego kręgosłup porządnie wydobrzeje. Czuję, że zaskoczył go jej widok. Lotte wygląda tak, jak gdyby miała zamiar poprawiać nasze błędy gramatyczne oraz krawaty albo zapalić świeczkę za nasze dusze. Wiem, że Sweik uważa, iż z nią sypiam. Niech sobie myśli, to dobre dla wyobraźni. Nie mogę powiedzieć, że miałbym coś przeciwko temu, ale wszystko jest zbyt skomplikowane, muszę zachować tę niewielką resztkę energii, jaka mi jeszcze pozostała.

A przy okazji, nie sądzę, by Lotte była szczególnie zainteresowana starszym panem.

Umyśliłem sobie, że zrobię mapę tunelu i dowiem się, dokąd prowadzi. Posłużymy się kawałkiem sznurka do pomiarów i kompasem do ustalania kierunków geograficznych. W miarę posuwania się naprzód, zaznaczam wszystko na mapie. Taśmą samoprzylepną mocuję dwie latarki na kasku, żeby mieć wolne ręce. Sweik daje mi wiatrówkę do obrony przed szczurami. Skąd, u diabła, wytrzasnął wiatrówkę? Czuję się teraz jak Tomek Sawyer, ale nie zamierzam strzelać do szczurów, jeśli nie będzie to konieczne. W końcu to ich tunel.

*

Schodzę na dół i zaczynam odmierzam odległość sznurkiem. Przechodzę około sześćdziesięciu metrów i dochodzę do skrzyżowania. Widzę pierwszego szczura, wielkiego jak kot, gapi się na mnie rubinowymi oczami i ucieka.

Wracam i razem ze Sweikiem notuję pomiary i odczyt kompasu na mapie. Jedno odgałęzienie tunelu biegnie pod kościołem Saint-Germain-des-Prés i w poprzek bulwaru, drugie odgałęzienie kieruje się w stronę kościoła Saint-Sulpice. Zbadam to biegnące w stronę Saint-Germain.

Lotte już prawie tuli się do Sweika. Kobiety są fantastyczne, mają nosa do wartościowych rzeczy. Złapie go bez wątpienia, niezależnie od stanu jego kręgosłupa. Utuczy go na salzburskich przysmakach. Do diabła, jeszcze zatęsknię za białą kiełbasą. Chyba od przyszłego miesiąca podniosę jej czynsz. Nie, tego zrobić nie mogę. Może uda mi się umówić na jeden pełny posiłek w miesiącu. Zawsze trudno mi się rozstać z tym, co już mam. Tak wiele nici łączy mnie z różnymi ludźmi, że powinienem wyglądać jak choinka, którą zapomniano rozebrać trzy lata temu.

Jeszcze trzymam się. Waham. Potem
Dokonuję rozboju albo włamuję się,
Próbując zatrzymać przeszłość, która ciąży mi.
Ale przyszłość rysuje się coraz dalej.
Utknąłem na dobre.

Cal po calu wchodzę coraz głębiej w tunel biegnący w stronę Saint-Germain. Powinienem był zabrać ze sobą kanarka, jak dawni górnicy, na wypadek gdybym miał trafić na gaz. Słyszę nad głową ruch uliczny, obok przejeżdża metro, wprawiając kamienie w drżenie.

Panika narasta, przystaję na minutę, by ustalić swoje położenie. Robię kilka powolnych głębokich wdechów, kilka razy powtarzam swoją starą mantrę, staram się myśleć o czymś innym niż to, gdzie jestem. Ciekawe, co oni tam robią?

Lepkie pajęczyny przyklejają mi się do twarzy, w tych ciemnościach nie widzę pająków, prawdopodobnie siedzą tam jeszcze od średniowiecza. Może odbywały się tutaj tajne msze Ignacego Loyoli i jego wojujących jezuitów.

Oświetlam przestrzeń dookoła siebie, widzę tylko dalszy ciąg tunelu. Woda spływa po kamieniach, na pajęczynach wisi kurz. Jest tu cieplej niż na zewnątrz. W porządku, Scum, do roboty, koniec leniuchowania. Sięgam po koniec sznurka, sto metrów. Sprawdzam kompas, zaznaczam to miejsce i wracam.

Wchodzę na górę po drabinie. Siedzą razem na łóżku. Nigdy nie ufaj Szwedowi w jaskini! Wyłażę i znowu zabieramy się do rysowania mapy. Dotarłem pod bulwar Saint-Germain, teraz powinienem dojść pod kościół.

Schodzę na dół i wracam na miejsce, znajduję znak na ścianie, wbijam palik i przywiązuję do niego sznurek. Może powinienem rzucać za siebie okruszyny chleba, dokarmiać szczury. Tunel zaczyna się wznosić, po czym skręca w lewo. Na zakręcie widzę potężne drewniane drzwi z żelaznymi zawiasami i zasuwką. Ciągnę je mocno, ustępują trochę, obsypując mnie kurzem. Ciągnę mocniej jeszcze dwa razy i zasuwa puszcza. Drzwi otwierają się same, środkowy zawias rozpadł się, ale pozostałe dwa trzymają.

Oświetlam latarką cztery prowadzące w dół schodki. A zatem jestem w jaskini Ali Baby. Powoli schodzę do wielkiej sali o kamiennej posadzce. Rozglądam się dookoła. Pod ścianami stoją wysokie skrzynie. Zaczynam mierzyć salę krokami, musi mieć co najmniej dwieście metrów kwadratowych powierzchni.

Wielkie nieba! Przecież to trumny oparte o ściany! W tej samej chwili jedna z moich latarek zaczyna mrugać, a ja osuwam się wolno na ziemię, pora na powtórkę z głębokich wdechów. Muszę zrobić siusiu, to chyba nerwy.

*

W mózgu budowniczego gniazd szaleje burza. Jakie wspaniałe gniazdo mógłbym zbudować w takim miejscu, prawdziwe szczurze gniazdo! Nikt nigdy by mnie tu nie znalazł, nawet FBI. Powoli odwracam głowę, światło latarki przecina ciemności. Pod ścianami stoi około dwudziestu trumien. W rogu leży też coś wykonanego z drewnianych pali i zmurszałego materiału.

Niełatwo byłoby wynająć to pomieszczenie razem z trumnami, nawet jeśli we Francji można kupić mieszkanie z lokatorami, tylko że w tym wypadku rolę lokatorów przejęłoby kilkanaście zwłok.

Po prawej stronie widzę następne drzwi. Podchodzę i próbuję je otworzyć. Są porządnie zamknięte, prawdopodobnie prowadzą do kościoła, prosto pod tabernakulum. Właściwie mógłbym wynająć to miejsce jakiemuś maniakowi religijnemu. Co rano byłby pierwszy na mszy, szybciej niż kościelny, ksiądz, a może nawet niż sam Bóg. Siusiam pod ścianą.

W środku, pod, z tyłu. Myszkuję
Bez światła. Bez celu. Drążę
W ciemności porzuconego serca, które
Skamieniało jak karbid.

Robię rundkę dookoła i oglądam trumny. Wszystkie są zabite gwoździami o kwadratowych główkach, drewno próchnieje, ale trzyma się jeszcze. Nikt nie powinien się z nich wydostać. Znowu zaczynają się kłopoty z oddychaniem, za dużo atrakcji jak na starszego pana, serducho wali jak młot, rytmem nierównym jak karaibska marimba.

W połowie drogi powrotnej dostrzegam przed sobą jakiś ruch. Walę się na podłogę, nie zdając sobie nawet z tego sprawy.

To Sweik, pożyczył od Lotte latarkę. Zaczął się martwić, co się ze mną dzieje, może myślał, że załatwiły mnie szczury. Wracam razem z nim i pokazuję mu odkrytą salę. Idzie krok za mną i powtarza ciągle „Jezu, stary!", „Kurde, stary!" albo „O cholera!" Obydwaj próbujemy otworzyć drzwi w ścianie, ale są porządnie zamknięte. Oświetlam sufit. Jesteśmy w krypcie o sklepieniu łukowym, żadnych nietoperzy, żadnych wampirów. Sprawdzamy pomiary i wracamy do naszej mapy.

*

Czuję się wspaniale, wychodząc na światło, czyste powietrze. Zgodnie z obliczeniami nasza sala powinna znajdować się dokładnie pod ołtarzem Saint-Germain-des—Prés, jednego z najstarszych kościołów Paryża.

Cały jestem pokryty pajęczynami i kurzem, biorę prysznic u Lotte. Ani słówkiem nie wspomina już, że nie podoba się jej pomysł dzielenia mieszkania.

Pożądanie jest silniejsze od wstrętu.
Seks odnawia zmęczone, rozkołysane ciało,
Które torturujemy aż do śmierci.

Cały następny dzień spędzamy na wyprawach badawczych. Tunele ciągną się pod całym Rive Gauche. Biegną aż do Montparnasse i w dół do rzeki. Nie udaje nam się znaleźć więcej wielkich sal, ale odnajdujemy wejścia do wielu piwnic w całej dzielnicy.

Dokonujemy małej inwazji na piwnicę eleganckiej restauracji i pożyczamy kilka butelek wina. Sen erotyczny alkoholika — bezpośredni dostęp do piwnicy z winem.

Zastanawiam się nad kupieniem velsolexa, małego francuskiego roweru z silnikiem zamontowanym na przednim kole, jeździłbym sobie nim po tunelach, miałbym własne, prywatne metro. Pewien jestem, że kiedyś wykorzystam jakoś odkryte tunele, teraz jednak chcę tylko pomyśleć o tym, bawić się myślą o gniazdach ukrytych pod miastem.

Sweik stwierdza, że nadal będzie mieszkał w hotelu Isis, zostawia to miejsce dla Lotte. Nie wiem, czyj to pomysł, ale myślę, że wpadł na to Sweik. Nie jest w końcu głupi.

Egipcjanie błądzili w tunelach labiryntu,
Nie oglądając nieba nawet przez okienko.
Rozważnie sposobili się do wędrówki
W nicości, która nie ma końca.

Rozdział 7

KURCZAK

Dziś sobota, jeden z tych wiosennych dni, które często zdarzają się w Paryżu, kiedy cierpiące na zaparcie ciężkie niebo próbuje pokropić nas deszczem, a hemoroidalne chmury wiszą w górze bez ruchu.

Idę do Marais, jestem już gotów, by zacząć pierwszy obraz z nowego cyklu. Uznałem, że najlepiej rozpocząć malowanie w szabas, kiedy nie będzie zbyt dużego ruchu. Nie wziąłem pod uwagę starszych pań.

Właśnie ustawiam sztalugi, gdy pierwsza z nich podchodzi do mnie.

— Taki miły chłopiec jak ty nie powinien pracować w szabas — mówi.

— To nie praca, to przyjemność — odpowiadam z uśmiechem. Od ponad trzydziestu lat nikt nie nazywa mnie już chłopcem.

— Wszystko jedno — stwierdza, po czym odchodzi, kuśtykając i trzęsąc głową.

Ustawiam sztalugi. Maluję fasadę zniszczonego koszernego sklepu z drobiem. Tutaj, zgodnie z tradycją, wykrwawia się kurczaki na śmierć. Przywołuje mi to na myśl South Street w Filadelfii. Trzymano tam kurczaki i gołębie w drewnianych klatkach ustawionych na wystawie. Tutaj ptaków nie widać, ale smród jest taki sam.

Cały sklep jest w okropnym stanie, popękane okna są upstrzone zaciekami, w środku widzę brudne, marmurowe blaty. Wszystko pokryte jest kurzą krwią, odchodami i wnętrznościami, same kurczaki najprawdopodobniej usunięto z wystawy na czas szabasu.

Zabieram się od razu do roboty. Zaczynam od podkładu, głównie w żółciach i brązach, trochę błękitów na wnętrze sklepu. Koncentruję się i odpływam, to będzie dobry obraz. Cały ten cykl będzie wspaniały; ciekawi ludzie, prawdziwe miejsca, uwięziona przestrzeń, dobre, drżące światło.

Kiedy gaśnie dzień, widzimy w przejrzystym
Mroku. To inna twarz rzeczywistości.
Złudna fantazja. Nawigacja wśród skał.
Zanim przybijemy do lądu w ciemności.

Podchodzi do mnie następna starsza pani. Chuda wiedźma, włosy sterczą jej na wszystkie strony. Nie ma zębów, dolna warga dotyka niemal nosa. Na nogach ma buty z obciętymi palcami, wielkie guzy wystają na zewnątrz. Odpycha mnie od płótna, ma sporo krzepy.

— Masz pozwolenie, by malować mój sklep?

Staje ze mną twarzą w twarz.

— Nie, proszę pani, nie wiedziałem, że potrzebuję pozwolenia. Czy wolno mi namalować pani sklep?

— Nie!

Patrzę na nią z góry, próbując ustalić, czy mam do czynienia z wariatką.

— Mimo wszystko zamierzam namalować pani sklep, proszę pani. Nie potrzebuję żadnego pozwolenia, ulice są dla wszystkich. Artyści mają w końcu pewne prawa.

Tupie zniekształconą stopą.

— Nie pozwalam!

Patrzy na mnie wodnistymi oczami. Ma dolne powieki jak z obrazów Velasqueza, zaczerwienione i obwisłe. Tupie raz jeszcze i odchodzi.

Zabieram się do malowania, najprawdopodobniej nie jest wariatką, po prostu nie potrafiliśmy się dogadać.

Wraca po pięciu minutach. Przez chwilę patrzy na obraz. Uśmiecham się do niej, licząc na to, że zmieni zdanie.

— Pozwolę ci namalować mój sklep za dwadzieścia franków.

— Przepraszam panią, ale nie zamierzam za nic płacić, artysta ma pewne prawa.

Obserwuje mnie przez chwilę. Teraz nie udaje już wariatki, po prostu obserwuje.

— Na wystawie powinny być kurczaki.

— Nie potrzebuję żadnych kurczaków.

— Za dziesięć franków wywieszę kurczaki na wystawie.

— Nie potrzebuję żadnych kurczaków.

Swoje słowa potwierdzam, malując kilka kurzych truchełek w oknie. Stoi dalej i obserwuje mnie. Próbuję malować dalej. Zapada cisza, nagle staruszka wpycha się pomiędzy mnie i moje płótno.

— Dlaczego malujesz mój sklep? Dlaczego nie pójdziesz namalować Notre Dame albo jakiegoś innego kościoła dla turystów?

Zaczyna mnie irytować. Patrzę na nią z góry. Poprzez siwe włosy widzę wyraźnie skórę. Wspaniale byłoby ją namalować. Najlepiej mówię po francusku, kiedy jestem pijany albo wściekły.

— Proszę pani! Jestem słynnym na całym świecie kolekcjonerem okropności. Pożądam wszystkiego, co brzydkie. Maluję wszystkie brzydkie rzeczy, których nie mogę kupić i wywieźć do swojego zamku w Teksasie. Mam tam muzeum pełne obrazów przedstawiających najbrzydsze rzeczy na świecie, pochodzących z Chin, Timbuktu i Cucamonga.

Teraz słucha mnie uważnie.

— To osrane przez kurczaki miejsce to moje najnowsze, najwspanialsze odkrycie. Nigdy w ciągu dwudziestoletnich poszukiwań nie znalazłem nic brzydszego od tego sklepu. Zamierzam go namalować i umieścić na poczesnym miejscu w mojej kolekcji!

Otwiera usta. Widzę wyraźnie pokrytą gruzełkami — w miejscach, gdzie dawniej były zęby — dolną szczękę. Gapi się na mnie podczas całej tej przemowy. Jedna powieka opada powoli, jak mrugnięcie umarłego. Jej oczy mają odcień błękitu typowego dla ludzi cierpiących na kataraktę. Uśmiecham się do niej. Patrzy na drugą stronę ulicy, na swój sklep. Prawdopodobnie popatrzyła na niego po raz pierwszy od trzydziestu lat. Prawdę mówiąc, nikt na nic nie patrzy.

Jej sklep jest naprawdę piękny, piękny dla malarza. Wszystko tworzy tu jedność; brud sprawia, że wszystko tu do siebie pasuje. Starsza pani patrzy na mnie.

— Być może jest brudny, ale na pewno nie brzydki.

Wycofuje się, odwraca i odchodzi ulicą. Nigdy nie wiadomo, kiedy spotka się pokrewną duszę.

Wrzuceni do jednego kotła. W życiu
Same pudła. Bezpiecznie taplamy się
W naszym bagienku. Dobra zupka, prawda!
Wszyscy jesteśmy w gorącej wodzie kąpani.

Dwóch brodatych mężczyzn w czarnych kapeluszach przystaje za moimi plecami. Słuchałem ich niezbyt uważnie, rozmawiali o moim obrazie jak prawdziwi koneserzy. Wdali się w długą dyskusję nad użyciem przeze mnie ciepłych i zimnych kolorów do penetracji planów i ustalania złudzenia przestrzeni. Mają gadkę, naprawdę robią na mnie spore wrażenie. Obydwaj mają jasne oczy, zaróżowione policzki, bardzo zdrowy wygląd. Przypominają przerośniętych ministrantów. Sięgam do palety, by nabrać farby. Jeden z facetów odzywa się doskonałą angielszczyzną.

— Proszę nie zwracać na nią żadnej uwagi. To brudna kobieta.

Spoglądam na niego. Ma długie, kręcone bokobrody i wygląd zadowolonego z siebie kota.

— To brudna kobieta, a jej sklep nie jest koszerny. Mówimy naszym ludziom, by niczego tam nie kupowali.

— Nie jest koszerny?

Biorę szmatkę i wycieram słowo CASHER z okna na obrazie. Obydwaj wybuchają śmiechem. Zabieram się ponownie do pracy.

Drugi mężczyzna pochyla się ku mnie, może powinienem dać mu kuksańca.

— Dlaczego maluje pan obrazy? Czy robi pan to dla pieniędzy?

— Próbuję w ten sposób utrzymać swoją rodzinę.

— Tak, ale czy sprawia to panu radość?

Do diabła, nikt nigdy mnie o to nie pytał. Tak. Oczywiście, że tak, kurczę, czy sprawia mi to radość?!

— Tak, i to wiele radości.

— No tak, ale jaką radość może sprawiać malowanie budynków?

Ten facet ma rację.

— Niewielką. Jedynie radość z tego, że stają się moje, że przepływają przeze mnie, radość z zabawy w Boga, rozbijania pewnych szczegółów, odrzucania innych. Radość daje mi to, iż ulegam złudzeniu, że żyję.

Teraz wpadłem już na dobre. Gadam tak i gadam, malując, wycierając, sięgając po farbę, wszystko na mokro. Świat powstaje pod moimi dłońmi. Biorę przedmioty z zewnątrz, wciskam je w siebie i na powrót wypycham na zewnątrz, przypomina to oddychanie.

— Malowanie to radość pocałunku, oddechu, światła słonecznego, snu, wszystko to jest w tej pracy. Dostaję się do wnętrza, jest to wewnętrzność-zewnętrzność spełniającego się marzenia. To coś więcej niż radość, to ekstaza, jak łagodne pływanie w powietrzu, nad którym ma się całkowitą kontrolę.

Wielki Boże, gadam i gadam bez przerwy. Robię z siebie kompletnego idiotę, moje emocje wręcz wylewają się na ulicę. Ciągle myślę, że za chwilę poczują się zakłopotani i odejdą, wybuchną śmiechem, a może nawet wezwą policję. Nie próbuję ich nabierać, po prostu za bardzo się podnieciłem. Cóż to za wspaniałe pytanie — czy malowanie to radość?

Wreszcie milknę, pochylam się nad obrazem. Może już sobie poszli, nie odwracam się. Wtedy jeden z nich kładzie mi dłoń na ramieniu.

— Mógłby pan być naprawdę religijnym człowiekiem, *monsieur le peintre.*

Obydwaj odchodzą. Cóż za dziwne słowa, chyba chciał przez to powiedzieć, że jestem swego rodzaju wariatem. To pewne. Myślę, że wariat, któremu podoba się jego własne szaleństwo, to największa możliwa obraza dla wszystkich zdrowych ludzi na całym świecie.

Biały płacz do świtu. Peleryna
Znaczenia ze srebrną lamówką
I czarnym kapturem, który widać z daleka,
Zapięta na wszystkie guziki, chroniące przed zimnem.

Pracuję dalej. Chcę skończyć impast. Powierzchnia jest już gotowa do dalszej roboty. Wszystko to walka człowieka z grawitacją, energia przeciwko entropii. Wszelka sztuka jest w swej naturze przeciwna entropii, a zatem ryzykowna.

Wewnętrzne światło staje się coraz jaskrawsze, jednak wciąż blade jak oświetlenie w kostnicy. Kurczaki przypominają zwłoki. Przecież to są zwłoki. Żywy kurczak wystraszyłby się na śmierć, gdyby mógł zobaczyć to Dachau świata kurczaków.

Biesiada samotnika. Bankiet.
Dla kogoś to wielka niesprawiedliwość.
Nic dla niczego.

Jakiś czas później wciska się za moje plecy szczupła dziewczyna. Wsuwa się we framugę. Drzwi są zamknięte, tylko bardzo szczupła osoba może się w nich teraz zmieścić. Nie przerywam pracy. Nie potrafię stwierdzić, czy ma trzynaście, czy trzydzieści lat, kątem oka dostrzegam tylko długie blond włosy. Uśmiecha się, a ja odpowiadam uśmiechem.

— *J'aime beaucoup votre tableau, monsieur.*
— *Merci**

---

* — Bardzo mi się podoba pański obraz.
— Dziękuję.

To wystarczy. Mam najsilniejszy na świecie amerykański akcent, kiedy próbuję mówić po francusku. Nie potrafię nawet powiedzieć zwykłego *merci*, nie zdradzając swego pochodzenia. Dziewczyna przechodzi na angielski.

— Ja też jestem artystką. Studiuję w Szkole Rzemiosł Artystycznych.

— To miło.

Nie jestem w tej chwili zbytnio zainteresowany kontaktem z jakąkolwiek kobietą. Nie chcę tu nikogo obrażać, w ogóle nic mnie nie interesuje, kiedy zatapiam się w malowaniu.

— Nie napiłby się pan ze mną kawy?

No proszę, już się zaczyna, najpierw kawa, papieros, potem powłóczyste spojrzenia. Przerywam pracę, przyglądam się jej uważnie. Wygląda na wspaniałą, wrażliwą kobietę, ma około dwudziestu pięciu lat. Chciałbym ją poznać, porozmawiać o obrazach. Nie potrafię tylko zrozumieć, dlaczego chce tracić czas na rozmowę z takim łachmaniarzem jak ja.

— W porządku. Proszę wrócić za pół godziny, powinienem skończyć do tej pory.

Usuwa się bez szmeru, myślę, że się jej pozbyłem. Na powrót pogrążam się w pracy. Czego chcą takie młode dziewczyny? Wiem, że miłość ojcowska nie jest wrodzonym uczuciem, musimy się jej nauczyć, ale nie może być aż tak źle. Boże, jeśli chodzi tu tylko o seks, czemu nie wybierze jednego z młodych ogierów, którzy aż przebierają nogami z ochoty, a kutasy kołyszą im się luźno między kolanami.

Malarze mają w sobie coś takiego, co zawraca w głowach pewnym kobietom od razu i to nieodwołalnie. Tylko dlaczego właściwie mam sobie odmawiać? Może potrzebuję tylko większej dawki witaminy E, powinienem jeść więcej zielonej pietruszki, ostryg i ostrej papryki. A jednak ta dziewczyna może naprawdę chcieć, a nawet potrzebować chwili rozmowy z drugim artystą. Zdecydowanie na stare lata staję się nazbyt wielkim cynikiem. Będę się musiał pilnować. Sądzę, że przede wszystkim winien jest strach, zbyt często zdarzało mi się obrywać, nie potrafię już tego znosić.

*

Maluję przez następne pół godziny, dziewczyna jednak wraca. Nie skończyłem jeszcze. Zmuszam się do uśmiechu półgębkiem i pracuję dalej. Zapala papierosa i podaje mi już zapalonego. Potrząsam przecząco głową, mówię, że nie palę. Bierze obydwa papierosy między dwa palce i pali je równocześnie. Nigdy czegoś takiego nie widziałem. Pali jak Greta Garbo, zaciąga się głęboko, wciągając przy tym policzki. Rzeczywiście, przypomina trochę wielką Gretę, szczupła, proste, blond włosy, może z tym wyjątkiem, że ona nie chce być sama.

Przerywam malowanie. Skończyłem już na tyle, że obraz musi teraz trochę podeschnąć. Pakuję swoje rzeczy i razem idziemy do kawiarni. Rozglądam się ostrożnie dookoła, by uniknąć spotkania z okropną córką słynnego malarza. Zamawiam piwo. Jestem jeszcze zbyt podniecony pracą, by pozwolić sobie na kawę. Kiedy zanurzę się w obrazie, kawa doprowadza mnie do drgawek.

Słucham i czuję, że zaczynam się uspokajać. Opowiada o swoim życiu ze starszym, żonatym mężczyzną. Znalazł dla niej pokój w pobliżu. Przychodzi co wieczór, by egzekwować swoje prawa do jej niezupełnie już dziewiczego ciała. Płaci jej, by mogła chodzić do szkoły, jest chyba dumny z jej prac jak ojciec. Nie ma w tym nic specjalnie oryginalnego.

Jestem mniej więcej w połowie kufla, kiedy mówi mi, że nie zabierze mnie do swojego pokoju, bardzo etycznie. Nie prosiłem o to! Dopijam piwo, rozluźniam się. Wtedy, ni z tego ni z owego, bez żadnych wstępów, proponuje, że pójdzie ze mną do hotelu. Teraz patrzy mi już głęboko w oczy, szuka mojej duszy. Zazwyczaj działało to na mnie, ale teraz nie ma mowy. Kończę się już nieodwołalnie.

Próbuję z nią zostać, ale to niemożliwe. Widzi, jak rozpływam się na jej oczach. Czuję, że w każdej chwili mogę zsunąć się pod stół i zniknąć, zamieniając się w kropelkę oleju lnianego. Mówię, że będę malował w tej dzielnicy, spotkamy się więc jeszcze nie raz. Znikam. Widzi to, nie jest głupia, to wrażliwa kobieta. Czuje się może trochę zraniona, rozczarowana, ale nic wielkiego. Jest artystką, musi mnie rozumieć.

Rozprawa. Katusze i ostatnia nadzieja.
Nic nie złagodzi ciosów.
Muśnięcie pióra, które żądli.
Czasem ból mija.

Takie kobiety są potrzebne w ciężkich czasach. Potrafią wyczołgać się spod bomb atomowych i od razu zacząć rodzić nowe dzieci, dwugłowe, ośmioramienne dzieci, może łyse i o żółtych oczach, możliwości są tu nieograniczone. Może moglibyśmy wymutować się wyłącznie z samców, na nowo stworzyć ludzką rasę. Tylko zły wiatr nie niesie ze sobą nic dobrego, tyczy się to także radioaktywnych wiatrów.

*

Żegnam się i zostawiam ją w kawiarni. Przywiązuję sztalugi do pleców, sprawdzam, czy obraz jest porządnie zamocowany, i wsiadam na motor. O tej porze dnia ruch uliczny jest potworny i do domu docieram dopiero około piątej. Mamy gości ze Stanów, to już wiosenna fala. Chciałbym tylko się położyć, ale muszę grać dobrego gospodarza, może uda mi się sprzedać jeden czy dwa obrazy jako pamiątki z Paryża.

Czasami wydaje mi się, że w moim życiu przypadek odgrywa zbyt wielką rolę. A może to życie samo w sobie jest przypadkiem — czasami tylko małą stłuczką, a czasami wypadkiem na całego.

> Chaos. Otchłań niezniszczalnej
> Nicości. Ale czemu zaraz mówić o tym?
> Dlaczego słuchać? Gdyż bez niej nie byłoby
> Masy, ruchu, siły ciężkości — możliwości lotu.

Rozdział 8

USTA-USTA

W naszym domu to ja pełnię obowiązki gosposi. Codziennie rano Kate i dzieci idą do szkoły. Kate lubi swoją pracę w przedszkolu, a nienawidzi prac domowych, prawdopodobnie zbyt długo się tym zajmowała, wszystko może się kiedyś znudzić. Lubię wszystko, co wiąże się z budowaniem gniazd, same jednak słowa nie mają dla mnie zbyt wielkiego znaczenia. Utrzymanie domu, budowanie domu. Uwielbiam mieszkać w domu, który sam zbudowałem, w domu, który potrafię utrzymać.

Zazwyczaj rano leżę w łóżku, by nie wchodzić nikomu w paradę, kiedy przez łazienkę przewalają się tłumy. Nasz prysznic stoi na platformie umieszczonej metr nad ziemią, żeby woda mogła spływać do kanalizacji.

Po przejściu pierwszej fali wyskakuję z pościeli i przygotowuję śniadanie, które jemy wspólnie. Wszyscy wychodzą z domu o wpół do ósmej. Przez cztery miesiące w roku o siódmej trzydzieści w Paryżu jest jeszcze ciemno. Zostawiam sobie półtorej godziny po ich wyjściu na doprowadzenie domu do stanu używalności, jest to najlepsza rozgrzewka, jaką można wymyślić.

Najpierw ścielę łóżko, ściągam całą pościel, trzepię i układam z powrotem — zajmuje mi to dwie minuty, ale to dopiero wstęp. Zdejmuję z siebie pidżamę, wszelkie prace domowe wykonuję z gołym tyłkiem. Lubię przewietrzyć całe ciało, pocę się jak świnia.

Na noc przykręcamy ogrzewanie. Kate uruchamia je ponownie co rano, żeby nie było zbyt chłodno. Teraz znów je wyłączam; gaz i prąd elektryczny są we Francji upiornie drogie, ceny są kontrolowane przez państwo, nie ma żadnej stymulacji, by stawiać na efektywność; żadnej inicjatywy. Muszę się więc poruszać.

Napełniam zlew w kuchni gorącą wodą, zbieram ze stołu brudne naczynia i wkładam je do wody, niech się przez chwilę odmoczą; najczęściej zostawiam sobie naczynia z kolacji do porannego zmywania. Najpierw myję szklanki, płuczę je czystą, gorącą wodą, by lśniły.

Zaczynam napełniać pralkę wodą, w tym czasie zbieram po mieszkaniu brudne rzeczy. Kupki brudów są jak rak, narastają błyskawicznie, a wszystkie przerzuty są złośliwe. Operować! Usunąć! Stosoktomia! Zlikwidowanie jednego stosu zabiera do pięciu minut. Oczywiście, istnieje pewien sekretny sposób, należy powstrzymać się przed odłożeniem pierwszej rzeczy. Tylko że w naszym domu jest to niemożliwe; jesteśmy wręcz wybitni w odkładaniu na bok różnych drobiazgów.

Nasz najmłodszy członek rodziny, Tim, rozrzuca zabawki po całym domu. Zbieram je teraz i chowam w jego szafce. Tim sypia na materacu rozłożonym na podłodze, boi się, że wypadnie z prawdziwego łóżka. Dwoje pozostałych dzieci sypia na platformach. Sprawdzam ich łóżka, wszystko w porządku.

Wypuszczam z klatki kanarka. Zna mnie dobrze, zaczął śpiewać, kiedy tylko wszedłem do pokoju. Przytrzymuję drzwiczki od klatki starym pędzlem. Wyjadł z niego prawie wszystkie włosy. Od razu wylatuje, wykonuje szybki rekonesans, a potem zlatuje na dół, by odwiedzić złotą rybkę.

Idę do pozostałych pokoi dziecięcych. Jeśli nie są posprzątane, nie zamiatam tu ani nie odkurzam, zamykam drzwi na klucz i otwieram tylko do spania. Pod tym względem jestem bezwzględny. Ekologia zaczyna się od wieszania własnego ubrania, ścielenia łóżka i utrzymywania własnego gniazda w porządku.

Wszystko jest jednością, i ja też,
Więc jestem całością, ja to ty, ty to ja.
Żyjemy w całej pełni albo
Wegetujemy w rozszczepieniu ducha.

Zaczynam odkurzanie, poruszam się szybko. Podskakuję, mięsień sercowy pracuje równym rytmem. Nigdy nie wiem, czy powinienem najpierw zamiatać czy odkurzać. Nienawidzę odkurzaczy, irytujący szum i wielka torba ze śmieciami, którą trzeba za sobą ciągać. Jestem szalonym zamiataczem, wymiatam każdy kąt. Przesuwam meble, sięgam pod te, których nie potrafię ruszyć, zdzieram tak co roku trzy szczotki.

Wrzucam brudne rzeczy i wsypuję proszek do pralki, włączam pranie i idę do kuchni. Teraz muszę być dokładny — żadnego oszczędzania resztek, żadnych nie dojedzonych pomidorów, kawałków bekonu, skórek od sera. Wszystko do śmieci, resztki zapełniają tylko lodówkę, która zaczyna zaraz śmierdzieć jak śmietnik.

Mój kanarek zajada się właśnie nasionami nagietka, które w niedzielę kupiłem na Marché Aligre. Robią tam niezłe mieszanki dla ptaków. Biegnę przez chwilę w miejscu, słucham bicia serca, sprawdzam puls na szyi, jak dla mnie wszystko jest w porządku.

Nie potrafię zmusić się do tego, by namalować tę scenę. Chciałbym, by ktoś zrobił to za mnie; żadnej sentymentalnej gadaniny, wyłącznie kolory, jeden na kwiat, jeden na ptaka; jeden nieruchomy, jeden w locie. Niezłe by to było, tylko że ja nie potrafię tego namalować, może Chardin mógłby to zrobić, szkoda, że nie żyje. Tęsknię za nim, choć minęliśmy się o kilka stuleci, chciałbym wywiedzieć się od niego tak wielu malarskich sekretów.

Kończę zmywanie; starannie myję dna miedzianych garnków i wieszam je na ścianie. Prosta sprawa, jeśli robi się to codziennie, to jedna z tych rzeczy, w które niełatwo uwierzyć, trzeba się o nich przekonać na własnej skórze. To samo tyczy się okien. W każdy wtorek przecieram wszystkie z zewnątrz i od środka suchą szmatką. W ten sposób nie dopuszczam do zbierania się brudu i oszczędzam sobie wielkiego mycia okien.

Pot spływa ze mnie w tej chwili wielkimi kroplami, wciągam slipki i bluzę od dresu, żeby się nie przeziębić. Nie minęła jeszcze dziewiąta rano. Wyjmuję mokre rzeczy z pralki i rozwieszam je wokół grzejnika, który ponownie włączam. Nasza stara suszarka rozleciała się, a na nową nie mamy pieniędzy. Nie potrafiłbym jej nawet wyciągnąć z łazienki, mam wrażenie, że została zbudowana dookoła suszarki.

Zaczynam codzienne ćwiczenia jogi, uprawiam ją od lat, zacząłem, kiedy Kate po raz ostatni zaszła w ciążę. Miałem wtedy pięćdziesiąt lat, a Kate zbliżała się do czterdziestki, zdałem sobie sprawę, że muszę jakoś dociągnąć do siedemdziesiątki piątki, pracując na ulicach. Nie uda mi się, ale warto próbować — kto w końcu chce być stary? Co drugi dzień biegam dookoła mieszkania. Biegam przez godzinę, przy moich możliwościach daje to około dziesięciu kilometrów. Mam w głowie piętnaście dziesięciokilometrowych tras prowadzących przez różne dzielnice Paryża. Mam swoją trasę przez Marais, trasę biegnącą przez Dzielnicę Łacińską, trasę przez Lasek Buloński, przez Lasek Vincennes, inna jeszcze biegnie przez Pola Elizejskie i Tuileries. Biegam dookoła stołu w jadalni, przez sypialnie, kuchnię, ale w myślach oglądam opadające liście, słucham szmeru rzeki. Naprawdę uważam, że widzę więcej, biegając z przymkniętymi oczami, niż mógłbym zobaczyć, biegnąc przez miasto, wpadając na ludzi, pośród psich gówienek i śmierdzących autobusów.

Biegam, by utrzymać się przy życiu, by mieć dość siły na malowanie na ulicach. Malarstwo to trudna praca, zwłaszcza takie, jakim ja się zajmuję. Muszę mieć dość siły, by stanąć na samym środku ulicy i skoncentrować się. Bieganie pozwala również obniżyć ciśnienie, w przeciwnym razie grozi mi, że popękają mi naczynia krwionośne w oczach. A czym jest malarz bez oczu?

*

Po joggingu i jodze wkładam do klatki kanarka świeże ziarno, wodę i kawałek jabłka. To dla niego znak, że pora wracać, nie sprawia żadnych problemów. Większość z nas wraca do klatki, niezależnie od tego, jak przyjemne wydaje się latanie.

> *Przykucam o zmierzchu,*
> *By skoczyć na zdobycz o świcie.*

A zatem mamy dzisiejszy poranek, odbyłem swoją przebieżkę, jogę, kanarek wrócił do klatki, a ja jestem gotów wskoczyć pod prysznic. Z klatki schodowej dobiega mnie okropny krzyk, naprawdę mrożący krew w żyłach. Potem głęboki szloch i wołanie o pomoc. Poza nami na tym piętrze mieści się jedynie atelier państwa Constanzo. Zajmują się wytwarzaniem biurek, bardzo cisi ludzie, mieszkają w tym samym miejscu od czterdziestu lat, pracują razem, dwuosobowy zespół stolarski, mąż i żona.

Wyskakuję na klatkę schodową w przepoconym dresie. Drzwi prowadzące do zakładu państwa Constanzo są otwarte, on stoi pochylony nad czymś leżącym tuż za drzwiami, krzyczy i płacze. Państwo Constanzo nie są Francuzami, to Włosi. Nie wydaje mi się, by jakikolwiek Francuz był zdolny do tego, aby zachowywać się tak jak *monsieur* Constanzo. Krzyczy i wymachuje rękami jak jakiś tenor czy sopran z opery.

Monsieur Constanzo ma wielkie dłonie, miękkie jak chmury. Zazwyczaj raz w tygodniu wymieniamy uścisk dłoni. Moja dłoń znika w jego dłoni jak w wielkiej poduszce. Konsjerżka twierdzi, że *monsieur* Constanzo bije żonę, ale ja w to nie wierzę, konsjerżki zawsze opowiadają takie rzeczy, to część ich pracy. Nie mógłby skrzywdzić nikogo takimi dłońmi, są na to zbyt miękkie.

Jego żona leży na podłodze. Stoi pochylony nad nią, patrzy na mnie, a łzy zbierają mu się w oczach, ma bladą twarz, rozkłada szeroko ręce. Mówi, że jego żona weszła do środka, postawiła torbę z zakupami i upadła.

Patrzę teraz na nią. Upadła obok biurka w stylu Ludwika XIV, wygląda, jak gdyby była pusta w środku. Biorę ją na ręce i przenoszę do pokoju, nie jest wcale ciężka, jak ptaszek, wyłącznie piórka.

Państwo Constanzo nie mieszkają w swoim atelier, czyli zakładzie. Nie ma tu łóżka czy kanapy, nawet krzesła, na którym można by usiąść. Układam ją na podłodze, na trocinach i wiórach. W powietrzu unoszą się drobniutkie trociny, które sprawiają, że wszystko widzi się jak przez delikatną mgiełkę.

Nie wyczuwam oddechu, a skóra przybrała banano-wożółty kolor. Nie mogę odnaleźć pulsu. Kiedy ją podnosiłem, westchnęła przeciągle, teraz jednak nic. Mówię *monsieur* Constanzo, by zadzwonił po doktora i pogotowie. Odchodzi, domyślam się, że do mojego mieszkania, zostawiłem otwarte drzwi. Nie wiem jednak, dokąd tak naprawdę poszedł.

*

Zostałem sam z *madame* Constanzo. Umarli są tak bardzo bezbronni. Teraz jestem już pewien, że nie żyje, sądzę jednak, że powinienem coś zrobić. Zaczynam masaż serca, pompuję suche piersi biednej *madame* Constanzo swoimi dłońmi malarza.

Staram się uderzać wystarczająco mocno, tak jednak, by niczego nie połamać. Do tej pory zdarzało nam się jedynie rozmawiać o pogodzie albo wnukach, a zatem nadszedł koniec opowieści o rodzinie, koniec rozmów o pogodzie. Córka *madame* Constanzo zmusza dzieci, by siedziały przy stole tak długo, aż wszystkiego nie zjedzą, czasami trwa to godzinami. *Madame* Constanzo popłakała się, kiedy mi o tym opowiadała.

Ma na wpół otwarte, niewidzące oczy; zamykam je. Nie potrafię znieść ich spojrzenia, przypomina to wpatrywanie się w wyschniętą studnię.

Zaczynam oddychanie usta-usta. Proszę, proszę, francuskie pocałunki ze zwłokami siedemdziesięciopięcioletniej kobiety we wczesnowiosenny poranek, a ona nie jest nawet Francuzką.

Nie ma żadnej reakcji, udało mi się tylko przesunąć jej sztuczną szczękę, wyjmuję ją i kładę obok ciała. Co, u diabła, pomyślałby teraz jej mąż, pewnie, że jestem wampirem albo nekrofilem. Przerywam reanimację, nic z tego nie będzie. Próbuję włożyć szczękę z powrotem, ale nie potrafię, nie chce się zamknąć. Próbuję podwiązać ją kawałkiem sznurka. Co, do diabła, robi tak długo *monsieur* Constanzo?

Właśnie w tej chwili wchodzą do środka *monsieur* i *madame* Bellini z góry. Oni również są Włochami, wieloletnimi przyjaciółmi państwa Constanzo, oboje mają już po osiemdziesiątce. Czasami zajmowali się naszymi dziećmi. Kiedy zobaczyli *madame* Constanzo, oboje zrobili się zieloni na twarzach i zaczęły im drżeć nogi, za chwilę będę tu miał zbiorowy grób.

Za nimi wpycha się do środka *monsieur* Constanzo. Pada ciężko na kolana obok swojej żony. Ktoś musi to powiedzieć i powiedzieć to we właściwy sposób. Układałem sobie to zdanie, próbując zastosować oddychanie usta-usta, skupiając się na gramatyce, by nie myśleć o tym, co robię.

— *Monsieur Constanzo, je crois que votre femme est mort** — mówię.

Zapomniałem uzgodnić imiesłów z dopełnieniem, więc zdanie jest z błędem, zresztą i tak chyba powinienem był użyć trybu łączącego.

Monsieur Constanzo mówi, że zadzwonił do *pompiers*, francuskiej straży pożarnej.

Młode małżeństwo mieszkające poniżej, państwo LeClerc, tapicerzy, wchodzą na górę. *Madame* LeClerc to bardzo aktywna osóbka, bierze nazwisko córki od *monsieur*

---

* Panie Constanzo, sądzę, że pańska żona nie żyje.

Constanzo i idzie zadzwonić do niej z mojego mieszkania. *Monsieur* Constanzo kładzie się na podłodze, na trocinach i wiórach, obok swojej żony. Obejmuje ją ramieniem; bardzo mądrze robi. Nigdy już nie będzie mógł z nią spać; wkrótce rozpoczną się czynności urzędowe. Później *madame* Constanzo będzie już tylko problemem administracyjnym. *Monsieur* Constanzo traci w tej chwili wszystkie swoje prawa. Nie będzie już nigdy mógł jej pocałować, kochać się z nią, dać jej kuksańca. Wszystko to się skończyło.

Ubieram się, schodzę na dół; idę do konsjerżki, żeby wiedziała, co zrobić ze strażakami. Ona również od wielu, może nawet czterdziestu lat, była przyjaciółką *madame* Constanzo. Próbuję przypomnieć sobie, jak robiono to na filmach, ale nie udaje mi się. Siada ciężko i robi się zielona na twarzy jak państwo Bellini; prosi, abym z łazienki przyniósł jej lekarstwo na serce. Gdy tylko tam wchodzę, mój wzrok pada przypadkiem na lustro. Spogląda z niego na mnie jakiś facet z białą brodą i pozieleniałą twarzą.

Konsjerżka połyka lekarstwo, powtarza ciągle, że to niemożliwe. *Madame* Constanzo dopiero co odebrała pocztę dla Bellinich. Do któregoś z listów było osiemdziesiąt centymów dopłaty, obiecała odnieść pieniądze na dół.

Wtedy konsjerżka przypomina sobie, że ma dla mnie pieniądze, przysłali *allocation familiale*, dodatek rodzinny; rząd francuski zwraca mi co miesiąc czterysta franków, ponieważ mamy jeszcze w domu trójkę dzieci.

Starannie odlicza pieniądze, a ja daję jej napiwek. Tak bardzo to przyziemne wobec rzeczywistości czekającej na górze. Już zaczynamy udawać, że nic się nie stało, że śmierć nie czeka na nas na każdym kroku.

Jak śmieje się Bóg?
Basem czy piskliwie?

Tego dnia i przez kilka następnych trudno mi przekonać samego siebie, że cokolwiek warto robić. Szczególnie trudno jest mi podniecać się czymś tak odległym od życia i śmierci, jak obraz. Ostatecznie zabieram się jednak do roboty, pozwalam unieść się prądowi życia.

Trzeba coś robić, nie można czekać z pustymi rękami i otwartymi ustami.

Śnij w kręgach. Tańcz w ciszy.
Wsłuchaj się w wewnętrzny rytm życia.
Tonąc w niegaszonym wapnie,
Łaknij. Nie ustawaj w walce,
Nie zatrzymuj w tańcu,
Bo nie usłyszysz muzyki.

Rozdział 9

PODATNOŚĆ NA WYPADKI

Wspaniale byłoby namalować wszystkich członków klubu motocyklowego, mógłbym dać temu obrazowi tytuł *Amerykanie w Paryżu*. Problem polega wyłącznie na tym, że byłoby to wyrzucanie w błoto płótna, farby i czasu, bez żadnych szans na zwrot kosztów.

Wczoraj zrobiliśmy zdjęcie do amerykańskiego tygodnika motocyklowego. Nasz klub zebrał się w pobliżu komisariatu przy Saint-Sulpice, gdzie parkują wielkie policyjne triumphy 500. Jeden z przyjaciół Duncana ma niezły aparat fotograficzny z teleobiektywem. Niby przypadkiem przeszliśmy i zatrzymaliśmy się obok motorów. Gliniarze siedzący w drzwiach nie potrafili zrozumieć, o co nam chodzi. Przyjaciel Duncana strzelał w tym czasie zza pobliskiego drzewa fotkę za fotką.

Ustawiliśmy się elegancko za motocyklami. Wszystko jest zapięte na ostatni guzik. Przejście i pozowanie do zdjęcia nie zajmuje nam mniej niż trzydzieści sekund. Nie musimy nawet biec.

W końcu dwóch gliniarzy rusza w naszą stronę. Odchodzimy szybkim krokiem na drugą stronę placu i wchodzimy do kościoła. Zbieramy się przy kaplicy Delacroix, by odśpiewać refren *Piosenki kalifornijskich pijaków*. Saint-Sulpice ma fantastyczną akustykę. Pewien jestem, że nawet stary Eugène musiał to docenić, mam nadzieję, że i Bóg trochę się pośmiał. Ten kościół to świetne miejsce do śpiewania.

Możliwe, że Bóg nie śmieje się w ogóle.
Być może nie wie nawet, jak się śmiać.

Razem ze Sweikiem piszemy artykuł o wyprawie naszego klubu, który to artykuł zamierzamy wysłać razem ze zdjęciem. Wymyślamy wyścig z Paryża do Chartres. Finisz wyścigu to dwa okrążenia wokół katedry. Opisujemy też ceremonię wręczania nagród, w której wszyscy stajemy przed ołtarzem, oświetlani promieniami słońca sączącymi się przez witraże. Bardzo to wszystko poetyczne. Zastanawiam się, czy w to uwierzą. Na pewno bardzo będą tego chcieli.

Każda historia, której nie da się opowiedzieć
Bez wzruszenia ramion, zostaje uznana
Za niewiarygodną i staje się legendą.
Legenda zaczyna się tam,
Gdzie prawda odchodzi
Z podwiniętym ogonem.

Dzisiaj maluję kawiarnię *madame* Boyer, na rue Guisarde, po przeciwnej stronie niż hotel, w którym mieszka Sweik. Wpadłem na ten pomysł, wyglądając z jego okna. Dawno już doszedłem do wniosku, że cykl Canettes jest skończony, ciągle jednak pojawia się coś nowego.

Madame Boyer prowadzi miłą kawiarenkę, tak zwaną *café-charbon-auvergne*. Kręcą się tutaj miejscowe stare alkoholiczki. Niektóre kupują denaturat i filtrują go przez węgiel drzewny, a potem piją. Większość jednak do picia potrzebuje towarzystwa. Zaglądają do kafejki, by obserwować tragarzy węgla i drewna. Są to najczęściej potężni brutale, pokryci węglowym pyłem. Noszą brudne podkoszulki, a ramiona osłaniają płóciennymi workami, by chronić skórę przed otarciami. Bardzo brudni, śmierdzący, szorstcy w obejściu, fajni faceci. Ale kobietom, które trzymają koty, bo na psa nie starczyłoby im pieniędzy, tacy wystarczają. Kawiarnia pełna jest żartów i prób podrywek.

Madame Boyer to wspaniała kobieta koło czterdziestki. Jej stary to najbrudniejszy, największy, najbardziej nieokrzesany ze wszystkich tragarzy. Biedna *madame* Boyer musi ryzykować uduszeniem, kiedy przechodzi do wykonywania swych małżeńskich obowiązków.

Dwa gołębie trzepoczą skrzydłami w powietrzu.
Wzbijają się ku wolności. Potem gnieżdżą się
zgodnie z pulsem Ziemi.

Stoję po przeciwnej stronie ulicy, kryjąc się w korytarzu, by uniknąć potrącenia przez samochód. Rue Guisarde to bardzo wąska ulica. Wspaniała, szczupła kobieta ustawia się za moimi plecami, przypomina trochę moją znajomą z Marais, ale ta ma wspaniałe cycki, którymi napiera na moje plecy. Zaczynam zastanawiać się, czy przypadkiem nie powinienem częściej ustawiać się w przejściach, może drzwi mają w sobie jakąś symbolikę, a może nawet magię. Czuję brodawki jej piersi przez warstwy flaneli, wełny i bawełny. Nie wliczam tutaj tego, co ma na sobie ona, na pewno nie ma tego zbyt wiele. Prawdopodobnie dlatego właśnie brodawki jej piersi są tak twarde, musi przecież zamarzać na śmierć. Z całą pewnością nie podnieca jej przecież przyciskanie się do starego, śmierdzącego terpentyną i potem faceta jak ja.

Cofa się o milimetr i proponuje mi papierosa. Sama ta propozycja sprawia, iż żałuję, że palę tak rzadko. Potrząsam przecząco głową, nie przerywając malowania. Nie potrafię się już skoncentrować, moje ruchy stają się automatyczne. Patrzę na nią kątem oka. Ma czapeczkę w kratkę zsuniętą na tył głowy i obcisły sweter z krótkimi rękawami. Wiele kobiet przypominałoby w tym stroju małe dziewczynki, ale nie ona, nie pozwalają na to jej cycki. Ma na sobie jeszcze spódnicę z frędzlami, która wygląda, jak gdyby uszyto ją z koca, spiętą ogromną złotą szpilą. Od wielu lat nic takiego nie oglądałem. Buty z prawdziwej skóry na wysokich obcasach o cienkich podeszwach, zdecydowanie nie jest to najlepsze obuwie do spacerów po pełnej psich gówienek rue Guisarde. Mówi po francusku. Nie zapiszę tego w tym języku, chyba nie potrafiłbym nawet.

— Podoba mi się pański obraz, panie malarzu.

Patrzy na mnie, nie na obraz.

— Mnie też się podoba.

Błyskotliwa uwaga. Posyłam jej następne ukradkowe spojrzenie. Głębokie, błękitne oczy, w których bardzo łatwo można utonąć. Wydaje z siebie dwa stłumione westchnienia. Mam nadzieję, że stare kobiety siedzące w kafejce po drugiej stronie ulicy to widzą, podniosłoby to mój status u *madame* Boyer.

Próbuję skoncentrować się na malowaniu, udaję wielkiego zawodowca. Tak jest, proszę pani, my profesjonaliści zajmujemy się naszą robotą. Sondujemy się tak przez minutę czy dwie. Wymachuję trochę pędzlem.

— Mogłabym dać ci *une jolie heure* za ten obraz, panie malarzu.

No proszę. Profesjonalista i prostytutka, sprawa jest już jasna. W ten obraz włożyłem już cztery godziny pracy i osiemdziesiąt franków w materiałach, nie mógłbym chyba uznać tego za niezły interes, gdybym wymienił go na jedną wesołą godzinkę. Tak naprawdę nie jestem zainteresowany, choć sam pomysł mnie podnieca. Zastanawiam się, w której kawiarni pracuje, gdzie jest *maquereau*, jej alfons, jak on wyjdzie na takim interesie? Przetną obraz na pół? Przerywam malowanie i uśmiecham się do niej.

— Dziękuję, *mademoiselle*, ale obraz nie jest jeszcze skończony. Poza tym, potrzebuję pieniędzy, malarze nie są na ogół zbyt bogaci.

— Tak.

Wypowiada to słowo na wdechu, stwierdzenie, pytanie, potępienie, obietnica, wszystko to zawarła w jednym wyrazie. Posyła jeszcze jedno przeciągłe spojrzenie na obraz, a potem znika w przejściu. A zatem stoję w jej drzwiach. Najprawdopodobniej nie próbowała pocierać o mnie piersiami, chciała tylko odsunąć mnie na bok, żeby otworzyć drzwi. Teraz uznaję, że nie musiała wcale być prostytutką. Była odpowiednio do tego ubrana, ale coś mi tu nie pasuje. Cała sprawa okazała się chyba żartem. Wyglądała zbyt młodo, zbyt dobrze się mną bawiła, miała nazbyt wiele poczucia humoru. Nigdy w życiu nie widziałem kurwy, która miałaby poczucie humoru, wszystkie są bardzo poważne, poważna robota, żadnych głupot. Jedynie u Henry'ego Millera bywało inaczej. Może teraz są inne kurwy, wszystko jest teraz inne.

*

Później, już po południu, przeciska się obok mnie dwóch francuskich biznesmenów. Ci faceci kompletnie nie pasują do tego miejsca. Pierwszy miał przyprószone siwizną włosy i mocną opaleniznę. Drugi wyglądał raczej na księgowego czy może informatyka. Spieszą się tak bardzo, że omal nie przewracają mnie w drzwiach. Domyślam się, że moja przyjaciółeczka może mieć coś wspólnego z tym pośpiechem. Za moimi plecami mieści się sklep z częściami hydraulicznymi, nie sądzę, by tego właśnie potrzebowali ci faceci, a mieszkania na górze wynajmują głównie stare kobiety. Nie przypuszczam, by któraś z nich mogła okazać się matką jednego z gości. Jedna z tych wspaniałych dziewczyn trzyma co najmniej dwadzieścia maleńkich pekińczyków. Przeciąg z góry sprawia, że w korytarzu śmierdzi jak w psiarni.

*

Żaden z tych facetów nie pojawia się więcej, a kończę malować o wpół do piątej. Jestem pewien, że tu nie mieszkają. Może jest jakieś inne wyjście, tajne przejście zaprojektowane przez średniowieczną królową, która nie życzyła sobie, by ktokolwiek wiedział o nocnych wizytach składanych jej przez błędnych rycerzy. Może ma ono jakieś połączenie z moimi tunelami.

> *Stojąc w drzwiach, zaglądam*
> *Do środka — waham się,*
> *Czy wejść, czy wyjść?*
> *A może wyjść tyłem?*

Następnego dnia dziewczyna wraca. Podświadomie oczekiwałem jej przez cały poranek. Gawędzimy około pięciu minut, tyle ile trwa wypalenie papierosa, potem zaprasza mnie na górę na obiad. Sami widzicie, marzenia stają się czasami jawą.

Mój obraz jest już prawie gotowy. Wykańczam go, szukam tylko wolnych przestrzeni, gdzie mógłbym jeszcze pełniej wyrazić to, co chcę przez niego powiedzieć. Zawsze boję się, że mogę poprawić obraz na śmierć, zbyt często mi się to zdarzało. Jeśli się nie uważa, bardzo łatwo w to wpaść. Maluję, tu dodam, tam ujmę, tu domaluję, tam zamaluję, poświęcę to dla tego, i nagle, niespodziewanie, obraz zaczyna rozmywać się przed moimi oczami. A jeśli już zacznie, wtedy nic już nie da się zrobić. Tak jak gdyby cały obraz został wessany przez pędzel, pozostają tylko farby i płótno, jak aborcja albo pozostawianie dzieci na skałach czy puszczanie ich na krze na rzekę. W takiej sytuacji pozostaje jedynie zasłonić obraz białym całunem i odśpiewać z całej duszy *Te Deum*.

Prosi, bym zabrał ze sobą obraz. Wyraźnie ma na mnie ochotę, a może to obraz tak bardzo ją zauroczył. Nieważne. Dzisiaj zamierzam być bardzo ostrożny. Myślę, że mogę rzucić okiem na jej towar, może udałoby się ubić jakiś interes w zamian za pozowanie.

No proszę, znowu pogrążam się w marzeniach. Marzenia nie krzywdzą nikogo, przynajmniej nie za bardzo. Powtarzam sobie, że przecież mogę namalować ten sam obraz jeszcze raz, ale wiem, że to nieprawda. Malowanie nigdy nie jest takie samo. Mógłbym namalować ten sam przedmiot sto razy, za każdym razem byłby inny. Wszystko zmienia się ciągle, a zwłaszcza ja.

Spławne drewno spłynęło wodą.

Trzecie piętro. Otwiera drzwi i prosi, bym zdjął buty. Składam swoje rzeczy w małej alkowie oddzielonej zasłonką. Wraca z najprawdziwszą złotą szatą. Takie szaty noszą japońscy książęta albo zapaśnicy sumo, złoty brokat ze złotą jedwabną podszewką. Oczywiście, jestem cały brudny. Malarstwo to brudna robota. Nie mogę też stwierdzić, bym był specjalnym czyściochem, nie dbam o swoje rzeczy. Szybko ściągam bluzę, której używam do malowania, czerwony dres z kapturem. Cały jest poplamiony farbą, brudny i śmierdzący, przepocony zwłaszcza wokół szyi. Narzucam złotą szatę na ramiona jak Jersey Joe Walcott czekający na decyzję sędziego po nie rozstrzygniętej walce. Dziewczyna opada na kolana na gruby, miękki dywan i zaczyna zdejmować mi buty, brudne, poplamione farbą adidasy z wiele razy zrywanymi, niestarannie zawiązanymi sznurowadłami. W skarpetkach mam dziury na palcach i piętach, i to na obu, na domiar złego skarpetki są nie do pary.

Odkłada cały ten bałagan na bok i wsuwa na moje stopy malutkie pantofle, złote podobnie jak szata.

Wtedy dotyka mego rozporka. Twardo. Mam na myśli spodnie. Ciągle zdarza mi się wycierać pędzel o krocze. Zły nawyk, ale za to bardzo poręczne rozwiązanie. Spodnie sztywnieją od terpentyny, praktycznie rzecz biorąc, mogę je odstawiać na noc. Sięga po klamrę pasa.

Cała ta sytuacja okazuje się coraz bardziej krępująca. Najczęściej nie zauważam nawet, w jakim stanie jest moje ubranie, nie ma to dla mnie żadnego znaczenia. Kładę dłonie na jej dłoniach i zsuwam spodnie, stare dżinsy z wystrzępionymi łatami na kolanach.

Pod dżinsami noszę oliwkowe kalesony z demobilu, z rozcięciem z przodu. Co, u diabła, w końcu o tej porze roku na ulicach jest zimno! Właśnie w tej chwili do pokoju wchodzi druga kobieta. Ma na sobie identyczny złoty strój. Może mam do czynienia z parą wyznawczyń Hare Kriszny w luksusowym wydaniu. Owijam się złotą szatą. Obydwie dziewczyny zaczynają chichotać. Nie wiem, co mam robić, nie myślałem, że mogą być dwie. Uznaję, że będę zachowywał się tak, jak gdyby stanie w korytarzu w kalesonach i pozłocistej szacie było dla mnie najbardziej naturalną rzeczą na świecie, odpowiadam im uśmiechem i rozglądam się dookoła.

*

Pokój jest przepiękny. Podłogę pokrywa miękki i gęsty wełniany dywan w kolorze ciemnego brązu, od ściany do ściany, jak ogromne łóżko. Meble są śliczne, w stylu Ludwika XV, ściany obite brokatem i aksamitem, w oknach wiszą złotożółte zasłony. Dziewczyna bierze mnie za rękę i prowadzi przez pokój do łazienki. Łazienka, dokładnie ostatnia rzecz, jakiej mógłbym się spodziewać w tak starym budynku.

Zamykam się od środka i myję ręce. Na umywalce leży szczoteczka do paznokci, próbuję więc zdrapać werniks. Na brud za paznokciami nic nie poradzę, skórki przy paznokciach odchodzą, a brud jest wbity głęboko. W domu używam 23 Skidoo do czyszczenia rąk, to jedyna rzecz, jaką przywożę ze Stanów, jedyny skuteczny środek, który czyści moje dłonie.

Sięgam do kalesonów i odświeżam się trochę. Na półce znajduję jakiś dezodorant, uznając, że mogę poświęcić odrobinę warstwy ozonowej, psikam kilka razy. Robię siusiu, niewiele tego. To typowy dom należący do kobiet, klapa opada, jeśli nie przytrzyma się jej ręką.

Nieznaczny ruch umysłu,
W który wbudowano paskudne myśli
Jak malutkie pokoiki w wynajętym mieszkaniu.
Powiedz, kto zbudował ten dom?

Kiedy wychodzę z łazienki, widzę, że obydwie ubrane są jak buddyjscy mnisi w kimona ze złotego jedwabiu. Nie potrafię stwierdzić, co mają pod spodem, ale wygląda to bardzo sexy. Przedstawiają się Colette i Colline. Ja przedstawiam się jako Bob. Francuzki wariują na punkcie Amerykanów imieniem Bob, wymawiają je tak jak „snob", krótko i przez nos.

Pod oknem stoi stolik, a na nim prawdziwe porcelanowe talerze i srebra, są nawet kryształowe kieliszki. Siadamy, a dziewczęta na przemian podają potrawy i zabawiają mnie rozmową. Cóż to za obiad! Na przystawki idą *moules farcies*, potem *truite meunière,* a następnie *paupiettes* i *pommes dauphines.* Wszystko doskonale przyrządzone i podane. Dla smakosza takiego jak ja to po prostu sen.

*

Jak się okazuje, moje gospodynie prowadzą wspólnie mały interes. Codziennie w południe dla jednego lub dwóch panów przygotowują obiad, po którym następują usługi erotyczne. Wszystko na najwyższym poziomie, żadnej wulgarności. Cena wynosi tysiąc franków za dwóch, posiłek plus dodatki, co odpowiada wszystkim zainteresowanym. Mają stałych klientów, pracują pięć dni w tygodniu. Latem biorą dwa miesiące urlopu, wyjeżdżają na grecką wysepkę, gdzie mają własny dom. Zarobione pieniądze odkładają, mają nadzieję, że za pięć lat będą mogły przejść na emeryturę. Kochają się nawzajem.

Miłosny krąg.
Prawdziwy miesiąc miodowy.
Pełnia.

Obydwie są bardzo zainteresowane moim obrazem. Takie klientki nieczęsto mi się zdarzają. Wyciągają na początek dwa banknoty po pięćset franków, prywatne ubezpieczenie na wypadek bezrobocia. Proponują tysiąc franków. Uśmiecham się tylko i potrząsam przecząco głową. Te dziewczyny są jak gejsze, same zapewniają sobie rozkosz, potem odbijają to sobie na mężczyznach. Każda gra dla przyjaciółki, mnie jedynie wykorzystują. Na moje gasnące libido działa to wspaniale, ale ego źle to znosi.

Kiedy bawimy się, jestem piłką,
Którą odbijasz. To nawet przyjemne.

Kończymy obiad płonącym naleśnikiem. Obraz stoi na małym pianinie oparty o ścianę. Zastanawiam się, czy któraś z nich potrafi grać, czy też pianino stanowi tylko element dekoracji? Bardzo chciałbym, aby coś dla mnie zagrały w duecie, by muzyka otuliła mnie jak złota szata. Może w przyszłym życiu zostanę buddyjskim mnichem.

Obie potrafią rozmawiać o obrazach, wiedzą, o co chodzi, zadają właściwe pytania. Naprawdę chcą mieć mój obraz. Boże, jak ja nienawidzę mówić o cenie obrazu, który jest jeszcze żywy przed moimi oczami. Wszystko jest w porządku, kiedy obraz jest już skończony, a ja zajmuję się już czymś innym, ale nie wtedy, gdy jeszcze maluję.

Prawdę powiedziawszy, każdy obraz maluję dla siebie. Dopiero później, kiedy trochę się od siebie oddalimy, potrafię się z nim rozstać. Dlatego nie czuję się teraz najlepiej. Dziewczyny mają niezłe anteny, czują, co dzieje się w moim wnętrzu, ale nie dają mi spokoju. Właściwie chciałbym, by to właśnie one miały mój obraz. Podniecający pomysł, mój obraz, część mojej osoby, gapiłby się na nie ze ściany, obserwował akcję, bezcielesny voyeuryzm, nawet zza grobu. Ale ten obraz należy do cyklu Canettes, kto wie, może spotkam jakiegoś milionera, który kupi cały cykl. Sami widzicie, jestem beznadziejnie wierny swojej nadziei.

Jestem tym, co stwarzam,
I stwarzam to, czym jestem.
Błędne koło!

106

Zaczynają mnie urabiać, obiecują cudowne popołudnie. Siedzą po obu stronach, głaszcząc mnie i pieszcząc. Ciągle wymieniają spojrzenia. Colette jest wyraźnie przywódczynią. Mówi teraz jak Simone Simon, ściągając wargi.

— Co Amerykanin może wiedzieć o tym, co potrafi dla niego zrobić prawdziwa Francuzka? Zdarzyło ci się kiedyś kochać naraz z dwiema dziewczynami, które na dodatek kochają się nawzajem? Możesz mieć festiwal namiętności.

To dokładny przekład francuskiego zwrotu, jakim się posłużyła. Czuję, że zaczynam się pogrążać. Za dużo jak dla mnie, moje rezerwy oporu nie są zbyt duże, zwłaszcza w tych sprawach. W ogóle nie mam zbyt wielkich rezerw, kropka!

Prawie tak samo jak obraz martwi mnie to, że mogę nawalić. Byłoby to wystarczająco okropne, gdyby przydarzyło mi się z jedną kobietą, ale pewien jestem, że konieczności przejścia przez to z dwiema kobietami nie zniósłby gasnący płomyczek mojej męskości. Potrafię sobie wyobrazić, jak zabawnie musi to wyglądać, jakie to monotonne, a potem nagle „bum" i Most Londyński opada niespodziewanie. Biedna Kate stara się nie brać tego do siebie, ale niełatwo nam nawet o tym rozmawiać. Katastrofa w takich warunkach mogłaby wyeliminować moje nadwerężone libido raz na zawsze.

W końcu zaciągam paski mojej złotej szaty i stwierdzam, że obraz na razie nie jest na sprzedaż. Może później, kiedy zajmę się czymś innym, ale jeszcze nie. Mówię, że będę jeszcze pracował w tej dzielnicy, zawsze mogą mnie znaleźć. Nie są zachwycone, ale jakoś się z tym godzą, uciekłem im z haczyka.

> *Prostata jak u prostrata.*
> *Mój kutas jest nie — a może —*
> *Bezpiecznie spokojny.*

Jak się okazuje, poznały się w konserwatorium. Jedna gra na fortepianie, druga na skrzypcach.

Zamykamy popołudnie koncertem Brahmsa na fortepian i skrzypce. Są naprawdę niezłe. Czy muszę jeszcze pytać, jak wspaniałe potrafi być życie? Z pewnością mógłbym dostać więcej, ale nie potrafię znaleźć niczego, co mogłoby pójść na sprzedaż lub wymianę. Mefistofelesie, nie mógłbyś dać mi choć jednej szansy? Nie będę się nawet targować o cenę.

Zawieram transakcję
Z samym diabłem.
Drogi diable! Jak jesteś diablo drogi?

Rozdział 10

KUPIEC Z NOWEGO JORKU

Zazwyczaj obrazy, nad którymi właśnie pracuję, wiszą porozwieszane po całym domu, lubię mieszkać otoczony tym, na czym w danej chwili skupia się moja uwaga. Cykl Canettes to już ponad czterdzieści obrazów, więc pełno ich wszędzie, nawet w łazience, jeden wisi nad sedesem, a drugi naprzeciwko niego. Ściany jadalni obwieszone są trzema szeregami płócien. Nasz dom wygląda jak magazyny Muzeum Victorii i Alberta w Londynie. Nie ma chyba miejsca bardziej zniechęcającego dla malarza niż taki magazyn. Obrazy wypełniają pomieszczenia od podłogi po sufit, niektóre marne, ale większość to dobre płótna. Tkwią tak w ciemnościach, duszą się bez ludzkich oczu i powietrza, jak zakonserwowane wymioty, ofiary zmieniających się czasów.

Cykl Canettes przedstawia pięć ulic pomiędzy Saint-Sulpice i rue du Four. Tutaj mieszczą się dwa z moich gniazd, mogę malować, pilnować swoich spraw i zbierać czynsz w czasie jednej wizyty w tej okolicy. To wspaniałe miejsce dla malarza. Pełno tu zakładów stolarzy, druciarzy, hydraulików, przemieszanych z modnymi sklepami i butikami. Budynki pochylają się ku ulicy, próbując bronić się przed naporem czasu, podpierając się nawzajem.

Skoncentrowałem się na rue Saint-Sulpice, rue Guisarde, rue Princesse, rue des Canettes i pewnym odcinku rue Mabillon. Malowałem fasady, podwórza, ludzi na ulicach i w barach, malowałem wnętrza mieszkań, takich jak pokój Sweika, malowałem portrety mieszkańców tej dzielnicy, nawet psa, którego portret wisi przed włoską restauracyjką na rue des Canettes — musi to być pies mafii albo Korsykanów, bo warczy i gryzie. Taki cykl może wiele powiedzieć o Paryżu, dlatego że skupia się na niewielkim wycinku miasta. Mówi też sporo o mnie, o moich nierealnych aspiracjach, o przepełniającej mnie chęci pogrążenia się w tym, co maluję.

W świecie, który otacza mnie zewsząd,
Rozbrzmiewając w głębi rozśpiewanego serca,
Muszę wydrzeć więcej. Brzeg nad otchłanią.

Kilka nocy temu uznałem, że cykl jest już gotowy. Ustawiłem wszystkie obrazy pod lampą w porządku chronologicznym, według ulic, a potem według tematów. Przez cztery godziny nurzałem się w swoich szaleństwach. Boże, trudno mi się będzie z nimi rozstać, ale jestem pewien, że cykl został już zamknięty. Ostatnim obrazom brakuje pewnej świeżości spojrzenia.

Nie chcę nawet myśleć o tym, że będę musiał je rozdzielić. Prawdopodobnie nigdy już nie zobaczę wszystkich razem, ale musimy przecież coś jeść. Dochód z obrazów nie jest zbyt wielki, ale nie możemy z niego zrezygnować. Pięcioro dzieci oznacza wydatki, zwłaszcza teraz, kiedy musimy płacić czesne na amerykańskich uniwersytetach, wspaniały sposób wydawania pieniędzy, ale zawsze trudno ich nastarczyć.

Codziennie jadamy mięso, obiad bez mięsa jest dla mnie jak noc bez snu, jestem prawdziwym psem. Hamburgery kosztują w Paryżu siedem dolarów za kilogram, daje to około trzech i pół dolara za funt. Poza tym czas kończy się już dla mnie, a moje czterdzieści akrów ziemi wymyka mi się z rąk, naprawdę potrzebuję pieniędzy.

Czas to grząskie błocko. Przecieka
Przez palce. I wsysa jak bagno.

Nieraz już zdarzało mi się dzielić swoje cykle i za każdym razem było to bolesne. Każdy stanowił integralną część mojego życia, każde płótno łączyło się z jakimś ważnym doświadczeniem. Kiedy na nie patrzę, czuję się tak, jak gdybym raz jeszcze słyszał starą piosenkę, czuł zapomniany zapach, przestrzeń i czas na nowo powracają do życia. Przedstawiają najlepszy okres mojego życia — czas zbierania.

*

Wczoraj pracowałem w Marais. Dzielnica ta jest jedyna w swoim rodzaju, inna niż Canettes, inna niż ja sam. Albo ja ją zmienię, albo ona zmieni mnie. Ktoś będzie musiał się poddać i najpewniej będzie to stary Scum.

Miejscowe dzieciaki doprowadzają mnie do szaleństwa. Wszystko chcą wiedzieć. Dlaczego robię to czy tamto, ile kosztuje płótno, ile farba, ile dostaję za jeden obraz? Odpowiadam, że każdy kosztuje pięć tysięcy dolarów. Zaskoczenie. Dwóch mężczyzn podchodzi do mnie, to koniki z Marais, porządnie ubrani, zajmują się nielegalną wymianą pieniędzy, interesuje ich każda waluta.

— Czy pańskie obrazy naprawdę kosztują po pięć tysięcy dolarów?

— Tak, ale ten mogę wam sprzedać za jedyne trzy tysiące dolarów kanadyjskich, nie podoba mi się.

*

Wracam do domu zmęczony. Robiłem szkice do dużego płótna obejmującego rue des Rosiers widzianą z narożnika rue Ferdinand Duval. Ulica Duval była dawniej nazywana ulicą żydowską. Nazwa rue des Rosiers pochodzi z czasów, kiedy miejscowe dziwki trzymały w oknach kwiaty, a zwłaszcza róże. Wszyscy udzielają mi najprzeróżniejszych informacji o wszystkim, co mnie otacza.

Konstruuję duży, skomplikowany obraz, podjąłem się

bardzo wyczerpującego zadania. Czuję się zmęczony, próbując równocześnie zebrać najrozmaitsze pomysły i nie tracić ich z oczu. Tworzę przestrzeń z nicości, przetwarzając abstrakcję w rzeczywistość. Trudno nie stracić wiary w siebie, kiedy tak niewiele jeszcze zrobiłem. Wracam ciągle do płótna. Cała sztuka to pozostać w jego granicach, nie przekraczać ich.

> Wiszę na krawędzi przepaści,
> Szukając uchwytu, próbując pozostać,
> Uwierzyć w pozory jak w sen
> Zszyty niewidzialnymi szwami.

Wracam do domu, a tu czekają już na mnie goście. Tego mi tylko było trzeba. Odkładam kasetę z farbami, uśmiecham się do wszystkich i uciekam do łazienki, chcę się choć trochę umyć. Nie spieszę się, wszystko oddałbym teraz za gorącą kąpiel. Wkładam głowę do umywalki pełnej zimnej wody. Może trochę mi przejdzie. Nie, nic to nie daje. Wycieram się, przeczesuję rzadkie włosy, jakie zostały jeszcze na mojej czaszce, zbieram je w cienką kitkę, przeczesuję brodę à la święty Mikołaj i przybieram uśmiech komiwojażera. Teraz mogę wrócić do jadalni.

Dzisiejsi goście wyglądają na ciekawszych od tych, których zwykle przychodzi nam przyjmować. Najczęściej są to dawni przyjaciele ze Stanów, którzy za dużo gadają. Gorsze bywają tylko ich dzieci, które dla odmiany nic nie mówią. Dzieciaki nienawidzą nas, ponieważ jesteśmy przyjaciółmi ich rodziców albo dlatego, że czegoś od nas chcą. Chcą albo pożyczyć od nas pieniądze, albo przespać się u nas, a czasem i jedno, i drugie. Zdarza się też, że domagają się, bym powiedział im w piętnaście minut, jak mogą zacząć sprzedawać swoje prace i od przyszłego tygodnia zarabiać pięćdziesiąt tysięcy dolarów rocznie. Najczęściej prace oznaczają w ich przypadku rozwinięcie pomysłów z pierwszego roku studiów na akademii sztuk pięknych. Kiedy próbuję przedstawić realia, ich nienawiść do mnie tylko wzrasta. Nie lubię, gdy ktoś mnie nienawidzi.

Ich rodzice nienawidzą nas, bo nie jesteśmy tacy jak oni i nie chcemy się z nimi porównywać. Wydają okrzyki zachwytu, powtarzając, jak bardzo jesteśmy szczęśliwi, mając tak wspaniałe, wolne życie, podczas gdy Jack musi dzień w dzień zaglądać ludziom w zęby w swoim gabinecie przy Beverly Hills, a Walter musi dawać osiem godzin wykładów tygodniowo, tak mało mu przy tym płacą, zaledwie trzydzieści czy czterdzieści tysięcy zielonych rocznie.

Samo słuchanie tego mnie męczy, może właśnie dlatego tak bardzo mnie nienawidzą.

*

Dzisiejsi goście wyglądają jednak inaczej, są na luzie, wypoczęci, mniej więcej w wieku Kate, trochę młodsi ode mnie, świetnie się trzymają. Wyglądają na bohaterów Fitzgeralda, a może jak postacie z Geralda Murphy'ego. Mężczyzna ma siwe, kręcone włosy, jasnoniebieskie oczy, równą opaleniznę, jest bardzo wysoki. Przypomina raczej Dicka Divera. Tak, o to mi właśnie chodziło. Stoi przede mną Dick Diver z krwi i kości. Kobieta prawie dorównuje mężowi wzrostem, chłopięca sylwetka, mocne ramiona, pewno uprawia tenis, może pływanie. Wyglądają na ciekawych ludzi, warto się z nimi bliżej zapoznać.

Okazuje się, że Kate poznała naszych gości w Ogrodach Luksemburskich, gdzie nasze dzieci puszczały żaglówki na stawie. Mają dziecko w tym samym wieku co nasz Tim. Wierzcie mi na słowo, druga, a nawet trzecia, jak to jest w moim przypadku, rodzina to świetna sprawa. Kobieta ma na imię Jan, zajmuje się rzeźbą, odpowiednio duże dłonie, ale nie widzę skaleczeń. Z całą pewnością nie pracuje w kamieniu ani w drewnie.

Jej mąż ma na imię Bert. Nie mówi zbyt wiele. Chodzi po domu, oglądając obrazy pokrywające całe ściany. Zatrzymuje się przy każdym i ogląda go przez dłuższą chwilę. Podchodzi blisko, wie, jak należy to robić.

Na obrazy powinno się patrzeć z odległości wyciągniętej ręki, a nie z przeciwległego końca pokoju. Powinno się je oglądać z takiej samej odległości jak ta, z której patrzył na nie malarz. Obraz to przedmiot, nie podmiot. Ten facet robi to tak, jak należy, ucina sobie małą pogawędkę z moimi płótnami.

Zabawnie jest czasami przyjrzeć się, jak ludzie potrafią nie dostrzegać obrazów. Potrafią wejść do mieszkania i nie spojrzeć nawet na ściany. Nie zauważyliby niczego, nawet gdybym w każdym rogu umieścił po jednym wisielcu. Tacy ludzie żyją w tunelach, używają oczu jedynie po to, by nie wpadać na przedmioty znajdujące się na ich drodze, tak jak nietoperze, posługują się ultradźwiękami.

Inni ludzie wchodzą i starannie oglądają całe mieszkanie, ale nie dostrzegają obrazów. Rzucą co najwyżej jakąś uwagę, że mamy ładne zasłony albo czyste okna, lub zauważą pajęczynę w kącie.

Inni jeszcze wchodzą, rzucają szybkie spojrzenie na obrazy, tak jak ogląda się kopiec ziemniaków czy marchwi, i mówią:

— Ach, więc pan maluje?

— Nie, do cholery! Wyrzeźbiłem to wszystko w mydle!

Niektórzy goście przykładają palec do podbródka albo elegancko odchylając palce wskazujące na boki, jak gdyby chcieli coś zmierzyć, biorą obraz w dwie ręce i mruczą „Hmmmm" albo „Piękne" czy „Używasz farb akrylowych?"

Niech ich wszystkich piekło pochłonie.

Klątwa nieczułej uprzejmości.
Rumieniec ujmującej ciszy.
Skradam się po schodach.

Ten facet o siwych, kędzierzawych włosach, który wygląda jak Dick Diver i ma na imię Bert, jest po prostu wspaniały. On naprawdę patrzy. Czuję, że rozbiera każdy obraz na poszczególne elementy i składa go na powrót

114

w myślach. Zaczynam kręcić się wokół niego. Nawet kiedy trafi się na kogoś, kto potrafi oglądać obrazy, moja sytuacja jest nie do pozazdroszczenia, moje płótna są tak mocno związane ze mną, że niezależnie od tego, co powie, nie będę się czuł usatysfakcjonowany.

Wreszcie kończy oglądanie, a ja idę w ślad za nim, siadamy za wielkim stołem, Kate podaje już herbatę. Kiedy oglądaliśmy obrazy, plotkowała razem z Jan. Jan nawet na chwilę nie spuściła oka z Berta, myślę, że przyjrzała się też obrazom. Bert siada do stołu.

— Widzisz, Jan, to właśnie określiłbym rzeczywistością subiektywną. Te obrazy są bardziej niż prawdziwe, to prawdziwy nadrealizm.

Wlepiam w niego oczy. Wielkie nieba, czuję się tak, jak gdybym słuchał samego siebie! Mam ochotę wskoczyć na stół i puścić się w szaleńczy taniec!

Zamiast tańczyć, zaczynam mówić. Opowiadam o wszystkim, co próbuję osiągnąć. Mówię, że chciałbym zostać malarzem dla ludzi, stać się częścią ich życia, czynić żywymi przedmioty, nadawać życiu nową wartość. Opowiadam o tym, że chciałbym pokazać ludziom, jak bliscy są prawdziwemu doświadczeniu, chcę otworzyć ich duszne od nagromadzonych uczuć tunele ostrym, czystym oddechem pięknych obrazów, złamać pierwsze czy też drugie — w zależności od tego, czy są żydami, protestantami, czy katolikami — przykazanie. Gadam tak i gadam. Na śmierć zapomniałem o tym, że miałem sprzedawać obrazy, jestem za bardzo podniecony tym, że spotkałem kogoś, kto słucha i rozumie. Wydaje mi się teraz nawet, że i Jan mnie słucha. Artyści rzadko słuchają się nawzajem, zakłócenia są zwykle zbyt duże.

Spędzamy razem wspaniałe popołudnie, przynajmniej ja. Zapraszamy, by zostali na kolacji, ale nasi goście muszą już iść. Umawiamy się, że wkrótce znowu się spotkamy. Idę spać pełen ciepłych myśli.

*

Dzisiaj przypadkiem zaszedłem do domu. Zapomniałem wziąć ze sobą pieniądze i zgłodniałem w czasie wyprawy do miasta. Zostawiłem swoje rzeczy u Goldenberga i pojechałem do domu, by dokonać najazdu na lodówkę, najlepszą i najtańszą jadłodajnię w całym Paryżu. Wchodząc na górę, zauważyłem Jan siedzącą na schodach. Wygląda na trochę zakłopotaną, mówi, że chciałaby jeszcze raz zobaczyć obrazy. Proszę bardzo, pozwoli pani do środka, młoda damo. Chyba nie spędzę dzisiejszego popołudnia przy sztalugach. Mogą spokojnie poczekać na mnie u Goldenberga. Wszyscy w Marais są przekonani, że jestem wielkim amerykańskim malarzem, który otrzymał zamówienie na wykonanie dwudziestu płócien przedstawiających Marais od bogatego amerykańskiego Żyda, który zamierza ofiarować je Muzeum Guggenheima. To najlepszy sposób na ucięcie ciągłych pytań, nadaje mi to status wielkiego człowieka, jestem teraz prawie że nowym Mesjaszem, może dzięki mnie wzrosną ceny nieruchomości.

W mojej głowie kłębią się najprzeróżniejsze szaleńcze historie, kiedy w ślad za Jan wchodzę do mieszkania na górę. Mój umysł czasami wydostaje się spod kontroli. Muszę mieć jakieś niepewne złącze, coś w rodzaju zepsutego sprzęgła, z każdym rokiem jest gorzej, cicha erozja. Jan idzie przede mną. Ma na nogach adidasy i zabawne skarpetki z pomponikami na kostkach.

Otwieram drzwi i wchodzimy do środka. Idę do kuchni, nastawiam wodę na herbatę, włączam grzejniki. Rzucam okiem do lodówki. Zazwyczaj nie jestem zbyt głodny w porze lunchu, bo na śniadanie jem smażoną wątróbkę, pietruszkę i popijam to wszystko sokiem pomarańczowym. Ale dzisiaj nie było wątróbki.

Jan chodzi po mieszkaniu, przyglądając się obrazom. Łapię się na tym, że czekam tylko, aż przyłoży palec do podbródka.

— Twoje obrazy bardzo się spodobały Bertowi. Mówił o nich przez cały wczorajszy wieczór, a potem jeszcze w łóżku. Myślałam już, że nigdy się nie zamknie i nie pozwoli mi spać. Nie pamiętam, by kiedykolwiek zainteresował się tak bardzo jakimiś obrazami. Sztuka na ogół nie działa na psychiatrów, przynajmniej na freudystów. Twierdzą, że artyści po prostu nie mają wyboru, sam znasz te bzdury.

Usiłuje wyraźnie zagadać własne zdenerwowanie. Słucham jej, zastanawiając się — czyżby miała ochotę poderwać starszego pana? Początek jest prawie zawsze właśnie taki. Większość Amerykanek zaczyna od obgadywania własnego męża — to pierwszy sygnał. Zaczynam zastanawiać się, jak wyjść z całej sytuacji z twarzą, żadnego z nas nie obrażając.

Idę do kuchni, przynoszę rzodkiewki i resztki pizzy z wczorajszej kolacji. Jan mówi, że jadła już lunch. Nadal nie czuję, by te odwiedziny były w jakikolwiek sposób związane z seksem. Wielki Boże, a może ona naprawdę chce kupić moje obrazy. Dobrze by się stało, gdybym zdołał sprzedać przynajmniej jeden, od bardzo dawna mi się to nie udało. Już wkrótce trzeba będzie zapłacić czynsz, rachunek przychodzi co trzy miesiące. Świetnie byłoby sprzedać obraz właśnie teraz.

— Chciałabym kupić prezent urodzinowy dla Berta. Strasznie trudno coś dla niego wybrać. Czy gdybym kupiła obraz, mógłbyś go dla mnie przechować do października?

Czy mógłbym go dla niej przechować? Jejku! Ależ oczywiście. W ten sposób mógłbym zapłacić czynsz i nie rozstawać się z częścią cyklu jeszcze przez pewien czas. Próbuję nie okazywać, jak bardzo się cieszę.

*

Zaczynamy wybieranie. Postaw ten tutaj, a ten tam. Nie potrafię tego wytrzymać. Ten odkładamy na stos „odrzuconych" obrazów, a ten na stos tych dobrych. Zajmuje nam to cały dzień. Przechodziłem przez to setki razy, ale nadal nie potrafię się z tym pogodzić, czuję się, jak gdybym kierował targiem niemowląt niewolników. Jan wybiera w końcu siedem obrazów. Wciągam głęboki oddech, przygotowując się do ostatniego etapu.

— Biorę wszystkie — mówi Jan.

Jezu! Przecież nie ustaliliśmy jeszcze ceny!

— Wszystkie siedem?

— Tak.

Teraz dopiero dostrzegam kamyk na jej palcu. Nie mam pojęcia, czy był tam przez cały czas, czy nie. Może miała go w kieszeni i wsunęła na palec, żeby pokazać, że naprawdę może zapłacić. Kamyczek ma długość prawie równą połowie jej palca, zielonkawą barwę, na sto procent jest to brylant, może nie jest tak wielki jak Ritz, ale na pewno spory.

Bogactwo — ukradkowe objęcia,
Tajemne znaki, pocałunki. Aż tyle utraciliśmy.

Zaczynam targować się od ceny trzystu dolarów za jeden obraz, wstrzymuję oddech, patrzę, czy zemdleje. Mnożę to szybko razy siedem i wychodzi mi dwa tysiące sto dolarów. Wyciąga z kieszeni oprawną w skórę książeczkę czekową, sprawdza pisownię mojego nazwiska i wypisuje kolorowy czek, w których lubują się kalifornijskie banki. Pisze prawdziwym wiecznym piórem, do ostatniego zera. Dmucha na wilgotny atrament i wręcza mi czek. Staram się udawać, że nie robi to na mnie żadnego wrażenia, ale czuję się tak, jak gdybym miał spięcie w mózgu.

Siadamy do stołu i pijemy zimną herbatę. Nigdy w życiu nie smakowała mi tak bardzo. Próbuję opowiedzieć jej o tym, czym zajmuję się w Marais. Nie okazuje specjalnego zainteresowania, właśnie kupiła mężowi prezent na urodziny, nic specjalnego, dzień jak co dzień. Prosi, bym nie mówił o niczym Bertowi, ma to być niespodzianka.

Wstaje, chowa książeczkę czekową do małej torebki.

Odprowadzam ją na dół. Nawet nie ruszyłem pizzy. Czy facet o takich dochodach jak moje powinien jeść zimną pizzę? Zostawiam jedzenie na stole. Zazwyczaj nie zostawiam po sobie takiego bałaganu, jestem urodzoną gosposią, ale pomyślcie sami — dwa tysiące sto dolarów, ot tak, w jedno popołudnie, to uderza do głowy. Wyciągam ze skrytki za lustrem pięćdziesiąt franków i jadę z powrotem do Marais jak w różowej mgiełce.

Odbieram moje rzeczy od Goldenberga. Uśmiech od ucha do ucha, teraz wreszcie wyglądam na faceta, który zamierza sprzedać dwadzieścia obrazów do Muzeum Guggenheima. Nic nie wspiera sukcesu tak bardzo jak sam sukces. Niech to diabli, sprzedałem siedem obrazów, dobry znak na przyszłość! Czyżby stary Scumbler, pierwszy kamienicznik Paryża, zaczynał wychodzić na swoje?

Szczęście jak dziurawe wiadro,
Które tak szybko przecieka.
Zamieńmy się na chwilę rolami.

Ustawiam sztalugi. Przekonuję jakiegoś faceta, by przestawił swoją ciężarówkę. Rozmawiam z drobnym człowieczkiem, który prowadzi sklep warzywniczy na rogu. Jest Żydem z Bliskiego Wschodu. Pierwsi Żydzi przybyli tutaj w dwunastym wieku, a Francuzi zamknęli ich w Marais. Samo to słowo oznacza moczary. Pierwsi przybysze zrobili z tej dzielnicy swoje własne bagienko, teraz mieszkają w pałacach na bagnie. Żydzi z Bliskiego Wschodu sprowadzili się tutaj po kryzysie sueskim. Mają swoje własne potrawy, własne synagogi, własne sklepy, tworzą getto wewnątrz getta.

Pudełka w pudełkach. Stawiamy
Mury naprzeciwko murów.
Otwieramy się jedynie, zamykając
Innych w naszych więzieniach.

Pogrążam się w obrazie, patrzę na ulicę, staram się utrzymać na dystans jaskrawą czerwień i widzę, że Bert biegnie w moją stronę ulicą, jak gdyby wybiegał z wnętrza mojego obrazu. Ma bardzo poważną minę.

Od razu domyślam się wszystkiego — jego żona ma nierówno pod sufitem, a on odkrył właśnie, że wypisała czek na dwa tysiące sto dolarów z ich wspólnego konta. Dick Diver ściga Nicole ulicami Paryża. Było miło, ale się skończyło, powinienem był od razu zrealizować ten czek. Miło było przynajmniej go zobaczyć. Zdążyłem do tego przywyknąć, takie już jest moje życie.

— Niełatwo cię znaleźć, stary — mówi Bert, dysząc z wysiłku. — Jan powiedziała mi, że będziesz pracował gdzieś w tej okolicy, ale ja nigdy tu jeszcze nie byłem.

— Taak, Bert. Świetne miejsce, nieprawdaż?

Poczekam, aż sam to powie. Nie zamierzam się z nim kłócić, ale nie poddam się tak bez słowa sprzeciwu.

— Siedziałem dzisiaj całe rano w swoim biurze i myślałem o twoich obrazach. Są naprawdę ważne, nie powinieneś ich dzielić. Ten cykl musi pozostać całością.

Nieźle z tego wybrnął, naprawdę miły z niego facet. Próbuję skupić się na malowaniu, ale teraz nie potrafię obudzić w sobie koniecznego do tego szaleństwa. Muszę sprawdzić portfel, oddam mu ten czek, kiedy tylko o niego poprosi. Marny ze mnie człowiek interesu. Jestem fantastyczny, kiedy trzeba targować się o grosze, walczyć o resztki, odbudowywać strzaskane gniazda, ale kiedy nadchodzi moja wielka szansa, nie umiem jej wykorzystać.

Czuję, że moje myśli zaczynają wpływać na obraz, przestaję więc malować. Dam mu szansę na to, by skończył całą sprawę raz na zawsze. Bert patrzy na obraz. Zapala papierosa, podsuwa mi paczkę. Biorę, co mi tam. Palę sześć papierosów w ciągu roku, jednego na moje urodziny, jednego na Nowy Rok i cztery na najbardziej specjalne okazje. Ten dzień zalicza się chyba do tych ostatnich, jest to w końcu dzień, kiedy nie sprzedałem siedmiu obrazów.

— Ile zażądałbyś za cały cykl?

Zaciąga się głęboko i wydmuchuje dym przez nos. Zwykle krztuszę się już przy pierwszym pociągnięciu, ale tym razem jestem bliski uduszenia. Kaszlę i krztuszę się przez dłuższą chwilę, wreszcie przestaję i wpatruję się w niego zaskoczony.

— Chcesz kupić cały cykl Canettes? Wiesz przecież, że to czterdzieści obrazów. Nie mogę oddać ich za darmo.

Nadal nie wiem, czy pyta serio. Z jego oczu czytam jednak, iż on sam uważa, że mówi poważnie.

— Czterdzieści dwa.

— Co?

— Czterdzieści dwa, cały cykl to cztedzieści dwa obrazy, policzyłem je.

— Och.

I co mam zrobić z takim świrem? Próbuję zaciągnąć się papierosem. Dłonie trzęsą mi się teraz tak bardzo, że omal nie wypada mi z rąk. Nie, to niemożliwe, by mówił poważnie, on po prostu nie ma pojęcia, o co pyta.

— Nie mogę zapłacić tyle, ile są naprawdę warte — mówi — ale jeśli podasz mi rozsądną cenę, bardzo chciałbym je kupić.

Wielkie nieba! Czy jego żona powiedziała mu, że zapłaciła po trzysta dolarów za sztukę? Nie. Sama przecież mówiła, że ma to być dla niego niespodzianka. A może on po prostu nie ma pojęcia, ile kosztują obrazy. Jest przecież psychiatrą, a nie biznesmenem.

O kurczę! Dopiero teraz przypomniałem sobie, że nie mam już całego cyklu! Przecież nie dalej jak dzisiaj rano sprzedałem siedem z nich jego żonie, rzeźbiarce. To go na pewno zniechęci do całego tego interesu, muszę mu jednak powiedzieć.

— Mam dla ciebie złe wieści, Bert. Dzisiaj rano sprzedałem siedem obrazów kupcowi z Nowego Jorku.

Widzę, jak nagle zmienia się na twarzy. Czuję się, jak gdybym pracował w galerii na Rive Gauche i przez całe życie podstawiał klientom obrazy. Upuszcza papierosa i przydeptuje go obcasem.

— Chryste. Wiedziałem! Powinienem był wrócić jeszcze zeszłej nocy. Powiedziałem Jan, że takie obrazy nie będą czekać na kupca, są na to zbyt dobre. Jestem w końcu psychiatrą. Powinienem był uwierzyć własnym przeczuciom!

Słucham tego, co mówi, i nie potrafię wprost uwierzyć. Wszystko to aż nazbyt przypomina szaleństwa mojej wyobraźni, którym oddaję się w czasie naciągania płócien. Następnym razem jeszcze trudniej przyjdzie mi powstrzymać mój starzejący się mózg od odpłynięcia w krainę fantazji.

— Które wybrał? Czy kupił ten ze staruszką i widokiem mieszkania?

— Nie.

— To musiał być jakiś idiota!

Wymienia tak trzy czy cztery obrazy, dwa z nich kupiła jego żona. Wszystko to zaczyna mi przypominać jakąś zwariowaną odmianę gry w bingo. Bert stoi przede mną, wyraźnie ogarnia go rozczarowanie. Próbuję wymyślić jakiś sposób wyjścia z całej tej sytuacji. Może powinienem zabawić się w podwójnego agenta, założyć płaszcz przeciwdeszczowy, kupić sztylet, zabić jego żonę i ukryć ciało. Zapala następnego papierosa.

— Mógłbyś podać mi nazwisko tego kupca z Nowego Jorku?

Czuję, że muszę grać bardzo ostrożnie.

— Przykro mi, Bert, ten facet robi zakupy dla swoich zaufanych klientów, jestem zobowiązany do zachowania dyskrecji, sam rozumiesz, etyka zawodowa, unikanie podatków. Wiesz chyba, jak wygląda handel dziełami sztuki.

Wygląda na to, że uwierzył. Mam taką ochotę kopnąć się w kostkę, że czuję już skurcz w nodze. Bert przygląda się obrazowi na sztalugach.

— W porządku, w takim razie biorę te, które zostały, i ten, jeśli jest na sprzedaż.

Patrzy na mnie prawie przepraszająco. Nadal nie mam pojęcia, jak powinienem się zachować. On po prostu musi być świrem. Przecież nie podałem jeszcze nawet ceny.

Wygląda na całkiem normalnego faceta, ale nie może mieć wszystkich klepek na swoim miejscu.

Psychiatrzy i tak wariują najczęściej. Czytałem gdzieś, że popełniają samobójstwa dziesięć razy częściej niż inni lekarze, a lekarze dziesięć razy częściej niż reszta społeczeństwa. Dziesięć razy dziesięć daje sto do jednego. Boże, tak łatwo jest umrzeć, a tak trudno uniknąć śmierci, zwłaszcza kiedy się jej nie chce.

Indianie powiadają, że śmierci,
Tak jak darowanemu koniowi,
Nie zagląda się w zęby.

Właściwie skąd psychiatra może mieć tyle pieniędzy? Na pewno dostaje sto dolarów za godzinę, ale ile godzin w końcu pracuje? Może to jakieś skomplikowane oszustwo skierowane przeciwko mnie. Może to naprawdę jest Dick Diver. Kiedy ostatni raz o nim słyszałem, Diver był w Nowym Jorku, w dzielnicy Finger's Lake, ale od tamtej chwili minęło już pięćdziesiąt lat. Czuję, jak topią mi się złącza w mózgu. Niedługo będę musiał znaleźć sobie kogoś, kto będzie mnie karmił i zmieniał pampersy.

— Bert, przecież jeszcze nie powiedziałem ci, ile one kosztują. Skąd wiesz, że kupisz wszystkie?

— Masz rację. Ile kosztują?

Wcale się nie przejął. On na pewno jest świrem. Dochodzę jednak do wniosku, że powinienem potraktować go poważnie i zobaczyć, co z tego wyniknie. Nie mogę zażądać innej ceny od niego niż od jego żony. Mówię więc, że kosztują po trzysta dolarów za sztukę, ale mogę obniżyć cenę, gdy kupi wszystkie. Patrzy przeze mnie na wylot błękitnymi oczami szalonego psychiatry.

— Jesteś głupi. — Uśmiecha się. — Zapłaciłbym ci tysiąc za każdy, a nawet jeszcze więcej.

Jestem głupi, jestem największym głupcem na świecie. Jestem zadowolony, że mogę mu je sprzedać po trzysta dolarów, to o wiele więcej niż są dla mnie warte, a on kupuje je w przekonaniu, że każdy wart jest co najmniej tysiąc. Tak właśnie powinno się robić interesy. Czuję, że eksploduję w środku, próbuję się powstrzymywać, jak gdybym czekał, aż moja partnerka osiągnie orgazm.

Rzuca papierosa po dwóch pociągnięciach i przydeptuje go.

— Może znajdziemy jakieś spokojne miejsce, napijemy się wina i ustalimy szczegóły, tak żebym mógł wypisać ci czek. Kurczę, Jan będzie zaskoczona, nie pamiętam, by jakiś zakup sprawił mi kiedyś tyle radości. Chyba zastrzelę się z żalu, że nie dostałem tamtych siedmiu. Te obrazy powinny pozostać razem, są jak zestaw objawów w klasycznym opisie przypadku choroby.

Ma rację, powinienem szybko znaleźć jakieś spokojne miejsce, gdzie sprzedam swoje obrazy i dostanę w zamian czek, zanim ten szalony psychiatra strzeli sobie w łeb. Idziemy do Goldenberga, zamawiam dla siebie kanapki z pastrami. Na żytnim chlebie. Jestem przecież teraz bogatym człowiekiem, przynajmniej na papierze. Wreszcie jestem bogaty!

Pastrami nazywa się tutaj *Pickelfleisch*. Gdybym poprosił o pastrami, dostałbym ozorki. Bert wyciąga pióro, on też ma prawdziwe wieczne pióro, i ustalamy szczegóły. Trzydzieści sześć obrazów, wliczając w to ten, który mam właśnie na sztalugach, razy trzysta. Trudniej to trochę pomnożyć niż dziesięć razy dziesięć, ale ustalamy w końcu, że daje to dziesięć tysięcy osiemset dolarów. Proponuję, by dał mi równe dziesięć, ale Bert nalega, by zapłacić za nie jedenaście tysięcy. Jak twierdzi, lubi okrągłe liczby. Czuję się tak, jak gdybyśmy bawili się pieniędzmi z gry „Monopol”. Tak, a teraz kupię place Saint-Charles i Saint-Sulpice.

Muszę jednak zadać jeszcze jedno pytanie, jestem w końcu Scumblerem, starym mętem.

— Bert, wyjaśnij mi tylko, jak psychiatra może odłożyć tyle pieniędzy, by za jednym zamachem nakupić obrazów za jedenaście tysięcy?

Wybucha śmiechem, nie, już od dawna nie pracuje jako psychiatra, zajmuje się badaniami mózgu. A tak przy okazji, pieniądze nie należą do niego, lecz do Jan. Pochodzi z bardzo zamożnej rodziny, od trzech pokoleń. Lubi zarabiać, ale ma poczucie winy, że mając tak wiele, nic nie robi z posiadanymi pieniędzmi, więc wciąż zarabia więcej. Wydaje mi się, że Bert uważa, że cała ta sytuacja jest w niejasny sposób zabawna.

Zamawiamy jeszcze po piwie. Przez okno widzę stojące na ulicy sztalugi, dzieci zaczynają wychodzić ze szkoły i gromadzą się wokół obrazu. Jeśli któreś z nich go dotknie, złamię mu rękę. W końcu to nie dokończone trzysta amerykańskich dolarów.

Kończymy piwo, Bert ma umówione spotkanie. Nalegam, to ja powinienem zapłacić, zapłacić jego pieniędzmi. Jestem o ponad trzynaście tysięcy dolarów bogatszy niż wczoraj. Ho, ho! Wreszcie robię coś, co kocham, co muszę robić, i zarabiam na tym pieniądze. Czy może być jeszcze lepiej?

Przed rozstaniem Bert pyta o ramy. Chce powiesić obrazy w swoim paryskim mieszkaniu, tak jak wiszą w tej chwili u nas. Ustalamy termin spotkania, zabiorę go do odpowiedniego zakładu. Podaje mi swój numer telefonu. Mówi, że wynajmie kilka taksówek, i niedługo przewieziemy do niego wszystkie obrazy.

Byłem sławny, straciłem sławę.
Gdy sława zbladła,
Z ramek wypadła,
Więc oprawiłem w ramki
Moje ideały.

Idę do małej trafiki, kupuję oryginalne cygaro hawańskie z metalowym ustnikiem, owinięte kawałkiem cienkiego forniru. Biorę dziesięć franków reszty i gniotę w palcach banknot, wracając do swoich sztalug. Wokół obrazu zebrał się już spory tłumek, głównie dzieciaki. Podchodzę do sztalug, uśmiecham się szeroko jak Al Jolson i wyciągam cygaro. Zdejmuję osłonkę razem z kawałkiem drewna i rzucam je za siebie. Dzieci zaczynają się przepychać, żeby je podnieść. Wącham cygaro i obcinam jego koniec nożem do czyszczenia palety. Wyciągam pognieciony dziesięciofrankowy banknot i zapalam go. Świetnie się pali. Tłumek rozstępuje się z westchnieniem zaskoczenia. Zapalam cygaro i zaciągam się kilka razy. Dziesięć franków pali się w mojej dłoni jasnym płomieniem. Rzucam wciąż płonący banknot na ulicę i zabieram się do roboty. Francuzi i tak wycofują właśnie banknoty dziesięciofrankowe z obiegu, zastępują je monetami, a to jeszcze bardziej podkręca inflację. Wielki malarz z Marais przy pracy. Teraz nikt już nie przeszkadza wielkiemu człowiekowi.

Pracuję tak przez kwadrans. Nie sądziłem, że tak łatwo zniosę całe to podniecenie, ale jak na razie świetnie mi idzie. Po kilku pociągnięciach wyrzucam cygaro, zaczyna mi się kręcić w głowie, za mocne jak dla mnie.

*

Dodaję właśnie trochę światła, wpuszczam niebo między budynki, na których koncentruję się najbardziej, kiedy ktoś trąca mnie w ramię. Gliniarz, nawet dwóch. Jeden z nich trzyma w dłoni pozostałości spalonej dziesięciofrankówki.

Na ulicy doszło do świętokradztwa. Pogwałciłem pieniądze. Pyta, czy to mój banknot. Mówię, że nie, wyrzuciłem go. Pytam, czy to jego. Żadnego uśmiechu ani śladu sympatii, humoru. Pyta, czy spaliłem pieniądze. Mówię, że użyłem go do przypalenia swego cygara. Wskazuję na leżący na ulicy niedopałek. Drugi gliniarz pochyla się i podnosi niedopałek z jezdni. Dowód rzeczowy? A może sam chce sobie zapalić?

Próbuję nie zwracać na nich uwagi, wracam do malowania. Gliniarz pochyla się, staje pomiędzy mną a obrazem. Salutuje. Robi to w charakterystyczny dla francuskich policjantów obraźliwy sposób, jak gdyby chciał zwrócić na siebie moją uwagę, zanim odgryzie mi ucho.

— *Monsieur*, niszczenie pieniędzy stanowi pogwałcenie francuskiego prawa.

— Przykro mi, nic o tym nie wiedziałem

Odkładam pędzel i sięgam po portfel. Wyjmuję następną dziesięciofrankówkę i wręczam banknot gliniarzowi.

— Proszę zamienić go na ten.

Nie chce przyjąć ode mnie banknotu, zatykam go więc za sztalugi i wracam do pracy. Obydwaj gliniarze zbliżają się ku mnie. Tłumek zaczyna gęstnieć, słyszę szepty, ciche śmiechy. Nie potrafię powiedzieć, czyją biorą stronę. Udaję, że zabieram się do pracy, że w ogóle nie ma tu tych dwóch gliniarzy.

W tłumie zaczynają się wielkie debaty. Próbują kłócić się z gliniarzami, inni dyskutują między sobą. Bezmyślnie wycieram pędzel w dziesięciofrankówkę. Gliniarz pochyla się, podnosi banknot za narożnik. Proszę, następny dowód rzeczowy! Muszę przyznać, że wygląda znakomicie, wspaniałe kolory, trochę ultramaryny i odrobina żółtej ochry.

— *Monsieur*, znowu pan to zrobił!

Cały drży z gniewu. Zanurzam największy pędzel w terpentynie i zaczynam zmywać farbę z banknotu, który gliniarz trzyma w dwóch palcach. Nie puszcza, ale zaczyna się wycofywać, abym nie pochlapał jego munduru. Powtarzam słowo *nettoyage,* pranie, chlapiąc wokół terpentyną. Gliniarz cofa się teraz wyraźnie, a ja idę za nim. Zaczynam udawać Charliego Chaplina. Tłumek wyraźnie staje po mojej stronie. Ludzie zaczynają wychylać się z okien. Gliniarz ostatecznie upuszcza banknot na ulicę.

Wracam do sztalug, domyślam się, że nie zamierzają zastrzelić mnie na miejscu, ale spodziewam się najgorszego. Bawię się tak świetnie, że nie boję się tak bardzo, jak powinienem. Z francuską policją nigdy nic nie wiadomo, czasami potrafią być bardzo nieprzyjemni. Gliniarze naradzają się przez chwilę i odchodzą. Domyślam się, że poszli po kolegów z samochodem. Wszyscy się o mnie martwią, nikt nie podnosi banknotu z ulicy. No proszę, prawdziwy ręcznie malowany banknot dziesięciofrankowy leży sobie na ulicy w środku Marais i nikt nie chce go podnieść. Robi wrażenie.

Lekceważymy ignorancję, tolerujemy nietolerancję.
Przestańmy mleć ozorem po próżnicy.

Ludzie zaczynają klepać mnie po ramieniu, powtarzają *vite, vite* , ktoś nawet przekłada te słowa: „Szybko, szybko". Zaczynam się pakować. Mali chłopcy ustawiają się na rogu, by dać mi znać, kiedy będą wracać gliniarze.

Przestaję składać rzeczy. Do diabła. Nie zamierzam uciekać. Muszę skończyć obraz. Niech przyjdą, trzeba wiedzieć, co jest ważniejsze. Odwracam się plecami do płótna i unoszę w górę ręce jak generał de Gaulle.

— *Liberté, fraternité, égalité, je reste**!

Wszyscy są wstrząśnięci. Patrzą na mnie z zaskoczeniem. Decyduję się na następny krok.

— *Vive Israël!*

Tłum zaczyna krzyczeć *Vive Israël* w odpowiedzi, jak gdyby powtarzając zaśpiew modlitwy.

Powtarzamy tak cztery czy pięć razy, potem próbuję zabrać się na nowo do pracy. Nie mam jednak na to żadnych szans. Ktoś przynosi z kafejki butelkę wina i kilka szklanek, rozlewa, i wszyscy wznosimy toast *Vive Israël*. Przypomina to ostatni posiłek skazanego na śmierć. Wszyscy czekamy na gliniarzy, ale ci nie pojawiają się więcej. Nie ma to w sumie żadnego znaczenia. Jestem pewien, że gliniarze wrócili do komisariatu i opowiedzieli kolegom o *le salopard*, wariacie, którego spotkali w Marais. Nikt nie chce mieć do czynienia z prawdziwymi wariatami, ludzie boją się, że to zaraźliwe, że oni sami mogliby zwariować. Są wariatami, bo nie próbują wnieść radości do swego życia. Jeśli się nad tym poważnie zastanowić, to na tym właśnie polega prawdziwe szaleństwo.

---

* Wolność, równość, braterstwo. Zostaję!

Rozdział 11

CZAS POZA UMYSŁEM

Nareszcie mamy trochę pieniędzy. Wysłałem pięć tysięcy dolarów do urzędu skarbowego w Los Angeles. Powinno to powstrzymać ich przed sprzedażą moich czterdziestu akrów przez kilka najbliższych lat, następna nocna zmora została przesunięta do rezerwy. Teraz, kiedy udało mi się to załatwić, powinienem móc się wreszcie odprężyć.

Jestem już gotów, by zabrać się do cyklu o Marais. Kupuję belę dobrego belgijskiego płótna, powinno starczyć na co najmniej dwadzieścia obrazów. Uzupełniam zapas farb. Wymieniam nawet wszystkie pędzle, część była już kompletnie łysa.

Tylko że nie mogę malować! Wszystko, czego potrzeba, by skoncentrować się, pokonać, zignorować zwykły upływ czasu, zniknęło. Nudzę się. Udaje mi się namalować jeden naprawdę beznadziejny obraz, ale to i tak niczego nie zmienia. Moje myśli uciekają, nie są w stanie zatrzymać się na obrazie. Linia, po której kroczy każdy malarz, jest naprawdę zdradziecka. Wyzwanie miesza się z wdzięczną akceptacją w jakiejś magicznej alchemii. Kiedy z jakichkolwiek przyczyn utraci się tę równowagę, upadek w normalne, codzienne życie jest prawie nie do uniknięcia. Znalazłem się na krawędzi i patrzę w czarną dziurę swojej wyobraźni.

Dlaczego mamy płakać z tego powodu?
Szkoda zachodu. Przelewamy wciąż nie swoje łzy.
Ta tyrania nigdy się nie skończy.

Może zbyt długo już maluję na ulicach. Każdy może się zmęczyć, robiąc zbyt długo ciągle to samo. Czuję się pokonany przez okiennice i kocie łby. Czuję się zatruty przez spaliny. Znajduję setki podobnych wymówek. Wracam do swojego studia, które dostałem od Saszy. Malarz od białych plam na białym tle wyniósł się stąd. Uciekł ze słynnym i bogatym francuskim malarzem homoseksualistą, przyjacielem Claude'a. Teraz razem podróżują po Włoszech.

Zaczynam samotnie przesiadywać w studiu, godziny upływają niepostrzeżenie; natrafiłem na przeszkodę. Jakaś dziwna myśl opanowała mój umysł i nie daje mi spokoju. Kiedy zaczynam malować, napływa i zasłania mi pole widzenia, tak że nic już nie widzę, nie mogę nic malować.

Czym jest to,
Czego nie możesz dotknąć?
Jak poznać najprawdziwszą
Nierzeczywistość.

Rozważam możliwość namalowania sobie drogi poprzez czas. Kiedy maluję, dzieje się zawsze coś dziwnego, myślę, że mógłbym wykorzystać to, by wyrwać się z odcinka czasu w prawdziwy, ciągły czas.

Jestem przekonany, że nasza percepcja czasu jest wypaczona, ponieważ stanowimy jego część, jesteśmy w nim zamknięci. Przetrzeń i czas mają wiele wspólnego, ale z przestrzenią potrafimy sobie jakoś radzić. Poruszamy się w przestrzeni, na boki, w górę i w dół; możemy dowiedzieć się o niej czegoś, doświadczyć jej. Czas jest inny. Wobec czasu jesteśmy jak drzewo wobec przestrzeni — drzewo może poznawać przestrzeń jedynie w bardzo ograniczonym wymiarze. Drzewo zajmuje pewną część przestrzeni i porusza się poprzez nią powoli, rosnąc, i to już wszystko. Podobny jest nasz stosunek do czasu. Jesteśmy umiejscowieni w pewnym jego odcinku, wykorzystujemy go, rosnąc, ale to wszystko.

Drzewo nie może przejść na drugą stronę pola albo wskoczyć do samolotu lecącego do Paryża czy Los Angeles, podobnie jak my nie możemy wrócić do wczoraj, pojechać do jutra czy w czasy odległe od dnia dzisiejszego o dwieście lat. Jesteśmy zamknięci w ograniczonym następstwie czasu. Przestrzeń stanowi dla drzewa prawdopodobnie równie wielką tajemnicę jak dla nas czas.

*

Chcę wyrwać swoje korzenie z czasu, tak jak można by wyrwać korzenie drzewa i przesadzić je na drugi koniec pola. Chcę odczepić się od swojej niszy w czasie dzielonym na odcinki i poruszać się po liniach czasu ciągłego. I myślę, że potrafiłbym znaleźć sposób, by to zrobić.

Wszystkie te pomysły utwierdzają mnie w przekonaniu, że jestem wariatem, ale nie chcą zniknąć, ukryć się w tle, tam gdzie ich miejsce, nie chcą pozwolić, bym dalej wiódł swoje życie, dalej malował.

Źdźbło w oku bliźniego
A w twojej duszy belka!
Pokusa, by poświęcić się,
Udając miłość.

Kiedy maluję, zwłaszcza gdy jest to portret, zawsze nadchodzi pewna magiczna chwila, kiedy obraz jest już skończony. Do ostatniego pociągnięcia pędzlem obraz stale się zmienia, podczas gdy model i ja, malarz, wydajemy się niezmienni. Wtedy, niespodziewanie, wszystko się odwraca. Obraz jest skończony, niezmienny, podczas gdy model i ja zmieniamy się, przykuci do naszych bezlitosnych strumieni czasu. Obraz pozostanie taki sam przez stulecia, tysiąclecia, podczas gdy model i ja zestarzejemy się, zgnijemy, zostaniemy spaleni albo pogrzebani.

Fascynuje mnie dokładnie ta sekunda, kiedy zachodzi zmiana. Jest podobna do chwili, gdy fala uderza o brzeg. Woda wtacza się na piasek, jest kulminacją ruchu oceanu, fal, wiatru i prądów, które potrafią przewędrować tysiące mil. Nagle uderza o brzeg, podnosi się do pewnego punktu i cofa, wślizguje się pod powierzchnię. Nowy układ zaprowadzi ją kiedyś na inny brzeg. Chwila, której szukam, jest do tego podobna.

Czuję, że potrafię ją uchwycić. Będę musiał opanować upływający czas, a być może uda mi się unieść, oderwać, przez niewielką przestrzeń doświadczyć prawdziwej natury czasu, stać się jego częścią, a nie jedynie ustalonym punktem w przecinających się półproduktach.

Nieustanne kręcenie młynka. Wiry
W próżni. Betonowe dziury w moim mózgu.

Zamierzam osiągnąć to przez autoportret. Nic zewnętrznego nie powinno mnie rozpraszać. Muszę całkowicie zagłębić się w siebie, zbliżyć tak bardzo, jak tylko to możliwe, przeniknąć warstwy tymczasowości i dokopać się do samej istoty, nieśmiertelnej bezczasowości prawdziwej osobowości, która, jestem o tym przekonany, znajduje się w zasięgu ręki.

Wiem, że obraz musi wypełniać całe moje pole widzenia. Naciągam więc płótno wymiaru 120F i ustawiam je pionowo, ma ponad metr osiemdziesiąt wysokości i metr dwadzieścia szerokości. Nie chcę w żaden sposób pogwałcić widocznej rzeczywistości, nie chcę dopuścić do zniekształcenia wielkości. Będę malował w naturalnych wymiarach, całego siebie od głowy do czubków palców u nóg.

Jedyne dopuszczalne zniekształcenia związane będą z przekształcaniem trójwymiarowego świata w dwuwymiarową płaszczyznę. Tym razem muszę uwierzyć moim oczom, mojemu instynktowi, nie ufać umysłowi. Nie ma mowy o jakichkolwiek drogach na skróty, nie mogę trzymać się narzuconych pomysłów, jak „powinien" wyglądać obraz. Muszę po prostu malować. Próbuję osiągnąć to we wszystkich swoich obrazach, ale to czym jestem, zawsze wchodzi mi w paradę, zniekształca przedmioty. Nie tym razem.

Biel drąży echem próżnię.
Czerń utwierdza ciszę
W ciemnościach. To samo.

U podstawy mojego pomysłu leży również wzajemny stosunek drugiego i trzeciego wymiaru. Chcę przebić się przez czwarty wymiar — czas. Nauczyłem się już widzieć w trzech wymiarach, widzieć przestrzeń, a potem tworzyć złudzenie trzeciego wymiaru w przedmiocie dwuwymiarowym. Pozornie trójwymiarowy, a w rzeczywistości dwuwymiarowy przedmiot istnieje jednak w trójwymiarowym świecie.

Czy naprawdę aż tak nielogiczna jest myśl, że być może z iluzorycznego mógłbym przeskoczyć do prawdziwego trzeciego wymiaru? Stamtąd mógłbym nawet przesmyknąć się w złudzenie czwartego wymiaru! Czy możliwe byłoby dokonanie metafizycznego skoku w tył, przeniknięcie jednej iluzji, by uzyskać świadomość następnej, psychiczna wstęga Möbiusa? Czy nie mógłbym w ten sposób złamać pozornie niezniszczalnej bariery ograniczonego zegarami czasu i wkroczyć w otwartą przestrzeń prawdziwego i ciągłego czasu? Jestem gotów do podjęcia takiej próby. Jestem gotów poświęcić wszystko, zdrowie psychiczne, nawet życie, aby wykonać taki skok.

Obejrzyjmy razem dowolny
Widok w linearnej perspektywie.

Na początek zamykam drzwi studia. Traude zaczyna wcześnie lekcje, więc co rano wychodzi o ósmej. Claude wyjechał do Carrary po marmur, potem będzie szukał ciemnobłękitnego granitu na południu Francji. Jestem całkiem sam.

Ustawiam wielkie lustro, które w zeszłym miesiącu kupiłem na pchlim targu. Szukałem zegarów, a trafiłem na to wspaniałe, absolutnie pozbawione skaz lustro za jedyne siedemdziesiąt pięć franków. Ma metr osiemdziesiąt wysokości i metr szerokości, jest zaokrąglone na krawędziach, tam gdzie wchodzi w drewno. Koncepcja zaokrąglania brzegów ma wiele wspólnego z moimi rozmyślaniami nad czasem.

Stawiam lustro na podłodze pod kątem czterdziestu pięciu stopni do okna. Światło z okna pada na mnie, zostaje dodatkowo wzmocnione światłem odbitym w lustrze, które dodatkowo oświetla moją ciemną stronę. Jaśnieję we wszystkich trzech wymiarach. Zamierzam trzymać się tego, co widzę w lustrze, nie będę się starał odwracać obrazu, pozostanę mańkutem, to część wypaczenia, zaokrąglenia. Posłużę się w tym skoku swoim leworęcznym bratem-bliźniakiem.

Wysyłamy nawzajem zdalnie sterowane
Samoloty. Strata każdego
Przyprawia o obłęd.

Pierwszego dnia stoję tylko i patrzę. Patrzę na całego siebie i na wszystkie części ciała oddzielnie. Obserwuję, jak oddycham, próbuję złapać się na tym, jak przełykam ślinę, mrugam oczami. Chcę zobaczyć, jak się starzeję, tak jak chce się zobaczyć ruch wskazówki godzinowej zegara. Szukam drobnych zmian, sekunda za sekundą, minuta za minutą, godzina za godziną, dzień za dniem. Życie wydaje się składać wyłącznie z takich odcinków, muszę przeniknąć przez to kłamstwo drogą szczegółowej obserwacji. Gdybym potrafił zobaczyć, jak dzieję się w czasie, prawdziwym czasie, nie mówię tu o słońcu, zegarach czy kalendarzach, wtedy uczyniłbym jakiś początek.

W połowie drugiego dnia zaczynam dostrzegać, jak się zmieniam, drobne zmiany kolorów, ułożenia ciała. Obserwuję Doriana Graya w zwolnionym tempie, które dzieje się przed moimi oczami. „Śmierci, gdzie twe żądło?" To proste, jest wokół ciebie, w tobie, w każdym dniu, gdy oddychasz. Koniec jest w początku, a początek może czekać na końcu, jeśli wierzy się w końce i początki. Nie jestem pewien, czy ja sam jeszcze w nie wierzę.

Trzeciego dnia zaczynam przenosić siebie na płótno. Patrzę w lustro bez zmrużenia oka, nie odwracając oczu, tak długo, aż mój własny obraz zostaje zarejestrowany, wypalony na siatkówkach. Wtedy zamykam oczy, przekręcam głowę, ustawiam się na wprost pustego płótna z zaciśniętymi powiekami, otwieram nagle oczy, rzucając na płótno obraz zapisany w oczach. Robię to wiele razy, znowu i jeszcze raz, wbijając głęboko paznokieć osobowości w drewno życia. Wreszcie wiem już na pewno, gdzie na płótnie powinna się znaleźć każda część mojego ciała, całe płótno zostało podzielone, przypisane do mojego obrazu.

Tu jestem! Jestem tu!
Gdzie? Tam. Zawsze tam, gdzie ty!

Kiedy zaczynam rysować, wydaje mi się, że odtwarzam rysunek, który już został nakreślony. Rysuję siebie i sztalugi, płótno, paletę i część studia widoczną za moimi plecami. Rzadko spoglądam w lustro, by upewnić się co do umiejscowienia czy wzajemnego położenia. Obraz przepływa przeze mnie na płótno, moja dłoń śledzi odbicie, projekcje mojego umysłu w liniach, które mnie określą. Wszystko dzieje się tak łatwo, tak spokojnie, że dni mijają niezauważalnie.

Szkicuję przez trzy dni. Dryfuję po powierzchni płótna, wdzieram się w zakamarki złudzenia tak długo, aż dwa wymiary przestają istnieć. Godzinami patrzę na rysunek, wracam do lustra, dryfuję pomiędzy jednym a drugim, meandruję w przestrzeni i czasie, zatracam się, zapominam, że ja, jako rzeczywistość fizyczna składająca się z krwi i kości, jestem prawdziwą przyczyną, pierwotnym źródłem.

Zamiast tego czuję, że rzeczywistość lustra i mojego szkicu opanowuje mnie. Zwłaszcza rysunek nabiera coraz większej konkretności, w miarę jak kumuluję, syntetyzuję, koncentruję i dopracowuję jego osobowość, aż przewyższa z konieczności chwilowe odbicie w lustrze. Zbliżam się do chwili malowania.

Trzeba zgubić się, by odnaleźć.
Unosimy się we wnętrzu piramidy.
Zamknięci jak trójkąty równoboczne
W kwadracie. Zawsze tam, gdzie ty!

Okrutnym efektem całego tego eksperymentu jest to, że staję się prawie niewidzialny w domu. Nawet kiedy nie przebywam w studiu, moje myśli tkwią przy lustrze i płótnie. Nie chcę rozmawiać, aby nie zniszczyć całościowego charakteru mojego zaangażowania. Kate to rozumie i ma mi za złe, ale poddaje się, zostawia mnie w spokoju. Nawet dzieci mniej więcej mnie rozumieją i dają mi spokój.

W snach czasami jestem lustrem, czasami rysunkiem, czasami siedzę i patrzę jak patrzę, czuję pociągnięcia ołówkiem na swoim ciele. Jestem wystraszony, niespokojny, ale nie chcę się wycofywać, muszę doprowadzić to do końca.

Zaobserwowałem, że się obserwuję.
Muszę się tego wystrzegać! Obserwować!
To wszystko.

Zaczynam malować. Z największą starannością dopracowuję podkład. Myślę jak rzeźbiarz, obłupuję pełnię bieli pędzlem jak nożem, jak dłutem, usuwając w różnym stopniu zdolność płótna do odbijania światła, reguluję, mierzę, moduluję, odbijam lustro. Obrazy przepływają przeze mnie z zadziwiającą łatwością. Maluję cienkimi warstwami, krótkimi pociągnięciami pędzla, ciągle nakładając nowe warstwy, rzeźbiąc wzajemne zależności pomiędzy planami, czuję, że biel płótna próbuje walczyć z zadawanym gwałtem, zabijaniem światła. Tworzę złudzenie sięgające poza zmysł wzroku.

Maluję jak w delirium, tak mijają następne cztery dni. Kiedy kończę, to, co widzę, jest bardziej niż rzeczywiste, bardziej niż nadrealne, zbliża się do ostatecznej rzeczywistości, znajduje się na krawędzi wewnętrznej prawdy. Czuję, że nie robię już tego sam. Ktoś wziął mnie za rękę i prowadzi ku prawdom wykraczającym poza zdolności poznania. Teraz jestem już naprawdę przerażony, boję się wprost panicznie, ale sam tego chciałem. Nie ma już odwrotu, nawet gdybym tego zechciał, jakaś część mnie nie zdoła już zawrócić.

Zwlekam, ale nie wycofuję się.
Wytrwam, licząc na odwrót.

Kiedy zaczynam impast, ogarnia mnie upiorne uczucie, że na moim pędzlu nie ma farby, ale ciało, materiał, włosy, powietrze. Wyciskam farby z tubek, nabieram je pędzlem, tak jak zawsze, zbliżam się do płótna, tak jak zawsze to robiłem, ale zwykła magia, z którą żyłem od ponad czterdziestu lat, magia życia w obrazie, fakt, że przestrzeń płótna staje się dla mnie rzeczywistością, jest tak bardzo spotęgowana, że mój mózg nie potrafi jej przyjąć. Mój mózg jest zaabsorbowany czymś innym, stałem się twórcą następnego aktu, istniejącego poza malarstwem, poza myśleniem. Przekraczam samego siebie, nie tylko w czasie, nie jest to również sprawa przemieszczenia w przestrzeni, ale złożona mieszanina tych dwóch zmian.

Maluję, a przynajmniej pogrążam się w tym, co zawsze nazywałem malowaniem, kiedy zdarza się coś nieoczekiwanego. Wydaje mi się, że stoję na krawędzi świeżo wykopanej studni, widzę siebie odbitego w wodzie i wpadam do środka. Coś mnie powstrzymuje, ale inny nacisk od tyłu, od wewnątrz, łagodnie popycha mnie do przodu. Czuję, że nie mam już władzy, jest to jak łagodny ślizg, dzięki któremu różnica pomiędzy lustrem, płótnem i mną samym może się rozmyć. Gdzie się wtedy znajdę? Kim wtedy będę? Ogarnia mnie tak potężny lęk, że nie chcę się ruszać. Ale poruszam się, ślizgam, jak gdyby pomiędzy gwiazdami, szybuję bezwolnie, ofiara sił przewyższających grawitację, kierunek, miejsce i czas.

Rozdarty pomiędzy odwiecznymi siłami.
Rozszarpywany przez cztery dzikie konie.
Strach. Pożądanie. Ideę. Bierność.

Wtedy, niespodziewanie, wszystko się uspokaja. Powietrze wokół mnie staje się niewiarygodnie czyste. W moim sercu panuje ponadnormalny spokój. Niepokój, w którym dotychczas żyłem, zniknął.

Rozglądam się po swoim ograniczonym świecie, a gdy tak patrzę, obraz zaczyna się poruszać. Nie wierzę własnym oczom. „Ja" z obrazu sięgam po paletę, którą namalowałem, biorę tubkę z farbą, którą namalowałem, i wyciskam farbę na namalowaną paletę. Potem pochylam się i łagodnie poprawiam, starannie, miękko, z miłością i troską, moim pędzlem — moje ramię.

To właśnie miałem zrobić. Mój obraz maluje mnie; jest to uczucie podobne do tego, które pojawia się, gdy ktoś kocha się z tobą, kiedy ty sam osiągnąłeś już szczyt, nigdzie już nie dążysz, pasywnie cieszysz się tym, że pozwalasz partnerowi kontynuować, oczekujesz, uczestniczysz w jego radości przez to, że nie poruszasz się, nie reagujesz.

Obserwuję, czuję, nie poruszam się, nie oddycham. Nagle zdaję sobie z tego sprawę — nie oddycham. Nie poruszam się. Nie ma mnie! To ja jestem po drugiej stronie! Obserwuję „siebie" przy malowaniu, maluję mój portret, a to ja jestem portretem! Wyszedłem z siebie, ze swojego ciała, z przestrzeni, z trzeciego wymiaru i czasu, rzeczywistego czasu; stałem się obrazem!

Wiem o tym i jestem spokojny. Uczucia oddzielności, płaskości, szerokiej pustki i braku emocji opanowują mnie powoli. Obserwuję i znam czas jego, dawnego mnie, ruch nie zachodzi w moim czasie; nie jestem już w nim zamknięty, dryfuję w czasie jak astronauta w przestrzeni kosmicznej. Jestem wolny od czasograwitacji, czasoprzestrzeni.

Wiem też, że dzięki następnemu wysiłkowi, nie większemu od tego, który był konieczny, aby wydostać się z ciała, mogę przenieść się w „czas", który byłby przyszłością albo przeszłością dla „mnie", który maluję portret, tego „mnie", który patrzy w lustro, patrzy na siebie jako na portret. Co się stanie? Koncentruję się. Zachodzi ruch psychiczny, ale i fizyczny zarazem, i poruszam się. Poruszam się powoli, bez tarcia i pokój ciemnieje. Zatrzymuję się i zapada noc. W słabym świetle widzę „siebie" rozciągniętego na podłodze. Lustro jest przechylone. Wpadam w panikę i cofam się, wracam w czas, w którym byłem. Znowu zapala się światło, „on" nadal patrzy w moje oczy. Jak wariat rzucam się w przód i w tył, jak gdybym próbował zaparkować samochód w płytkiej zatoczce, staram się wrócić tam, skąd wyszedłem. Czy naprawdę przeniosłem się w przyszłość, czy taka właśnie jest, to znaczy, będzie? Dlaczego leżałem na podłodze? Czy moje ciało musi umrzeć, kiedy je opuszczę? Co się stanie, kiedy ja, to jest on, wyjdę stąd beze mnie, pójdę do domu, przemieszczę się w przestrzeni? Albo kiedy ja przemieszczę się o dwa lata albo trzy stulecia naprzód lub wstecz, albo choć w jutro czy wczoraj?

Poza czasem. Życie przypomina
Tragedię mima. Ruch emocji
Pozbawiony loko / e / mocji.

I co stałoby się wtedy z Kate i dzieciakami? To ciało nie może być już mną. Nie może mieć moich myśli. Czy może mieć beze mnie jakąś przyszłość, nawet w granicach tego czasu, mojej starości? Czy wszystko co wiem, to, co nazywam swoją przeszłością, jest nadal zapisane w jego mózgu? Ale jeśli tak jest, to czym jest to, co mi zostało?

Wydrążanie zera
Nicość w sobie zawiera.

Nagle zdaję sobie sprawę, że nie mogę już poruszać się w przestrzeni. Wyzwalając się z czasu, zamknąłem się w przestrzeni. Może dawny ja, na zewnątrz, jest równiż zamknięty w przestrzeni, a może zwykły upływ czasu przestał dla niego istnieć, jest tylko robotem. A może leżał na podłodze w głębokim, bezczasowym śnie, a może była to już śmierć.

Czas holuje w snach
Zwłoki wczorajszego dnia.

Chcę wrócić. Chcę znaleźć się na powrót w przestrzeni i uporządkowanym czasie. Wiem, że mogę to zrobić jedynie poprzez lustro. Lustro jest ustawione tak, że widzę jego odbicie, ale nie widzę siebie. Przebiłem się tutaj przez lustro, więc to musi być jedyna droga powrotu. Bez lustra jestem skazany na wędrówkę poprzez czas w tym miejscu. Cokolwiek oznacza wieczność, jestem tutaj i od tej pory przestrzeń może jedynie poruszać się przeze mnie. Nigdy o tym nie pomyślałem.

*

Ogarnia mnie klaustrofobia, nie chodzi mi o przestrzeń, ale o czas. Czuję, że wokół mnie jest zbyt wiele czasu.

Właśnie w tej chwili uświadamiam sobie, że przepływ czasu poprzez każdego z nas jest doświadczeniem genetycznym. Nie czuję już, że żyję. Może to właśnie jest śmierć. Chcę znów poczuć ciepło przebywania wewnątrz strumienia czasu, poczuć znajomy przyrost entropii, wzrostu i rozpadu. Czas, w którym nie mam udziału, jest jak tratwa na środku oceanu bez kropli wody pitnej, a ja jestem bardzo spragniony.

Zielona smuga na brzegu
Lustra, odrobina śniedzi
Krzemowej bladości.

Jakoś muszę znaleźć kontakt ze sobą po drugiej stronie. Teraz widzę, że pakuję farby, zamykam słoiki z terpentyną i werniksem. Czy to naprawdę ja? Czy jest tam dla mnie czas i przestrzeń? A może rozdzieliliśmy się w sposób nieodwracalny, w procesie osmotycznej mejozy? Muszę sprawić, by odwrócił lustro, tak bym mógł się w nim zobaczyć. Czy nadal mogę wpływać swoim umysłem na jego myśli, czy jest jeszcze dość mnie w nim, by to zrobić? Koncentruję się. Zmuszam go, by pozostał w moim polu widzenia, naprzeciwko mnie, swojego portretu. Próbuję skupić na sobie jego uwagę, powstrzymać go przed odejściem, wyjściem z pokoju, porzuceniem mnie.

Zbieram całe życie, jakie jeszcze we mnie pozostało, w jedną myśl — „Odwróć lustro".

Podchodzi bliżej, patrzy mi w oczy. Próbuję wysunąć się, przeniknąć jego umysł. Podchodzi powoli, kładzie dłonie na ramie lustra, zatrzymuje się; ponownie patrzy w lustro i raz jeszcze, zaskoczony, spogląda na mnie. Zbieram wszystko, czym jestem, i patrzę, jak zbliża kolana, napina się i stopniowo odwraca lustro, aż widzę się w nim, widzę siebie jako portret odbity w lustrze i równocześnie jego jako siebie, zamarłego, przerażonego, schwytanego na krawędzi czasu i przestrzeni. Patrzy. Po raz pierwszy widzi mnie jako siebie, nie jako mnie, w tej sekundzie rozlega się huk, odgłos darcia i zapadają ciemności.

Dziura w niebie. Sztylet ziemi.
Drżę ze strachu, krocząc po tej
Iluzji globu. Bez nadziei. Cieszę się
Jednak tak zwanym życiem. Zwykle
Od wpół do czwartej lub za kwadrans piąta.

Kiedy przychodzę do siebie, w pokoju jest ciemno. Leżę na podłodze. Leżę tak przez kilka minut, boję się otworzyć oczy, obawiam się dowiedzieć, co się stało. Słyszę w uszach przerażone bicie serca, kręci mi się w głowie. Robi mi się niedobrze i wymiotuję.

Podnoszę się z wysiłkiem na kolana, w ciemnościach patrzę na lustro i obraz. Szybko odwracam wzrok, są jak

141

psychiczne ruchome piaski, jestem nadal zbyt blisko. Szukam ręką po podłodze, znajduję swoje okulary, szkła są potłuczone, pokrywają je zwariowane pajęczyny, jak szyby w samochodach zostawionych na miejscu wypadku. Wsuwam okulary na nos. Podciągam się na krzesło i próbuję doprowadzić się do porządku.

Wreszcie zbieram w sobie dość siły, by odwrócić lustro od obrazu. Patrzę w lustro przez popękane okulary i widzę spory siniak na czole, gdzie uderzyłem się, padając na podłogę. Zapalam światło w studiu. Jaskrawy blask sprawia, że wszystko wydaje się jeszcze bardziej ponure. Zbieram się w sobie i zmywam wymiociny. Jest to tak realna czynność, że prawie sprawia mi przyjemność. Tak wspaniale jest znaleźć się na nowo w zwyczajnym, uporządkowanym czasie, żyć w nim, poprzez niego, umrzeć w nim. Upływ czasu jest dla naszego życia czymś równie koniecznym jak jedzenie czy miłość. Nawet bardziej, bo bez czasu istnieje pożywienie, ale nie ma jedzenia, miłość, ale nie seks.

Staję przed obrazem i otwieram swoje pudło. Wyciągam pędzel, starannie, bez posługiwania się lustrem maluję siniak na czole, a potem z najdrobniejszymi szczegółami popękane soczewki moich okularów, ukrywając oczy w białych odbiciach światła w szkle. Czuję, że jestem całkowicie wewnątrz siebie. Przyszpiliłem ten obraz, siebie, do chwili w czasie, chwili, z której mogę wskoczyć w normalny czas.

Odrzucając wszystkie szanse nieśmiertelności,
Pozwalam sobie na radość śmierci,
Grzech śmiertelny. Grę na śmierć i życie —
O jeszcze jeden dzień.

Zostawiam farby i zamykam pokój. Jadę powoli do domu na motocyklu, pijąc wieczorne powietrze Paryża. Cieszę się bardzo kolacją i zwykłymi wydarzeniami, rozmowami trwającymi w domu. Wszyscy cieszą się, że wróciłem, cieszą się, że znowu się uśmiecham. Może zbyt dużo się uśmiecham, może to uśmiech idioty, ale wszystko jest lepsze od kręcenia się po domu jak mistrz świata w ponuractwie. Przytulam mocno Kate i słucham, jak tyka zegar, czuję błogosławieństwo upływu czasu. Jestem zanurzony głęboko w jego strumień, obecność i masę czasu, znowu biorę udział w życiu wraz z tymi, których kocham. Tak właśnie musiał czuć się Łazarz.

Tykanie naszego zegara jest jak batuta dyrygenta stającego przed orkiestrą symfoniczną. Nie jest to muzyka, ale coś, co nadaje rytm, definiuje muzykę.

Budziki, czasomierze, zegary słoneczne, zegarki
Sączą czas jak krople wody, pożerają skały.

Kiedy kładziemy się spać, przytulam się do Kate. Zdaję sobie sprawę, jak blisko znalazłem się śmierci. Mogłem mieć atak serca albo zawał. Doktor Jones ostrzegał, że mogę się tego spodziewać. Nagła utrata przytomności musi coś oznaczać, a na pewno nie był to dobry znak. Wiem, że nie chcę iść do szpitala amerykańskiego, nie chcę więc mówić o niczym Kate. Zbyt wiele mam do zrobienia. Wiem też, że nie chcę mówić jej o wszystkich rzeczach, które zdarzyły się ze mną i portretem, zmartwiłbym ją tylko bez potrzeby. Będę musiał jakoś żyć z tym sam.

Tajemne przejścia. Unoszę
I opuszczam klapy w podłodze.

Następnego dnia, kiedy wracam do studia, biorę lustro i wynoszę je do pokoju Traude, będzie to dla niej miła niespodzianka. Potem schodzę na dół i oglądam swój obraz. Wydaje się tak wymęczony, nie ma w nim ani krzty fantazji, jest absolutnie bez skazy. Nie pozwoliłem sobie na popełnienie błędów, które nadają obrazowi życie. Próbuję zaprzeczyć istnieniu błędów i zniekształceń, złożyć je na karb utraty koncentracji i złożoności widzenia bioptycznego.

Po prostu nie jest to dzieło sztuki, jedynie wprawka umysłu, ręki i, tak, czegoś więcej. Nie mogę temu zaprze-

143

czyć. Wiem, że ten obraz jest niebezpieczny. Zastanawiam się nad zamalowaniem go, zniszczeniem, ale nie potrafię. Sam nie wiem też, jak wiele mnie jest ukryte w tym płótnie.

W tajemnicy przenoszę obraz do domu i ukrywam w najodleglejszym kącie strychu. Nikt tam nigdy nie zajrzy, przynajmniej do mojej śmierci. Może spalę go wcześniej. Ten obraz jest zdradziecki jak uskok San Andreas w Kalifornii, jak uskok w czasie.

Później, po tym wszystkim, sam nie wiem dlaczego, nadal nie potrafię zabrać się do prawdziwego malowania. Cokolwiek pchało mnie do przodu, kazało przechodzić od jednego płótna do drugiego bez wielkiego zastanawiania się, zgasło. Nie widzę żadnego powodu, by robić cokolwiek. Moja potrzeba, by wabić, przyciągać, redukować przedmioty z zewnątrz do moich wymiarów, zaprojektować je jako mój osobisty sen, zniknęła. Nie chcę tracić czasu na bezpłodne mazanie pędzlem po płótnie. Czegoś brakuje staremu Scumblerowi. Męty opadają na dno zamiast podnosić się ku powierzchni.

Naga matka czyha w ponurej
Ciemności. Błona uformowana
Na powierzchni, tonąca w szlamie.

Rozdział 12

PEŁEN GÓWNA

Myśli, które powstrzymują mnie od malowania, nie są tak do końca pozbawione sensu. Czuję, że brakuje mi jednej ważnej idei. Zapomniałem o czymś i nie jestem już nawet pewien, co to było. Potrafię nawet przypomnieć sobie, jak wariowałem, podniecałem się malowaniem, ale wrócić do tego już nie.

Podobnie dzieje się ostatnio z przypominaniem sobie czegokolwiek. Czasami jestem już bardzo blisko i ktoś mi przeszkadza, częściej jeszcze w toku rozmowy nagle, czekając, aż mój rozmówca dokończy zdanie, zapominam, co chciałem powiedzieć. Pamiętam, że chciałem pamiętać, ale sama myśl znika. Zostaje tylko puste miejsce.

Doprowadza mnie to do szaleństwa. Moje banki pamięci zaczynają mnie zawodzić, nie potrafię niczego zatrzymać, pamięć zachowuje się jak zepsuta skrzynia biegów.

Gramy w klasy z pamięcią, skaczącą z pola
Na pole. Wspomnienia płyną spokojnym
Lub złowrogim nurtem, który chwilowo
Przechodzimy w bród.

Ostatecznie daję sobie spokój, zamykam studio. Zamierzam dowiedzieć się, co dzieje się z malarstwem, zobaczyć, czy chodzi tylko o mnie, czy to wszystko to jeden śmierdzący bajzel. Odwiedzam wszystkie galerie w mieście, staram się patrzeć na obrazy jak klient, nabywca, konsument, tak jak gdybym nigdy nie miał własnych pomysłów, nigdy sam nie malował. Udaję, że jestem przybyszem z innej planety, który prowadzi badania socjologiczne, antropologiczne i archeologiczne dotyczące człowieka i jego dzieł sztuki. O co, u diabła, chodzi w tym wszystkim? Dlaczego ludzie to robią?

Ogarnia mnie uczucie wyobcowania, tak jak wtedy, kiedy nie potrafiłem zmusić się do tego, by zgłosić się do poboru. Kiedy przyszedł po mnie facet z FBI, powiedziałem mu, by robił, co do niego należy. Nie próbowałem ukrywać się czy uciekać. Uznałem, że powinienem pogodzić się ze wszystkim, co zdaniem narodu amerykańskiego powinno stać się z człowiekiem, który nie chce zabijać innych ludzi. A ponieważ nie chciałem zabierać pracy komuś, kto zabijałby za mnie, zamknięto mnie na trzy lata w więzieniu federalnym w Danbury.

Teraz ogarnia mnie podobne uczucie oderwania.

Życie w klatce. Wcale nie trzeba stwarzać
Prętów. Więc teraz miotam się wściekle,
Szukając ofiary, na którą mógłbym
Zrzucić winę.

Odwiedzam wszystkie muzea Paryża. Patrzę na najcenniejsze eksponaty, jakie zostały w nich wystawione. Patrzę naprawdę, tracę pięć kilogramów, czuję, jak się topię, staję się nerwowy, nie mam apetytu.

Odwiedzam nawet Musée Guimet. Gapię się uważnie pustym wzrokiem na szeroko otwarte pyski ziewających chińskich smoków i porcelanowe wazy. Idę do Muzeum Sztuk Dekoracyjnych, koncentruję się na strojach, guzikach i galonach przygotowanych dla Napoleona. Patrzę naprawdę, staram się dostrzec ważność tych przedmiotów.

Wsiadam w pociąg do Amsterdamu, patrzę na Rembrandta i van Gogha tak długo, aż obrazy rozmywają się przed moimi oczami. Czy warto było tracić wszystko to, na co nie starczyło im czasu, by tworzyć te przedmioty? Czy są tyle warte dla nas, dla mnie?

Kiedy wracam do Paryża, nachodzę wszystkich malarzy i rzeźbiarzy, starych i młodych, którch tylko potrafię znaleźć. Słucham. Wielu spośród nich zdarza się po raz pierwszy w życiu, by ktoś chciał ich wysłuchać. Oglądam ich prace, próbuję wyobrazić sobie, że to ja je właśnie skończyłem, próbuję wejść do ich wnętrza. Wyobrażam sobie, że każdy jest ostatnią pozostałością po naszej cywilizacji, ocaloną z holocaustu dzięki temu, że ktoś owinął ją w ołowiany całun albo koc z platyny.

Tracę w ten sposób cały tydzień. Oczy wychodzą mi już z czaszki. Biedna Kate próbuje wysłać mnie do szpitala amerykańskiego. Muszę cierpieć na jakąś potworną chorobę — marskość wątroby, chorobę Hodgkina albo zaburzenia psychiczne. Cierpię na wszystkie te choroby naraz, tylko ognisko chorobowe umieszczone jest w duszy.

Mówię Kate, że podejmuję pewną niezwykle ważną decyzję, proszę, by na pewien czas zostawiła mnie w spokoju. Pyta, czy się w kimś zakochałem. Niezłe pytanie, Kate zawsze zadaje właściwe pytania. Ja jednak nie zakochałem się w nikim, jest dokładnie na odwrót — odkochałem się. Próbuję jej to powiedzieć, ale bez powodzenia. Gdy tylko zaczynam mówić, mój głos załamuje się i nic już nie mogę powiedzieć. Wygląda na to, że wkrótce stanę się kandydatem na stuprocentowego wariata.

*

Idę do paryskiej Akademii Sztuk Pięknych. Chcę porozmawiać z młodymi Francuzami, którzy dopiero zaczynają, zanurzają się w ten strumień. Chcę dowiedzieć się, dlaczego oni uważają, że warto to robić.

Nikogo nie mogę znaleźć! Chodzę po całym budynku, ogromnym, czteropiętrowym gmachu w samym sercu Paryża. Wchodzę do każdej sali, a jest ich tu co najmniej pięćdziesiąt. W całym budynku spotykam siedem osób, w tym dwóch woźnych. Może to strajk, wojna czy coś podobnego? Schodzę do stróżówki, by dowiedzieć się, czy uczelnia jest otwarta, jeśli znajdę tam kogoś, kogo będę mógł zapytać. Okazuje się, że szkoła jest otwarta, studiuje tu ponad osiem tysięcy studentów.

— Gdzie się wszyscy, do diabła, podziali?

Wracam na górę. Ściany pokryte są graffiti, marnie wykonane, nie są odkrywcze ani w treści, ani w technice, podobne dzieła znaleźć można na ścianach każdej toalety publicznej. Kilka okien jest wybitych, podłogi pokrywają pogniecione kawałki papieru, resztki jedzenia.

Odnajduję ogromną aulę, pełną krzeseł i stołów. Ściany obwieszone są obrazami, w większości są to potworne, okolicznościowe produkcje, które nie robią może zbyt wielkiego wrażenia, ale niewątpliwie są dowodem podjętej próby kontaktu. Z całą pewnością nie potrafią bronić się same. W płótnach widnieją dziury, jacyś ludzie, najpewniej sami artyści, rzucali w nie kamieniami albo butelkami po winie. Wzdłuż ścian stoją posągi, są poobtłukiwane, popisane, mają genitalia pomalowane na czerwono, w dłoniach trzymają papierowe samolociki.

Zastanawiam się, kto to zrobił. Czy naprawdę pracują tutaj artyści? Co stało się z nami? Czy artyści to jedynie mało zdolne, pełne ignorancji, głupie, aroganckie dzieci bogaczy, które tu właśnie odstawia się na bok?

— Zjeżdżaj, ucz się rysunków!

Nie potrafię spojrzeć na siebie w ten sposób, nie mogę z tym żyć. Gdybym potrafił znaleźć choć jeden powód, by kontynuować swoją pracę, sądzę, że potrafiłbym jakoś sensownie wypełnić pozostałą mi jeszcze część życia. Pewien jestem, że nie chciałbym trafić do jednego worka z oszustami, którzy, o czym dobrze wiem, nazywają siebie artystami.

Większość to pożeracze odpadków. Nieudolni
Naśladowcy zużytych idei. Prezenterzy. Wykonawcy.
Jak to się dzieje, że wielkość wyrasta ze śmietnika?
Z tak niskich pobudek?

Chwytając się brzytwy, postanawiam odwiedzić znajomych mieszkających w Hiszpanii. Muszę otrzeć się o prawdziwych artystów, dowiedzieć się, dlaczego oni to robią. Nasi przyjaciele są Szwedami, mieszkają w południowej Hiszpanii. Cała rodzina rudzielców — Sture, Anna i troje dzieci. Noszą wysokie szwedzkie saboty, przerastają o głowę wszystkich Hiszpanów, wyglądają przy nich jak modliszki. Poznaliśmy się dwadzieścia lat temu na plaży w Torremolinos. Ich dzieci wykopały w piasku wielką dziurę i siedziały w niej, kryjąc się w cieniu i czytając książki. Sture i Anna chodzili w wielkich kapeluszach o szerokich skrzydłach chroniących przed słońcem. Mieszkają w Hiszpanii, ale nie wychodzą na słońce, zachowanie typowe dla przybyszów.

Chodząc na czubkach palców. Zwiędłe kwiaty
Na kapeluszu. Lata mijają szybko jak godziny.
Sądzisz, że słańce jest koroną stworzenia.
Zakrywasz słońce czarnym wiekiem trumny.
Wisząc jedną ręką na krawędzi urwiska..
Ręka wkopana głęboko w piach.

Przerywam swoje bezcelowe wędrówki i mówię Sweikowi, że znalazłem rozwiązanie — jadę do Hiszpanii. Sweik obserwował mnie przez ostatni miesiąc. Czasami zachodziłem do niego i siedziałem, gapiąc się w okno. Pewnego razu omal nie powiedziałem mu o mojej podróży w czasie, powstrzymałem się w ostatniej chwili. Gdybym się nie pohamował, z pewnością uznałby, że kompletnie ześwirowałem.

— Hiszpania! Świetny pomysł, Scum. Uciekaj spod szarego paryskiego nieba, artysta potrzebuje światła. Stary, szkoda, że nie mogę z tobą jechać, obejrzałbym pierwsze walki byków pod jaskrawym słońcem Hiszpanii.

Wciera właśnie wazelinę w wysokie buty, które nosi na co dzień. Przed chwilą skończył nacieranie skórzanych sakw.

*

149

Idziemy razem na plac Saint-Sulpice. Sweik niesie ze sobą sakwy, na miejscu ściąga z motocykla brezent, zwija go i wkłada do jednej z nich, potem mocuje torby do motocykla. Wciera wazelinę w siodełko, a nawet w skórzany uchwyt dla pasażera.

Z drugiej torby wyjmuje dwa kaski, które aż błyszczą od wazeliny. Motor pachnie teraz jak stajnie gwardii konnej w Cobb's Creek Park, a nie pojazd napędzany silnikiem spalinowym.

Sweik kopie rozrusznik i silnik zaskakuje z łatwością, ten motor po prostu chce zapalić. Staje obok motocykla, ostrożnie porusza manetką gazu, powoli przywraca motor do życia, rozgrzewa go, reguluje magneto.

— Hej, Scum, łap kask, przejedziemy się do najnowszej kryjówki Lubara. Zakręcił się tak sprytnie, że ma teraz dwie dziewczyny, jedna ma na imię Sandy, a druga Dale. Nie sądzę, by sam wiedział, na którą ma tak naprawdę chrapkę. One chyba też nie, niewiele je to też obchodzi, pracują w obwodzie zamkniętym.

Myślę sobie, czemu nie... Mój motor wysiadł na amen. Sprawdziłem wszystko, co potrafiłem zrobić sam — zapłon, paliwo, regulację, ale awaria dotyczy samego silnika. Zdjąłem głowicę, między cylindrem a tłokiem jest dość miejsca, by wsunąć zapałkę. Pierścienie do wymiany. Mógłbym załatwić na miejscu naprawę cylindrów, ale ktoś musiałby przywieźć ze Stanów odpowiednie tłoki, dopiero wtedy silnik odzyskałby prawdziwą moc.

— Pewnie, zawieź mnie do tej jaskini nieprawości. Jestem gotów na wszystko.

Wybucha śmiechem, wciska na głowę kask, podaje mi drugi, wsiada na motocykl, spycha go z nóżek, podciąga tylne podpórki.

— Wsiadaj, szybka jazda powinna wywiać ci spod sufitu trochę pajęczyn.

Myśl przewodnia jak klucz sklepienia,
Prąca nieugięcie na kruszącą się przyporę.

A zatem ruszamy. Sweik mówi, że jedziemy do dwudziestej *arrondissement*, za park Les Buttes Chaumont. Mieszkają w studiu należącym do starej Amerykanki, która zajmuje się produkcją witraży. W tej chwili instaluje swoje prace w kościele pod Lyonem, więc pozwoliła dziewczynom używać mieszkania przez czas swojej nieobecności. Z Dale, jedną z dziewczyn, łączą ją bardzo szczególne związki.

Sam nie potrafię właściwie zrozumieć, dlaczego Lubar z nimi kręci, choć mógłby mieć domek na zachodnich przedmieściach, mądrą żonę i małego synka. Zgodnie z tym, co mówi Sweik, żadna z tych dziewczyn nie ma w swym życiu zbyt wiele miejsca dla Lubara, przynajmniej tak długo, jak długo mają siebie nawzajem. Może jest tylko piłką w ich grze. W miarę jak się starzeję, coraz trudniej przychodzi mi przyjmować do wiadomości takie rzeczy. Dawniej takie sprawy były o wiele prostsze, choć może jakieś trzydzieści, czterdzieści lat temu ludzie po prostu nie rozmawiali tak otwarcie o swoich związkach.

Zatrzymujemy się przy Strasbourg Saint-Denis, by kupić jedzenie, na miejsce dotrzemy w porze lunchu. Kupujemy dwie litrowe butelki piwa, bagietkę i ser camembert. Dziś sobota, więc wszyscy powinni być w domu.

Moja rodzina pojechała na piknik do Saint-Germain-en-Laye. Nie potrafiłem zmusić się, by z nimi jechać, a i oni nie zachęcali mnie szczególnie gorąco, nie mogę ich za to winić. Ostatnio zachowuję się jak chory albatros.

Lubar załatwił obydwu dziewczynom robotę, prowadzą konwersacje z angielskiego z francuskimi urzędnikami z IBM. Może dlatego pozwalają mu kręcić się wokół siebie.

Piąte koło u wozu!
Wystarczy tylko napompować dętkę.

Wspinamy się na strome wzgórze, tuż przed samym szczytem Sweik wjeżdża na chodnik. Budynek przypomina porzuconą fabrykę, ma dwa piętra, część mieszkalna mieści się na parterze, wychodzi na podwórko. Stukamy do wysokich na trzy metry drzwi, otwiera nam młoda kobieta, właściwie dziewczyna. Uśmiecha się i gestem zaprasza do środka.

Lubar wprowadził swoje BMW do studia, ustawił je na samym środku. Przednie koło leży obok motoru, otoczone porozrzucanymi malowniczo częściami i narzędziami. Obok Lubara przykucnęła druga kobieta. Ma bose stopy, a siedzi na zimnej cementowej podłodze w pozycji lotosu. Jeśli uważa, że może dowiedzieć się czegoś o mechanice, obserwując Lubara, to czeka ją małe zaskoczenie.

Lubar podnosi wzrok, gdy wchodzimy do środka. Twarz, dłonie i ręce po łokcie ma czarne od smaru, gogle podciągnął wysoko na czoło. Ma na sobie czarne dżinsy, nie mogę więc być tego pewny, ale w najwyższym stopniu prawdopodobne jest, że i spodnie uświnił smarem. Nie sądzę, by w motocyklu zostało go jeszcze sporo; wnioskując z bałaganu, jakiego narobił, można by przypuszczać, że przeprowadził właśnie generalny remont.

— Cholera, Sweik. Rozkręciłem hamulce, bo okropnie piszczały, a teraz nie potrafię ustawić skurwieli z powrotem.

Lubar siedzi na podłodze przed motocyklem z kołem między nogami. Po jego twarzy i podkoszulku spływa pot, koszulka jest przepocona i poplamiona smarem. Sweik i ja kucamy obok niego. Moja obecność ma charakter wyłącznie towarzyski. Jeśli chodzi o uzdolnienia techniczne, konieczne byłoby użycie fotokomórki, by ustalić, który z nas dwóch jest bardziej beznadziejny, ja czy Lubar.

Sweik znajduje rozwiązanie w kilka minut. Ustawia tarcze hamulca i już po chwili przykręcamy śruby pod jego kontrolą. Przysiągłbym, że nawet nie ubrudził sobie rąk, zachowuje się jak wybitny chirurg, który kieruje pracą swojego asystenta i pielęgniarki przy kończeniu drobnej operacji.

Kiedy wszystko jest zrobione tak, że Sweik jest zadowolony, Lubar wciąga skórzaną kurtkę, opuszcza na oczy okulary, potem wyprowadza motor przez wielkie drzwi na podwórko i dalej na ulicę. Ze środka słyszymy, jak zapala motor i odjeżdża z rykiem silnika.

Dziewczyna, która wpuściła nas do środka, Sandy, ubrana w kraciastą koszulę, zapinaną na męską stronę i levisy zapięte na guziki, zamyka za nim drzwi.

— Macie ochotę na filiżankę kawy? To przynajmniej możemy wam zaproponować. Zaczynałam już myśleć, że ten motor będzie zawsze stał na środku jak rzeźba-śmieć. Maybelle dostałaby rozstroju nerwowego, nie cierpi motocykli i w ogóle macho-zabawek. Wywaliłaby nas stąd na zbity pysk, i to szybko.

Sandy nalewa wody do czajnika. Właściwie wolałbym herbatę, nawet herbatę owocową, może jednak stare nerwy wytrzymają jeszcze dawkę naturalnej kofeiny. Sweik otwiera piwo, wyciąga bagietkę i camembert. Sandy stawia na małym stoliku sól, pieprz i dwa pomidory.

— Przygotuję filiżankę dla Lubara, może wróci. Miałby ochotę przejechać się z Dale, ale ona boi się jeździć na tylnym siodełku. Ciągle jej powtarzam, że lepszy z niego kierowca niż mechanik, ale nic to nie pomaga.

Sandy posyła Dale spojrzenie pełne miłości i zrozumienia. Może Lubarowi to się podoba, nie ma wygranych, nie ma strat, tylko mnóstwo węzłów. Sweik sadowi się na starej kanapie. Ja sam siadam ostrożnie na fotelu o jednej nodze krótszej. Sandy nalewa właśnie wrzącą wodę w wypełniony kawą filtr, kiedy wraca Lubar. Nadal ma rozpiętą kurtkę, podciąga okulary ochronne wysoko na łysiejące czoło.

— Stary, jest jak nowy, hamulce łapią od razu, nawet przestały piszczeć!

Klęka na podłodze i zaczyna zbierać narzędzia, wszystkie najwyższej jakości, trzyma je w metalowej skrzynce z mnóstwem szufladek. Marny z niego mechanik, ale nie może winić narzędzi, stanowi więc moje dokładne przeciwieństwo. Zbiera wszystko z podłogi, a potem wyciera smar szmatą. Chowa skrzynkę przy drzwiach, ściąga brudny, przepocony podkoszulek i wchodzi do małego pokoiku pod balkonem.

— Pijcie kawę, nie przejmujcie się mną, zaraz wracam.

Sandy rozlewa kawę do filiżanek, sypię trzy łyżeczki cukru. Może nie lubię smaku kawy, ale cukier lubię na pewno. Łamiemy bagietkę na kawałki, kroimy na plasterki ser i pomidory. Przygotowuję dla siebie małą kanapkę. Jak już mówiłem, jedzenie nie ma dla mnie ostatnio większego znaczenia.

Sweik zaczyna mówić o moich planach wyjazdu do Hiszpanii. Sandy podchodzi do mnie od tyłu i, ku mojemu zaskoczeniu, otacza moją szyję ramionami i zaczyna pieścić moją łysą głowę.

— Nie chciałbyś, by ktoś nosił za ciebie walizki, ogrzewał cię w nocy, prał ci skarpetki i bieliznę?

W pierwszej chwili myślę, że nie miałbym nic przeciwko temu, ale po chwili stwierdzam, że jednak miałbym. Nad moim Toledo unoszą się czarne chmury. Nie potrafię tak od razu pogodzić się z tym, że mogłaby ze mną jechać. Dziewczyna z pewnością żartuje, może próbuje wciągnąć mnie w swoją grę. Mogę robić na przykład za słupek w bramce.

Kładę swoją dłoń na jej dłoni, leżącej na mojej piersi. Moja dłoń jest pocętkowana plamami wątrobowymi, pocięta żyłami, ma bardzo nabrzmiałe stawy, wygląda tak staro w porównaniu z białą, gładką, prawie błękitną, podobną do marmuru dłonią Sandy. Zauważam, że obgryza paznokcie, jeden jest obgryziony do krwi. Do diabła, można by pomyśleć, że ktoś wiedzie swoje życie tak, jak tego chce, żadnych ograniczeń, i nagle widzi się coś takiego. Takie drobne oznaki bezbronności potrafią mnie ostatnio doprowadzić do łez. Sandy cofa dłoń.

Lubar krzyczy z łazienki:

— Hiszpania! Tam właśnie powinienem się wybrać, po prostu wyjechać, znaleźć się pod prawdziwym słońcem.

Moglibyśmy się tam wybrać na motocyklach, robilibyśmy zdjęcia po drodze, wreszcie moglibyśmy wysłać coś prawdziwego do magazynu AMA.

Sweik sączy gorącą kawę. Dla mnie jest nadal o wiele za gorąca. Dmucham na nią i mieszam. Sweik bierze filiżankę w obydwie dłonie, by je rozgrzać; ten pokój jest tak wysoki, że ogrzanie go to absolutna niemożliwość. W rogu zauważyłem jedynie mały grzejnik gazowy.

— Ty tu jesteś szefem, Lubar. Jestem gotów ruszać w drogę w każdej chwili. Może uda nam się przekonać IBM, by na kilka tygodni zapomnieli o naszych lekcjach.

Lubar wystawia głowę przez drzwi łazienki. Wyciera ręcznikiem dłonie i twarz. Ma już na sobie czysty podkoszulek.

— To wcale nie jest taki zły pomysł. Założę się, że uda mi się ugadać Bouviera, by odwołał zajęcia. Od pół roku nie miałem ani jednego dnia wakacji.

Wychodzi z łazienki. Dziewczyny spoglądają po sobie, a potem przenoszą wzrok na nas. Dale odzywa się pierwsza.

— Kurczę, tak bardzo chciałabym pojechać gdzieś, gdzie jest ciepło. Ale nie mogę sobie na to pozwolić, a nigdy nie odważyłabym się pojechać tak daleko na motocyklu. Boję się nawet jeździć po Paryżu.

Sweik posyła jej szybkie spojrzenie. Jest w nim drwina, ale przede wszystkim pytanie „A kto cię zapraszał?"

Sandy podskakuje do sufitu, po czym szybko opuszcza ramiona.

— Ależ, Dale, na pewno by ci się podobało. Gdybyś ty nie chciała, ja pojechałabym od razu, gdyby tylko Lubar chciał mnie ze sobą zabrać. Mam już dosyć tego deszczu.

Próbuję kawy, jest już na tyle chłodna, że mogę wypić łyk. Patrzę znad filiżanki na Sandy, wygląda na to, że ma po kolei w głowie.

— No cóż, moje panie, jeśli chodzi o mnie, wybieram się w tę podróż pociągiem. Moje nerki nie wytrzymałyby takiej podróży. Dojechałbym na miejsce z wnętrznościami zbitymi w wielki supeł koło tyłka, gdzie musiałyby na dodatek walczyć o lepsze miejsce z hemoroidami.

Niskie niebo. Hałdy wznoszą się wysoko.
Oczy błądzą gdzieś w przestrzeni.
Nie pytam nawet, dlaczego
Już nigdy więcej.

Mimo wszystko nadal rozmawiają o tej szalonej wyprawie. Sandy wyciąga mapę i planują trasę przez Tours i Bordeaux, dalej przez granicę do Burgos i na południe w stronę Madrytu. Niewiele różni się to od trasy pociągu. Ustalają nawet, gdzie będą się zatrzymywać na noc. Chyba najwyższa już pora sięgnąć po wierne pióro, by skreślić kolejną epistołę do magazynu AMA. Hell's Angels of Paris znowu atakują. Lubar podnosi wzrok znad mapy i patrzy w moją stronę.

— Dokąd się tak naprawdę wybierasz?

— Do małego miasteczka położonego w górach pod Torremolinos. Mieszkają tam moi szwedzcy przyjaciele.

— Uważasz, że znalazłoby się tam dla nas miejsce?

Wielki Boże! Wystarczy tylko, że pomyślę o Sture i Anne, tak dbających o swoją prywatność. Umarliby chyba oboje, gdyby ta banda nagle wjechała do ich małego świata.

— Nie sądzę, mają tylko mały domek. Nie jestem nawet pewien, czy znajdzie się tam miejsce dla mnie. Mam nadzieję, że będą w domu, nawet do nich nie napisałem.

— Kiedy wybierasz się w drogę?

Do tego jeszcze nie doszedłem. Ostatnio znajdowałem się w stanie zawieszenia, nie wiem, co robię, dokąd dążę.

— Prawdopodobnie pojadę jutro pociągiem o jedenastej wieczorem z Gare d'Austerlitz.

— To znaczy w niedzielę?

— Tak sądzę.

Lubar zaczyna chodzić po pokoju, nadal ma na sobie

tylko podkoszulek, musi mu być bardzo zimno. Rozpiąłem wprawdzie kurtkę, ale nie posunąłem się do tego, by ją zdjąć, podobnie jak Sweik.

— Gdybyśmy wyjechali jutro wcześnie rano, powinniśmy dojechać tam w pięć dni. Umówmy się, że spotkamy się na miejscu. — Patrzy w moją stronę, jego małe, ptasie oczka błyszczą podnieceniem, wyzwaniem. Gra teraz Napoleona planującego zwycięską kampanię. — Byłem trzy lata temu w Torremolinos, razem z moją wkrótce już byłą żoną. W centrum miasta jest bar, jak sądzę najstarszy w mieście, nazywa się Central. Obok niego zawsze zatrzymywał się autobus z Malagi. Spotkamy się na tarasie, w czwartek o dziesiątej rano. Jeśli nie dotrzemy na miejsce do południa, będziesz wiedział, że nam się nie udało.

Zabezpieczył sobie odwrót, może jednak nie jest Napoleonem. Sweik obserwuje nas uważnie, chce przekonać się, czy mówimy poważnie. Wszystko tu wygląda na szaleństwo, ale Lubar zachowuje się tak, jakby traktował serio to, co mówi.

— Boże, pomyśl tylko, Sweik, przejedziemy przez góry, a potem, im dalej będziemy jechać na południe, tym będzie cieplej. Przejedziemy przez góry Sierra Nevada.

— Nie jestem wcale pewien, że mój ariel zniesie taką podróż, Lubar. Najdalej udało mi się dojechać do Amsterdamu, a i wtedy miałem po powrocie sztywny kręgosłup przez tydzień.

Sandy podchodzi do Sweika, siada obok niego na kanapie i kładzie dłonie na jego kolanach.

— Z przyjemnością przycisnę się do ciebie bardzo mocno, żeby utrzymać go w kondycji. Nie możesz sobie nawet wyobrazić, jak bardzo chciałabym się znaleźć w jakimś ciepłym i suchym miejscu.

*

I na tym zamykamy dyskusję. Ustalają jeszcze trasę, kalkulują, ile mogą przejechać w ciągu jednego dnia, zatrzymując się co dwie godziny. Całe to szaleństwo powoli wciąga Sweika. Wspomina znowu corridę. Słucham tego wszystkiego, przekonany, że to tylko marzenia na jawie, lepszy lub gorszy sposób na odpędzenie nudy deszczowego dnia.

Nie potrafię się jednak w to włączyć, nie działa część mojego mózgu kierująca wyobraźnią, właściwie żadna część mojego mózgu nie działa jak należy. Czuję się jak klisza fotograficzna albo gruda gliny, przyjmuję wszystko, niczego jednak nie czuję, rejestruję wyłącznie rzeczywistość.

Odbicie srebrnego talerza.
Nawet nie odcisk palca,
Para oddechu, śmierć duszy.

Po paru godzinach wychodzimy razem ze Sweikiem. Siadam na tylnym siodełku i zaczynam myśleć o Sandy, która musiałaby przesiedzieć tutaj ponad tysiąc sto kilometrów. To mocna dziewczyna, zrobiłaby to, i nawet przez chwilę nie przestałaby się uśmiechać. Jej podejście do rzeczywistości oscyluje pomiędzy całkowitą beztroską a tak pełnym udziałem w tym, co się dzieje, że gotowa jest na wszystko i może zrobić sobie krzywdę. Nic nie mogę na to poradzić, ale cieszę się, że nie jest moją córką.

*

Dojeżdżamy na plac Saint-Sulpice i zakrywamy motocykl brezentem. Sweik odpina sakwy i chowa kaski do środka. Zatrzymuje się na chwilę i patrzy na osłonięty motocykl.

— Wiesz, że ta maszyna naprawdę byłaby do tego zdolna.

Zwykłe narzędzie, które służy,
Po prostu, by kogoś ogłupić.

Następnego wieczora wyciągam stary bilet Eurailpass, który dostałem od jednego z przyjaciół. Zmieniłem nazwisko i za pomocą magicznego pióra poprawiłem daty. Z tyłu została wprawdzie stara data, a ważność stempla dawno już wygasła, ale trudno jest podrobić stempel. I tak nikt nigdy nie ogląda drugiej strony. Pakuję skarpetki i zmianę bielizny, ale nadal nie potrafię się zaangażować w to, co robię.

Kate załamuje nade mną ręce, zachowuje się jak kwoka. Nie chce, żebym podróżował z podrabianym biletem, ale ja nie potrafię przed samym sobą usprawiedliwić wydawania pieniedzy ot tak. Nie chce w ogóle, bym gdziekolwiek jechał, ale zdaje sobie sprawę, że spotkanie ze Sture i Anną może być lekarstwem na to, co mnie męczy.

Zawozi mnie na Gare d'Austerlitz na jedenastą wieczorem. Dzieci już śpią. Wiem, że martwi się o mnie, ale nie może nic poradzić. Spędziłem cały dzień na wielkich porządkach w domu, wszystkim wchodziłem w drogę. Chciałem zostawić dom w znakomitym stanie, jak irlandzka rodzina sprzątająca przed stypą, ale tak naprawdę czułem się jak stary słoń przygotowujący się do ostatniej wyprawy na cmentarzysko.

Wsiadam do pociągu i zajmuję cały przedział pierwszej klasy. Bilety Eurailpass są na pierwszą klasę, a ludzie, którzy podróżują pierwszą klasą, nie kupują normalnych biletów na nocne pociągi, wolą jeździć w wagonach sypialnych. Zsuwam razem siedzenia, utykam torbę na półce, ściągam buty, wtykam bilet w paszport i kładę na wierzchu.

Nie spałem tak dobrze od miesiąca, budzę się dopiero w Bordeaux. Jest siódma trzydzieści rano. Eurailpass i paszport leżą tam, gdzie je zostawiłem, nie słyszałem nawet konduktora, może w ogóle nie przyszedł.

Wyglądam przez okno, francuska cywilizacja rozmywa się z każdym kilometrem, aż dojeżdżamy do Irún, przejścia granicznego z Hiszpanią. Nagle dostrzegam w oczach ludzi błagalny, żebrzący wyraz, którego nie sposób znaleźć we Francji.

Wszyscy wysiadają z pociągu. Pora przejść przez hiszpańską kontrolę celną. Ci ponuracy nie potrafią uwierzyć, że mam ze sobą tylko małą torbę podręczną z zapasowymi spodenkami, podkoszulkiem, ręcznikiem, kąpielówkami i skarpetkami. Przez chwilę spodziewam się już, że każą mi się rozbierać, ale dają mi spokój, kiedy zabieram się do odpinania paska. Jak to możliwe, że każdy niby kocha świętego Mikołaja, a na widok faceta z prawdziwą białą brodą, błękitnymi oczami i nosem jak wisienka, dostaje ataku paranoi?

Nosimy siebie w sobie i wychodzimy
Tylko po to, by zabrać świat do środka.

Szukam wzrokiem pociągu do Madrytu — TALGO EXPRESS. Zazwyczaj trzeba robić dopłatę do ekspresu, ale posiadacze Eurailpass nie płacą. Przyjaciele ostrzegali mnie, bym nie używał go w Hiszpanii. Do diabła, co mi tam, nic mnie to nie obchodzi. Trafiłem już do więzienia, może mi się to przydarzyć jeszcze raz. Wskakuję do błyszczącego, srebrno-czerwonego wagonu o zaokrąglonym dachu. Już teraz czuję dmący z południa wiatr, czeka nas piękny dzień. Drzewa porastające jałowe wzgórze są już obsypane kwiatami. Sadowię się wygodnie.

Pociąg rusza, z głośników dobiega muzyka w hiszpańskim stylu jak w supermarketach Rexall w Los Angeles. Wyciągam książkę, wziąłem na drogę *Więźnia Borstalu*, wygląda na to, że to niezły wybór, może podniesie mnie na duchu. Czy Irlandczyk denerwowałby się na moim miejscu? Do diabła, nigdy! Najpewniej trzymałby jeszcze bombę w walizeczce, wręczyłby ją konduktorowi i poprosił, aby została umieszczona w lodówce, a potem wyskoczył z pociągu na chwilę przed odjazdem. Zdecydowanie w moich żyłach płynie za mało irlandzkiej krwi, za bardzo się przejmuję.

Wraz ze mną podróżuje kilku bardzo interesujących ludzi. Ładne kobiety ze sznurami pereł, mężczyźni o oczach jak kule rewolwerowe. Wszyscy wydają się znudzeni, z pogardą patrzą na moją krzaczastą brodę i cienką kitkę. Może powinienem powiedzieć, że jestem emerytowanym amerykańskim toreadorem, przyjacielem starego Ernesto.

Pociąg sunie tak miękko, że prawie tego nie czuję, jak gdyby ślizgał się po szynach gładkich jak lód, ma przyspieszenie jak samolot. Klimatyzacja szumi cicho w tle. Wyciągam bilet i przyglądam mu się uważnie, naprawdę wygląda na podejrzany — kurczę, zaraz mnie złapią! Mogłem posługiwać się nim podczas nocnego przejazdu przez Francję, ale muszę mieć nierówno pod sufitem, by próbować posłużyć się nim w biały dzień w Hiszpanii. Chyba powinienem pociągnąć hamulec bezpieczeństwa, wysiąść z pociągu, powiedzieć, że zapomniałem szczoteczki do zębów w Irún.

Konduktor zachodzi mnie cicho od tyłu. Wyciągam bilet, spodziewając się najgorszego, udaję, że jestem zagłębiony w lekturze. Nie bierze ode mnie biletu, podnoszę więc wzrok znad książki. Ma w ręku bloczek, to nie konduktor, lecz kelner zbierający zamówienia na śniadanie. Ho, ho!

Zamawiam jajecznicę, sok owocowy, szynkę i kawę, następny w moim życiu ostatni posiłek skazańca. Pociąg pędzi poprzez zielone wzgórza z prędkością ponad stu pięćdziesięciu kilometrów na godzinę. Okna zrobione są ze szkła barwionego na niebiesko w górnej części szyby, niebo wydaje się błękitne jak w górach. Pochylam się i wyglądam przez nie barwioną część szyby, niebo jest płaskie, jasnobłękitne, wydaje się pomalowane, jak w Kalifornii.

Kelner wraca z moim śniadaniem. Zawiesza tackę z boku oparcia, płacę trzysta peset, daję mu pięćdziesiąt peset napiwku, wolę mieć go po swojej stronie. Na pewno mnie złapią.

Jem z apetytem. Pociąg zaczyna lekko drżeć, w filiżance kawy widzę drobne, okrągłe fale. Prawdziwy konduktor wchodzi do wagonu i zaczyna sprawdzać bilety. Próbuję znowu skoncentrować się na lekturze. Kładę paszport i bilet na tacce, obok talerzyka po jajecznicy. Powoli zbliża się do mnie, dla każdego pasażera ma kilka uprzejmych słów. Nie widzę jego twarzy, ale z pleców wygląda na złośliwego faceta. Stuka dziurkaczem, kasując kolejne bilety. Niektóre bilety mają po dwa metry długości. Może powinienem powiedzieć po prostu, że zgubiłem swój bilet, i zapłacić. Nie, nie mogę tego zrobić, nie wystarczy mi pieniędzy. Nigdy już nie wrócę do domu. Odwagi, Scum, staruszku, trzymaj się mocno.

*

Uśmiecham się tak miło, jak tylko potrafię, kiedy konduktor staje obok mnie. Udaję, że odstawiam kawę, sięgając po bilet. Bierze go ode mnie i patrzy, patrzy naprawdę. Odwraca go i zagląda do środka. Już nie żyję! Koncentruję się jeszcze mocniej na kawie. Tak naprawdę próbuję powstrzymać się od poderwania się z miejsca, pobiegnięcia do lokomotywy i skierowania pociągu z powrotem do Francji.

— *Señor* — mówi z uśmiechem, pochylając się ku mnie i wskazując na datę wypisaną w środku, nadal stara się być uprzejmy — *no es bueno*.

Złapał mnie. Udaję, że nic nie rozumiem. Czuję, jak w żołądku rośnie mi lodowa kula. Wyjmuję mu bilet z ręki i oglądam go starannie. Udaję, że to jego bilet, a ja mam wydać ostateczną opinię o jego ważności. Stoi nadal obok mnie. Gapię się na bilet, naprawdę marnie wygląda. Odwracam go i odpowiadam po angielsku.

— *No comprendo* — słyszę w odpowiedzi.

— W międzynarodowym pociągu nie włada pan angielskim? — mówię po angielsku, przybierając rozzłoszczoną minę. Zaczynam wpadać w odpowiedni nastrój. — Chcę rozmawiać z kimś, kto zna angielski!

Wkładam bilet w paszport i wsuwam oba do kieszeni. Gapi się na mnie zaskoczony.

— *No es bueno, señor* — powtarza. Prawdopodobnie to bardzo miły facet, który po prostu wykonuje swoją pracę. Tłusty, łysy, smagły Hiszpan wychyla się z drugiej strony przejścia, wygląda na zamożnego faceta.

— On powiedział, że ma pan niedobry bilet.

Mówi z brytyjskim akcentem, prawie bez obcego nalotu, w jego wymowie wyczuwam spore pieniądze.

— Dziękuję, *señor* — mówię, marząc tylko o tym, by wyleciał przez okno i znalazł się w migających po drugiej stronie krzakach.

Ponownie wyciągam bilet. Nagle przypominam sobie, że na odwrocie jest notatka drobnym drukiem po angielsku, że bilet może być refundowany z potrąceniem dziesięciu procent wartości, jeśli zostanie zwrócony w ciągu jednego roku. Od daty na stemplu nie minął jeszcze rok, choć zostało już niewiele czasu. Wskazuję tekst konduktorowi, który, oczywiście, nic nie rozumie. Podaję więc bilet mojemu niepożądanemu dobroczyńcy z sąsiedniego rzędu. Mówi coś do konduktora o jednym roku, a ten mierzy mnie wzrokiem i oddaje mi bilet.

Potem bierze bilet tłuściocha; bilet ma co najmniej trzy metry długości i składa się z odcinków w czterech kolorach. Cóż to za okazja dla starego dziurkacza. Cyk-cyk-cyk-cyk-cyk. Małe okrągłe kawałki papieru opadają na podłogę jak płatki śniegu w technikolorze.

Wiem, że udało mi się tylko dzięki wrażeniu, jakie zrobił bilet tego łysego, smagłego Hiszpana. Nie jestem jednak wcale taki pewien, że mi się udało, konduktor może wrócić z posiłkami, może nawet z tłumaczem. Na każdym przystanku, aż do Madrytu, oczekuję tylko, że do środka wkroczy *guardia civil* i wyciągnie mnie na peron. Zaglądają przez okna, uzbrojeni w pistolety maszynowe, szukając właśnie mnie. Kryję się za *Więźniem Borstalu*. Nie chcę iść znowu do więzienia. Kate miała rację, tak stary facet jak ja, zbliżający się już do emerytury, nie powinien bawić się w podobne rzeczy. Pewna dobra część mojgo życia już się skończyła, ale ja nadal nie potrafię się z tym pogodzić. To są kłopoty czekające tych, którzy mieli zbyt wspaniałe życie.

Granica jest tak piękna. Trudno
Ją zobaczyć. To strefa niczyja,
Która nie należy do życia ani do śmierci.
Łatwo ją przejść, ale trudno pozostać
Pomiędzy życiem a śmiercią.

Dojeżdżamy do Madrytu około drugiej. Wysiadając z pociągu, trzymam się w tłoku. Nie zaczną przecież strzelać do tłumu. Przy drzwiach nie widzę *guardia civil*, na peronie też nie ma nikogo. Wybiegam ze stacji i wskakuję do taksówki.

— Prado, *por favor!* — Wyglądam przez tylną szybę. Nikogo. Scum, ty sukinsyński szczęściarzu, znowu ci się udało!

Taksówka rusza jak szalona, wymija tramwaje, wjeżdża pomiędzy nagie, łuszczące się bloki postawione wprost na czerwonym piachu. Wyglądają tak, jak gdyby pochodziły z czyjegoś złego snu. Myślę, że do zamknięcia Prado zostało mi jeszcze około dwóch godzin. Nie byłem tam od pięciu lat, a to znaczy pięć lat bez Goi, Velasqueza, Boscha. Można ich tak naprawdę znaleźć tylko w Prado. Jestem ich głodny. Może odnajdę w sobie iskrę pośród zatęchłych sal pałacu hiszpańskich królów.

*

Dwie godziny później wychodzę kompletnie załamany. Oto Goya cały swój talent wkłada w projektowanie tapiserii do królewskiej garderoby. Jak wariat maluje uśmiechy kota z Cheshire na twarzach Burbonów, próbując bez sukcesu ukryć szaleństwo za wymalowanymi maskami.

A potem gwałtowne, głuche szaleństwo, które namalował w swoim pokoju jadalnym, więcej bólu, niż potrafi znieść jakikolwiek człowiek. Oto on, geniusz swoich czasów, wariat dla swych współczesnych. Velasquez, to samo. Jak bardzo musiał nienawidzić pustych, błękitnych oczu Habsburgów i ich końskich szczęk. Idę o zakład, że potrafiłby ich namalować z zasłoniętymi oczami, hektary małych, głupawo wyglądających dziewczynek, pusta przestrzeń pomiędzy oczami, każda najmniejsza wstążeczka i riuszka starannie namalowana na właściwym miejscu.

Ile końskich tyłków namalował Velasquez? Nie królów czy królowych, ale prawdziwych końskich tyłków. Velasquez, mistrz końskich zadów. Coś, co naprawdę potrafił malować. Tak wiele miłości okazuje, mocując ogon do potężnych mięśni, wspaniałą falę włosów, które z ledwością osłaniają genitalia. Potrafił pobudzić napięte, wspaniałe mięśnie do życia, starannie modulując powierzchnie sjeny palonej i żółtej ochry. Czyste mistrzostwo.

Takie wspaniałe obrazy, taka wspaniała osoba. To właśnie on był twórcą obrazu z księżniczką i karłem. Karzeł opiera stopę na ogromnym psie leżącym na pierwszym planie. Wydaje mi się, że słyszę, jak król tłumaczy Velasquezowi, co ma zrobić.

— Diego, chcę, żebyś namalował obraz, który wypełni puste miejsce pomiędzy tymi dwoma oknami. Chcę, żeby mała Teresa stała z przodu, ubierana przez dwórki. Weź tę nową suknię, którą właśnie przysłano z Paryża, oddaj starannie wszystkie szczegóły. Obok niej namalujesz starego Jocko, naszego karła, będzie trzymał strzelbę, którą dostałem od papieża, a jedną stopę postawi na psie, jakby go właśnie zastrzelił. Dostałem tego psa od królowej angielskiej, to będzie taki symbol, sam wiesz. Zrozumiałeś? Teraz, z tyłu, chcę, byś namalował otwarte drzwi, a w nich światło ma oświetlać nas od tyłu, mnie i moją żonę, tak jak gdybyśmy nieoczekiwanie pojawili się w tej miłej, domowej scence. Wiesz, o co mi chodzi, Diego? Mógłbyś nawet namalować siebie w rogu, tak żeby niczego nie zasłaniać, jak gdyby wszystko to działo się naprawdę, mógłbyś nawet namalować na tym obrazie swój obraz. Zrozumiałeś? Jeśli zrobisz wszystko tak jak trzeba, Diego, zamówię trzy takie, jeden dla królowej angielskiej i jeden dla papieża. Niech wiedzą, jak bardzo podobają nam się ich prezenty. Powinno to dobrze zrobić naszym stosunkom dyplomatycznym. Trzymaj ze mną, Diego, a zrobię z ciebie międzynarodową gwiazdę.

Obraz wisi zatem w Prado, a naprzeciwko umieszczono wielkie lustro, jakby przeniesione tu prosto z burdelu, by wszyscy widzieli, jak naprawdę wszystko to wyglądało, bo przecież Velasquez malował z lustra, prawda? Musiał, przecież sam jest na obrazie. Dobrą stroną pracy malarza jest to, że na ogół umiera wcześniej, zanim jeszcze jakiś nienormalny dyrektor muzeum zaczyna bawić się obrazami.

Jest tu też Hieronymus Bosch, malarz erotycznych snów dla mnichów. Tylko bardzo zdrowy na umyśle człowiek mógł coś takiego namalować. Znał na przestrzał chore umysły. Naprawdę chory mózg zna tylko swoje wnętrze, nie potrafi tworzyć, nie potrafi wypisać czy namalować swojej choroby, żyje nią. Bosch tworzył specjalne erotyki dla religiantów. Dobry Boże, trzeba przyznać, że znał swoją klientelę.

— Odłóż bicz, bracie Adrianie, zdejmuj włosiennicę, bracie Damianie, przestań bawić się kuśką, bracie Ksawery, chodźcie zobaczyć, co tym razem namalował dla nas Hirek: prawdziwy trybut dla cudów Boskiej Opatrzności.

Szok, chichoty i umizgi.

— Och, brzydki Hirek. Popatrzcie tylko, hihihihihi, temu człowiekowi wyrasta kwiatek z pupy, hihihihihihi.

Obrzydliwy sposób zarabiania na życie. Wyobraźcie sobie tylko, tak wspaniały umysł o tak ogromnych możliwościach tworzy średniowieczne wersje „Playboya". Freud, Jung — wszystko to fraszka w porównaniu z Boschem.

On potrafił doprowadzić swoich widzów do wymiotów, a to musi umieć zrobić każdy artysta. Nie wydaje mi się, by cokolwiek się zmieniło pod tym względem. Wszyscy malarze z Los Angeles i Nowego Jorku robią dokładnie to samo, zamiast przypochlebiać się królowym i królom, kręcą się wokół bogatych wdów i znudzonych córek milionerów-oszustów. Kobiety otwierają galerie, swoje łowiska, a malarze pracują w nich jako alfonsi.

*

Teraz widzę, że nie oceniłem tego wszystkiego sprawiedliwie, ale tak właśnie czułem się po wyjściu z Prado. Podchodziłem do malowania jak do misjonarskiego posłannictwa i takie świętokradztwo było w stanie złamać mi serce.

Przechodzę na drugą stronę ulicy i siadam na krześle stojącym przy szerokim bulwarze. Piję hiszpańską wersję absyntu, w nadziei, że zmiękczy to moje serce. Pociąg do Malagi odchodzi o dziesiątej. Myślę, że nocny pociąg będzie najlepszy, machnę tylko biletem w ciemnościach. Spróbuję nawet przygasić trochę światło w przedziale, tak by konduktor tego nie zauważył, ale by nie mógł też dostrzec mojego podrabianego biletu.

Obserwuję mijających mnie ludzi, niewysokie, elegancko ubrane kobiety, kręcące tyłeczkami i niskich mężczyzn, którzy suną tuż za nimi. Wspaniały widok, wszyscy są tu tacy mali. Im dalej jadę na południe, tym staję się większy, jak Guliwer.

Łapię swój pociąg, w przedziale siedzi już dwóch ludzi. Cały pociąg jest zatłoczony. Jeden z facetów ma ze sobą wielką, czarną walizkę ze sztywnej tektury, którą trzyma na kolanach. Konduktor wchodzi do przedziału, zapala światło, patrzy na mój bilet i oddaje go bez słowa.

Zasypiam i budzę się dopiero, kiedy pociąg zaczyna zjeżdżać z gór na nadmorską równinę. Wydaje mi się, że panuje już tutaj wczesne lato, wszędzie pełno zieleni, drzewa w kwiatach. Przełażę przez chrapiącego faceta z walizką, śpi, a na nos zsunął sobie czarny kapelusz. Na korytarzu ustawiam się w kolejce, by załatwić poranną potrzebę. Kolejka przede mną składa się z czterech osób, dwie z nich to kobiety. Każda z osob spędza w toalecie o wiele więcej czasu, niż potrzeba na zrobienie siusiu, Hiszpanie cenią sobie widać regularność, przynajmniej pod tym względem. Ustęp śmierdzi Hiszpanią, z dołu owiewa mnie zimne powietrze. Patrzę na migające w dole podkłady kolejowe, ale i to nie pomaga. Od jakiegoś czasu mam z tym kłopoty, choć całkiem to do mnie niepodobne. Z natury mam raczej skłonności do rozwolnienia.

Wychodzę i staję na korytarzu, chcę pooglądać krajobrazy. Małe, białe domki z suszonych na słońcu cegieł stoją w skupiskach przy torach i na zboczach okolicznych wzgórz. Ludzie przerywają pracę, by spojrzeć na przejeżdżający pociąg.

Wysiadam w Maladze i łapię autobus do Torremolinos. Kiedy po raz pierwszy przyjechałem tu z Kate, było to miasteczko z dwoma barami i bodegą, teraz przypomina Babilon, niewiarygodną mieszaninę ras mauretańskiej i nordyckiej. Całe miasto wygląda jak Sztokholm albo Essen przeniesione w bardziej słoneczne okolice. Długonogie blondynki w kolorowych bluzkach i obcisłych dżinsach maszerują w rytm flamenco i bicia serca drobnych Hiszpanów. Prawdziwy raj dla wszystkich, a jeszcze Morze Śródziemne migoce pod bokiem na końcu krętych schodków prowadzących z miasteczka.

Przechodzę przez miasto i idę drogą na Benalmadenę. Sture i Annastina Dahlstrom mieszkają o trzy kilometry stąd, bitą drogą w stronę gór. Wiem, że odnajdę ich dom dzięki gigantycznym palmom, które Sture ukradł kiedyś z ogrodu botanicznegơ w Maladze.

Pojechał tam razem ze swoim najstarszym synem, Perem, obydwaj ubrali się w robocze stroje. Kopanie zajęło im cały dzień, ludzie stali dookoła i patrzyli, ale nikt im nie przeszkadzał. Załadowali palmy na dach volvo kombi i odjechali w stronę gór, zamiatając za sobą szosę zielonymi liśćmi. Zasadzili drzewa na placyku przed domem. Sture twierdzi, że każdy Szwed ma słabość do palm, stanowią część wielkiego tropikalnego snu ludzi mieszkających w chłodnych krajach.

Dekorujemy naszą wewnętrzną scenę
Snami, mchem, paprocią i inną
Delikatną, cieniolubną zielenią.

Docieram do ich domu i stukam do drzwi. Nikt nie otwiera, zaglądam więc do okna. Annastina obserwuje mnie ze środka. Oboje, Anna i Sture, cierpią na paranoję, przekonani są, że cały świat próbuje ich dopaść, prawdopodobnie mają rację.

Annastina otwiera drzwi na całą szerokość, mówiąc coś do mnie po szwedzku. Obejmuje mnie swoimi mocnymi ramionami, to rozumiem. Podnoszę ją do góry, jest zaskakująco lekka jak na tak wysoką, potężną kobietę. Nic się nie zmieniła, jest jeszcze piękniejsza. Sture nadchodzi z tylnej części budynku. Łapiemy się za ramiona i podskakujemy w kółko, krzycząc i ściskając sobie dłonie. Wreszcie przystajemy, ciężko dysząc, przypominało to zapasy sumo, zbyt wiele, jak na dwóch starszych panów.

Oboje przechodzą na angielski, mówią płynnie ze śpiewnym akcentem. Sture potrafi nawet czasami pisać po angielsku. Nazywam jego język swinglish, szwangielski, wymyśla sobie brakujące wyrazy, układa je ze szwedzkich wyrazów, które przetwarza tak, by brzmiały po angielsku — tworzy w ten sposób naprawdę piękne słowa.

Wchodzimy do środka, częstują mnie przesłodzoną kawą, która zawsze grzeje się na kuchence. Opowiadam im wszystko o wszystkich, tylko nie o sobie. Oni opowiadają o dzieciach. Urywamy nagle, czekają. Co, u diabła, robię tu, w Hiszpanii? Nie chcę im jeszcze mówić, a oni nie naciskają, wiedzą, że przyjdzie na to czas.

Właściwie mógłbym zostać tu na tydzień i wyjechać

bez słowa. Ci ludzie wiedzą, co oznacza słowo dyskrecja. Z doświadczenia wiem, że szanują ją jedynie ci, którzy sami jej potrzebują. Większość ludzi nie potrafi tego nawet zrozumieć, chcą żyć w ulach, być zawsze w świetle reflektorów i na oczach widzów. Annastina przygotowuje dla mnie łóżko, nie pyta nawet, czy chcę się tu zatrzymać.

Mieszkasz w sercach bliskich.
Nieważne, jak dawno stąd odeszłaś.

Wtedy, ni z tego, ni z owego, zaczynam wylewać przed Sture moje żale. Słucha uważnie, jego jasnobłękitne oczy osłaniają delikatne powieki, wąskie wargi kryją się w gąszczu rudej brody. Powtarza „hmmm" i „uhhuu" po szwangielsku. Annastina nasłuchuje z kuchni. Co jakiś czas wtyka głowę do pokoju i słucha uważniej. Czasami potrząsa głową z taką siłą, że włosy unoszą się wokół jej głowy. Czuję, jak moje zawstydzenie znika, w miarę jak mówię. Trudno mi teraz przypomnieć sobie, dlaczego tu przyjechałem. Wiem, że nadal nie chcę malować, ale teraz nie wydaje się to już tak bardzo ważne. Wreszcie milknę.

Wyzwolona. Wyszczerzone zęby, rozpuszczone
Włosy. Błoto osuwa się łagodnie
Po twarzy granitowej.

Sture pochyla się do przodu.
— I to wszystko?
Kiwam głową.
— Stary, po prostu gówno przez ciebie przemawia.
Gapię się na niego zaskoczony, nie tego się spodziewałem.
— Cierpisz na przypadek galopującego zaparcia artystycznego.
Annastina pochyla się nade mną, obejmuje i całuje moją łysą głowę.
— Sture, kochanie, wydaje mi się, że nasz gość o czymś zapomniał. Śmierdzi, jak ktoś, kto właśnie dochodzi.

Oboje kiwają głowami, broda i włosy trzęsą się w jednym rytmie. Czuję, jak przewracają się we mnie wnętrzności. Co za chwila na wycieczkę do toalety. Wiem, że mają rację. Ostatnio wszystko wydawało mi się pełne gówna. A zatem pora powrócić do dawnego stanu. Próbuję ich słuchać, ale czuję, że ciśnienie narasta błyskawicznie. Zginam się wpół, łapię za brzuch. Czuję, że zaczynam się pocić. Sture gapi się na mnie.

— Źle się czujesz?

Próbuję się uśmiechnąć do niego, uśmiech rozjeżdża mi się po twarzy. Wstaję zgięty wpół.

— Nie, Sture, jestem po prostu pełen gówna, proszę, powiedz szybko, gdzie tu macie łazienkę!

Wszyscy wybuchamy śmiechem. Śmieję się tak mocno, że ledwo mogę się powstrzymać. Jestem nieszczęśliwy i śmieję się już tylko, żeby umrzeć. Za chwilę czeka mnie śmiertelny atak pierdźca. Annastina bierze mnie za rękę i prowadzi, zgiętego wpół, do łazienki, łagodnie wpycha mnie do środka.

Ledwo zdążyłem zsunąć spodnie. Bum, chlap, plusk, bum, plusk, chlup. Czuję, że rozlatuję się na kawałki. Sture i Anna śmieją się pod drzwiami. Jestem pewien, że wstrząsy czują nawet ludzie w Torremolinos, myślą pewnie, że mamy trzęsienie ziemi, *terremoto*. Obawiam się, że co najmniej stłukłem muszlę klozetową.

Burza ucichła. Podnoszę się, czuję się jeszcze słaby. Toaleta wygląda jak wiadro pełne czarnych węży, fioletowoczarnych. Nie mogę uwierzyć, że nosiłem to wszystko w środku. Wielki Boże, jak to śmierdzi. Otwieram okno i spuszczam wodę. Czekam, aż napełni się zbiornik, i spłukuję jeszcze raz. Woda jest nadal brązowa. Czuję się o tysiąc procent lepiej, prawdopodobnie tym, co mnie męczyło, była jedynie niewydolność żołądkowa. Zawartość toalety wystarczyłaby na dwa, trzy lata.

Siedzę jeszcze przez chwilę w łazience, na wpół omdlały od smrodu, czekam, aż trochę się tu wywietrzy. Obawiam się, że jeśli zbyt wcześnie otworzę drzwi, smród przeniknie cały dom i nie obędzie się bez malowania. Skoro już wspomniałem o obrazach, nie spojrzałem nawet na nowe płótna Annystiny. Wszedłem do domu, zobaczyłem, że namalowała coś nowego, i zacząłem narzekać. Naprawdę byłem chory. Wychodzę. Oboje wycofują się, twarze pozasłaniali kolorowymi chustkami, wyglądają jak bracia Jesse Jamesa, nadal się śmieją. Opowiadam im o czarnych wężach w toalecie. Sture stwierdza, że pozwie mnie do sądu, jeśli zatkałem jego aseptyczny zbiornik, najprawdopodobniej zatrułem fermentację.

— Artystyczne zaparcie, skoncentrowane gówno z nie napisanych książek, nie namalowanych obrazów to najbardziej niszcząca substancja znana ludziom. Pomyśl tylko o Adolfie Hitlerze.

Zatrzymany. Chyba zakleszczyło się
Zardzewiałe kółko zębate. Pękła sprężynka.
Nakręcam znowu moje strzaskane zegary.

Gadamy przez dwa dni. Mówimy o obrazach Annystiny, są przepiękne. Anna oślepła na dwa lata, po ataku zapalenia opon mózgowych. W tym czasie doświadczyła kontaktu z innymi światami, innymi istotami. Kiedy cudem odzyskała wzrok, zaczęła malować to, co wtedy widziała, co pamiętała. Jest bardzo zamknięta w sobie i nigdy o tym nie rozmawia. Maluje jedynie, a mnie pozwala mówić. Ja, wielki gaduła, dopuszczony do głosu, wyobraźcie to sobie tylko!

Potem zabieram się do nowej książki Sture. Jest to powieść o facecie, który założył elitarną klinikę sztucznego zapładniania dla żon bezpłodnych mężczyzn i impotentów. Reklamuje się jako stajnia ludzkich ogierów, wymyśla im najwspanialsze pochodzenie, twierdzi, że są generałami, przywódcami, sportowcami — żadnych malarzy, rzeźbiarzy czy pisarzy. Tak naprawdę jednak sam występuje w roli całej swojej stajni, przebierając się odpowiednio do każdej sytuacji. Sture opisał kilka najzabawniejszych scen uwiedzenia, jakie zdarzyło mi się czytać w życiu. Oczywiście, najlepszym środkiem znieczulającym jest szampan. Jeśli chodzi o zapłodnienie, porównuje metodę pośrednią z bezpośrednią, poleca bezpośrednią jako pewniejszą i praktyczniejszą. Czytam w łóżku całą noc, przezabawne. Nie ma nic lepszego dla faceta niż śmiech połączony z erekcją.

Nazajutrz pytam go przez cały dzień o powody, dla których powinienem malować. Robi się z tego jeden wielki żart. Niezależnie od tego, co mi odpowiedzą, powtarzam: „To nie jest wystarczająco dobry powód".

Nic nie ma znaczenia.
Nicość wieńczy dzieło.

Kiedy budzę się trzeciego dnia, Annastina siedzi w chłodnej kuchni. Sture doi kozę.

Anna podnosi na mnie wzrok, kiedy wchodzę, ale nie podnosi się od stołu.

— Wiem już, dlaczego powinieneś malować.

Mówi poważnie, mierzy mnie lodowcowymi oczami, nie lodowatymi, ale właśnie lodowcowymi, wielkimi, szerokimi, głębokimi i tak zimnymi, że aż gorącymi od wewnętrznych napięć.

— Powinieneś malować, bo jesteś człowiekiem Saturna, Kronosa, syna Uranosa. Dlatego właśnie stałeś się pełen gówna, dlatego masz czarne myśli i czarną żółć. Dlatego tak bardzo przejmujesz się czasem, Kronos to prawie to samo co greckie słowo *chronos*, czas. Jesteś siewcą, budowniczym gniazd, pożerasz własne dzieci, własne obrazy, aby mógł narodzić się bóg. Siejesz szaleństwo, geniusz i samobójstwo; taki właśnie jesteś, staromodny malarz, który przyszedł z dalekiej przeszłości, cień swoich poprzedników.

Przenika mnie wzrokiem, widzi to, co mam najgłębiej ukryte, ale równocześnie nie widzi mnie wcale, widzi coś innego.

173

— Ale to jeszcze nie wszystko, Scum. Ty musisz malować, bo to właśnie jest twoje życie, coś, co musisz robić, czym jesteś. Malarstwo to ty, ty jesteś swoimi obrazami. Patrzę na nią, w moich oczach wyraźnie rysuje się wstrząs, jaki przeżyłem. Ma rację. To jest wystarczająco dobry powód. Sam dochodziłem już do tego wniosku. Prawie każdy ma tylko pustkę w środku albo nie wie, jak dotrzeć do tego, co się tam kryje. Ludzie muszą walczyć o zewnętrzne rzeczy jak status czy pieniądze, aby powstrzymać się od myślenia, od spoglądania w czarną pustkę. Każdy, kto czuje, że coś dzieje się w jego wnętrzu, powinien się tego uchwycić.

Trzeba zapomnieć o społeczeństwie, czasie, nieśmiertelności, doskonałym malarstwie, estetyce, narodzinach, stworzeniu, etyce, zarabianiu miliona dolarów. A razem z nimi o jajach, jajnikach, mosznach i jajowodach. Do diabła, będę malował, bo to jest właśnie moje życie.

Kiedy wraca Sture, pijemy kawę z kropelką hiszpańskiej brandy. Smakuje obrzydliwie. Zachowujemy się jak w ataku histerii, zaczynamy tańczyć po ogrodzie, między grządkami kiełkującej właśnie kukurydzy, unosząc wysoko filiżanki i pokrzykując na bogów.

Rozdział 13

KOBIETA DLA KOBIETY

W czwartek wyczuwam już, że Anna i Sture są gotowi do tego, by zabrać się z powrotem do pracy. Ja też mam ochotę sprawdzić, czy paryska wyprawa rzeczywiście dobiła z mroźnej północy. Ku wielkiemu niepokojowi Anny i Sture opalałem się w ich ogrodzie. Przekonani są, że słońce powoduje raka skóry i topnienie szarych komórek.

Po śniadaniu oświadczam, że idę do miasta, dokąd mogą przyjechać moi przyjaciele z Paryża, więc możliwe, że zostanę z nimi przez pewien czas. Zostawiam na miejscu wszystkie swoje rzeczy, myślę, że wrócę tu wieczorem, ale proszę, by nie martwili się, gdybym nie zjawił się do jutra. Anna patrzy na mnie uważnie, ale wiem, że oboje są bardziej niż gotowi do tego, by wrócić do roboty, zabawa już się skończyła.

Od miasta dzieli mnie półgodzinny spacer krętą, pylistą drogą. Czuję zapachy kwitnących kwiatów, kurzu i niezbyt dobrze funkcjonującej kanalizacji. Przechodzę przez główną carreterę i kieruję się do baru Central. Przychodziliśmy do niego razem z Kate dawnymi czasy, kiedy przyjeżdżaliśmy do Hiszpanii w poszukiwaniu zimowego słońca. Wtedy nie przeszkadzała nam w takich wypadach szkoła, sami jeszcze uczyliśmy nasze dzieci.

Bar niewiele się zmienił. Mamy dzisiaj piękny dzień, markizy są więc podciągnięte. Schodzę kilka stopni w dół na taras i znajduję wolny stolik stojący na słońcu, ale osłonięty od lekkiej bryzy ciągnącej od morza. Nie jest to chyba najlepszy dzień na kąpiele morskie, ale może koło drugiej coś się zmieni, oczywiście dla tych, którym nie przeszkadza, że woda ma temperaturę zaledwie piętnastu stopni Celsjusza. Ja sam nawet wolę taką temperaturę.

Zasiadam na tarasie o dziewiątej trzydzieści. Właściwie nie czekam, jestem pewien, że nie ma żadnych szans, by w ogóle wybrali się w tak długą podróż. Może są zwariowani, ale nie do tego stopnia. Zamawiam szklankę wina, *tapas*, a potem rozciągam się na krześle i udaję, że jestem Hiszpanem podglądającym śliczne nordyckie dziewczyny.

O wpół do dwunastej zaczynam zbierać się do tego, by zapłacić rachunek i przejść się *bajandillo* w stronę morza, kiedy, no, proszę, przyjeżdżają, wtaczają się na placyk na motocyklach z dziewczynami na tylnych siodełkach. Cali pokryci kurzem, wyglądają jak pierwsze niemieckie patrole, które dotarły w 1940 roku do Paryża — Hunowie maruderzy.

Mają ze sobą śpiwory i całe stosy bagażu umocowane za plecami. Lubar zatrzymuje motor i podciąga gogle wysoko na czoło. Cała jego twarz pokryta jest kurzem, z wyjątkiem szaroblękitnych, ptasich oczu, które śmieją się do mnie z otaczających je białych ramek pozostałych po goglach.

Sweik staje za nim, ściąga z głowy kask i wyłącza silnik. Sandy wymachuje do mnie jak szalona i, tego mogę się tylko domyślać, uśmiecha się. Opiera się jedną ręką na ramieniu Sweika i przerzuca nogę przez motor i bagaże. Trudno wręcz uwierzyć, że przejechali przez góry z takim ciężarem. Zeskakuje z motocykla i otrzepuje spodnie.

— Proszę, to nasz staruszek we własnej osobie. Założę się, że nawet przez chwilę nie wierzył, że może nam się udać.

Przeskakuje niski murek, podchodzi do mnie i składa na moich ustach przyjemny, chłodny pocałunek. Cały taras obserwuje nas uważnie. Siedzą tutaj, by sobie popatrzeć, i wreszcie mają na co.

Naprawdę cieszę się, że nie wylądowali na dnie jakiejś przepaści, zamieniając się po drodze w ludzkie hamburgery. Lubar podciąga motocykl na nóżki i pomaga Dale zsiąść. Dziewczyna potyka się przy próbie zrobienia pierwszego kroku. Nie wiem, czy to dlatego, że ma zastałe mięśnie, czy dlatego, że jeszcze się boi.

Nie jestem też przekonany, czy wolno im tutaj parkować, autobus z Malagi przyjeżdża co pół godziny, a oni kompletnie zablokowali przystanek. Za chwilę pojawi się *guardia civil* z pistoletem Thompson i każe im się stąd wynosić.

Wstaję i wymieniam uściski dłoni z Lubarem, a potem ze Sweikiem. Klepiemy się po plecach, ale w niczym nie przypomina to szaleńczego tańca, jaki wykonałem ze Sture. Dale obejmuje mnie i składa na moim policzku siostrzany pocałunek. Jest zmarznięta, cała drży, drżą nawet jej dłonie. Kiedy biorę ją za rękę, wydaje mi się, że wibrują jak kable podłączone do prądu o niskim napięciu, między sześcioma a dwunastoma woltami, i niskim natężeniu.

Siadamy na słońcu. Lubar jest dumny jak paw, zachowuje się tak, jak gdyby sam jeden pokonał całą tę odległość. Siada z szeroko rozstawionymi nogami i pochyla się na krześle. Zamawiam hiszpańską brandy i *tapas* dla wszystkich. Wydaje mi się, że każdemu przyda się małe co nieco. Sweik siedzi w rozpiętej kurtce, odpiął też najwyższy guzik koszuli i wystawia twarz ku słońcu.

— Nie znasz przypadkiem kogoś, kto chciałby kupić ariela rocznik 1950 w doskonałym stanie? Kocham swoją maszynę, ale nigdy nie uda mi się dojechać z powrotem do Paryża.

Lubar prostuje się. Kiedy kelner przynosi brandy i *tapas*, pociąga łyk z kieliszka.

— Daj spokój, Sweik, wcale nie było tak źle. Prawda, wyleciałeś z drogi, omijając dziurę w nawierzchni między

Burgos a Madrytem, ale to mogło ci się wszędzie przydarzyć. W domu, na Connecticut Thruway, mamy jeszcze gorsze dziury.

— Posłuchaj, Lubar, ten ostatni odcinek z Kordoby, przez góry i w dół do Malagi, to było więcej, niż mógłbym znieść po raz drugi. Twój potwór ma nisko położony środek ciężkości, ale dla nas każdy z tych zakrętów był jak balansowanie między życiem a śmiercią. Jestem wykończony i bolą mnie plecy. Chyba wolę już wrócić do domu spacerkiem.

Sandy i Dale siedzą obok siebie. Sandy obejmuje ramieniem oparcie krzesła, na którym siedzi Dale, i patrzy na Sweika.

— Prawdę powiedziawszy, mogłabym tak jechać przez resztę mojego życia, ale cieszę się, że nie wiedziałam, jak bardzo się boisz, Matt. Wydawało mi się, że przez cały czas panujesz nad sytuacją.

Sweik uśmiecha się.

— Sandy, mniej więcej dwa razy miałem ochotę dać ci do wyboru: albo wysiadasz i dalszą drogę jedziesz autostopem, albo poprowadzisz sama ten cholerny motor, a ja poszukam sobie okazji. A może osiedliłbym się na stałe w jednym z tych miasteczek pełnych drzew pomarańczowych. Wielki Boże, byłem zmęczony i przerażony, to najgorsze, co w podobnej sytuacji może się wydarzyć.

Znam Sweika, trochę przesadza, ale mówi prawdę. Cieszę się, że nie pojechałem razem z nimi, nieważny bilet Eurailpass nie był może najlepszym pomysłem, ale z całą pewnością lepszym niż iganie ze śmiercią.

Zamawiamy następną kolejkę. Planują spędzić kilka dni, wylegując się na plaży. Mają nawet nadzieję, że znajdą tam jakieś miejsce do spania. Później Lubar chciałby pojeździć po okolicznych górach. Plany Sweika są dokładnie odwrotne.

— Słuchaj, Lubar, nigdzie więcej nie pojadę. Chcę tylko powylegiwać się na słoneczku. Mam dość wycieczek motocyklowych na najbliższy rok, moje cztery litery bolą mnie tak, jak gdybym siedział na jednym ogromnym wrzodzie.

Co chwila przenosi ciężar ciała z jednego pośladka na drugi. Opowiadam o jaskini wyżłobionej w półwyspie wcinającym się w morze pomiędzy Torremolinos a Carreguela. Na końcu półwyspu stał kiedyś wspaniały, staromodny hotel Santa Clara, teraz jednak cały półwysep zabudowano modnymi motelami. Jaskinie powinny jednak stać jak stały, a mieszczą się tuż obok najlepiej chronionej plaży.

Pokazuję im, jak mogą dotrzeć motocyklami tak blisko plaży, jak to tylko możliwe. Dogadujemy się z właścicielem małego hotelu przy *bajandillo* w starej części miasteczka, że zostawimy motocykle za hotelem, pod kamienną ścianą, prawie klifem. Mieszkają tu jeszcze prości rybacy, ale samo miasteczko zajęły w większości modne bary, eleganckie pensjonaty i małe hoteliki.

Idziemy przez plażę, jest czystsza, niż to pamiętam, bardziej zadbana, można nawet wynająć parasole plażowe i leżaki, ale jaskinie są tam, gdzie dawniej. Śmierdzą wilgocią, moczem i kałem, ale nie jest aż tak źle. Wygląda na to, że wszystkim podoba się to miejsce, nie można jednak zostawić tu bagaży, na pewno zostałyby skradzione, mogłyby też zwrócić uwagę miejscowej *guardia civil*.

Wracamy do hotelu, gdzie zostawiliśmy motocykle, nazywa się Casa Suezia. Próbuję dogadać się z właścicielem w sprawie miejsca na złożenie bagaży.

Trochę to więcej, niż potrafiłby przełknąć bez oporu, ale ostatecznie zgadza się na trzymanie rzeczy w małym pokoju, który wynajmuje mi za dziesięć dolarów na dobę. Mam już ochotę wyprowadzić się od Sture i Anny, gość, jak ryba, zaczyna cuchnąć po trzech dniach, a zatem zgadzam się na taki układ. Nie mam ochoty na spanie na plaży, ale skoro wszyscy już tu przyjechali, chcę spędzić razem z nimi te parę dni.

Zgadzają się zrzucić po dolarze na noc, więc pokój kosztuje mnie zaledwie sześć dolarów, a taki układ zadowala wszystkich zainteresowanych. W zamian będą mieli miejsce, gdzie będą mogli przeprać rzeczy, skorzystać z toalety i przebrać się.

Sweik proponuje, byśmy od razu wrócili na plażę. Casa Suezia składa się z małych *cabañas* poukładanych bez ładu i składu jedna nad drugą, pełno tu małych podwórek, które pojawiają się tam, gdzie nikt by się ich nie spodziewał. Na dachu naszego pokoiku mieści się mały tarasik, z którego rozpościera się wspaniały widok na góry i wybrzeże.

Pierwsze przebierają się Dale i Sandy, potem my. Schodzimy kilka schodków w dół i znajdujemy się na uliczce biegnącej wzdłuż plaży. Nie muszę się przebierać, założyłem kąpielówki już rano, wybrałbym się na plażę, nawet gdyby nie przyjechali. Zabrałem też ze sobą ręcznik. Sandy i Dale biorą śpiwory. Sandy włożyła czerwone bikini, ma śliczne ciało. Miło zobaczyć amerykańską dziewczynę, która nie ma trzęsącego się, tłustego tyłka i nóg jak z twarożku. Wystarczająco długo mieszkała z dala od tanich lodów i telewizji. Ma gładką jak jedwab skórę, prawie bez włosów, nie widzę, by musiała się golić, gdzieniegdzie widać już ślady pierwszej opalenizny. Prawdopodobnie opalała się trochę po drodze. Wspaniały widok, do tej pory zawsze widywałem ją w dżinsach. Ze względu na obrzydliwe skłonności starego świntucha, chciałbym choć raz zobaczyć ją w spódnicy, pończochach i w butach na obcasach.

Wybieramy miejsce blisko wody, tuż za wałem piasku wyznaczającym zasięg przyboju. Na plaży jest bardzo niewielu ludzi, choć ociepla się już zdecydowanie i dzień jest wprost wymarzony na opalanie. Słaba poranna bryza zniknęła, choć możliwe, że chroni nas przed nią półwysep. Sandy rozciąga na piasku śpiwór, zaprasza, bym położył się obok niej. Czuję się fatalnie ze względu na swoje obwisłe ciało, wyglądam okropnie staro w porównaniu z resztą, będę się musiał do tego przyzwyczaić.

Dale rozciąga swój śpiwór i na nim rozkłada się pozostała trójka. Jestem pod specjalną ochroną, może to dlatego że opłaciłem pokój. Nie jest to szczególnie przyjemna sytuacja, ale znalazłem się już na tym etapie życia, kiedy większość rzeczy nie jest już zbyt przyjemna. Jestem co najmniej dwa razy starszy od każdego z tych młodych ludzi, może z wyjątkiem Lubara, jestem starszy nawet od ich rodziców. Trudno w to chwilami uwierzyć, jak to możliwe? Wyciągam się, przymykam oczy, czuję ciepło słońca i udaję, że mam dopiero czterdziestkę.

Słońce przywraca mnie do życia, gorące promienie uderzają w powieki, ciepło wnika w ciało. Słyszę, a potem czuję, jak Sandy odwraca się obok mnie. Kładzie ramię na mojej piersi. Jestem przyjemnie zaskoczony, nadal jednak mieści się to w granicach zachowania wobec „dziadka". Boże, prawdopodobnie mógłbym naprawdę być jej dziadkiem albo stryjem, nie sądzę, by miała więcej niż dwadzieścia lat. Wyciągam się, pozwalam zapachowi jej ciała i włosów wnikać w moje nozdrza. Chyba za dużo myślę.

Nagle zaczyna pocierać chłodnym paluszkiem okolice mojego sutka, łagodnie odsuwając na boki włosy, leciutko krąży wokół niego tak długo, aż unosi się i twardnieje. Czuję łaskotanie, prawie jak łagodne wyładowanie elektryczne za uchem. Kurczę, to wykracza poza ramy zabawy w „dziadka", ona zaczyna się mną bawić, bawi się starym Scumblerem, wielki Mojżeszu, na pomoc! Do czego to ma prowadzić? Posyłam ukradkowe spojrzenie w bok, chcę sprawdzić, czy pozostali na nas patrzą. Nic nie widzą.

Odwracam głowę i patrzę na Sandy, ma otwarte oczy, patrzy na mnie, uśmiecha się pseudogreckim, starożytnym uśmiechem, wygląda to jak chwilowe wykrzywienie warg. Mruga do mnie powoli, a potem zamyka oczy, czuję się, jak gdybym nagle oślepł. O co tu, do diabła, chodzi? Czyżby trenowała na mnie pieszczoty piersi, żeby odzyskać Dale?

Przesuwa palec ku drugiej brodawce, raz jeszcze łagodnie odsuwa włosy i zaczyna pocierać obgryzionym do krwi paznokciem mały brązowy wulkanik na mojej piersi.

Nie panujesz nad sobą, jesteś już
O krok od bankructwa.

Uważaj, Scum! Dasz się wciągnąć w coś, co może rozwalić całe twoje życie. Nie potrafisz już tak łatwo jak młodzi zmieniać swoich uczuć.

Nie sądzę, bym kiedykolwiek był do tego zdolny. I w końcu to ja zostanę skrzywdzony, a wraz ze mną wszyscy, których kocham.

Gdybym stracił moje obecne gniazdo, byłby to już dla mnie koniec. Za pierwszym razem byłem już bardzo tego bliski, wszystko straciło dla mnie znaczenie — życie, malowanie, miłość, nagle nic już nie miało sensu.

Poza słowami. Zatoka pustki,
W której nie ma gdzie zacumować.

Biedna Jane nie potrafiła pogodzić się z tym, że jej mąż mógł iść do więzienia za odmowę stawienia się do poboru. A ja z kolei nie potrafiłem wyjaśnić jej, co wtedy czułem. Wierzyłem i wierzę nadal, że w chwili niebezpieczeństwa ojciec powinien być w domu, by chronić swoje dzieci, a nie wyjeżdżać, by zabijać nieznajomych, może nawet ojców innych dzieci.

Za to właśnie wsadzono mnie do więzienia razem z facetami, którzy chcieli zabijać innych, niektórym nawet się to udało. Niektórzy chcieli też zabić mnie, wielbiciela żółtków i Szwabów. Sam nie wiem, jak udało mi się przetrwać pierwsze pół roku. Wyprawa do stołówki i jedzenie same w sobie stanowiły wtedy dla mnie wielkie niebezpieczeństwo.

Jane dostała rozwód, nasz dom i pełne prawa rodzicielskie bez żadnych problemów. Nie wolno mi było nawet pisać do dzieci, a już na pewno odwiedzać ich, kiedy wyszedłem z więzienia. Wtedy właśnie odkryłem, że tak naprawdę ojcowie nie są rodzicami; społeczeństwo pozwala im jedynie udawać, że to nieprawda, przynajmniej dopóki zachowują się jak należy.

Bez stałego zakorzenienia.
Nie zmienisz nic: czasu, życia, śmierci, miejsca
urodzenia.

Lubar idzie do miasta kupić piwo i kanapki. Jako jedyny spośród nas nie ma kąpielówek, rozebrał się do levisów i podwinął nogawki powyżej kolan. Mimo wycieczki odbytej na motorach nie jest wcale opalony, ma tylko zaróżowioną i obłażącą skórę. Chyba do takich jak on odnosi się teoria Sture i Anny — po prostu nie powinien wychodzić na słońce.

Kiedy wraca, mówi, że czuje zbliżający się atak astmy, pokazuję mu więc pozycję jogi, która pomaga w takich sytuacjach. Aż do wieczora, kiedy tylko zaczyna kichać czy pokasływać, natychmiast przyjmuje tę pozycję.

Po obiadku ponownie rozciągam się na śpiworze. Sweik kładzie się po prostu spać, słyszę, że cicho chrapie. Podróż na motorze musiała być dla niego piekłem. Sandy przytula się do mnie. Nie wiem, jak powinienem się zachować; czuję się podniecony, ale równocześnie ogarnia mnie lęk. Nie jestem też przekonany, czy nie nabiera mnie tylko, żeby zrobić ze mnie pośmiewisko przed resztą grupy.

Bierze mnie za rękę i wsuwa moją dłoń pod górę swego bikini. Czuję drobny, twardy sutek pod moim małym palcem. Leży na brzuchu, unosi się lekko na rękach, tak bym miał trochę miejsca.

Do diabła, przecież to stary Scumbler, jesteśmy w Hiszpanii! Rozglądam się dookoła, nikt na nas nie patrzy, ale czuję, że robi mi się gorąco i cały oblewam się potem bez żadnego powodu. Podnoszę się z wysiłkiem, Sandy wstaje ze mną. Schodzimy ku morzu, Sandy ciągle trzyma mnie za rękę. Robi się coraz cieplej, jest już prawie tak gorąco jak latem.

Fale poruszają drobne kamienie. Wchodzimy ostrożnie, woda jest chłodna, ale nie tak, by nie można się w niej było wykąpać. Wchodzę z pluskiem na płyciznę, a Sandy posuwa się za mną. Po pierwszym szoku woda jest wspaniała.

Ruszam przed siebie australijskim kraulem, słaby ze mnie pływak. Sandy zanurza się i wynurza jak delfin, woda sprawia, że jej skóra zdaje się błyszczeć, jak gdyby była pokryta werniksem. Nie pływa zbyt wiele, zanurza się, odwraca, kręci w wodzie, prawie że tańczy. Woda jest tak czysta, że wyraźnie widzę swój cień na dnie, a woda w tym miejscu ma już pewnie z sześć metrów głębokości. Sandy ma krótko obcięte włosy, małą głowę, lekkie ciało. Odwracam się na plecy, przechodzę na styl grzbietowy i przyglądam się jej.

Podpływa w moją stronę, z jej ust wydobywają się małe bąbelki, płynie jakieś trzydzieści centymetrów pod powierzchnią wody. Wypływa tuż przede mną, wpycha moją głowę pod powierzchnię, łapie mnie za uszy i całuje pod wodą prosto w usta.

Bardzo słona zabawa, wynurzam się, kaszląc i usiłując złapać powietrze. Otrząsamy się z wody, twarz przy twarzy, Sandy wybucha śmiechem, nabiera wody w usta i opryskuje moją twarz. Sandy to prawdziwy delfin, który przypadkiem pozostał kiedyś na suchym lądzie. Stopniowo dochodzę do siebie, opływa mnie dookoła, a ja obracam się, by nie tracić jej z oczu, nagle, o Matko Boska, sięga dłonią do moich kąpielówek. Znajduje od razu to, czego szuka, nawet w tak chłodnej wodzie nietrudno go znaleźć, zwłaszcza jeśli szuka się we właściwym miejscu. Pompuję rękami, starając się nie utonąć.

Chwyta mnie i przyciąga ku sobie. Ciągnie mnie jak mały holownik, śmiejąc się cały czas, rozpryskując wodę i chlapiąc na mnie. Zaczynam obawiać się, by nie wyrwała mojego korzenia, nie jest już tak mocny jak dawniej.

Kiedy wreszcie puszcza, zaciągam gumkę w spodenkach i jednym czy dwoma uderzeniami rąk odpływam od niej. Ona również zaczyna się oddalać ode mnie. Jesteśmy w tej chwili około trzydziestu metrów od brzegu. Przerzucam się na powolny, ale pewny styl boczny, i płynę za nią. Nie wiedziałem, że dłonie mogą drżeć tak mocno.

Zdecydowanie nie jestem rybą, nie jestem nawet gadem. Sandy zna wszystkie style — kraul, na plecach, motylka, żabkę; ciągle musi na mnie czekać. Ale ja nigdy jej nie dogonię, jestem już wypompowany. Ruszam w stronę brzegu, chcę tam dotrzeć, zanim zacznę tonąć. Sandy robi zwrot i szybkim kraulem płynie przede mną.

Staje na brzegu z dłońmi opartymi na biodrach. Podpływam do niej, brzuch zwisa mi w wodzie jak dryfujący kawał drewna. Podsuwam się bliżej na rękach i kolanach, jak wieloryb wyrzucony na plażę. Oboje zaczynamy chichotać i śmiać się tak mocno, że nie mogę stanąć na nogach. Sandy podaje mi rękę, a potem, prawdę mówiąc, wyciąga mnie na plażę.

*

Odzyskanie tchu zabiera mi z dziesięć minut, a ona nawet się nie zdyszała, wielkie nieba, najgorsza choroba, jaką zna ludzkość, to czas; zawsze kończy się śmiercią, ale bez czasu nic nie istnieje. Niewiele też mi go pozostało, nieczęsto więc będę miał okazję bawić się z tak cudownie młodym stworzeniem jak Sandy, powinienem z tego korzystać, ale wiem, że tego nie zrobię.

Jak niesione wiatrem nasiona dmuchawców
Ludzie dryfują bez celu, by spocząć w ziemi.

Następnego dnia, kiedy wszyscy wybierają się do Malagi po bilety na corridę, idę do domu Sture i Anny. Mówię im, że przyjaciele z Paryża dojechali na miejsce i mieszkamy w Casa Suezia. Anna odrzuca w tył głowę i wybucha śmiechem.

— Z jednego szwedzkiego domu przeniosłeś się do drugiego, co? Masz już pewnie jakąś śliczną Szwedkę, która ogrzeje cię w chłodne wieczory? Znudzili ci się staruszkowie?

Nie jestem może mistrzem świata w rumieńcach, ale tym razem oblewam się rakiem. Czuję, jak gorąca fala powoli napływa zza uszu. Oboje wybuchają śmiechem. Opowiadam, że wynająłem pokój, a pozostali trzymają w nim tylko swoje rzeczy, a śpią w jaskini koło plaży. Sture jest wstrząśnięty.

— Masz na myśli te śmierdzące dziury? Boże, nie chciałbym tam nawet sikać, że o spaniu nawet nie wspomnę.

Sture patrzy mi prosto w oczy, zaskoczenie wyraźnie rysuje się na jego twarzy. Uśmiecham się.

— Posłuchaj, Sture, nawet takie powietrze pachnie wspaniale w porównaniu z Paryżem. Nie musisz się też o mnie martwić, nie zamierzam tam spać, za stary już na to jestem.

— O nie, on sypia w miękkim szwedzkim łóżeczku z miłą, młodą damą przybyłą prosto z Malmö czy Sztokholmu, może powiesz, że nie?

— Bardzo bym chciał, Anno, ale za bardzo się boję. A poza tym, Kate chyba by mnie zabiła.

Żarzą się węgielki w popiele,
Stara miłość nie rdzewieje!

Zbieram swoje rzeczy i obiecuję, że zajrzę tu jeszcze przed wyjazdem. Przerwałem im pracę, Anna ma na sobie kitel, a Sture pisał na maszynie, kiedy wchodziłem. Są tak niewiarygodnie mili, jednocześnie zaabsorbowani swoją pracą i zainteresowani, to kombinacja prawie niemożliwa do osiągnięcia.

Niosę swoją lekką torbę do hotelu. Banda jeszcze nie wróciła, ale słońce stoi wciąż wysoko na niebie. Wciągam kąpielówki, biorę ręcznik i idę na plażę. Trudno uwierzyć, że w Paryżu jest nadal ciemno i szaro, że drzewa nie zaczęły się jeszcze nawet zielenić. Idę *bajandillo* i słucham kobiety śpiewającej flamenco, której głos dobiega z okna, z innego dobiega mnie głos Franka Sinatry, który śpiewa w radio *Chicago*.

Znajduję odpowiednie miejsce, rozkładam ręcznik i wyciągam się na nim. Musiałem się zdrzemnąć, bo kiedy się budzę, czuję coś na podeszwach stóp, to Sandy mnie łaskocze. Pozostali rozkładają się na piasku, przebrani do kąpieli, z wyjątkiem Lubara. Zostawiłem klucz pod wycieraczką w hotelu. Sweik nadchodzi od strony wody, ma mokre dłonie i stopy.

— Ta woda jest zimna, stary. Nie wiem, jak udało wam się wczoraj wytrzymać tak długo. A tak przy okazji, dostaliśmy całkiem niezłe bilety na jutrzejszą walkę, w cieniu i blisko areny.

Mam nadzieję, że nie kupili dla mnie biletu, ale jestem pewien, że się mylę. Dobrze, spróbuję raz jeszcze.

Przywieźli z Malagi kosz z jedzeniem, zrobili zakupy na tamtejszym targu. Kupili chleb, ser, pomidory, sałatę, jabłka i pomarańcze. Robimy sobie całkiem niezłą ucztę, a pozostałą część popołudnia spędzamy, wylegując się na słońcu. Lubar robi ze swojego podkoszulka, spiętego pasem od spodni, piłkę i gra w głupiego Jasia ze Sweikiem i Dale.

Sandy nie robi mi żadnych jednoznacznych propozycji, ale na mocy milczącego porozumienia pozostajemy razem; Sweik wycofał się, podobnie jak zrobił to z Lotte.

Nie wiem, co myśli sobie teraz Sandy, ale posyła mi kilka powłóczystych spojrzeń; zastanawia się prawdopodobnie, dlaczego nie zaproponowałem jej zeszłej nocy miejsca w swoim wygodnym łóżku. A może wcale tak nie myśli, a wszystko to jedynie moje wymysły.

Wieczorem idziemy na obchód barów, lądujemy w końcu na pizzy we włoskiej restauracji, najtańszym i najlepszym z wyglądu lokalu w mieście. Hiszpańska brandy nie jest zbyt droga, wszyscy pijemy więcej, niż powinniśmy, nikt się wprawdzie nie zatacza, ale zachowujemy się o wiele głośniej niż zwykle. Idziemy razem *bajandillo* i śpiewamy refren piosenki Lubara o pierdolonej maszynie. Sam nie wiem, czy naprawdę ma ona aż tyle zwrotek, czy Lubar wymyśla je na poczekaniu, właściwie mógł przecież wymyślić sobie całą piosenkę.

Zabierają rzeczy z mojego pokoju i ruszają na plażę. Ostatnia wychodzi Sandy. Odwraca się w drzwiach i posyła mi jeszcze jedno powłóczyste spojrzenie. Do diabła, taka młoda, ładna dziewczyna potrafi z łatwością sprawić, że facet w moim wieku czuje się staro, to okrutne. Tylko że ja po prostu jestem stary, niech to diabli.

Pełen wdzięku wyskok. Zwykła
Szamotanina. Wszystko przemija bez śladu.

*

Hotel ma na ścianie mały czerwony neon. Na białych ścianach wyraźnie widzę zmieniające się barwy, kiedy neon zapala się i gaśnie. Przez chwilę widzę oczami wyobraźni, jak zbliżamy się do siebie jako czerwone diabły, po chwili robi się ciemno, poświata nabiera ciemnozielonego odcienia. Przypomina to film porno z lat dwudziestych, z fotoplastykonu, kiedy samemu przesuwało się kliszę, czasami powoli, czasami szybko. Zaczynam obawiać się, że nie uda mi się już zasnąć.

Prawie żałuję teraz, że jednak przyjechali, dla mnie to już zbyt wiele. Dopiero co udało mi się wyjść z depresji i nie potrafię jeszcze radzić sobie z czymś takim. Czuję się tak bardzo kruchy, a to z całą pewnością nie służy ciśnieniu krwi, zniszczę sobie siatkówki. Do diabła, jestem w końcu malarzem i brakuje mi czasu na pracę. Dla mnie to właśnie jest prawdziwy świat, tego jest już zbyt wiele. Wreszcie udaje mi się zapaść w płytki, nie przynoszący odpoczynku sen.

Sen nie przynosi odpoczynku,
Dręczą mnie koszmary. Uspokojenie.

Następnego dnia rano opalamy się na plaży. Oczywiście, kupili dla mnie bilet, nie pozwalają nawet, bym zwrócił za niego pieniądze — zdecydowanie traktują mnie jak „tatusia". Jadą do Malagi na motorach, ja jednak wybieram autobus.

Sandy zgłasza się na ochotnika, chce pojechać razem ze mną, dotrzymać mi towarzystwa. Sweik nie zgłasza specjalnego sprzeciwu, slalom zatłoczoną hiszpańską drogą pomiędzy wózkami zaprzężonymi w osły i wielkimi ciężarówkami nie jest wcale przyjemniejszy, gdy ma się za plecami towarzystwo.

W czasie jazdy autobusem Sandy wsuwa swoją dłoń w moją i kładzie obie na swoim udzie. Mamy wspaniałe, spokojne, prawie ciepłe, słoneczne popołudnie. Słońce wpada przez okna autobusu i ogrzewa moją dłoń leżącą między jej nogami. Czuję się onieśmielony, nie mam dość odwagi, by spojrzeć jej w oczy.

Sandy ma na sobie sukienkę i sandałki, jak gdyby potrafiła czytać w moich myślach. Dlaczego właściwie miałoby to być bardziej seksowne od dżinsów? Sam nie wiem, może, tak jak wszyscy, jestem zaplątany w swoją przeszłość, swoje wspomnienia. Ale czuję się wspaniale, kiedy jej suchy, chłodny kciuk pieści powoli miejsce między moim kciukiem a dłonią. Sukienka zrobiona jest z miękkiego, podobnego do jedwabiu materiału, można ją złożyć i wrzucić do torby, a kiedy się ją wyciąga i jest cała pognieciona, wygląda, jakby tak właśnie miało być. Czuję jej uda; twarde, śliskie pod materiałem, nie ma na sobie żadnej bielizny.

*

Znajdujemy arenę, reszta czeka już na nas przy wejściu. Podnieca ich tłum, muzyka, uliczni sprzedawcy, zbliżająca się corrida. Sweik mówi, że to zaledwie *novillada*, więc nie mamy co liczyć na pokaz sztuki toreadorskiej, ale nie widział corridy od dwóch lat, więc musi mu to wystarczyć. Sandy nigdy w życiu nie widziała walki byków, podobnie jak Dale, obie są więc trochę niespokojne. Ja jestem z całą pewnością bardzo niespokojny, czuję, jak mój żołądek zmienia się w poplątaną sieć węzłów.

Przypominam sobie pierwszą corridę, którą widziałem w swoim życiu, kiedy żebra toreadora zostały rozdarte przez róg byka jak ostryga. Próbował podnieść się na nogi, bronić się, kiedy byk powalał go na ziemię, a pozostali matadorzy tańczyli wokół, wymachując kapeluszami, starając się odciągnąć uwagę zwierzęcia.

Później, kiedy ściągnięto już tego biednego, krzyczącego chłopaka z areny, sprowadzono starego matadora, żeby zabił byka. On z kolei wrócił właśnie po marnej walce i był tak przerażony, że nie potrafił porządnie złapać tej pieprzonej szpady, by wbić ją w kark byka. Pewnie z sześć razy próbował go ugodzić, a cała widownia krzyczała, tupała, gwizdała, rzucała papierki i poduszki na arenę. Wyszedłem, nie wiedząc, kogo powinienem bardziej żałować, byka, matadora czy żałosnych, wrogich, beznadziejnie głupich ludzi na widowni.

W gazecie przeczytałem potem, że chłopak zmarł tej samej nocy, miał zaledwie dziewiętnaście lat. Nie mam zatem specjalnej ochoty na następną corridę.

— Sandy, posłuchaj. Nie wiem, czy to wytrzymam. Ostatnia corrida, którą widziałem, była potworna. Przez tydzień nie mogłem po niej jeść mięsa. Prawie nic nie mogłem jeść, nawet bulionu. Gdybym więc wyszedł, będę czekał na ciebie przy wejściu albo możesz wrócić ze Sweikiem. Zgoda?

— Zgoda, ale poczekaj na mnie, dobrze? Wolałabym wracać do domu razem z tobą autobusem. Ja też nie mam na to specjalnej ochoty. Kiedyś zemdlałam przed telewizorem, oglądając mecz bokserski.

*

Mamy miejsca w dwudziestym rzędzie, słońce świeci nam więc prosto w oczy. Siedzimy wśród prawdziwych hiszpańskich wielbicieli corridy. Piją piwo albo pociągają wino z butelek, większość jest więc już na wpół pijana. Oprócz Sandy i Dale niewiele tu kobiet.

Nie lubię nawet wstępnej, teatralnej części corridy; trąbek i bębenków. Wszystko to wydaje mi się jedynie żałosną, pełną lęku przechwałką, czymś podobnym do defilad Czwartego Lipca albo do Anschlussu. Nagle pierwszy byk wypada z otwartych wrót, zatrzymuje się na środku areny, unosi i opuszcza głowę, grzebiąc kopytem w piasku, taki piękny, taki potężny, tak bardzo niebezpieczny.

Po trzeciej rundzie jestem gotów do wyjścia, tłum zaczyna już pokrzykiwać. Wybrałem dla siebie miejsce tuż przy przejściu, a wszyscy są tak bardzo skupieni na tym, co się dzieje na arenie, że nie robię zbyt wiele bałaganu. Kilku Hiszpanów posyła mi spojrzenia pełne niesmaku. Domyślam się, że jest to dla nich coś takiego jak wyjście z meczu baseballu w najciekawszym momencie.

Cieszę się, schodząc po wyślizganych drewnianych schodach i wychodząc na zewnątrz. Ze środka areny ponownie dobiega mnie muzyka, na którą nakłada się szmer tłumu. Przypomina mi się spóźnienie na mecz amerykańskiego futbolu, kiedy wpadając na stadion, już na zewnątrz słyszałem ryk tłumu oznaczający pierwszy aut. To jednak jest dokładne przeciwieństwo tamtej sytuacji, uciekam, a nie pędzę, by dostać się do środka. Może jestem za bardzo Amerykaninem, by zostać *aficionado*.

Znajduję wolne miejsce w małym barze po drugiej stronie ulicy i zamawiam piwo. Nawet tutaj hałas sprawia, że czuję się podenerwowany. Kiedy dopiję piwo, mogę przejść się do ogrodu botanicznego, z którego Dahlstromowie ukradli palmy. W całym mieście panuje spokój, z wyjątkiem stadionu. Wydaje mi się, że odbywa się tam właśnie egzekucja i wszyscy wstrzymują dech. Tak przecież jest.

Siedzę tak i zastanawiam się, co takiego wydarzyło się w życiu toreadorów, a może w życiu widzów, takiego, co nie wydarzyło się w moim życiu, że ja siedzę przy piwie, a oni oglądają, jak zabija się byka.

Właśnie płacę za piwo, kiedy widzę, że Sandy wychodzi z areny. Dwóch Hiszpanów, którzy stali leniwie obok wrót, rusza w jej stronę. Nie mogę ich za to winić, wygląda tak bezbronnie i delikatnie w swojej sukience, kiedy przechodzi przez zalaną słońcem ulicę. Macham w jej stronę, ale już mnie zauważyła. Na ulicy nie ma zbyt wielu ludzi, oprócz ulicznych handlarzy, jestem jedynym gościem w kawiarni.

Sandy przebiega na drugą stronę. W jej ruchach jest coś, co przypomina mi czasy liceum. Kiedy biegnie, wydaje się, że zbiera wszystkie siły, aby jednym długim skokiem odbić się aż do nieba.

— Och, Boże! Nie mogłam dłużej wytrzymać. Było mi żal byka, toreadora, tłumu podnieconych, krzyczących mężczyzn. Wiesz, co oni robią z tym bykiem? A jeszcze używają do tego koni, a ja kocham konie.

— Wiem, najbardziej martwi mnie, że ludziom to się podoba, Sandy. Czasami myślę, że chcieliby, abym to ja zastąpił byka. Ludzie zawsze muszą grać albo byka, albo toreadora. Wojna jest jak gigantyczna walka byków, to miejsce, gdzie ludzie, którzy nie są pewni siebie, mogą udowodnić swoje racje. Kiedy ogląda się corridę, trudno pozostać optymistą.

Sandy nie chce piwa. Opowiadam jej o ogrodzie botanicznym, chce iść tam razem ze mną.

— Potrzebuję czegoś czystego i pięknego, żeby zmyć z siebie piasek, ślinę i krew.

Idziemy przez Malagę, trzymając się za ręce. Wyglądamy jak dziadek z piętnastoletnią wnuczką. Być może jestem już dziadkiem, któreś z dzieci z mojego pierwszego małżeństwa może mieć już swoje dzieci. Miłe uczucie. Trochę rozmawiamy, ale raczej milczymy razem, oglądamy kwiaty, cieszymy się cieniem, zielenią trawy, tak rzadką w tym suchym mieście.

Każdy kij dwa końce ma, rownież
Dystrybucja uczuć. Wychodzimy sobie naprzeciw
Niespiesznie, ale nie marnując czasu. W zamian
Oczekujemy zapłaty.

Kiedy wracamy, walki jeszcze trwają. Obchodzimy razem z Sandy arenę przy akompaniamencie histerycznych krzyków, wrzasków, jęków, pisków, przerywanych dźwiękami muzyki podobnej do muzyki cyrkowej. W tylnej części areny natrafiamy na wpół otwarte drzwi pomalowane na czerwono. Zebrał się tu tłumek staruszków, kalek, dzieci, zaglądających do środka. Przeciskamy się przez tłumek i widzimy dwa martwe byki rozciągnięte na żółtym piasku, z ich pysków cieknie krew, gęsta i czerwona, spływa po czarnej sierści, błękitnych mięśniach. Jeden byk jest już zawieszony na rzeźnickim haku.

Czterech rzeźników uwija się w szaleńczym tempie, obdzierają ze skóry wiszące zwierzę. Skóry poprzednich, razem z rogami i resztą, leżą zwalone na stos w kącie. Zanim jeszcze skóra zostaje zdarta do końca, jeden z rzeźników odcina kawał mięsa z zadu i niesie go, jeszcze ciepły od krwi, na ladę, gdzie dwóch pozostałych kroi go na kawałki. Owijają je w gazetę i niosą do otwartych drzwi. Kolejne osoby z kolejki okazują jakiś dokument, kolorowy pasek papieru, i odbierają kawałek mięsa. Cały ten proces odbywa się z szybkością, która dowodzi doświadczenia. Odchodzimy, patrzę na Sandy.

— No cóż, matadorzy mają w nagrodę prawo do ogona i uszu albo kopyt czy jąder, tego, co obcinają, ale najlepsze kawałki dostają właśnie ci ludzie. Corrida nie jest w końcu aż taka zła. Wiesz, że *matador* znaczy po hiszpańsku zabójca albo rzeźnik? Cała ta zabawa to tylko skomplikowana i niebezpieczna metoda uboju.

*

Pozostali wychodzą z areny podnieceni. Okazuje się, że jeden z toreadorów uznał, że byk, którego zabił, nie był dla niego dość dobry, kupił więc za własne pieniądze następnego, siódmego byka, by pokazać cały swój kunszt. Wykonał swoją robotę w tak wspaniałym stylu, że w nagrodę otrzymał uszy zabitego byka. Przypominało to dogrywkę w meczu piłki nożnej albo reklamowy skrót nowego filmu, który puszcza się przed właściwym seansem. Zastanawiam się, czy w Los Angeles nadal tak robią.

*

Umawiamy się w barze Central. W autobusie, po drodze do domu, wyciągam dłoń, a Sandy kładzie na niej swoją. Nie mówimy wiele. Na pewno jednak zapamiętam tę corridę jako jedną z najprzyjemniejszych, których nie oglądałem.

Uspokajamy się niezmiennie. Obejmując
Obopólnie. Balsam, ktory tylko balsamuje.

Tego wieczora jedziemy w góry obejrzeć tak zwane prawdziwe flamenco. Lubar najpierw zawozi na miejsce Dale, a potem wraca po mnie. To mi dopiero przejażdżka! Nie dziwię się już, że Dale jest przerażona, gdybym sam nie był wystraszony, okazałbym się skończonym idiotą. Lubar woli przejeżdżać przez wszystko — dziury, rowy, niż je omijać, a to wydatnie wpływa na jakość jazdy. Prowadzi przygarbiony z głową wciśniętą między ramiona, jak gdyby przedzierał się przez burzę śnieżną.

Może nie są to prawdziwi Cyganie, a flamenco generalnie nie robi na mnie wrażenia prawdziwego folkloru, ale bawimy się świetnie. Pokaz jest przygotowany dla turystów, wiele tu potrząsania długimi, czarnymi włosami, rzucania kwiatów w publiczność. Lubar łapie kwiat i chwyta go w zęby. Wiele tu głębokich westchnień, wstrzymywanych oddechów, głośnych okrzyków, wraz z hałaśliwym tupaniem i niezłą muzyką gitarową. Sandy kładzie pod stołem dłoń na moim udzie. Kładę dłoń na jej dłoni. Teraz flamenco naprawdę staje się podniecające, ładna, pełna życia dziewczyna trzyma dłoń na moim udzie i powolutku przesuwa ją w stronę krocza.

Czy jest to coś złego? Jak wielka jest moja wina? Może za mało się przejmuję. Wydaje mi się, że mam w głowie dziurę. Kate oskarżyła mnie kiedyś, że potrafię podzielić swój umysł na części, a niektóre z nich zamknąć przed samym sobą. Stwierdziła wtedy, że możliwe jest, że robią tak wszyscy mężczyźni. Być może miała rację.

Wiem, że Kate wie prawie wszystko o każdym, kogo znamy — dotyczy to zwłaszcza naszych dzieci — wie, co robią w każdej chwili, niezależnie od tego, jak daleko od niej się znajdują, nie liczą się nawet różnice czasu. Codziennie musi wysłać pięć listów albo dziesięć kartek pocztowych. Ja próbuję ograniczyć swoje życie do zasięgu trzech metrów wokół mnie. Nie sądzę, by w ciągu roku zdarzyło mi się napisać dziesięć listów. Wydaje mi się, że cierpię na krótkoumysłowość jak inni na krótkowzroczność.

W drodze powrotnej kupujemy butelkę brandy, a potem wszyscy idziemy do mojego pokoju. Rozciągamy się na śpiworach i kolejno pociągamy z butelki. Lubar nadal nalega, byśmy wybrali się na wycieczkę w góry. W Maladze kupił szczegółową mapę okolicy i ustala trasy prowadzące traktami łączącymi położone u podnóża gór wioski. Sweik podaje butelkę Dale.

— Posłuchaj, Lubar. Po pierwsze, mamy za mało motorów. Nie zamierzam rozbijać się po żadnych traktach swoim antycznym motocyklem, zwłaszcza z pasażerem. A poza tym, mój kręgosłup tego nie zniesie. Czuję, że za chwilę może mi znowu nawalić.

Lubar bierze butelkę z rąk Dale, pociąga długi łyk, wyciera usta wierzchem dłoni.

— Pod miastem widziałem wynajem motorów. Założę się, że nasz staruszek znajdzie tam wystarczająco dobry motocykl, by ruszyć w góry z Sandy na tylnym siodełku.

Dalej gadamy o wycieczce, dyskutujemy nad mapą, im bardziej jesteśmy pijani, tym bardziej przekonujemy się do tego pomysłu. Sweik zgadza się w końcu, że, jeśli wynajmę motocykl i pojadę razem z Sandy, wybierze się z nami.

— Ale ostrzegam cię, Lubar. Jeśli wyskoczy mi dysk, będę cię ścigał aż po grób.

*

Wychodzą wszyscy oprócz Sandy. Leży na boku, z dłońmi ułożonymi pod głową, na swoim śpiworze, udaje, że śpi. Kiedy zamykają się drzwi, otwiera jedno oko i patrzy na mnie.

— Chcesz, żebym sobie poszła?
— Nie, jeśli ty tego nie chcesz.
— Chcesz, żebym spała w śpiworze na podłodze?
— Jeśli tak sobie życzysz.
Nie rusza się, otwiera drugie oko.
— Chciałabym spać razem z tobą w tym wielkim łóżku.
Siadam na łóżku i zdejmuję buty. Czuję się, jak gdybym znalazł się na planie filmu porno, jak gdyby wszystko, co robimy, było nagrywane albo zapisywane.
— Nie sądziłem, by interesowali cię mężczyźni, Sandy.
Żadne z nas nie mówiło o tym tak otwarcie, nie stawiało jasno takich spraw, ale mam odpowiedni nastrój, jestem trochę pijany i z całą pewnością zmęczony. Sandy podnosi się, staje między moimi nogami i całuje mnie w łysinę. Podnoszę na nią wzrok.
— Och, ty jesteś już taki stary, że po prostu się nie liczysz. Chcę tylko przespać się z tobą, zgoda?
— Masz już dosyć wilgoci i smrodu moczu?
— Tak, i dosyć słuchania, jak Lubar pieprzy się z Dale tuż obok mnie.
— Czyżby zazdrość?
— I to na obie strony, zazdrość biseksualna; podniecenie na obie strony.

Nagle wydaje mi się taka delikatna, tak bardzo młoda, a równocześnie wykorzystana. Obejmuję ją, a ona pada wraz ze mną na łóżko. Przesuwa dłonią po mojej twarzy. Zapieram się piętami o krawędź łóżka, by podciągnąć się wyżej. Całuje mnie delikatnie tuż powyżej brody, potem koniuszek nosa, potem przesuwa językiem po moich wargach.

— Chciałabym tulić się do ciebie, całować się, pieścić i obejmować. Przecież to chyba nic złego? Czuję się tak okropnie samotna.

Zsuwam ją z siebie, teraz leżymy obok siebie, trzymając się za ręce. Wsuwa mi dłoń pod brodę i dotyka mojej szyi. Przesuwam dłonią po jej plecach, czuję napięte mięśnie i wzgórki kręgosłupa.

— Jestem żonaty, Sandy. Mam pięcioro dzieci; kocham swoją żonę. Nie chcę nikogo skrzywdzić, także ciebie czy siebie.

Milknę. Do diabła, wszystko to brzmi tak przyziemnie, zbyt wielu ludzi nazbyt często mówiło te słowa. Nuda jest dla mnie największą z tortur. Nie czuję się teraz znudzony, ale jestem pewien, że to, co mówię, jest nudne.

— Sandy, bardzo chciałbym cię przytulić, całować cię, pieścić i ściskać. Czasami i ja czuję się samotny; ale to bardzo osobista choroba. Nienawidzę sypiać samotnie.

Sandy podnosi się na kolana, siada na piętach z dłońmi między udami.

— Więc wszystko w porządku, na co jeszcze czekamy? Nikomu nic się nie stanie, jeśli przytulimy się do siebie i pójdziemy spać. W promieniu pięciu mil nie znalazłbyś kobiety, w której towarzystwie mógłbyś czuć się bezpieczniej. Obiecuję, że cię nie zgwałcę.

Uśmiecha się. Biorę jej dłonie w swoje, przyciska je mocno do swojgo krocza.

— Młoda damo, skoro wyjaśniliśmy już sobie pewne sprawy, pozwól sobie powiedzieć, że nie da się mnie zgwałcić. To jeszcze nie wszystko, ja też nie mógłbym nikogo zgwałcić, nawet gdyby mi kazano.

Sięga ręką do bluzki, odpina ostatni guzik, potem chwyta bluzkę i sweterek i jednym ruchem zdejmuje je przez głowę. Nie nosi stanika, ma piękne, jędrne, drobne piersi o bardzo różowych brodawkach. Bierze je w dłonie.

— Jak ci się podobają moje jabłuszka, stary?

Podnoszę się, pochylam ku przodowi, pokusa, by je pocałować, jest wprost nie do opanowania.

— Pamiętaj, Sandy, tylko pocałunki i uściski. Umowa stoi?

— Stoi — mówi i rozbiera się szybko w chłodnym pokoju.

Ku swojemu zaskoczeniu odkrywam, że choć w zasadzie nie mam erekcji, to mój adwokat diabła zajmuje trochę więcej miejsca, niż powinien. Sandy wskakuje pod kołdrę przede mną. Kiedy ściągam dżinsy, odwracam się do niej plecami, by nie mogła zobaczyć mojej minierekcji. Mój narząd zawsze staje mi na drodze, w ten czy inny sposób.

Przytulamy się do siebie, policzek przy policzku, zaczynamy tulić się, całować i obejmować. Jej ciało jest gładkie jak jedwab i twarde, nie dostrzegam nawet śladu tłuszczu. Sandy zbliża swoją twarz ku mojej, a potem zbliża do mojej twarzy twardy, wilgotny język. Wsuwa go w moje usta. Z trudnością łapię oddech. Odsuwam się od niej gwałtownie, by mój mały diabełek mnie nie wydał. Teraz stoi już w całej okazałości. Czy istnieje jakiś związek między językiem a członkiem? W pokoju nadal pali się światło, a wyłącznik umieszczony jest koło drzwi. Jakoś uwalniam usta od wszechogarniającej, przenikliwej władzy Sandy.

— Może lepiej będzie, jeśli zgaszę światło.

Oddycham ciężko, serce wali mi jak młot, podskakuje w mojej piersi, jak gdyby chciało stąd uciec.

— W porządku, jeśli jesteś taki wstydliwy. Najlepiej śpi się po ciemku.

Teraz muszę wymyślić jakiś sposób, by obejść łóżko, przejść przez pokój do drzwi, zgasić światło i wrócić tak, by nie zobaczyła mojej śmiesznej erekcji, która nie chce jakoś minąć. Stawiam jedną nogę obok łóżka i pstrykam tego diabła kciukiem, tak jak odgania się pszczołę czy osę z kromki chleba. Boli, ale nie przynosi pożądanego rezultatu. Biegnę na bosaka dookoła łóżka do drzwi, gaszę światło. Teraz w pokoju jest dość ciemno, bym mógł wrócić, nie ryzykując, że Sandy zauważy, co kołysze mi się między nogami. Czerwony neon zapala się i gaśnie, przypominam sobie poprzednią noc, ale niewiele to pomaga.

Wspomnienia i wyobrażenia
Urzeczywistniają się w ciszy.

Kiedy wsuwam się do łóżka, Sandy płacze. Ukryła twarz w poduszce, a jej łkanie wstrząsa całym łóżkiem.

Mój diabełek opada nieco. Wysuwam się spod kołdry i biorę Sandy w ramiona. Podnosi twarz z poduszki, chichoce, wybucha śmiechem. Znowu łapie mnie za uszy i wsuwa ponownie język w moje usta. Kiedy odchyla w tył głowę, widzę w czerwonym blasku, że ma wilgotną twarz. Patrzy mi prosto w oczy w migocącym świetle.

— Kurczę, Scum, naprawdę wariat z ciebie. Gwałt na tobie byłby najprostszą rzeczą na świecie, ale naprawdę nie mam takiego zamiaru. Nie musisz się bać. Zresztą, co niby stałoby się, gdybym cię zgwałciła? Po prostu powiedziałbyś żonie, że padłeś ofiarą gwałtu. I tak nie zajdziesz w ciążę, jesteś już dość duży, by o tym wiedzieć.

Wybucham śmiechem razem z nią. Sięga dłonią, by chwycić moją czarodziejską pałeczkę, ale tam, gdzie szuka sztywnego koguta, znajduje tylko kawałek białej kiełbasy. Mój organ wykonał już swój koncert na dzisiejszy wieczór. Też mi organ, po organkach można spodziewać się więcej!

Tulimy się do siebie, ściskamy, pieścimy, całujemy, ale nic już się nie wydarzy.

— Co się dzieje, Scum, słabe ciało nie staje na wysokości zadania stawianego przez silnego ducha?

— Jeśli mam być uczciwy, Sandy, to jest chyba na odwrót, ciało jest chętne, ale duch nie, proszę, nie bierz tego do siebie.

Posyła mi spojrzenie w ciemnościach, a potem zbliża swój policzek do mojego i zaczyna lizać mnie w szyję tuż za uchem, wsuwa czubeczek języka w ucho przez kępki włosów, blokując je tak, że przez chwilę wydaje mi się, że ogłuchłem. Moje ciało zaczyna drżeć, w głowie mi się kręci. Czy możliwe jest, że czuję się fizycznie podniecony i nie czuję, by miało to jakikolwiek związek z seksem? Ale to właśnie dzieje się w tej chwili. Wydaje mi się, że widzę coś bardzo wyraźnie, ale nie rozpoznaję, nie znam tego, co widzę, wszystko jest dla mnie nowe.

Kładę dłoń na karku Sandy, odciągam ją delikatnie za włosy.

— Niewiele mogę ci dzisiaj zaoferować jako mężczyzna, Sandy. Może jednak nauczyłabyś mnie, jak kochają się kobiety?

Odsuwa się ode mnie, kładzie mnie na plecach, siada na moim brzuchu, opiera dłonie na moich ramionach, przyciskając mnie do łóżka.

— Stary, dziwny z ciebie facet. Naprawdę tego chcesz?

— Tak, czemu nie. Chciałbym spróbować. Jakąś częścią siebie zawsze pragnąłem stać się kobietą. Myślę, że spodoba mi się kochanie z tobą w taki sposób.

*

Większą część tej nocy spędzamy tak blisko siebie, jak tylko kobiety potrafią, a przynajmniej tak blisko jak potrafią być kobieta i mężczyzna udający, że jest kobietą. Nie robimy niczego, czego nie zdarzyło mi się robić do tej pory, ale Sandy pokazuje mi, jak robić to we właściwy sposób, delikatnie, z zaangażowaniem, koncentracją, powoli, czule, we właściwym tempie, tak byśmy oboje odczuwali to samo jednocześnie, czuję jej radość, jej rozkosz. Przypomina mi to powolne zapadanie się w siebie nawzajem, coś większego niż seks, stajemy się sobą nawzajem tak bardzo, że prawie czuję się jak kobieta. Jak gdybyśmy nawzajem malowali swoje portrety, tworząc siebie i pozwalając się tworzyć.

Nagle, kiedy Sandy osiąga szczyty rozkoszy, mój diabełek decyduje się na wzięcie w tym wszystkim udziału. Jak gdyby przejął część łączącego nas podniecenia. Nie odczuwam tego wcale jako właściwe dla mojej płci, męski seksualizm zbyt łatwo staje na drodze głębokiej zmysłowości. Stoi i domaga się udziału w naszym wspólnym podnieceniu.

Sandy czuje, co się dzieje, sięga w dół i chwyta mocno, obejmuje go obiema dłońmi, nie porusza nimi jednak. W ten sposób, kiedy nagle unosi się w najwyższe regiony ekstazy, porzuca mnie, mogę spróbować językiem jej rozkoszy, jej ekstazy.

Kiedy odpręża się, wtapia we mnie, pulsuje tuż przy moim ciele prawie tak, jak gdyby się ze mną kochała, zsuwa się po moim ciele i zaczyna pieścić mnie językiem, kochać się ze mną, bez pośpiechu, lęku czy oczekiwań. Liże mnie jak truskawkowego loda, powoli, tak by starczył na jak najdłużej. Później pije z mojej fontanny. Czuję się tak, jak gdyby nagle urosły mi piersi i mógłbym dawać mleko. Moje brodawki twardnieją, czuję, że są chłodne i twarde.

Seks jest mirażem, cielesnym
Garażem, w którym parkujemy,
Odnajdujemy swoją tożsamość,
Uczłowieczamy, a potem
Zamykamy drzwi.

Sandy przesuwa się po mnie, powoli, tak jak zsunęła się na dół, zatrzymuje się na piersi, przesuwa językiem po włosach pod moimi pachami. Odpływam, zagubiony w innym świecie. Przysuwa twarz do mojej twarzy.

Wsuwa nos pod moje ucho, już prawie zasypiam, kiedy szepcze:

— Nigdy nie potrafiłam tego zrobić. Nigdy tego nie chciałam. Jesteś wspaniałym starym facetem. Kocham w tobie wszystko: twój dotyk, twój zapach, twój smak, to, że odczytujesz moje uczucia, być może potrafiłbyś nauczyć mnie, jak kochać mężczyzn.

Wydaje mi się, że to właśnie powiedziała, już nie pamiętam, tonę w spokojnym miejscu z fioletowego aksamitu.

W nieznanym miejscu. Twarzą
W twarz z radością. Gasnące szczęście.
Druga strona rozkoszy.

Budzę się przed Sandy. Leżę w łóżku, nie wierząc w to, co się stało. Z technicznego punktu widzenia nie kochaliśmy się, ale w rzeczywistości nie potrafię przypomnieć sobie, bym kiedykolwiek czuł się bardziej podniecony, doświadczył takich głębi życia. Równocześnie czuję, że pewna część mojej osobowości czuje się spełniona. Inna jednak jest wstrząśnięta poczuciem winy. Leżę nieruchomo. Sandy oddycha przy moim boku, jej twarz ukryta jest na moim ramieniu. Nawet teraz wydaje mi się, że łączy nas stosunek dziadka do wnuczki. Czuję, że powinienem obudzić ją i opowiedzieć bajkę na dobranoc. To, co nas połączyło, było związkiem dwojga ludzi, którzy ofiarowali sobie pociechę, przyjemność, poczucie wzajemnej przynależności, bycia żywym, a płeć, wiek czy jakiekolwiek inne podziały nie miały tu żadnego znaczenia.

Na pewno jednak nie chciałbym wyjaśniać tego Kate. W jej słowniku nie ma takich słów, nie określiłaby tego nigdy jako normalne zachowanie, ja też robię to z najwyższą trudnością.

Zdaję sobie też sprawę, że nie potrafię dalej ciągnąć tego związku, nie mogę sobie na to pozwolić, to już nie te lata. To właśnie muszę powiedzieć Sandy, kiedy się obudzi, to będzie bajka na dobranoc, którą powinien opowiedzieć jej dziadek.

Robię tak więc, a ona wybucha śmiechem.

— Wielki Boże, jesteś zbyt poważny, Scum. Wszystko jest w porządku. Kocham cię, ale nie jestem w tobie zakochana. Możesz się odprężyć, jestem zakochana w Dale. Urywa, patrzy mi prosto w oczy.

— A przynajmniej byłam, jak sądzę.

I raz jeszcze uśmiecha się do mnie jak Greczynka z czwartego wieku przed naszą erą.

Rozdział 14

MAŁŻEŃSTWO

O dziesiątej rano spotykamy się w barze Central. Pozostała trójka zachowuje się tak, jak gdyby nic się nie wydarzyło. Lubar chce, bym pojechał razem z nim do punktu wynajmu motocykli.

Po śniadaniu, składającym się z kawy i bułek, z pewnymi oporami siadam na tylnym siodełku motoru Lubara i razem jedziemy na skraj miasta. Zastanawiam się, czy Sandy powie coś Dale o zeszłej nocy. Nie sądzę, mam nadzieję, że nie, było to tak bardzo osobiste przeżycie, nie potrafię uwierzyć, by chciała stracić choć odrobinę tej magii, ale nie jestem tego pewien, w końcu dzielą nas dwa pokolenia. To, co dla mnie wydaje się pogwałceniem okazanego zaufania, dla Sandy może być dzieleniem się miłością.

Wynajęcie motocykla okazuje się łatwiejsze i tańsze, niż przypuszczałem. Wystarczają moje francuskie prawo jazdy i amerykański paszport oraz depozyt. Wynajmuję za opłatę od dnia, nie sądzę, by nasza wycieczka potrwała dłużej niż dwa dni. Banda musi pospieszyć się z powrotem do swoich zajęć, a ja chciałbym odpocząć trochę w domu przed wielkanocnymi wakacjami, które spędzimy w naszym młynie.

Wynająłem małą hondę 125 CB, znam ten motor, bo Mike, mój młodszy syn, ma taki sam w naszym młynie. Honda ma jednocylindrowy, czterosuwowy silnik, praktycznie rzecz biorąc, nic nie może się tu zepsuć. Jest wystarczająco duża dla dwóch osób, ale lepiej będzie, jeśli będziemy trzymać się porządnych dróg. Z całą pewnością motocykl ten nie nadaje się do jazdy terenowej. Podjeżdżamy z Lubarem pod bar Central. Sandy, Dale i Sweik wstają i zaczynają wiwatować. Siadamy do stolika, a Lubar ponownie wyciąga mapę.

Planuj śmiało! Wybiegaj myślami
W przyszłość. Nie oglądaj się za siebie.
Nigdy nie wiesz, co będzie za następnym
Zakrętem. Wszak może być koniec.

Postanawiamy zatrzymać pokój w hotelu i zostawić tam większość rzeczy, w tym i śpiwory. Mamy nadzieję znaleźć w wioskach małe hoteliki. Sandy pojedzie razem ze mną. Gdyby jazda okazała się bardzo trudna, zawrócimy i skierujemy się do domu. Sweik twierdzi, że on również nie zamierza brać udziału w żadnych przeprawach. Przy każdym jego ruchu widać wyraźnie, że ma kłopoty z kręgosłupem. Pewnie niewiele mu pomogło spanie w wilgotnej jaskini na kamieniach. To właśnie on, nie ja, powinien sypiać w miękkim łóżku w hotelu, najpewniej to również on powinien w nim sypiać z Sandy, choć może z Dale. Czuję, że odgrywam tylko rolę placebo, nie jest to szczególnie przyjemne.

Najpierw skierujemy się w stronę miasta Mijas, koło domu Anny i Sture, i dalej przez Benalmadenę. Jedziemy obejrzeć zabytkową arenę, mieszczącą się obok kościoła.

Tymczasowe gniazdo na zboczu wzgórza,
Z którego próbuję dosięgnąć po omacku nieba.
Nawet w tej chwili, gdy zostałem znów
Wystrychnięty na dudka!

Wyruszamy około południa. Miło tak jechać z Sandy, która trzyma dłonie na moich ramionach.

Mijamy dom Sture i Anny, nikogo nie widzę, ale pewien jestem, że patrzą. Macham w stronę domu. Anna będzie teraz przekonana, że miała rację co do mojej szwedzkiej dziewczyny.

W miarę jak zbliżamy się do Benalmadeny, droga staje się coraz bardziej stroma, wrzucam więc trzeci bieg. Jedziemy na końcu kolumny, Lubar prowadzi. Pędzi naprzód, a potem musi czekać, aż go dogonimy. Sweik nie pozwala się popędzać, a ja wiem, że w żaden sposób nie da się tu jechać szybciej niż pięćdziesiąt kilometrów na godzinę. Prawdę powiedziawszy, po tych górkach i zakrętach nie przekraczam nawet czterdziestki.

Mijas okazuje się rozczarowaniem, pułapką na turystów. Arena, cała pomalowana na biało, stoi wprawdzie trzydzieści metrów od kościoła, ale podobnie jak i sam kościół nie jest warta specjalnej uwagi. Fascynujący za to okazuje się cmentarz. Groby budowane są tu ponad ziemią, w trzech piętrach. Po przeciwnej stronie miasta, za kościołem i cmentarzem, znajduje się stara kopalnia z głębokimi sztolniami i korytarzami. Sądząc z hałd przy wejściu, wydobywano tu chyba kwarc. Wygląda też na to, że co najmniej od dziesięciu lat nikt tu nie kopał.

Droga za Mijas wspina się coraz wyżej na wzgórza, biegnie wzdłuż wybrzeża, pokryta jest piaskiem i szutrem. Zostaję trochę z tyłu, staram się trzymać z dala od kurzu, jaki podnosi się za motorem Sweika, jadę teraz z prędkością dwudziestu pięciu kilometrów na godzinę. Droga jest męcząca, nawet na chwilę nie mogę spuścić z oczu szosy, a i tak niewiele widzę. Kiedy kręcimy się w ciasnych zakrętach, Sandy powtarza ciągle, bym spojrzał na to czy tamto, ale ja muszę się koncentrować na drodze. Całuje mnie w kark, za uszami, bierze w usta moje ucho. Czuję, że zaczynam się rozpływać, niezbyt chyba uważnie słuchała dziś rano tego, co miałem jej do powiedzenia. Ile może znieść starszy pan? Nie wydaje mi się, by zdawała sobie z tego sprawę ani by ją to obchodziło.

— Nie spieszy nam się nigdzie, Scum. Jeśli jest coś ciekawego, zatrzymajmy się i popatrzmy.

A zatem, kiedy Sandy uważa, że mijamy coś wartego obejrzenia, ściska mnie mocniej, zjeżdżam wtedy na pobocze i zatrzymuję motor. Nie schodzimy z motocykla, ale przynajmniej mogę zobaczyć choć trochę niewiarygodnego piękna natury — formacje skalne, zieleń zboczy i dzikie kwiaty. Wydaje mi się, że Sweik obserwuje nas we wstecznym lusterku, bo zatrzymuje się, kiedy i my stajemy. Lubar prawdopodobnie kręci kółka na motocyklu. Ale w ten sposób mogę naprawdę cieszyć się tą wycieczką, a nie tylko bać się śmiertelnie.

Słońce właśnie zachodzi, kiedy dojeżdżamy do miasteczka, w którym zamierzaliśmy spędzić tę noc. W nazwie ma wprawdzie El Grande, ale nie jest zbyt wielkie, w każdym razie jednak dość duże, by szczycić się jednym hotelem, gdzie dostajemy dwa pokoje za niecałe dziesięć dolarów. Lubar i Dale zajmują mniejszy pokój z jednym łóżkiem. W drugim pokoju stoi łoże małżeńskie i małe łóżko, Sweik, honorowo, zajmuje mniejsze łóżko.

— Boże, nie wiem, czy mój kręgosłup to wytrzyma. Dyski wyskakują mi co chwila.

Wygina się w łuk, tak jak wtedy w swoim pokoju w paryskim hotelu, zaciskając mocno zęby.

— Mam nadzieję, że nie przeszkadza wam, że wybrałem to łóżko, nie sądzę, bym mógł dzisiaj z kimś spać.

Nie sądzę, by była to jedynie wymówka wynikająca z tego, że Sweik sądzi, iż ja i Sandy wolimy spać razem w dużym łóżku, podejrzewam, że mówi prawdę. Jest bardzo blady, po czole spływają mu krople potu. Patrzę na Sandy, a ona mruga do mnie porozumiewawczo.

— Wygląda na to, że nie masz wyboru. — Odwraca się do Sweika. — Ten staruszek jest pewien, że zamierzam go zgwałcić, pozbawić dziewiczej czystości.

Sweik próbuję zdjąć buty, ale nie może ich dosięgnąć. Podchodzę, rozwiązuję sznurowadła i zsuwam buty z jego stóp. Sweik opiera się na poduszce.

— Dziękuję. Nie martw się, Scum. Gdyby coś się stało, krzyknij po prostu, przyczołgam ci się na pomoc.

Sandy dopiero teraz zaczyna zdawać sobie sprawę z tego, jak bardzo Sweik cierpi, podchodzi do niego i klęka obok łóżka.

— Jezu, Matt, naprawdę marnie wyglądasz. Myślałam, że przesadzasz. Przewróć się na brzuch, zrobię ci masaż. Naprawdę jestem w tym niezła, mam silne dłonie.

— Nie, wszystko będzie w porządku, jeśli dacie mi poleżeć, aż skończy się atak. Idźcie zjeść kolację, przynieście mi też coś do pokoju.

Wychodzimy z pokoju, Lubar i Dale czekają na nas w centrum miasteczka przy fontannie. Plac ograniczony jest z czterech stron rzędami drzew pomarańczowych. W miasteczku są tylko dwie restauracje, reszta to bary oferujące tylko jedno danie, nie ma tam nawet kart. Wchodzimy do jednego z nich i zamawiamy dobre, białe wino. Jedzenie, oprócz *tapas*, podają tu dopiero od dziesiątej wieczorem, a mamy zaledwie wpół do ósmej.

Wychodzimy na zewnątrz. Wokół motocykli zebrał się tłumek dzieci. Jakiś dzieciak usadowił się już na motocyklu Lubara i wydaje z siebie warczenie podobne do dźwięku silnika. Lubar skacze w jego kierunku, a dzieciak rzuca się do ucieczki. Lubar goni go przez plac i rzuca w niego kaskiem. Wraca do nas zdenerwowany.

— Cholerne dzieciaki! Musimy znaleźć jakieś miejsce, żeby schować motocykle, inaczej do rana znikną.

Sweik najlepiej z nas wszystkich mówi po hiszpańsku, ale nie może nam teraz pomóc. Ja zajmuję drugie miejsce w tym konkursie, ale stawka nie jest szczególnie dobrze obstawiona. Wracam do hotelu i pytam właściciela, czy nie znalazłby jakiegoś miejsca, gdzie moglibyśmy postawić motocykle. Jakoś udaje mi się przekazać, o co mi chodzi, bo bierze klucz i wychodzi na zewnątrz. Otwiera drzwi prowadzące na małe podwórko i wskazuje ręką. Wprowadzamy motocykle do środka, będzie nas to kosztować dwadzieścia peset za noc.

*

O dziesiątej wieczorem w małej restauracji dostajemy smakowitą paellę. Nie mam pojęcia, jak dowożą ryby do miasteczka, drogi są tak wąskie, że nie dałoby się po nich przejechać ciężarówką. W całym mieście nie widziałem nawet jednego samochodu, a zatem ryby zostały tu z pewnością przywiezione na osłach. Po drodze widziałem karawanę osiołków z koszami na grzbietach. Zamawiamy dodatkową porcję dla Sweika i dwie butelki wina. Jest już prawie jedenasta i czuję się zmęczony, Sandy i ja niewiele spaliśmy zeszłej nocy.

Układamy wszystkie poduszki za plecami Sweika i pomagamy mu usadowić się tak, by mógł zjeść kolację. Twierdzi, że czuje się już o wiele lepiej. Przyciąga stopy do krocza i szeroko rozstawia kolana, twierdzi, że w tej pozycji ból jest najmniej intensywny. Kiedy kończy jedzenie, odnoszę naczynia do restauracji. W drodze powrotnej zatrzymuję się i patrzę w gwiazdy. W mieście nie palą się prawie żadne światła, a tutaj, w górach, gwiazdy są tak bardzo blisko, wypełniają całe niebo od krańca do krańca. Zarysy najwyższych gór odcinają się ostrą, wyraźną linią na niebie. Kate byłaby zachwycona; kiedy siedziałem w więzieniu, pracowała jako sekretarka na wydziale astronomii uniwersytetu Yale; twierdzi, że znakomitą część tego czasu spędziła na odkurzaniu meteorytów, odkurzała gwiezdny pył, czyż może być jakaś lepsza praca?

Znam wymiary wszechświata.
Olbrzymi meteoryt odległy
O lata świetlne, kiedyś spadnie
Na Ziemię.

Wracam na górę, Sandy wyciągnęła Sweika z łóżka i położyła na brzuchu na podłodze, jedną poduszkę wsunęła mu pod głowę, drugą pod biodra. Rozpięła mu spodnie i opuściła je poniżej pośladków. Teraz masuje oburącz dolną część pleców. Sweik jęczy tylko i stęka.

— Powstrzymaj ją, Scum, ja tego nie przeżyję.

— Boże, on ma skurcz, całe jego plecy są jak jeden wielki supeł mięśni.

Odchyla się w tył, pot spływa jej z nosa. Klękam po drugiej stronie Sweika. Po jego twarzy spływają łzy.

— Pozwól mi rzucić na to okiem, Sandy. Ja sam mam kłopoty z kręgosłupem, i to w tym samym miejscu, w krzyżu; to bardzo złożona sprawa.

Sandy podnosi się na równe nogi i odsuwa na bok. Siadam okrakiem na Sweiku i kładę dłonie po bokach jego kręgosłupa. Przymykam oczy i zaczynam szukać miejsca skurczu.

— Spróbuj się odprężyć; postaram się nie sprawić ci bólu. Zobaczę tylko, co jest nie w porządku.

Sweik wzdycha głośno. Przesuwam palcami w dół, aż do kości ogonowej. Po lewej stronie natrafiam na twardy, zbity węzeł mięśni. Kiedy uciskam kciukiem mięsień biegnący wzdłuż trzeciego żebra, Sweik stęka. Pochylam się i wyprostowanymi ramionami zaczynam przesuwać po jego plecach w stronę bioder powyżej pośladków. Jęczy za każdym razem, gdy naciskam. Wyraźnie ma skurcz, ból rozlewa się po dolnej części pleców. Będzie musiał spędzić tydzień w łóżku, a może nawet więcej. Nie mam pojęcia, jak może zjechać na motorze z tych górek, że nie wspomnę już o wyprawie z powrotem do Paryża. Uznaję, że lepiej będzie, jeśli tę ostatnią opinię zachowam dla siebie.

— Masz skurcz, Sweik, staruszku. Żaden masaż nic tu nie pomoże, a ja nie radziłbym próbować. Nawet gdybym potrafił, podejrzewam, że mógłbym tylko narobić więcej szkody niż pożytku. Wydaje mi się, że wyskoczył ci dysk, spuchł i uciska nerw. Łap moją rękę, pomogę ci położyć się do łóżka.

Sweik przekręca się na plecy, razem z Sandy pomagamy mu podnieść się na nogi. Sadzamy go na łóżku, zaczyna odpinać guziki koszuli, widzę wyraźnie, jak drżą mu ręce.

— Rozbieram się i idę spać. Czy któreś z was mogłoby rozejrzeć się po mieście, może mają tu jakąś aptekę albo znachora, który załatwiłby dla mnie jakieś środki przeciwbólowe? Może noc przespana w prawdziwym łóżku na prochach trochę mi pomoże.

Pomagamy mu rozebrać się do bielizny. Sandy zsuwa mu ze stóp skarpetki i kładzie jego nogi na łóżku, a ja układam jego plecy na poduszce.

— W porządku, a teraz poleż sobie trochę z kolanami w górze, tak by kręgosłup leżał zupełnie płasko. Pójdziemy czegoś poszukać, choć wydaje mi się, że wszystko będzie już zamknięte.

Sandy skinieniem głowy wskazuje mi drzwi, wychodzimy na korytarz.

— Wiem, że Dale ma ze sobą midol — szepce. — To powinno choć trochę pomóc. W końcu przy miesiączce występują skurcze, no nie?

— Niezły pomysł. Nie podejrzewam, by udało mi się znaleźć coś innego. Idź i poproś ją, tylko zapukaj, zanim wejdziesz. Proszę, bez żadnych pokazów równoczesnej biseksualnej zazdrości.

Sandy obejmuje mnie i całuje w koniuszek nosa.

— Nic mnie to już nie obchodzi, zostałam wyleczona. Obiekt mojego zauroczenia jest stary, pomarszczony, przestraszony i niedostępny. Wcale się nie skarżę, mówię szczerze; rozumiem cię.

Odwraca się i zostawia mnie samego w wąskim, pobielonym wapnem korytarzu. Wracam do pokoju. Sweik wbija oczy w sufit. Odprężył się trochę. Staję przy nim, a potem przysuwam sobie krzesło i siadam obok łóżka.

— Sandy jest przekonana, że Dale ma coś, co może ci pomóc. Najważniejsze jest, żebyś dobrze się wyspał.

— Sandy jest naprawdę świetna, prawda? W czasie przeprawy przez góry nie popełniła ani jednego błędu. Szkoda, że woli kobiety. Z taką dziewczyną można by się związać bez ciągłego poczucia winy albo odpowiedzialności.

— Wcale nie jestem taki pewien, że woli kobiety, Sweik. Wydaje mi się, że sama próbuje to dopiero ustalić. My, mężczyźni, bierzemy strasznie serio, że kobiety się kochają, boimy się, bo sami tego nie potrafimy.

Sweik przesuwa wzrok w stronę mojej twarzy bez poruszania głową. Kiedy ma się uszkodzony kręgosłup, nawet poruszenie głową może powodować ból. Uśmiecha się. Właśnie w tej chwili Sandy wchodzi do pokoju z dwiema pigułkami i szklanką wody. Podtrzymuję głowę Sweika, aby mógł przełknąć.

— Właściwie moglibyście mnie z łatwością otruć. Co to za tabletki?

Sandy wybucha śmiechem i spogląda w moją stronę.

— No cóż. Gdybyś krwawił, a przynajmniej miał taki zamiar, powinieneś teraz poczuć się o wiele lepiej.

Sweik opuszcza głowę na poduszkę.

— O kurczę! Lidia Pinkham to także ty!

— Nie, to midol, coś silniejszego, powinno rozluźnić mięśnie, poczujesz się jak nowo narodzona kobieta.

Stanowimy jedno ciało.
Jak księżyc i słońce, splecione satelity
Satelitów, satelitów. Satelitów.

Minęła już północ, Sweik zamyka oczy, a ja gaszę światło. Sandy i ja rozbieramy się po ciemku. Wsuwamy się do łóżka i przytulamy do siebie. Tym razem łączy nas tylko wzajemna bliskość i spokój, przytulamy się do siebie bez żadnego napięcia i wydaje mi się, że zasypiamy po pięciu minutach. To właśnie jest najlepsze w małżeństwie z kimś, kogo się kocha — głębokie, wzajemne zaufanie, poczucie bezpieczeństwa. Zaczynam za tym tęsknić, cieszę się na myśl o powrocie do Kate.

Otuleni w swoje ciepło, zapach,
Skurcze, swędzenie. Wszystko razem. Wszystko.

Rano Sweik budzi się przed nami. Leży wyciągnięty płasko na łóżku, wystają tylko uniesione kolana; znowu wlepia wzrok w sufit. Podchodzę do niego.

— Wiesz, Scum, nie sądzę, by udało mi się podnieść. Boję się nawet ruszyć.

— Jak się czujesz?

— Jeśli się nie ruszam, nawet mnie nie boli.

— No cóż, trzeba spróbować, nie możemy tutaj zostać. Myślę, że powinienem powiedzieć Lubarowi, że wracamy do Torremolinos. Nie powinieneś właściwie siadać na motocykl z kręgosłupem w takim stanie. Myślę, że pojadę razem z Sandy na twoim motorze, mój jest lżejszy, ma niższy środek ciężkości i bardziej miękkie zawieszenie.

Wyciągam ręce i pomagam mu podciągnąć się tak, by mógł usiąść na skraju łóżka. Jęczy. Sandy przygląda się nam z wielkiego łoża, z kołdrą wciśniętą pod pachy, jej nagie ramiona wyglądają cudownie w świetle poranka.

Podaję Sweikowi po kolei jego ubranie, a on ubiera się powoli. Kiedy wstaje, żeby podciągnąć spodnie, nie może się wyprostować. Siada ponownie na łóżko, a ja zakładam mu skarpetki i buty. Sandy już się ubrała. Podchodzi i przesuwa dłonią po mojej głowie.

— Pójdę powiedzieć Lubarowi, że wracamy. Zobacz, czy uda ci się sprowadzić Sweika do kafejki, żeby chociaż napił się kawy. Spotkamy się na dole.

Docieramy jakoś do kafejki, ale Sweik naprawdę cierpi. Sandy wraca z dwiema następnymi pigułkami midolu. Sweik popija je kawą. Potem dochodzą do nas jeszcze Lubar i Dale.

— Co tu jest grane, stary, chcesz się wypisać z naszego klubu motocyklowego?

— Naprawdę mnie boli, Lubar. Mam już tylko nadzieję, że jakoś zdołam zjechać z tych górek i znaleźć się w prawdziwym łóżku.

Lubar spogląda na mnie i Sandy.

— Jezu, naprawdę nie wygląda najlepiej. Jak on teraz wróci do Paryża?

— Może najpierw dostarczymy go jakoś do Torremolinos? Tam sprowadzimy lekarza. Sweik pojedzie na moim motorze, jest lżejszy i ma porządne amortyzatory. Ja z Sandy pojedziemy na jego arielu.

*

Kończymy śniadanie i kiedy midol zaczyna działać, wyprowadzamy motocykle z podwórka. Płacimy za nocleg i przechowanie motocykli. Sweik prowadził kiedyś taką samą hondę, więc nie stanowi to dla niego żadnego problemu. Instruuje mnie, jak zapalić ariela. Rozrusznik daje mi niezłego kopa. Siadam na siodełku i robię kilka próbnych rundek po okolicznych uliczkach, dookoła placyku i fontanny, żeby poczuć się pewniej. Przypomina to przesiadkę z ogiera ćwierćkrwi na wielkiego perszerona, ale jest nieźle. Hamuję koło Sweika.

— Myślę, że będzie dobrze. Poradzisz sobie?

— Muszę, prawda?

Lubar wsiada na motor, a Dale sadowi się za jego plecami. Zatrzymują się obok nas.

— Znalazłem na mapie drogę, która prowadzi bezpośrednio do wybrzeża, od autostrady dzieli nas zaledwie siedem kilometrów.

Kiwamy głowami. Lubar rusza, odstawiam ariela, podchodzę i kopię rozrusznik hondy za Sweika. Wrzuca pierwszy bieg i powoli rusza za Lubarem. Wsiadam na motor, Sandy sadowi się za moimi plecami i obejmuje mnie mocno, ruszamy w ślad za Sweikiem.

Sam nie wiem, jak zdołał to wytrzymać, ale do Torremolinos docieramy bez postojów. Muszę przyznać, że jazda na arielu to wspaniałe przeżycie. Ta maszyna ma w sobie wiele godności, podobnie jak Sweik. Czuję się jak król odbywający przegląd wojsk. Trudno nią trochę kierować na trudniejszych odcinkach z Sandy za plecami, ale kiedy dojeżdżamy do autostrady, czuję się, jak gdybym leciał.

214

Kiedy docieramy do hotelu, musimy dosłownie zdjąć Sweika z siodełka. Nie może już nawet podnieść nogi, by zsiąść. Nie jest nawet w stanie opuścić nóżki. Sandy trzyma motocykl, kiedy ja i Lubar podnosimy go i przenosimy do pokoju hotelowego. Rozbieramy go i kładziemy do łóżka. Biegnę do recepcji i próbuję dowiedzieć się, gdzie mogę znaleźć lekarza. Próbuję wyjaśnić moją kulawą hiszpańszczyzną, że mój przyjaciel uszkodził sobie kręgosłup, ale nie potrafię sobie przypomnieć, jak nazywa się kręgosłup. Powtarzam tylko w kółko lekarz i *mucho dolor*. Właściciel hotelu pisze mi na kartce nazwisko i adres. Idę do miasta i znajduję to miejsce, jest to mały szpitalik. Doktor mówi, że przyjdzie *muy pronto*. Mówi trochę po angielsku, mniej więcej tyle, ile ja po hiszpańsku.

Okazuje się, że wszystko, co mówi lekarz, wiedzieliśmy już przedtem. Sweik ma *ciática* i musi spędzić w łóżku dwa tygodnie. Nie ma mowy o jeździe na motocyklu, może już nigdy więcej. Daje receptę na jakiś porządny środek przeciwbólowy, który kupuję w *farmacia*. To prawie czysta kodeina, ale przynajmniej nie będzie cierpiał.

Spotykamy się przed hotelem i idziemy razem do baru Central. Lubar mówi, że może przejąć zajęcia Sweika przez tydzień czy dwa. Zrzucamy się; jak się okazuje, mamy dość pieniędzy, by opłacić hotel. Sandy wzięła ze sobą trochę pieniędzy na wszelki wypadek, wystarczy na opłacenie biletu powrotnego. Zgłasza się na ochotnika, chce zostać i zaopiekować się Sweikiem, jeśli Lubar przejmie również jej lekcje. Lubar kiwa tylko głową.

*

Największym kłopotem okazuje się motocykl. Nie możemy go zostawić, a sprzedawać szkoda. Stare rzeczy nie są najwyżej cenione w Hiszpanii, gdzie wszystko wydaje się stare.

Jakoś tak się dzieje, że proponuję, że to ja na nim pojadę. Nie chcę jechać z Lubarem i Dale, chcę odbyć tę podróż na pełnym luzie. Wyruszę jutro, a droga zajmie mi co najmniej sześć dni, co godzina będę się zatrzymywał, żeby pozwolić odpocząć swojemu staremu ciału i staremu motocyklowi.

Nie planowana podróż, nie oczekiwana, nie chciana. O czym przypomina? O ostatecznej podróży?

Wracamy na górę i dzielimy się naszymi planami ze Sweikiem. Słucha, patrząc kolejno na nasze twarze.

— Boże, okropnie się teraz czuję. Odpłacę wam za wszystko, obiecuję, kiedy tylko zarobię jakieś pieniądze. Nie musisz zostawać, Sandy, znajdę kogoś, kto będzie mi przynosił jedzenie do pokoju.

— Do diabła, chcę zostać. Podoba mi się tutaj. Będę mogła zrobić ci kilka masaży, za jakiś czas na pewno dobrze ci to zrobi.

Sweik patrzy na mnie. Potrząsa głową, uśmiecha się; na wpół śmieje się, na wpół płacze.

— A ty, staruszku? Nigdy nie przejedziesz na tym motorze przez góry. Do samej granicy droga wije się jak wąż boa, a na dodatek pełna jest śmierdzących ciężarówek. Zostaw ten motocykl, dam ogłoszenie, może znajdzie się ktoś chętny, by go kupić. Słyszałeś zresztą, co powiedział lekarz, i tak nie powinienem więcej jeździć na motocyklu.

— A co może wiedzieć hiszpański lekarz? Najpewniej kupił dyplom od swojego wuja w Madrycie. Za miesiąc będziesz mógł jeździć jak dawniej. Posłuchaj, przejadę przez góry powolutku, gdyby zaczęło padać, będę się chował w karczmach. Nie biorę żadnego bagażu ani pasażera. Twój motor to wspaniała maszyna, nie wolno nam go tutaj zostawiać, to byłaby zdrada. Nie martw się, dwa stare wypierdki jakoś dociągną prosto na plac Saint-Sulpice. Będziemy tam na długo przed tobą.

Przeznaczenie ściga mnie, wkracza
W moje własne życie. Poza przestrzenią, poza czasem.

A zatem wszystko zostało ustalone. Zaczyna mi brakować czasu, jeśli chcę dotrzeć do domu przed feriami wielkanocnymi. Już stęskniłem się za dniami, które spędzę z całą rodziną w naszym młynie. Pakuję torby, pożyczam od Sweika jeden z grubych swetrów i skórzaną kurtkę, twierdzi, że w wyższych partiach gór jest diabelnie zimno. Jadę jeszcze do Sture i Anny, aby się pożegnać. Mówię im, że wypożyczyłem motocykl, ale słowem nawet nie wspominam o tym, że zamierzam jechać na nim do Paryża. Skoczyliby na mnie oboje, przycisnęli do ziemi i wsadzili w kaftan bezpieczeństwa, co najprawdopodobniej byłoby dla mnie najrozsądniejszym rozwiązaniem. Ale wydaje mi się, że muszę przyjąć to ostateczne wyznanie. W ten sposób skutecznie oczyszczę się z czarnych myśli, poczucia przegranej, pustki. Jeśli mi się nie uda, zostawię motocykl w jakimś garażu, a sam pojadę dalej pociągiem. Uczciwie mówiąc, wolę zaryzykować wyprawę motocyklem niż powtórnie spotkać się z hiszpańskim konduktorem.

Sandy i ja spędzamy tę noc w śpiworze rozciągniętym na podłodze. Sweik koniecznie potrzebuje łóżka dla siebie. Delikatnie pocieszamy się nawzajem, żadnego seksu, tylko pieszczoty, trochę cichych łez i głęboki sen.

Jasne, delikatne nasiona miłości.
Tak przejęte, jeszcze w zielonych pączkach.
Podążę ku ich światłu.

Następnego ranka budzę się bardzo wcześnie. Zaplanowałem sobie, że będę jechał wyłącznie za dnia. O tej porze roku nie robi się jeszcze zbyt gorąco, mogę więc jechać przez cały dzień. Sweik twierdzi, że najlepiej jedzie się między dwunastą a trzecią, kiedy kierowcy ciężarówek robią sobie sjestę. Postaram się wtedy właśnie pokonywać jak najdłuższe odcinki trasy.

Sandy wychodzi ze mną przed hotel. Wyprowadzam z podwórka motocykl Sweika. Zapala po drugim kopnięciu w rozrusznik. Jestem przekonany, że ta maszyna ma niejakie pojęcie o tym, jak bardzo liczę na to, że nie sprawi mi żadnych kłopotów. Mam ze sobą narzędzia, ale gdyby coś naprawdę się zepsuło, jestem załatwiony.

Jest w tym również pewien aspekt psychologiczny, czuję się z nią związany, poślubiony, razem wyruszamy w ostatnią podróż.

*

Siadam na siodełko, Sandy pochyla się w moją stronę i odwraca moją głowę, ciągnąc za brodę; patrzy mi prosto w oczy. Mruga. Przez chwilę żałuję, że nie jedzie ze mną, ale wiem, że nie dojechalibyśmy razem na miejsce, i ja, i motor nie mamy na to dość siły, a poza tym Sweik jej potrzebuje. Myślę też, że i ona potrzebuje Sweika.

— Baw się dobrze, wyleguj się na słońcu i pomóż Sweikowi wrócić do formy.

— Pomyśl o mnie czasem, Scum. Myśl o mnie na krętych i stromych podjazdach.

Odsuwa się. Zaciągam wytarty skórzany pasek kasku pod brodą i wrzucam pierwszy bieg. Patrzę na nią jeszcze raz, łagodnie puszczam sprzęgło i ruszam powoli spokojną ulicą w stronę drogi prowadzącej do Malagi.

Próbuję znowu dosiąść rumaka.
Pognać przez kaniony odwiecznej
Ufności. Nie mogę jej odkupić. Cena
Jest zbyt wygórowana. Pod każdym względem.

Znajduję otwartą stację benzynową na przedmieściach Malagi i napełniam bak, sprawdzam poziom oleju. Wygląda na to, że wszystko jest w porządku. Jeśli nie będę wymagał zbyt wiele od siebie i od maszyny, wszystko będzie jak najlepiej.

Już pięć kilometrów za Malagą droga zaczyna się wznosić. To dobra droga, nieźle utrzymana, a w moją stronę ruch jest niewielki. Słońce właśnie wschodzi i w miarę jak przesłaniają mi je kolejne wzgórza, obserwuję co naj-

218

mniej pięć wschodów i zachodów słońca. Motor szumi, mogłem wybrać drogę przez Linares, ale droga na Kordobę jest lepsza, wybieram więc ten kierunek.

W miarę jak droga wznosi się, zawraca, wije się w zakrętach, jadę głównie na trójce, widoki są wprost hipnotyzujące. Patrzę, jak zmienia się roślinność. Mijam małe miasteczka, brudne, białe domki pomalowane u dołu na czarno, kobiety w czerni. W niektórych miasteczkach dzieci wybiegają mi na powitanie, jest środek tygodnia, zastanawiam się, dlaczego o dziesiątej rano nie są w szkole.

Pierwszy postój robię już w górach. Nie jestem szczególnie zmęczony, ale motor rozgrzał się od ciągnięcia pod górkę, znajduję sobie spokojne miejsce przy drodze, rozciągam się na ziemi i jem bułkę, którą zostawiłem sobie ze śniadania. Będę jechał do jedenastej trzydzieści, odpocznę porządnie, a potem rozpocznę trzygodzinny maraton do trzeciej po południu. Sweik miał rację, najgorsza jest konieczność wymijania ciężarówek. Każda jedzie z prędkością niecałych czterdziestu kilometrów, wszystko to diesle, więc dymią wprost upiornie. Trudno znaleźć bezpieczne miejsca do wyprzedzania na ciasnych zakrętach.

Do Kordoby docieram około czwartej po południu. Całe lata minęły już od chwili, gdy po raz ostatni zwiedzałem katedrę, więc idę tam, kiedy tylko znalazłem dla siebie wolny pokój na noc.

Nie ma tu prawie wcale turystów. Obszerny dziedziniec nawiedzają echa obutych w sandały stóp muzułmanów w galabijjach. Ciemne wnętrze jest jak las grubych kamiennych kolumn, nie ma tu nic z charakteru chrześcijańskiego kościoła. Szkoda, że nie można wymienić tej katedry za Haghia Sophia, chrześcijańską bazylikę, której muzułmanie używają jako meczetu, zamalowawszy wapnem wszystkie mozaiki. Wszystko to jeden wielki zbieg okoliczności w czasie i przestrzeni.

Spaceruję, wdychając zapach wilgoci, zapach starości, tajemnicy dążeń do wieczności. Miłe zamknięcie pierwszego dnia podróży, dnia zanurzonego w niebie i kurzu z drogi.

Wędruję wąskimi uliczkami, jem kolację w pierwszej napotkanej restauracji; nie ma jeszcze dziewiątej. Zastanawiam się, jak wygląda sytuacja w Torremolinos. Kładę się do łóżka o wpół do dziesiątej, mam nadzieję, że wstanę i wyruszę w drogę wraz ze wschodem słońca.

Rozpamiętuję przeszłość, tęsknię.
Stary głupiec ze mnie,
Który musi się jeszcze wiele nauczyć.

Następny etap jest o wiele dłuższy, próbuję dojechać do Madrytu w jeden dzień. Jadę bez przerwy przez trzy godziny, od świtu do około dziesiątej rano. Odpoczywam przez pół godziny, a potem jadę aż do południa. Jazda jest już łatwiejsza, bo przejechałem najgorszą część gór. Motor ciągnie wspaniale. Napełniłem bak w Kordobie, ale będę musiał zatankować jeszcze raz przed Madrytem. W czasie sprintu od południa do trzeciej przejeżdżam pięćdziesiąt kilometrów, rozglądając się w poszukiwaniu stacji benzynowej. Kiedy znajduję wreszcie otwartą stację, mam zaledwie jedną ósmą baku.

Do Madrytu wjeżdżam o siódmej wieczorem. Tym razem jestem śmiertelnie zmęczony. Zaczynam rozumieć, co mówił do mnie Sweik. Trudno jest koncentrować się, kiedy zdaję sobie sprawę, że moje życie w każdej chwili może znaleźć się w niebezpieczeństwie. Na tak wiele rzeczy trzeba stale zwracać uwagę — dziury w jezdni, ciężarówki, szybkie mercedesy nadjeżdżające z tyłu, każdy samochód wyrzuca spod kół kurz i drobne kamyczki.

Mój umysł jest zmęczony, ale nie tak jak moje ciało. Nie mam właściwie kłopotów z kręgosłupem, cały jednak jestem zesztywniały. Wynajmuję pokój niedaleko Prado i przez pół godziny ćwiczę różne pozycje jogi, aby się rozluźnić. Przydałby mi się teraz masaż Sandy. Staram się o niej nie myśleć.

Wychodzę i przez pół godziny spaceruję wokół Puerta

del Sol, zachodzę do baru, zamawiam smażone małże i dwie szklanki wina, a potem wracam do łóżka. Śpię jak zabity.

*

Następnego dnia kieruję się w stronę Burgos. Mieści się tutaj jedna z moich ulubionych katedr, katedra o cudownej przestrzenności, pełna powietrza, mimo tajemniczych ciemnofioletowych i błękitnych witraży. Ze wszystkich znanych mi kościołów ten budzi jedne z najsilniejszych uczuć religijnych.

Jazda nie jest specjalnie zła, ale robi się chłodniej i nie mam już nad głową wspaniałego błękitnego nieba. Nie spieszę się, robię postoje co godzina, tak jak to sobie obiecałem, z wyjątkiem etapu około południa. W miarę jak jadę coraz dalej na północ, ruch przybiera na sile, a teren staje się coraz bardziej płaski. Nie jest to już słoneczna Hiszpania, czuję już, że jestem w Europie, choć teren nadal nie jest całkowicie równinny. Rzadko przekraczam siedemdziesiąt kilometrów na godzinę, więc co chwila mijają mnie samochody i ciężarówki. Dwa razy spore kamienie trafiają prosto we mnie, jeden uderza w gogle i pozostawia ślad na szkle. Po tym wypadku zjeżdżam na bok i raz jeszcze myślę o całym swoim pomyśle. Teraz wydaje mi się bardzo głupi i prawie się poddaję. Ale za daleko już się posunąłem i chcę skończyć tę wyprawę, a zatem ruszam przed siebie. Nie wiem właściwie, co zamierzam w ten sposób udowodnić, ale na pewno nie chciałbym znaleźć się w sytuacji, w której musiałbym wyjaśnić to Kate albo jakiejkolwiek innej rozsądnej osobie, komukolwiek, kto nie musi walczyć o swoje życie.

Kiedy wjeżdżam do Burgos, do zamknięcia katedry zostaje mi już tylko pół godziny. Parkuję przed katedrą i przechodzę główną nawą, pozwalając spokojowi i ciszy przeniknąć mnie na wylot. Potrzebuję tego bardzo. Na drodze spotkało mnie dziś aż nazbyt wiele wrogości.

Przezroczyste cienie zdają się wypełniać całą katedrę; błękitne, purpurowe i fioletowe na wielobarwnym, szarym kamieniu. Klękam przed ołtarzem i odmawiam krótką modlitwę do tych, którzy zechcą mnie wysłuchać, jeśli jest ktoś taki. Proszę, by pomogli staremu człowiekowi na starym motocyklu, który prosi ich w tym starym kościele, aby wytrzymał jakoś jeszcze trzy dni. Dziękuję za ostatnie trzy dni. Później znajduję wolny pokój, ćwiczę jogę, a potem zapraszam sam siebie na smakowitą kolację w eleganckiej restauracji. Kamień, który trafił dzisiaj w moje gogle, umocnił tylko we mnie radość życia. Chcę to jakoś uczcić.

Kiedy osłabła moja ekspansja?
W którym momencie, dla świętego spokoju
Zrezygnowałem? Jestem jak pocięta,
Wyschnięta, nie używana taśma klejąca.

Przejazd do San Sebastian nie sprawia mi prawie żadnych kłopotów. Ci, do których się modliłem, muszą jednak posiadać pewną władzę. Docieram na miejsce po południu. Parkuję motocykl i wybieram się na spacer promenadą i dalej na plażę. Pogoda poprawiła się wyraźnie, ale jest jeszcze zbyt chłodno na kąpiel. Spaceruję wzdłuż brzegu, wymachując ramionami, próbuję poprawić krążenie, co jakiś czas ćwiczę też skłony. Patrzę, jak dzieci grają w piłkę nożną na plaży. Boże, one muszą spalać nadmiar energii, a mnie pozostał tylko tlący się płomyczek.

Gdzieś głęboko w pokładach umysłu
Istnieje jaskinia mentalna. Dostrzegam w niej
Niewyraźne światełko, które porusza się
Jak rtęć. Senny blask wiedzy.
Zamykam się i zapadam z powrotem w ciszy.

Wsiadam ponownie na motor o drugiej i decyduję, że pojadę prosto do Tours. Uznaję, że jeśli mi się nie uda, zawsze mogę zatrzymać się gdzieś po drodze.

*

Granicę przekraczam z łatwością. Sweik dał mi wszystkie dokumenty motocykla i pismo, w którym pozwala mi na jego używanie. Po obydwu stronach granicy nikt nawet na nie nie patrzy. Stary, brudny motocykl nie robi specjalnego wrażenia na ludziach, którzy się na tym nie znają. Jest właśnie pora lunchu, nie ma więc kolejki, celnicy są odprężeni i odbija im się co chwila.

Wspaniale jest znaleźć się z powrotem we Francji. Saint-Jean-de-Luz wygląda jak prawdziwy, nowoczesny świat w porównaniu z tym, co oglądałem przez kilka ostatnich dni. Pędzę wspaniałą szosą z obu stron obsadzoną jaworami. W razie wypadku drzewa te stanowią śmiertelne niebezpieczeństwo, ale są przy tym tak piękne, że prawie warto. Chwilami czuję się tak, jak gdybym jechał przez drewniany tunel. Dostrzegam już zieleń pierwszych liści.

Do Tours dowlokłem się o wpół do ósmej. Tym razem parłem do przodu za wszelką cenę. Motor sunie jak nowy. Stale sprawdzam łatwo psujące się drobiazgi — linki hamulców, rurki paliwa, sprzęgło. Co wieczór wykręcałem i czyściłem świece. Motocykl robi na mnie coraz większe wrażenie, ja sam również robię na sobie coraz większe wrażenie. Po najdłuższej jeździe jestem o wiele mniej zmęczony niż poprzedniego dnia. Zaczynam rozumieć uczucia Sandy, radość bycia w podróży. Oczywiście, ucieszę się, kiedy wreszcie dotrę na miejsce, kiedy znowu będę mógł chodzić na dwóch nogach, ale jazda na tym motorze, który wprost pożera kilometry, nie jest wcale taka zła. Może dzieje się tak po prostu dlatego, że jestem coraz bliżej domu. Myślę nawet o nadłożeniu kawałka drogi i przejechaniu doliną Loary, aby obejrzeć tamtejsze zamki, ale to byłoby już prowokowanie nieszczęścia. Nie należy rzucać bogom wyzwania.

Ufamy bogom i pokładamy nadzieję,
Że wspomogą nas, kiedy pogrążymy się
W bagnisku bankructwa.

223

Znam mały hotelik koło katedry, znajduję tam wolny pokój. Wspaniale jest podróżować poza sezonem. Znam też niewielką restaurację, gdzie serwują tureńskie przysmaki. Zachodzę tam i po raz pierwszy od dwóch tygodni jem francuskie jedzenie. Chociażby dlatego warto było wyjechać.

Po kolacji spaceruję wokół zamkniętej katedry. Zawsze wydaje mi się, że zamykanie kościołów na noc jest błędem. Właśnie w nocy, czasami nawet o trzeciej rano, można najpełniej skorzystać z kościoła. Domyślam się, że boją się złodziei, ale osoba prawdziwie religijna nie powinna przejmować się tym, że biedny może coś zabrać. Wyobraźcie sobie tylko kościoły jako ogromne schroniska dla ubogich, pełne składanych łóżek, to byłoby prawdziwie religijne.

Dzisiaj nie modlę się i nie uprawiam jogi. Kładę się do łóżka o dziewiątej; jutro czeka mnie jazda zatłoczoną szosą do Paryża.

Budzę się około piątej rano, znakomicie wypoczęty. Decyduję się na wczesny wyjazd. Jest zimno, więc starannie zapinam kurtkę Sweika. Na zewnątrz jeszcze ciemno, na ulicach palą się latarnie, jest prawie pusto. Wyjeżdżam na główną drogę prowadzącą na północ. Uznaję, że lepiej będzie trzymać się z dala od autostrad, byłaby to otwarta drwina z bogów. Wyprawa pozbawiona jest jakichkolwiek wydarzeń, czuję się pełen adrenaliny z tęsknoty za rodziną. Prawie wcale się nie zatrzymuję. Na plac Saint--Sulpice wjeżdżam w chwili, gdy dzwony zaczynają radośnie oznajmiać wypełnione słońcem południe.

Sweik dał mi klucz od swojego pokoju, zabieram ze sobą torby i kask i idę do jego hotelu. W pokoju znajduję brezent dokładnie tam, gdzie powinien leżeć, wracam i zakrywam nim motocykl. Czuję się tak, jak gdybym żegnał się ze starym przyjacielem, jak gdybym rozwodził się z żoną, która była dla mnie wsparciem i przyjacielem. Chciałbym móc coś dla niego zrobić, uratować go przed rdzą, zniszczeniem, złomowiskiem.

Znowu jestem sam ze sobą, poślubiony samemu sobie. Czuję się całością. Miałem wszystkie konieczne rekwizyty: coś starego — siebie, coś nowego — Sandy, coś pożyczonego — ariela i coś błękitnego — niebo nad głową, prawie cały czas.

Pakuję swoje rzeczy do małej torby, jadę metrem i docieram do domu, zanim jeszcze wszyscy wracają ze szkoły. Ścielę łóżko i kładę się spać.

*

Kate budzi mnie pocałunkiem i uściskiem, pociągam ją na siebie i przyciskam mocno. Czuję się tak, jak gdyby dzielił nas milion kilometrów. Dowiaduję się, że przez cały ten czas padało w Paryżu, moja opalenizna robi na nich ogromne wrażenie. Kate twierdzi, że wyglądam, jak gdybym zrzucił pięć kilogramów i o dziesięć lat młodziej, i miło widzieć, że znowu się śmieję.

Opowiadam jej o Sture i Annie, mówię, że moi przyjaciele z Paryża dotarli na miejsce. Nie mówię zbyt wiele o Sandy, nie wspominam też o podróży powrotnej na motocyklu. Może opowiem jej o tym pewnego dnia.

Tego wieczora przeglądam ukończone już obrazy z cyklu Marais.

Naprawdę czuję się doładowany. Czuję się jak nowo narodzony, jak nowy człowiek.

Rozdział 15

GNIAZDO NATURY

Cały następny dzień spędzam na pakowaniu samochodu przed wyprawą do młyna. Wyjeżdżamy prosto spod szkoły, kiedy tylko Kate i dzieci kończą lekcje: udaje nam się wyruszyć już o trzeciej dwadzieścia, w ten sposób uciekamy przed korkami. Młyn kupiliśmy dziesięć lat temu. Wtedy była to ruina młyna, położona na południowy wschód od Paryża. Ta część Francji nosi nazwę Morvan, stanowi fragment Masywu Centralnego. Jest to piękna, ale bardzo uboga dzielnica Francji, słabe gleby i brak przemysłu, swego rodzaju francuskie Appalachy. Zapłaciliśmy wtedy za tę ruinę dwa tysiące dolarów, była to okazja, której stary Scumbler nie potrafił przepuścić.

Młyn ma prawie trzysta lat. Świetnie się bawiłem, zbierając kamienie i cementując je na miejscu, kładąc nowy dach z używanych dachówek, doprowadzając wodę i zakładając tu kanalizację i elektryczność. Zrobiłem wszystko, co powinien zrobić Scumbler. Teraz spędzamy tam Boże Narodzenie, Wielkanoc i wakacje. Nigdy go nikomu nie wynajmujemy, to nasze prawdziwe gniazdo, ostateczne schronienie.

Wspaniale jest przyjeżdżać tu na święta. Nasz własny wielkanocny zajączek robi najlepsze na świecie ręcznie zdobione czekoladowe jajka wypełnione masą kokosową. W wielkanocny poranek, niezależnie od tego, czy pada deszcz, śnieg, czy też świeci słońce, bawimy się, ukrywając jajka i koszyki dookoła stawu przy młynie.

Na każde święta mamy coś specjalnego. Na Boże Narodzenie stawiamy choinkę, czteroipółmetrowe drzewko, ozdobione prawdziwymi świeczkami, które stoi aż do Wielkiej Nocy. W młynie panuje taka wilgoć, że zawsze pozostaje do końca świeże i zielone.

W Wielki Piątek po raz ostatni zapalamy świeczki, a potem rozbieramy drzewko. Rozbieranie choinki to jedna z najsmutniejszych rzeczy na świecie, świetnie pasuje do tego właśnie dnia. Daje to początek świeżości, jaką niesie ze sobą Wielkanoc.

Wszystkie nasze święta są raczej pogańskie. Jako że jestem męską czarownicą, uwielbiam Halloween.

Czwartego i czternastego lipca uświetniamy fajerwerkami wystrzelanymi nad stawem, sztuczne ognie wspaniale odbijają się w wodzie. Przychodzi do nas wtedy cała wioska.

We wspaniałym pogańskim nastroju oczekuję zatem Wielkanocy.

Serce bije z radości świeżymi listeczkami,
Które chłoną przejrzyste młodziutkie słońce.
Oddaję duszę życiu,
Narodzinom i nowemu początkowi.
Świeżość przyrody odnawia
Moją strudzoną krew,
Wskrzesza moje zbolałe serce.

Najpierw muszę jednak powrócić pamięcią do ostatnich świąt Bożego Narodzenia. Wtedy właśnie zdarzyło mi się rozmawiać z *madame* Mathilde z naszej wioski. *Madame* ma osiemdziesiąt trzy lata; jej mąż umarł trzy lata temu w wieku dziewięćdziesięciu dwóch lat. Nadal mieszka sama, nadal zajmuje się ogródkiem, nadal co rano chodzi do kościoła na wzgórzu na mszę.

Wychowała swoje własne dzieci, całą czwórkę, potem, kiedy miała już pięćdziesiąt lat, a dzieci dorosły i wyniosły się z domu, poczuła się samotna i wzięła na wychowanie troje sierot. Ostatnie z nich opuściło dom, kiedy miała siedemdziesiąt lat. Twierdzi, że dzieci z jej drugiej rodziny kochają ją bardziej. Prawdopodobnie za drugim razem była lepszą matką, wiedziała więcej o życiu i o tym, co rzeczywiście się w nim liczy.

Nigdy tak naprawdę nie znalazłem wspólnego języka z moją pierwszą rodziną, ale na pewno cieszy mnie gniazdo, które w końcu zbudowałem.

*

Opieka nad sierotami ma długą tradycję w Morvan. W dziewiętnastym wieku Morvan słynęło z mamek. Tutejsze dziewczyny rodziły dzieci, zostawiały je, a same uciekały do Paryża, żeby służyć za dojne krowy paniom z wielkiego świata. Takie rozwiązanie odpowiadało wszystkim, z wyjątkiem dzieci.

Łzy — znaki przestankowe życia.
Jak łatwo przeoczyć te łzy,
Które niczego nie powstrzymają,
Choć łatwo je powstrzymać.

A zatem w czasie ostatnich świąt Bożego Narodzenia zakładam u *madame* Mathilde elektryczność, aby mogła podłączyć koc elektryczny, który dla niej kupiliśmy. Mathilde ma reumatyzm w kolanach i dłoniach, mieszka w wilgotnej chatce w pobliżu strumienia wypływającego ze stawu. Uznaliśmy, że trochę ciepła zimą mogłoby jej pomóc. Daliśmy jej koc, a ona otuliła się nim, ale nie włączyła do kontaktu, mówi, że i tak pomaga, amerykańska magia.

W całym jej domu jest tylko jedna lampa, nie ma żadnych gniazdek. Zakładam więc jedną linię z gniazdkiem. Pokój przesiąkł zapachem starej kobiety, za mało tu światła, by mogła dojrzeć, co robi. Niewiele też ją to teraz obchodzi, nawet przy świetle niewiele widzi; wszystkie swoje rzeczy trzyma w zasięgu ręki. Ubranie męża leży złożone na krześle, czeka, aż je włoży; leży tak od trzech lat, wyprane, wyprasowane, w każdej chwili gotowe do włożenia. Czas nie jest taką prostą sprawą, gdy człowiek się starzeje; nawet dla młodych nie jest to takie proste, no i dla średnio starych, takich jak ja. Wreszcie udaje mi się zamontować gniazdko i podłączyć koc. Pokazuję małe światełko przy włączniku i mówię, jak go regulować. Kiwa głową. Widzę wyraźnie, że nic nie rozumie. Rozkładam koc na górze pierzyn leżących na jej łóżku. Tak naprawdę powinienem wsunąć go pod pierzyny, ale szybciej podniósłbym jej halkę, niż ruszył coś na tym łóżku. Nigdy nie wiadomo, co można by tam znaleźć, może ukrywa tam swojego zmarłego męża, jak Emilia z Faulknera. Nie, byłem na pogrzebie jej męża; jestem pewien, że leżał w trumnie. Sam pomagałem zasypać jego grób.

*

Koc zaczyna się rozgrzewać. Proszę ją, by go dotknęła. Szybko cofa dłoń, w jej starych, zamglonych oczach widzę szok.

— *Mais, monsieur, c'est vivant!*

To żywe, powiedziała. Od razu widzę, że spieprzyłem sprawę. Nigdy nie położy się pod tym kocem. Jeszcze raz wyjaśniam, jak włączyć koc do kontaktu, wyregulować; proponuję, by wsunęła go pod pierzynę. Słucha mnie uprzejmie, ale nawet na chwilę nie spuszcza oczu z koca. Bezbożne czarnoksięstwo! Cudzoziemska magia!

Zauważam też, że jej zegar stoi, to stary zegar po dziadku. Zdejmuję wahadło, w tych wielkich zegarach tak naprawdę nic nie może się zepsuć. To moje ulubione zabawki. Zdmuchuję kurz, doginam haczyk zachodzący na jedno z kółek zębatych, które zeskoczyło ze swojego miejsca. *Madame* Mathilde obserwuje mnie cały czas, kiwa głową, szepcze coś do siebie. Mówi, że zegar chodził bez przerwy od chwili, gdy jej mąż wrócił z wojny.

— Trzydzieści pięć lat — mówię.

— Och, nie — wybucha śmiechem. — O wiele dłużej! Jak się okazuje, ma na myśli pierwszą wojnę światową. Zegar stanął w tydzień po jego śmierci, od tego dnia stał, był to swego rodzaju miejscowy cud, po prostu nie miał go kto nakręcić.

Uruchamiam zegar, to stary typ, na ciężarki. Wyjaśniam Mathilde, jak go nakręcać; wybacza mi czary z kocem. Pytam, jak ogrzewa swój domek, w odpowiedzi pokazuje mi mały piecyk na drewno, którego używa do gotowania i ogrzewania, mówi, że dawniej przynosiła drwa z *bois*, ale teraz kupuje je od *monsieur* Perichon.

Wyjaśnia, że dawniej każdy dom miał swój *petit bois*, lasek. W większości nikt z nich teraz nie korzysta; wszyscy założyli sobie centralne ogrzewanie, przerzucili się na gaz, ropę albo elektryczność. Nie wie nawet, gdzie położony jest jej lasek. Oczywiście, zaczynam cały drżeć z podniecenia.

Proponuję *madame* Mathilde, że odkupię jej *bois*. Mówi, że jest mój; oddaje mi go za darmo. Odpowiadam, że kupię jej lasek, jeśli zdołam go znaleźć. Tajemnicza sprawa, akurat coś dla mnie, posiadłość zagubiona wśród lasów.

Biegam w lesie. Rozgrzebuję
Ziemię, węsząc wśród zbutwiałych korzeni,
Wśród robactwa. Podnoszę gałąź i glinę,
Ważąc ich ciężar. Co jeszcze pozostawiłem?
Wiem, że powróciłem do domu.

Następnego dnia idę do merostwa, urzędu burmistrza, czyli mera. *Madame* Calvert, również nasza sąsiadka, pracuje tu jako sekretarka. Wskazuje na ścianę wypełnioną podłużnymi kartonowymi pudłami. U góry wypisane jest H — L 1858. Daty zaczynają się od roku 1814. Nie mam pojęcia, gdzie szukać, podobnie *madame* Calvert. Wracam i próbuję wydobyć z Mathilde dokładną datę zakupu lasku. Wie tylko, że kupili swój domek po trzech latach małżeństwa, a kiedy *monsieur* zmarł, byli małżeństwem od sześćdziesięciu trzech lat. *Monsieur* to jej mąż. Zawsze mówi o nim tak, jak gdyby był szefem, który właśnie wyjechał na wakacje.

Wracam do merostwa. Obliczam, że było to mniej więcej sześćdziesiąt lat temu. Nazwisko LeCerbe. Przeglądam pudełka na litery od J do M za rok 1921; śmierdzą starym papierem, zbrązowiałe brzegi kartek kruszą mi się w ręku, nic tu nie ma. Znajduję to, czego szukam, w pudełku z datą 1920, roku, w którym się urodziłem. Jest tu opis własności; podana jest również lokalizacja lasku Mathilde. Przepisuję wszystkie uwagi geometry, opis składa się z informacji w rodzaju: „od dużego wiązu, na wschód od płaskiej skały". Jestem rozczarowany, że na planie nie namalowano szkieletu, który wyciągniętym w górę palcem wskazywałby północ. Jadę na motorze Mike'a do Nevers, najbliższego większego miasta, żeby kupić porządne mapy.

Lasek mieści się za zagrodą Rousseau. Poszukiwania zabierają mi ponad pół dnia, znajduję jednak coś, co przypomina stare oznaczenie na drzewie. Określam przybliżone wymiary terenu, całkiem nieźle, spory lasek o kształcie gruszki. Schodzi w dół do strumienia, który ogranicza go od dołu. Teren jest mocno zarośnięty, od trzydziestu lat nikt nie ścinał tu drzew. Całość ma w przybliżeniu powierzchnię pięciu tysięcy metrów kwadratowych, około jednego akra. Doskonale nadaje się do realizacji moich planów. Jest nawet zarośnięta ścieżka wchodząca pięćdziesiąt metrów w głąb lasku.

Notuję wszystko i wracam do Mathilde; mówię, że znalazłem jej *bois*. Macha tylko ręką. Mówię, że chcę go kupić, ale wzrusza tylko ramionami.

Proponuję jej tysiąc franków, to jest około dwustu dolarów. *Madame* Calvert pisze umowę w znośnej francuszczyźnie. Nie sądzę, by Mathilde miała kiedykolwiek tak dużo pieniędzy. Nadal nie potrafi zrozumieć, dlaczego nalegam, by je przyjęła. Wyjaśniam jej w kółko, czuję się jak Ojcowie Pielgrzymi kupujący ziemię od Indian, za chwilę zacznę wciskać jej kolorowe paciorki.

Oczywiście, cała sprawa musi przejść przez notariusza, ten sukinsyn liczy sobie za nic czternaście procent. Nieważne, kim się jest, zawsze ma się wokół siebie złodziei. Handlarze zabierają wszystko, a sami nic nie robią.

Skoszone brzegi. Wymyślne żywopłoty.
Ogryzamy bezmyślnie zakupione smakołyki,
Plastykowe cacka, gadżety życia.
Płacimy tym kurwom dziesięcinę,
Która doprowadza ciężko pracujących ludzi do grobu.

*

Wróćmy zatem do ferii wielkanocnych po powrocie z Hiszpanii. W naszej opowieści wyłażą co jakiś czas szwy, nic na to nie poradzę.

W życiu nawet materiał na garnitur
Może okazać się wstęgą Möbiusa.
Podróżą po górskiej serpentynie.
Nie sądzę jednak, bym wyrobił zakręt.

Umowa zostaje zawarta przed Wielkanocą; mam swój lasek. Kate uważa, że zwariowałem, ale śmieje się tylko; przywykła już do moich szalonych pomysłów, nauczyła się nawet niektóre z nich lubić. Zamierzam zbudować chatę, schronienie w dziczy dla wielbicieli natury.

Ciągle wysłuchuję, jak obszarpane, wyobcowane dzieciaki — na ogół dzieci moich przyjaciół — które jedzą wyłącznie ciemny ryż, otręby i orzechy, twierdzą, że chciałyby żyć pośród nie skażonej zanieczyszczeniami natury. Siedzą, wydmuchują mi w twarz dym z papierosów i opowiadają, jak to podłe kapitalistyczne sukinsyny niszczą powierzchnię naszej pięknej planety.

Stary Scumbler wybuduje dla nich idealne schronienie w miejscu, gdzie ludzka stopa nie stanęła co najmniej od trzydziestu lat. Nie będzie to jednak Afganistan czy herbaciane wzgórza Cejlonu, ale samo centrum cywilizacji, *la belle France*.

Wszystko wykonam z naturalnych materiałów — naturalnych kamieni, naturalnego drewna, naturalnej ziemi. A później stary Scum wynajmie całość za pieniążki o naturalnej ciemnozielonej barwie.

Zamierzam dobrze się bawić, budując ten domek. Po wyprawie do Hiszpanii przepełnia mnie energia, jestem gotów do malowania. Wykorzystam nadmiar tej energii do budowy. Próbuję też wymazać ze swej pamięci Sandy; moja stara dusza potrzebuje trochę spokoju.

Przywiązuję do hondy Mike'a szpadel i kilof, biorę ze sobą lunch. Mike trzyma swój motor tutaj, twierdzi, że Paryż jest zbyt niebezpieczny, by jeździć tam motocyklem. Ma rację, ale jak inaczej mógłbym poruszać się po mieście z płótnem i sztalugami? Przebijam się do swojego lasku, honda nie jest wprawdzie motocyklem crossowym, ale jeśli prowadzę ją ostrożnie, nieźle sobie radzi. Soki budowniczego gniazd wzbierają jak szalone. Zamierzam wybudować następne schronienie. Myślę, że moje obrazy również stanowią swego rodzaju schronienia. Tworzę swoje własne światy, wślizguję się do środka, a potem zapraszam innych, aby do mnie dołączyli. Ten opis odnosi się również do tej książki, gdy głębiej się nad tym zastanawiam. Rozejrzyjcie się dookoła, jak wam się podoba we wnętrzu mojej głowy? Trochę tu bałaganu, nieprawdaż?

> *Obopólna inwazja. Splećmy*
> *Nasze serca i umysły w miejscu,*
> *Gdzie akurat nas nie ma.*
> *Czy można wyobrazić sobie*
> *Większy cud albo boleśniejszą stratę?*

Kopię dół o wymiarach cztery na sześć metrów — przyjemne proporcje. W wyższym końcu wykopuję około półtora metra, w płytszym metr. Pełno tu kamieni, odkładam je na bok. W tej krainie ziemia kryje w sobie tony kamieni, to właśnie jest przyczyną ubóstwa rolników. Wszystkie domy w okolicy zostały zbudowane z kamienia; większość bez użycia zaprawy, murarze mieszają ziemię z wapnem i starannie układają kamienie. W ten właśnie sposób zbudowano mój młyn, a ma już prawie trzysta lat. Fale dźwiękowe wzbudzane przez odrzutowce ponaddźwiękowe z bazy lotniczej w Dijon rozwalą go pewnego dnia, jeśli rząd wreszcie nie zmądrzeje; domy i obory rozpadają się w okolicy przez cały czas.

Wykopanie i wyrównanie fundamentu zajmuje mi cztery dni. Czuję, że nabieram krzepy, zawsze lubię popracować fizycznie w czasie wakacji. Kate zajmuje się wtedy domem, nie musi uczyć w szkole. Kopanie fundamentów, praca w cemencie — podobne zajęcia każą zgęstniałej już krwi krążyć szybciej, wydłuży to moje życie o ładnych kilka lat.

Postanowiłem zbudować ten dom na sposób starożytnych Galów.

Wynajduję cztery proste pniaki, małe sosenki; ścinam też około dwudziestu drzewek, nie okorowuję pni, wszystko musi przecież być naturalne.

Następnego dnia zawożę na miejsce worek cementu, pięćdziesiąt kilo. Manewrowanie motorem z takim bagażem nie jest łatwe, ale jakoś docieram na miejsce; ostatnie pięćdziesiąt metrów na przełaj. Praktyka, jakiej nabyłem, przyprowadzając ariela Sweika z Hiszpanii, przydaje się jak znalazł.

Zaskakujące, jak znakomicie niscy Francuzi radzą sobie z ciężarami, przerzucają pięćdziesięciokilowe worki jak piłki lekarskie. Mężczyźni w Morvan mają po metr pięćdziesiąt wzrostu — stara celtycka krew, wieczny niedostatek jedzenia, nazbyt wiele ciężkiej pracy. Są to twardzi, niewysocy faceci o mocnych rękach. Większość z nich przesadza z piciem, rzadko dożywają pięćdziesiątki. Kobiety żyją tu wiecznie. Stary *monsieur* LeCerbe, mąż Mathilde, był zaskakującym wyjątkiem, ale teraz i on nie żyje. Jestem jedynym starym mężczyzną w wiosce — stary kogut i grupka starszych pań. Kiedyś zbiorą

się wszystkie i pochowają mnie na cmentarzyku na wzgórzu, będę miał stamtąd ładny widok.

Po pogrzebie naszej miłości
Uknułem pośmiertnie intrygę.
Odwiedź mój grób! Przyjdź na cmentarz
I zaśpiewaj piosenkę w hołdzie,
Choć mnie nie będzie w grobie.
Popatrz na wzgórza i pomyśl,
Że teraz jestem ich częścią.
Wtedy wreszcie pojmiesz! Czy słyszysz mnie?

Zaczynam mieszać cement z ziemią na dnie mojego
wykopu. Najpierw mieszam starannie na sucho, a potem
wlewam wodę, którą przynoszę ze strumienia. Przygotowuję tak po metrze za jednym razem. Wylanie całej podłogi zajmuje mi dwa dni. Potem przez jeden dzień pozwalam jej schnąć, to Wielkanoc. Tego dnia jem tyle jajek,
że robi mi się niedobrze, to też część rodzinnej tradycji.

Następnego dnia czuję się trochę ospały, zaczynam
jednak wznosić ściany z kamienia. Układam kamienie
i wypełniam cementem wolne przestrzenie. Za każdym
razem przywożę ze sobą następny worek, idzie mi to coraz
lepiej. Teraz pomagają mi już dzieci, bawią się razem ze
mną, rozbudzam w nich w ten sposób instynkt budow-
niczych gniazd. Mike nieźle radzi sobie z pracą w cemencie, to przydatna umiejętność dla młodego człowieka. Tim
i Sara mieszają zaprawę, przynoszą wodę ze strumienia.
Tworzymy prawdziwy zespół.

Wznosimy ściany na trzydzieści centymetrów powyżej
poziomu gruntu, po zewnętrznej stronie izoluję je folią,
by woda spływała w dół zbocza. Obsypuję ściany ziemią,
aby ukryć folię, nie mogę odstraszać moich wielbicieli natury widokiem okropnego plastyku.

Teraz moje nowe gniazdo wygląda jak piwnica domu
zmiecionego przez tornado. Na środku podłogi pozostawiłem dziurę, teraz wypełniam ją cementem i ustawiam
centralny słup, ma około trzech metrów wysokości. Belki

podtrzymujące dach wychodzą od centralnego wspornika ku ścianom, opieram je o mur, wystają mniej więcej metr. W tej robocie pomaga mi Sara, ma oko dokładne jak poziomnica i potrafi posługiwać się całym swoim ciałem przy przenoszeniu ciężarów. Staram się nie zmuszać dzieci do udziału w mojej budowlanej manii, ale jestem pewien, że da im to poczucie bezpieczeństwa i sens życia, które później będą im potrzebne. Nawet ośmioletni Tim potrafi wbić w deskę trzycalowy gwóźdź, nawet go nie zginając.

Przypomina to stawianie tipi, tylko że nasza budowla będzie bardziej trwała. Końce belek mocujemy w cemencie i kamieniu. Cała konstrukcja jest bardzo mocna, dzieci świetnie się bawią, łażąc po dachu. Drzewa wycinałem w dolnej części stoku, tak by otworzyć widok z okien i zrobić miejsce na wejście. Wejście i tak będzie przypominało drzwi do norki hobbita, najwyżej metr dwadzieścia wysokości. Wstawiam drewniane drzwi, a potem wykopuję trzy schodki poniżej poziomu gruntu.

Wykorzystuję również dachówki, które zostały mi z remontu młyna. Podkłady kupuję w Chateau-Chinon. Dachówki kupiłem w przedsiębiorstwie rozbiórkowym, kosztowały zaledwie piętnaście centymów za sztukę, więc wykupiłem cały zapas. To prawdziwa ręczna robota w sabaudzkim stylu, niełatwo dzisiaj takie znaleźć.

W tylnej ścianie zostawiłem dziurę na komin. Pracujemy jak wariaci i w jeden dzień budujemy komin i palenisko z kamieni. Teraz musimy już zbierać je po okolicy. Kiedy kończymy robotę, w promieniu stu metrów nie ma ani jednego większego kamienia.

Następnego dnia zakładam okna o szybach z grubej folii. Prawdziwe szkło jest zbyt drogie i bardzo trudno byłoby dostarczyć je tutaj na motocyklu. Moi wielbiciele natury będą musieli zdzierżyć jakoś obecność plastyku, lepsze to jednak od całkowitych ciemności albo wiatru hulającego po domu. Robię szczelne, podwójne okna, foliowe szyby można podwijać w czasie ładnej pogody.

Razem z Mike'em przycinamy trochę gałęzi, by poprawić widok na strumień. Gałęzie wykorzystamy do zrobienia mebli. Robimy prymitywne krzesła i stołki. Projektuje je Sara, Mike ścina gałęzie, a ja i Tim zbijamy je gwoździami. Są proste, ale wygodne.

Z młyna przyciągam kawał gąbki na łóżko, a koło paleniska buduję platformę, na której go ułożę. Wyszukujemy w domu kilka zapasowych noży, łyżek i widelców. Znajdujemy nadtłuczony dzbanek i miskę do mycia. Przywożę palnik gazowy, którego od dawna nie używam, i butlę na gaz. Wykopujemy dół na nieczystości, dwadzieścia metrów w dół stoku, przy ścieżce prowadzącej do strumienia. Niewielkie zanieczyszczenie nie może nikomu zaszkodzić. Mike stawia siedzisko i osłania je parawanem z gałęzi. Nie ma wprawdzie dachu, jest za to wspaniały widok na gwiazdy. Sara przynosi tu nawet rolkę papieru toaletowego, nad którą zawiesza pojedynczą dachówkę, by chronić papier przed deszczem — wszystkie wygody, tak jak w domu.

*

Nasi miłośnicy natury mogą nosić wodę ze strumienia, używać świec albo lampy naftowej, gotować na piecyku i ogrzewać domek paleniskiem. Prawdziwy miłośnik natury mógłby żyć tutaj w wielkim stylu. Kiedy przychodzi pora powrotu do Paryża, wszyscy żałujemy, że trzeba stąd wyjeżdżać.

Sara i Mike chcieliby zostać tu razem z Timem, ale szkoła nie puściłaby tego płazem. Już teraz nie mamy tam najlepszej opinii, ponieważ nie zmuszamy dzieci do chodzenia do szkoły, jeśli nie mają na to ochoty. Istnieje prawdziwa choroba, którą nazywam *mal d'école*, choroba na szkołę, a najlepszym na nią lekarstwem jest dzień spędzony z książką w łóżku. Jeśli dziecko czuje się w szkole jak więzień, pozbawia to uczenie się i myślenie wszelkiej radości. Dyrektor należy jednak do tych, którzy więcej czasu poświęcają na sprawdzanie, czy „więźniowie" siedzą w swoich celach, niż na dowiadywanie się, czego się uczą; powinien znaleźć sobie pracę jako strażnik więzienny. Budowa chaty kosztowała nas niecałe sto pięćdziesiąt dolarów. Budowa takiego gniazda to prawdziwa zabawa. Wynajmiemy je po pięćdziesiąt dolarów za miesiąc. Wiem, że klienci będą się szybko zmieniać, żadne dzieciaki nie wytrzymają tam zbyt długo, będziemy więc nalegać, by płacili z góry co najmniej za trzy miesiące. Właściwie przecież zamierzam zrobić im grzeczność, pomóc w odnajdywaniu swojej prawdziwej osobowości, dowiedzą się wtedy, ile naprawdę potrafią znieść, być może odkryję w ten sposób współczesnego Thoreau, a to byłoby miłe.

Mam szansę, by nauczyć się kroków
Tańca życia w sali balowej pod nieruchomymi
Gwiazdami i powyginanymi gałęziami wiatru.
Czy twoim partnerem jest muzyka sfer,
Wszystkie stworzenia. Gotów? Raz, dwa, trzy!

*

Nie mija jeszcze tydzień od naszego powrotu do Paryża, kiedy syn naszych amerykańskich przyjaciół przyjeżdża w ramach wiosennej gorączki i wiosennej fali gości. Przywiózł ze sobą przyjaciółkę, ubraną w biały komplecik i futrzaną opaskę na czole, w tym stroju dziewczyna wygląda jak cieśla z plemienia Algonkinów.

Chłopak już na wstępie narzeka, że używamy detergentów do zmywania. Nie ofiaruje się, że sam pozmywa naczynia, ani bez detergentów, ani z ich użyciem, ale jego wiedza na temat tego, jak detergenty zanieczyszczają rzeki i strumienie, robi na nas spore wrażenie. Rozmawiamy. Oboje zalewają nas niby-mową:

— Bo sam wiesz, jak to, no.... no, wiesz, co chcę przez to powiedzieć... piękne, stary, naprawdę, tego, piękne... no, jak to powiedzieć...

Trudno się z nimi rozmawia, szczególnie trudno zmusić ich, by powiedzieli coś konkretnego. Te same dziecinne zdania pojawiają się co chwila.

Jak się okazuje, chłopak „zagłębia się" w poszukiwaniach absolutnie „nieskalanego" zakątka Ziemi, gdzie „ludzie mogą żyć jak ludzie". Wszystko to dosłowne cytaty. Dziewczyna ma ogromne, puste oczy, których nie spuszcza z niego nawet na chwilę.

Opowiadam im o swoim nowym gnieździe. Jest w zgodzie z naturą, nie ma tam nic, co kłóciłoby się z naturą lasu, wszystko wykonane z naturalnych, czystych materiałów.

— A na dodatek płynie tam krystalicznie czysty potok i w promieniu dziesięciu mil nie ma żadnego detergentu.

Chłopak siedzi w indiańskiej koszuli ręcznej roboty za pięćdziesiąt dolarów, spięty grubym skórzanym pasem. Patrzy na buty Universe, dwieście dolarów za parę. Unika mojego wzroku, ale jego dziewczyna jest wprost nieludzko podniecona.

— To cudownie, czegoś takiego właśnie szukaliśmy, Dyn!

Do diabła, od jakiego właściwie imienia pochodzi zdrobnienie Dyn? Oboje są obładowani czekami podróżnymi wystawionymi przez siedem banków w pięciu krajach. Nie chcą, by złapała ich dewaluacja dolara, są przygotowani na wszystko. Sam sprzęt kempingowy wart jest tysiąc dolarów, a wszystko to, całkiem przez przypadek, rzucili na podłogę, gdy tylko przekroczyli nasz próg. To właśnie jest zanieczyszczenie!

Mają namiot, który można złożyć do rozmiarów pudełka od papierosów, śpiwory z aluminium Reynoldsa i pierza kolibrów, testowane przez astronautów na Księżycu, piecyk rozmiarów latarki i słoneczną latarkę, która świeci przez tysiąc godzin bez przerwy.

Kiedy tak rozmawiamy, Mike i Sara wracają z dodatkowych zajęć po szkole. Na kolację mamy dzisiaj pizzę, mieli zatem kupić po drodze ciasto u piekarza z sąsiedztwa. Po francusku ciasto nazywa się *pâte*, co my wymawiamy pośrednio między „pot" a „pat". Mike odnosi książki do swojego pokoju, wraca z papierową torbą pełną ciasta, którą wręcza Kate.

— Dostałem tylko kilogram *pâte**, mamusiu. Tylko tyle mieli.

Naszych gości jakby prąd poraził. Dopiero po kilku sekundach zaskakuję, co się stało.

— Ależ, Mike, widzisz, że mamy gości, kilogram nie starczy. Przeleć się do Basfroi.

— Ale on nigdy nie chce sprzedać nam *pâte*, zostawia ją dla swoich znajomych Algierczyków. To byłaby tylko strata czasu!

Nasi goście po prostu pozielenieli, nie wiem, czy składać to na karb szoku, czy zazdrości. Nie życzę sobie ataków serca w moim domu, tłumaczę więc, co znaczy po francusku *pâte*. My wybuchamy śmiechem, a nasi goście chichoczą nerwowo. Dyn zaczyna grzebać po kieszeniach.

Toksyczny lot. Strach w obliczu
Upiornej chwały białych nocy.

W czasie weekendu zawożę ich do Morvan i razem jedziemy do leśnej chaty. Dyn kładzie się na łóżku, dziewczyna siada ze skrzyżowanymi nogami na podłodze, odbiera wibracje, jak wyjaśnia. Buduję ognisko. Prowadzę ich do strumienia i pokazuję toaletę.

— Bardzo organiczne — stwierdza chłopak.

— Cudowne, tak daleko! — mówi dziewczyna.

Żądam zapłaty za trzy miesiące z góry, zanim jeszcze zdadzą sobie do końca sprawę z tego, co robią. Pomagam im w zakupie używanego motoweru w Chateau-Chinon, tak żeby mogli stąd czasem wyjechać, zrobić zakupy. Być może będzie to największe doświadczenie ich życia.

---

* Francuskie słowo *pâte* wymawiane przez Amerykanina brzmi podobnie do *pot,* czyli, w slangu, marihuana.

Chłopak zamierza napisać książkę. Ma gruby zeszyt w czarnej skórzanej oprawie i co najmniej dwadzieścia zatemperowanych ołówków ze swoim imieniem wypisanym złotymi literami. Nie chce powiedzieć, o czym będzie ta książka, mówi jedynie, że bohaterem będzie młody człowiek szukający rzeczywistości w fałszywym świecie — „Swego rodzaju nowoczesny Don Kichot". Wymawia to jak „chichot", tak że dopiero po chwili orientuję się, o co mu chodzi. Ja sam zawsze mówiłem „Kiszot".

Dziewczyna zamierza sporządzić sobie krosno i tkać. Cały ten interes okazuje się tak korzystny, że wyszukuję jeszcze sześć lasków i kupuję je hurtem za niecałe tysiąc pięćset dolarów. Zamierzam z pomocą dzieci pobudować latem więcej takich gniazd natury. Będzie to swego rodzaju prywatny obóz letni dla amerykańskich nastolatków nadmiernie obdarzonych przywilejami.

W drodze do Paryża naprawdę widać wiosnę, im bliżej jesteśmy miasta, tym bardziej wszystko jest zielone. Na kasztanowcach pojawiły się już pierwsze kandelabry. Nie mogę doczekać się chwili, kiedy na powrót zabiorę się do malowania, wydaje mi się, że już od lat nie miałem w ręku pędzla.

Farba płynie w moich żyłach,
Wyblakła, odkąd umieram ze strachu,
Że odejdziesz. Jednak znów nabiera
Barwy krwi w mojej świątyni.
Na ołtarzu wskrzeszonego ducha.

Rozdział 16

CRS=SS

Kiedy na dobre wracamy do Paryża, wsiadam na motor i wracam do Marais. Postanowiłem namalować fasadę sklepu warzywniczego, drzwi sklepu będą otwarte; w tle jest podwórko i je również umieszczę na obrazie. Będzie to duże płótno, wielkość 50F. Farby i pędzle zostawiłem u Goldenberga, wiozę więc tylko płótno przywiązane na plecach. Robiłem to już wiele razy, zawsze przypomina to sterowanie małą żaglówką podczas szkwału.

Zanosi się na deszcz, więc założyłem zniszczoną czarną kurtkę ze sztucznej skóry, kupioną na pchlim targu za trzy dolary. Na głowie mam kask z wypisanym nazwiskiem. Nie muszę się obawiać, że ktoś może próbować go ukraść, jest bardzo stary, a na dodatek nazwisko wypisałem farbą akrylową. Nienawidzę jazdy w kasku, a jeszcze bardziej nienawidzę przypinania go do motocykla. Po prostu zostawiam go na siodełku. Prostym sposobem na uzyskanie poczucia bezpieczeństwa jest wyzbycie się wszystkiego, co ktoś mógłby chcieć ukraść.

Jeśli nie umiesz porzucić swojej miłości,
Nie powinieneś posiadać miłości.
Mówisz, że mógłbyś umrzeć z miłości.
Wobec tego nie powinieneś żyć z nią.

Wolę jeździć bez kasku, ale policja zrobiła się ostatnio bardzo wrażliwa na tym punkcie. We Francji jazda w kasku jest obowiązkowa. Nie sądzę, by zmniejszyło to liczbę wypadków, faktycznie może ją nawet zwiększyć. W kasku niewiele widzi się i słyszy, a poza tym ma się fałszywe poczucie bezpieczeństwa, jest się bardziej skłonnym do podejmowania ryzyka. Gdyby wybór należał do mnie, wolałbym już rozbić sobie głowę. Jestem pewien, że bez kasku jestem bezpieczniejszy. Najpierw pozwalamy rządowi pomagać ludziom, ale już wkrótce uświadamiamy sobie, że chce on kierować całym ich życiem.

> *Biologiczny tatuś, mamusia! Robi ci się*
> *Mdło, kiedy dostajesz kolejnego kopniaka*
> *Od polityków. Urwij się wreszcie*
> *Z garnuszka mamusi, wypierz swój śliniaczek,*
> *Naucz się sam wiązać sznurowadła*
> *I wycierać nosek.*

W każdym razie jadę sobie właśnie na motorze bulwarem Saint-Germain, ubrany w kurtkę i kask, z płótnem przywiązanym na plecach. Wszystko w jak najlepszej zgodzie z prawem. Skręcam właśnie przed mostem w stronę Henri IV, kiedy dwóch facetów z CRS wyskakuje tuż przede mną z pistoletami maszynowymi. Staję. Oczywiście, że staję, a te gnoje ściągają mnie z motoru, zanim zdążyłem postawić go na nóżce. Motocykl przewraca się, a kiedy próbuję go podnieść, odciągają mnie od niego. Pokazują, co potrafią, podczas gdy moja benzyna, po trzy dolary za galon, wylewa się na ulicę. Może być z tego pożar, a nawet wybuch.

Ciągną mnie do jednej z szarych półciężarówek. Muszę wyplątać się ze swojego płótna, żeby przejść przez drzwi. Płótno 50F ma metr na metr dwadzieścia. Opieram je o samochód i wchodzę do środka.

Wyjątkowo złośliwy, sądząc z wyglądu, facet siedzi za biurkiem w tylnej części wozu. Śmierdzi tu śliną i przepoconą skórą. Zdejmuję kask i wsuwam go pod pachę. Mały gliniarz zza biurka wskazuje na niego palcem.

— *Qu'est-ce qu'il signifie ça, monsieur?*
Co to znaczy, pyta. Patrzę na kask.
— *C'est un casque!* — odpowiadam.
— *Ça, ça!*
Pochyla się i wskazuje moje nazwisko wypisane na kasku. Mówię mu po francusku, że to moje nazwisko. Wygląda na cynika, choć może to sceptycyzm, albo i to, i to. Być może moje nazwisko to jakieś hasło pokojowe po francusku... Najpewniej uważa, że głoszę miłość zamiast wojny albo coś w tym rodzaju. To prawda. To bezdyskusyjna prawda, ale nie robię tego, obnosząc na kasku pokojowe hasła!

Prosi o mój paszport. Podaję go. Gapi się w niego przez kilka minut, ogląda wszystkie strony. Jest wkurzony, bo to naprawdę moje nazwisko. Potem pyta, dlaczego mam na sobie skórzaną kurtkę, odpowiadam, że zbierało się na deszcz. Próbuję być tak uprzejmy, jak to tylko możliwe. Pyta, dlaczego jestem *bouclié*. Prawie że podskakuje i rzuca we mnie tym słowem. Nie całkiem rozumiem, co ono znaczy, ale domyślam się, o co mu chodzi. Pytał, dlaczego noszę tarczę.

Cała sytuacja robi się coraz bardziej śmieszna, nie potrafię dłużej ukrywać uśmiechu. Wielki błąd, można się śmiać z francuskich gliniarzy, ale nigdy z CRS. To francuski odpowiednik gestapo — są naprawdę złośliwi, męska choroba powodowana przez nadmiar władzy.

Odpowiadam, że jestem malarzem turystą, a moja „tarcza" to płótno, na którym zamierzam namalować obraz. Jeden z facetów siedzących wewnątrz uznaje, że to zabawne, i zaczyna chichotać. Na pewno mi w ten sposób nie pomaga.

Mały facecik pyta, dlaczego właśnie teraz przyjechałem do Francji, żeby malować. Odpowiadam, że maluję okolice dawnych Hal Targowych. Nie zamierzam mówić, co naprawdę teraz robię. Namalowałem już piękny cykl o okolicach Hal, zanim jeszcze ci idioci zburzyli je, żeby postawić obrzydliwe Forum i Centre Pompidou. Zajęło mi to prawie cały rok, malowałem głównie w nocy albo wczesnym rankiem. Wszystkie obrazy zgromadziłem na strychu, chcę albo sprzedać całość, albo nakręcić kasetę wideo, jedną z tych, o których już wspominałem. Mówię mu, że tam właśnie maluję, gdyby chcieli mnie szukać. Ogarnia mnie paranoja.

To skutek działania społeczeństwa totalitarnego. Tajemnica państwa totalitarnego to stworzenie tak wielu przepisów i podatków, aby nikt nie był w stanie stosować się do wszystkich przepisów, zapłacić wszystkich podatków i przeżyć. Potem rząd stosuje przepisy i podatki tak, by wspierać przyjaciół i niszczyć resztę. Komuniści i faszyści to jedno i to samo, różne są tylko nazwy, ta sama banda złodziei. Francja zbliża się do takiej sytuacji, wielkie zmiany nastąpiły w okresie rządów de Gaulle'a. On naprawdę spieprzył ten piękny kraj.

Gliniarz oddaje mi paszport i każe jednemu ze swoich ludzi wyprowadzić mnie. Ten gnojek ustawia mnie przy samochodzie razem z trzema innymi ofiarami. Wszyscy wyglądają na przerażonych, ja też jestem przerażony. Próbuję odezwać się do jednego z nich, ale nasz strażnik opuszcza znacząco lufę pistoletu. Oni robią to wszystko na serio! Tłumek trzyma się na bezpieczny dystans. Zauważam rząd szarych samochodów CRS po drugiej stronie mostu. Nigdy nie mogę się domyślić, czy robią to dlatego, że dostali jakąś informację, czy też dlatego, że sami chcą coś sprowokować. Sam widok brutali w mundurach, z tarczami i pistoletami, w butach spadochroniarskich i hełmach z plastykowymi przyłbicami może doprowadzić do rozruchów. Paryż staje się powoli miastem pod okupacją.

Miasto miłości i światła,
Zamglone przez nieszczęście,
Które oślepia.

A zatem jestem więźniem CRS, nie wiem, czy powinienem być śmiertelnie przerażony, czy też śmiertelnie wkurzony. Zastanawiam się, jak mógłbym przekazać rodzinie informację o tym, co się ze mną stało. W Paryżu ciągle znikają ludzie, a zwłaszcza cudzoziemcy. Czasami zmuszają ludzi do zeznań, topiąc ich w rzece, bo nie zostawia to śladów. Za stary jestem na takie zabawy, chcę tylko malować swoje obrazy.

Rozglądam się po tłumie, znajduję wzrokiem jakąś młodą kobietę. Przesuwam palcem po nazwisku wypisanym na kasku. Udaje, że niczego nie zauważa, prawdopodobnie kolaborantka. Próbuję zrobić to samo ze starszym mężczyzną i jeszcze jedną kobietą, nie wydaje mi się, by rozumieli, o co mi chodzi, są wyraźnie przerażeni. Może Francuzi naprawdę stracili całą ikrę w błocie okopów pierwszej wojny światowej.

Czas upływa powoli, stoimy tak już ponad godzinę. Dwóch nowych policjantów wysiada z ciężarówki, podchodzą do strażnika stojącego po lewej stronie. Stojący po prawej przechodzi koło nas, to najlepsza okazja, zmiana warty.

Robię cztery kroki w stronę tłumu i odwracam się! Oczekuję podświadomie, że za chwilę przetnie mnie na pół seria z pistoletu. Mam tylko nadzieję, że nie będą strzelać w tłum. Stoję. Boję się, że ktoś mnie wyda. Nic. Nowi strażnicy zajmują stanowiska, poprzednia warta wchodzi do wozu. Inercja zaczyna działać na moją korzyść; cofam się powoli tak długo, aż dochodzę do tłumu. Jakiś starszy pan mruga do mnie okiem, chyba przeżył Verdun. Jestem już prawie wolny.

Muszę teraz zdecydować, czy porzucę motocykl i płótno. Uznaję, że zabieram, co moje; niech ich diabli wezmą. Płótno nadal stoi oparte o ciężarówkę. Podchodzę od drugiej strony, łapię je i przywiązuję sobie do pleców, dłonie drżą mi tak bardzo, że to niełatwe zadanie.

Powoli podchodzę do motocykla. Nikt go nie pilnuje, nadal leży na boku. Podnoszę go, wszędzie wokół rozlana jest benzyna, asfalt zaczyna się topić. Jedna nóżka jest wygięta, a manetka sprzęgła uszkodzona, ale naprawię to wszystko później. Wyprowadzam motor z plamy benzyny —

wybuch to żadna przyjemność. Silnik zapala dopiero po czwartym kopnięciu w rozrusznik. Stary dobry motor robi piekielny hałas. Teraz mnie skoszą, żeby rozbawić tłum. Podjeżdżam wolno do narożnika, a potem pędzę jak wariat na północ. Kręcę się po bocznych uliczkach Marais, aż docieram do Goldenberga. O malowaniu nie ma dzisiaj mowy. Ustawiam płótno obok reszty moich rzeczy i piję dwa kieliszki śliwowicy. Żołądek podskakuje mi z nerwów, co najmniej przez trzy dni będę miał rozwolnienie.

Jadę do domu, opowiadam Kate i dzieciom o tym, co mi się przydarzyło. Nie chcą mi wierzyć; myślą, że to moja fantazja, próbuję uczynić swoje życie ciekawszym, niż jest naprawdę. Omal nie zginąłem w czasie heroicznej ucieczki, a oni nie chcą mi uwierzyć. Mają rację, sam nie chcę w to wierzyć. Uznaję, że lepiej będzie udawać, że nic się nie stało.

> *Jak robaki w ciemnościach*
> *Pełzają larwy strachu,*
> *Czekając na śmietnisku gwałtu,*
> *Aż wykluje się z nich*
> *Duchowa pustka.*

Po kolacji kładę się na podłodze jadalni, śpię jak zabity. Budzę się o trzeciej nad ranem i zaczynam zastanawiać się nad tym wszystkim. Irytuję się tak bardzo, że nie mogę już zasnąć. Biorę valium i diuretyk, muszę dbać o ciśnienie krwi; muszę też zaplanować zemstę.

Ogólnie rzecz biorąc, jestem przeciwko zemście jakiegokolwiek rodzaju. Może bywa słodka, ale na dłuższą metę powoduje próchnicę zębów. Robię głębokie wdechy, próbuję uspokoić krew pulsującą w moich skroniach. Wyobrażam sobie kolorowe ptaki latające po błękitnym niebie. Nic to nie pomaga; nie potrafię zapomnieć o sukinsynach z CRS. Zraniona męska duma nie pozwala ułagodzić się tak łatwo.

Następnego dnia jadę do Goldenberga, zabieram płótno i farby. Wracam do studio i maluję wielki obraz, na którym CRS pałuje studentów, chłopców, dziewczyny, starsze panie. W tle, pośród nocy, płoną domy, leżą powywracane samochody, pod stopami policjantów płynie krew. Maluję ich w błękitach, głównie w błękicie pruskim, w hełmach z opuszczonymi przyłbicami, chroniących się za swoimi tarczami. Trzy dni maluję to zwariowane płótno.

Postanawiam namalować dwadzieścia podobnych obrazów gwałtu, wynajmę galerię, zatytułuję pokaz CRS = SS. W czasie malowania rozsmakowuję się w tym pomyśle.

A potem nagle kończę. „Do diabła, nie! Nie zamierzam robić niczego tak głupiego!" Nie obchodzi mnie to aż tak bardzo, bym miał tracić czas. Poza tym chcę pozostać we Francji. Gdyby francuscy urzędnicy zdenerwowali się i bliżej przyjrzeli mojemu życiu, byłbym skończony.

Poza granicami. Wyjęty spod prawa.
Powinowaty z siostrą mojej żony.
Ale pozbawiony praw w oczach wszystkich,
Którzy próbują zmienić moje życie,
Włączając moją żonę i jej siostrę.

Potem myślę o moich tunelach. Zbiorę cały klub motorowy. Będziemy działać z tuneli, kupimy farbę, zaatakujemy równocześnie na całym Rive Gauche, wypisując sprayem, malując, wydrapując CRS = SS na wszystkich ścianach. Nazwiemy to „Gruyère Affaire". James Bond atakuje Paryż.

*

Do diabła, tego też nie zamierzam robić. Nie zamierzam niczego pisać na tych pięknych murach. Wystarcza mi świadomość, że niczego nie zrobię.

W głębi siebie czuję, że takie głupoty nie są zbyt wiele warte. Powrót do metod stosowanych w dżungli nie ma sensu. Ludzkie zwierzę przeszło ewolucję; nasze paznokcie i zęby nie są stworzone do drapania i gryzienia, nasze ramiona skróciły się, stały się bardziej elastyczne, nasze dłonie potrafią trzymać narzędzia, nie tylko broń. Ewolucja dotyczyła fizjologii, powinniśmy zatem zmienić się również emocjonalnie.

Wszystkie bzdury o dominacji fizycznej powinny zostać zarzucone. Powinniśmy być częścią życia; żyć ze sobą, a nie przeciw sobie, iść razem naprzód, a nie wchodzić sobie w paradę czy wyprzedzać. Nie ma pośpiechu, i tak wszyscy zmierzamy w tym samym kierunku.

> *Znajdź jakiś wybieg. Zerwij z nią.*
> *Porzuć wszystko, by mieć czas na wszystko.*
> *Rób coś serio, na przykład zajmij się*
> *Malarstwem. To tak trudne, więc dlaczego*
> *Musisz to jeszcze utrudniać?*

Wracam i znowu zabieram się do roboty w Marais. Wspaniale się tu czuję. Te ściany, ci ludzie wytwarzają wibracje trwałości, wspierają życie.

Coś jednak zmieniło się we mnie. Zostałem poważnie zaatakowany, zgwałcony psychicznie. Gwałt dokonany na ciele i duszy zawsze zostawia ślad. Jesteśmy jak gdyby zawsze czynnymi wagami, rejestrującymi dobro, jakie okazują nam inni ludzie, obok zła. To, w jakiej mierze potrafimy zaufać, ile miłości potrafimy okazać, wynika z tego, co pokazują nasze wagi.

Zawsze sądziłem, że moja waga jest wychylona w niewłaściwą stronę. Staram się jednak to zmienić, codziennie przytrafiają mi się coraz przyjemniejsze rzeczy. Być może zanim umrę, polubię życie z samym sobą. Kiedy miałem trzydzieści lat, byłem tylko wściekłym zwierzęciem, nie ufałem sobie tak bardzo, że bałem się kłaść spać.

> *Rozchmurz się i wyjdź ze swojej*
> *Skorupy, by rozejrzeć się, co się dzieje.*
> *Nie okrywaj się całunem zbyt szybko.*
> *Telefon! Kto dzwoni?*
> *Al Capone??!!*

Rozdział 17

OBRZYDLIWA ORGIA

Nadal plącze mi się po głowie pomysł namalowania obrazu przedstawiającego wszystkich członków klubu motocyklowego. Stworzę wielki grupowy portret, tak jak Rembrandt czy Hals, *Wymarsz straży nocnej* motocyklistów. Chcę, by mój obraz wypełniał całe pole widzenia, był wielki jak fresk, choć namalowany na płótnie. Być może w ten sposób zdołam nadać wszystkiemu sens, zebrać wszystko razem. Będzie to również sposób, aby unieśmiertelnić motocykl Sweika, na chwilę choć uchronić go przed śmiercią.

Malarz białych plam na białym tle nigdy więcej nie pojawił się w studiu przy Bastylii. Osiadam więc tam, nie potrzebuję już pieniędzy z czynszu. Błękitnokrwisty rzeźbiarz z parteru nadal siedzi w Carrarze, gdzie poszukuje białego marmuru. Może zmęczyli go wyperfumowani nudziarze, którzy zaglądali mu ciągle przez ramię, wdychając kamienny pył. Nie będzie go przez najbliższe trzy, może cztery miesiące, mam więc do swojej dyspozycji całe dwupiętrowe studio.

Traude nadal mieszka na górze. Przemieniła swój stryszek we wspaniałe gniazdko. Wyłożyła cały pokój materacami, wygląda teraz jak ogromne łoże zamknięte z jednej strony lustrem. Przed odwiedzinami trzeba zdejmować buty. Brudne ściany zakryła zasłonkami, a w kącie ustawiła mały samowar, który dostała w prezencie od Saszy. Kiedy do niej zachodzę, podaje mi zawsze herbatę w wielkim kubku bez ucha. Miło u niej, można się odprężyć; czuję się tutaj odcięty od całego okrutnego świata.

Opowiada, że zdaje właśnie egzamin piątego stopnia w Alliance Française; kiedy skończy naukę, chce znaleźć sobie jakąś posadę; nie zamierza wracać do domu. Potrafi pisać na maszynie, zna świetnie angielski, niemiecki, a także holenderski i francuski. Na pewno znajdzie sobie pracę. Nie mogę pozbyć się myśli o tym, jak wspaniałą mogłaby być żoną — inteligentna, silna, wrażliwa — prawdziwa budowniczka gniazd. Coraz trudniej znaleźć taką kobietę. Świat opanowała propaganda zabraniająca mężczyznom i kobietom budowy gniazd, uważa się, że to typowe dla niższych klas, degradujące, burżuazyjne, nieistotne. Ale jaka wspaniała byłaby z niej matka! Wiem, odczuwam zazdrość. Wystarczająco źle jest być mężczyzną, jeszcze gorzej starym mężczyzną. Do tego po prostu trzeba przywyknąć.

Kupuję belę płótna, dwa metry na dwadzieścia, wydałem na nie siedemset franków. Rozwijam na podłodze osiem metrów, więcej nie zmieszczę w studiu. Drewno kupuję w Dubois & Duclos, składzie drewna w sąsiedztwie, i robię ogromny blejtram. Cały dzień pracy, ćwierć kilo gwoździków tapicerskich kosztuje mnie naciągnięcie tego potwora w taki sposób, aby się nie marszczył. Gruntuję płótno podwójnie gipsem i stawiam pionowo. Cholera! Czuję się tak, jakbym oślepł od bijącego od śniegu blasku. Buduję małą drabinkę, aby móc sięgać aż do górnej krawędzi. Nieźle się nabiegam przy tym obrazie.

Cały dzień spędzam na szkicowaniu. Wreszcie postanawiam, że namaluję Sandy i Sweika naprawiających Sweikowego ariela. Na pierwszym planie będą porozrzucane narzędzia Lubara, szczegółowo jak u Parrisha, każde kółko zębate, każdy błysk światła; będzie to hołd dla tego wspaniałego motocykla. Na motorze posadzę Lubara i Dale, Tompkins i Donna będą stali po lewej stronie na pierwszym planie, tuż przy przednim kole, obserwując całą scenę. Duncan i Pierette staną przy tylnym kole, popijając piwo, twarzami w stronę widza. Każdego ustawię pod nieco odmiennym kątem, tak by uzyskać wrażenie ruchu. To dopiero będzie sztuka, będę musiał jakoś utrzymać w kupie tak ogromny obraz. W tle namaluję wieże kościoła Saint-Sulpice. Ten ogromny kościół przypomina mi trochę Harleya-Davidsona stojącego do góry kołami, kopuły wyglądają jak koła kręcące się w powietrzu.

Niebiańskie koło fortuny obraca się w jakiejś
Potwornej loterii. Twoje życie zależy od czułości twoich
ust.

Będę zapraszał ich kolejno do studia, aby pozowali mi do portretów. Szkice motoru Sweika zrobię na placu Saint-Sulpice. W porównaniu z tym obrazem *Guernica* będzie wyglądała jak komiks.

Przeniesienie pierwszych szkiców na płótno zajmuje mi cały następny tydzień. Kupuję specjalne okulary, dzięki którym oglądane przedmioty wydają się bardziej odległe. Nie mogę w tej chwili odsunąć się od obrazu na odległość większą niż trzy metry, nie wiem więc, jak naprawdę wygląda. Najprawdopodobniej na ostatni etap pracy będę musiał przenieść się do naszego zaułka.

*

Taki obraz to bardzo głupia rzecz. Namalowanie go zajmie mi miesiąc, a z całą pewnością nikt nigdy go nie kupi; nikt nie zapłaci nawet za materiał. Nikt nie ma dość miejsca, by wystawić tak wielkie płótno. Oto poddawanie się własnym szaleństwom w najczystszej postaci. Cudownie jest wreszcie nie przejmować się pieniędzmi. Niech wam Bóg błogosławi, Bert i Jan, hurtowi nabywcy obrazów.

Czasami nasze spotkania
Mają siłę religijnego wglądu.
Łączymy się na innym poziomie,
Odczuwając zwodnicze dotknięcie
Nadprzyrodzonego.

Zaczynam od pomalowania całego obrazu w czerniach, brązach i bielach, prawdziwa metoda starych mistrzów; moja i Leonarda. Najpierw sprowadzam Sweika. Maluję jego portret na oddzielnym płótnie formatu 20F. Maluję go *en face*, nie tak, jak będzie wyglądał na wielkim obrazie, tam będzie pochylony nad motocyklem. Co nadaje mu ten nieobecny, tkliwy wygląd muskularnego Buddy? Oczy barwy błękitnych agatów, mięsiste wargi, pokryta guzami, dokładnie tak, guzami, skóra? Kiedy go maluję, wpada w swego rodzaju trans. Gada bez przerwy, prawie wyłącznie o Sandy, chodzą ze sobą od czasu wyprawy do Hiszpanii.

Siedzi jednak spokojnie, rzadko nawet mruga, podobnie jak czarownica, którą namalowałem w Hiszpanii.

Kończę w czasie jednego posiedzenia. Namaluję go na wielkim obrazie, kiedy już sobie pójdzie. Chcę malować wszystkich nie takimi, jakimi są naprawdę, ale takimi, jakimi ja ich widzę. Będę najmniejszym wspólnym mianownikiem, czymś, co kryje się w nich wszystkich. Tak właśnie występują w tej książce, każdy z nich jest po części mną. Ja zaś jestem po części nimi, jestem taki, jakim chcą, bym był. Ludzie i przedmioty jedynie wydają się oddzielne. Na wielkim obrazie wszyscy będziemy jednym i tym samym, jedną wielką istotą.

Ziarenka czasu przesypują się
Bez końca. Niewidocznie.
Nie poruszając pamięci piasku.
Magia cementu. Obłędny wyścig
W betonowych kręgach rzeczywistości.

Na ogół zapraszam ich, by pozowali oddzielnie. Kiedy maluję Duncana, dowiaduję się, że chce ożenić się z Pierette.

— Jest w ciąży? — pytam z nadzieją.

— Nie — odpowiada z typową dla siebie skupioną na sobie obojętnością.

— A zatem dlaczego?

Chwila ciszy.

— Pierette by się to spodobało.

Maluję dalej, próbuję uchwycić jego zapadnięte policzki; nie można tego zrobić ani za pomocą kreski, ani plamy, muszę oddać to barwą. Nie powinienem jednak posługiwać się zbyt chłodnymi barwami, wtedy wyglądałby jak trup. Muszę osiągnąć wrażenie ciepła i wgłębienia. To prawdziwy problem. Duncan ma wysokie, wystające kości policzkowe, a to sprawia, że na jego twarzy malują się głębokie cienie. Namaluję go *en face*, będzie spoglądał z obrazu, podobna do czaszki twarz dobrze odda niebezpieczeństwo, jakie zawsze wiąże się z jazdą na motocyklu.

*

Wielki Mojżeszu! Zaczynam pogrążać się w literaturze! Kiedy maluję, mój umysł zatacza wielkie kręgi. Pisanie o malowaniu przypomina pocałunek po zastrzyku nowokainy. Wiem, że coś robię; wszystko jest jak należy, tylko nic nie czuję. Duncan gapi się w pustkę.

— Nigdy się jeszcze nie żeniłem; mam już trzydzieści lat, pomyślałem, że najwyższa pora spróbować.

Powód równie dobry jak wszystkie inne, ale małżeństwo bez dzieci jest jak kanapka z samego chleba, dwie kromki, ale nic w środku, najwyżej odrobina masła albo margaryny.

Bardzo podoba mi się mój portret Sandy. Jest na nim bardzo agresywna, stoi z założonymi ramionami, jak gdyby chciała rzucić widzowi: „Co, do diabła!" Nie udało mi się namalować delfina, olej i woda nie mieszają się. Uchwyciłem jednak pytające spojrzenie, pytające i odpowiadające zarazem. Staram się namalować to, co do niej czuję, silny zakazany związek pomiędzy dziadkiem a wnuczką, przekraczający trzy pokolenia; namalować, jak się przy niej czuję — obnażony, bezbronny, słaby, ale to też mi się nie udaje. W czasie pozowania rozmawiamy wiele o Sweiku. Na ścianie za moimi plecami wiszą właśnie portrety jego i Duncana.

Dale jest bardzo sztywna, usuwa się przed moim wzrokiem, jej portret wygląda jak zła reklama tampaxów, przypomina *Rebekę z Sunnybrook Farm*. Wokół jej lekko wyłupiastych oczu dostrzegam napięcie. Na portrecie wygląda na dziewczynkę, która jako nastolatka musiała nosić aparat na zęby i najmniejszy rozmiar biustonosza. Dla dziewczynki to bardzo trudny czas, kiedy zastanawia się ciągle, czy kiedykolwiek stanie się prawdziwą kobietą. To ogromny skok i dziewczyna potrzebuje wtedy pomocy. Niejedna nigdy się na niego nie zdobywa, na zawsze pozostaje dziewczynką. Na świecie, a przynajmniej na świecie, który ja znam, brakuje kobiet, skoro już o tym wspomniałem, mężczyzn też nie ma tu zbyt wielu.

Tompkins to urodzony model, poeta fizyk. Ma szeroko otwarte, łagodne oczy, oczarowane światem. Ma niekształtną szczękę, kłopoty ze zgryzem. Donna siedzi w studiu, kiedy go maluję, podobnie on zostaje na chwilę, kiedy maluję jej portret. Nie wydaje mi się, by mi ufała. Kiedy Donna patrzy na mnie, w jej oczach czytam ogromne zera; prawdziwe zera, żadne tam liczby ujemne, kompletna pustka.

Niestety, w moim portrecie uchwyciłem je aż nazbyt dobrze. Wygląda, jak gdyby oglądała o drugiej w nocy western w telewizji. To chyba najgorszy obraz, jaki w życiu namalowałem, udało mi się nawet uchwycić podobieństwo.

Próbuję sprawić, by skoncentrowała się na Tompkinsie w czasie pozowania, ale bez skutku. To bardzo zamknięta kobieta. Decyduję, że namaluję ją z butelką piwa przy ustach, z twarzą na wpół zasłoniętą; oczy jak dwa zera wyglądać będą znad dłoni.

Najlepszy jest portret Lubara. Zapomniałem o naszym umówionym spotkaniu, a on musiał wydostać się z biura IBM i przejechać swoim BMW przez całe miasto w czasie przerwy śniadaniowej. Znalazł mnie w studiu, ale nie miałem żadnego wolnego płótna. Musiałem zamalować jeden ze starych obrazów — marny pomysł tak z technicznego punktu widzenia, jak i dlatego, że sam nie ufam swojej zdolności oceny. Jestem zbyt blisko, pewnego dnia mógłbym zamalować swój najlepszy obraz.

Sadzam Lubara tak, by jego ptasia głowa wystawała z kołnierza obszernej skórzanej kurtki. Cała kurtka poprzecinana jest zamkami błyskawicznymi jak bliznami. Maluję blisko osadzone oczy, ptasi nos sterczący nad wąskimi wargami wygiętymi w półuśmiechu. Rozpięcie kurtki zdradza białą koszulę i krawat, współczesnego mężczyznę w przebraniu, człowieka z IBMW.

Mówi, że rozwiódł się z żoną, chłopiec został u niej; nie wydaje mi się, by szczególnie się tym przejął. Dla niektórych mężczyzn takie sprawy nie znaczą zbyt wiele.

Lubar jest przelotnym ptakiem, śpi, gdzie się da, nie ma stałego gniazda. Pewnej nocy spał u mnie w jadalni, zwinął kurtkę, wsunął ją sobie pod głowę i zasnął, a nie był nawet pijany. Kate omal nie oszalała. Nie lubi, gdy ktoś traktuje nasz dom jak noclegownię.

Prawdę mówiąc, Lubar to przelotny ptak najczystszej wody. Kiedyś będę musiał sprawdzić, czy je ziarno. W dodatku ma astmę, a to typowo ptasia choroba. Ludzie, którzy są ptakami, nie mają na ziemi odpowiedniego dla siebie powietrza. Powinni żyć na szczytach gór.

Nie zdecydowałem się na to, aby Lubar pracował przy motorze, trochę go to zirytowało, ktoś inny będzie używał jego narzędzi! Ale przyniósł całą skrzynkę, żebym mógł ją umieścić na obrazie. Po prostu nie mogę dopuścić do tego, by majstrował przy tej cudownej maszynie. Nie potrafi nawet założyć soczewek kontaktowych, a czasami chodzi w nie zasznurowanych butach. Byłoby to świętokradztwo, czy też swego rodzaju czarna magia, która zniszczyłaby ten motocykl.

Niebezpiecznie błądzimy przez całe
Życie, odkrywając prawdy,
Które wszyscy lekceważymy.
Inne okno. Inne drzwi.

Bawię się tak znakomicie, że zaczynam się martwić, iż nie dość poważnie podchodzę do swojego płótna. Maluję i chichoczę; śmieję się za często, nie jestem nawet pewien, dlaczego. Muszę jednak przyznać, że najlepsze obrazy, jakie namalowałem, sprawiały mi w czasie pracy najwięcej radości.

W sumie maluję osiem portretów. Siebie umieszczam za plecami Sandy, wyglądam sponad jej ramienia, tyłem do obrazu; Velazquez i ja.

Przez trzy dni maluję na placu Saint-Sulpice motocykl Sweika. Ostatniego dnia zbiera się wokół mnie spory tłumek. Gliniarze z sąsiedniego komisariatu przychodzą dowiedzieć się, co robię. Odpowiadam, że maluję portret motocykla, wydaje mi się to oczywiste. Chcą wiedzieć, czy motocykl należy do mnie, odpowiadam że nie; jestem tylko *admirateur*, wielbicielem. Dwóch policjantów stoi przy mnie przez chwilę, a potem wracają do komisariatu. Pięć minut później przychodzą z jeszcze jednym gliniarzem, który ma więcej belek na naramiennikach i płaską czapkę. No i zaczyna się.

Gliniarz o kwadratowej głowie z belkami na ramionach pyta mnie raz jeszcze, czy motocykl należy do mnie. Prostuję się i salutuję mu pędzlem. Kiedy ktoś naprawdę mnie rozdrażni, zachowuję się kompletnie niepoważnie.

Gliniarze z placu już mnie znają. Mieszkamy na jednej ulicy od dziewięciu lat z górą. Kiedyś aresztowali mnie, bo jeździłem dookoła placu na deskorolce. Co jakiś czas udzielam najmłodszym dzieciom lekcji jazdy. Gliniarze kazali mi zejść z deskorolki, a ja powiedziałem, że nie zejdę. Wtedy wzięli mnie pod ramiona i zawieźli do komisariatu, a ja wymachiwałem ramionami w stronę dzieci i krzyczałem, by o nic się nie martwiły.

W komisariacie przejrzeli wszystkie kodeksy — nie znaleźli żadnego przepisu, który zabraniałby jazdy na deskorolce w miejscach publicznych, a w szczególności na placach. Myślę, że zaniepokoił ich widok brodatego mężczyzny, który roześmiany jeździ na desce. Gdyby wszyscy byli tacy jak ja, policjanci nie byliby nikomu potrzebni, stanowię zatem niebezpieczeństwo dla ich posad, a to już działalność wywrotowa. Radość może okazać się zaraźliwa.

W zimie, kiedy wszystko zamarza, razem z dziećmi jeździłem na łyżwach po fontannie. Gliniarze obserwowali nas z pewnej odległości, ale nawet nie podeszli. Cały komisariat stał na mrozie i obserwował nasze szaleństwa, zabrakło im jednak odwagi. Wspaniale jest jeździć na łyżwach na tak malutkim lodowisku. Żeby odpocząć, siadaliśmy na łapach kamiennych lwów. Naprawdę wspaniała zabawa, wkrótce przyłączyły się do nas wszystkie dzieci z sąsiedztwa. Paryż to dobre miejsce, by się wspaniale bawić.

Pod srebrnolistnymi drzewami czatują lwy.
Fontanna wyrzuca głazy, które utworzyły
Kamienne łoże. Przystań tutaj na chwilę.
Słońce układa się z nami do snu.

Teraz domagają się moich papierów. Podaję gliniarzowi mój paszport i *carte de séjour,* kartę stałego pobytu. Ogląda je starannie.

Kwadratowy łeb pyta, czy mam zezwolenie, aby malować motocykl. Mówię im o Sweiku. Gliniarz chce wiedzieć, gdzie mieszka, już wyciąga swój notes. Podaję mu adres znajomego dentysty mieszkającego w szesnastej *arrondissement.* I tak nigdy tego nie sprawdzą. Raz jeszcze salutuję pędzlem i zabieram się ponownie do malowania, podczas gdy gliniarze wracają do komisariatu.

Jeden z młodych policjantów pyta, dlaczego maluję motocykl. Przyglądam mu się, wygląda na sympatycznego faceta, chyba naprawdę jest zainteresowany. Opowiadam mu o wielkim obrazie; zapraszam do swojego studia, podaję mu adres.

Zawsze to miła odmiana,
Gdy pojawi się nowa twarz
W starym mieszkaniu.

Młody gliniarz naprawdę pojawia się następnego dnia w moim studiu; w cywilnych ciuchach wygląda prawie normalnie. Mój obraz robi na nim ogromne wrażenie. Zbieram się na odwagę i pokazuję mu nasze zdjęcie w magazynie AMA, to, na którym stoimy obok policyjnych motocykli na tle komisariatu. Naprawdę wydrukowali nadesłane przez nas zdjęcie, i to na rozkładówce. Młody gliniarz wybucha szalonym śmiechem. Nie ma szans na karierę w policji; gliniarze nigdy się nie śmieją. Traude schodzi do nas z góry. Usłyszała młody, męski śmiech, oczywiste więc, że zeszła na dół. Przedstawiam ich sobie nawzajem, policjant ma na imię Clement, później idą razem na kawę.

*

Na małym obrazie motocykla, który namalowałem na placu, maszyna wygląda jak dzieło w stylu pop-art. Na wielkim płótnie namalowana została w dwukrotnym powiększeniu, wydaje się, że za chwilę zjedzie z obrazu.

Skrzynia biegów jest rozebrana na części, które rozłożone są na brezencie leżącym na ziemi. Tym właśnie będą zajmować się na obrazie, naprawą sprzęgła. Myślę, że zatytułuję ten obraz *Wysprzęglenie*.

Następny tydzień zajmuje mi praca nad tłem. Znakomicie łapię odległości, poczucie przestrzeni za postaciami i wokół nich. Po prawej stronie maluję hotel Recamier i tę stronę obrazu zamyka rue Ferou, na jej końcu widać fragment Ogrodów Luksemburskich. Lewa strona obrazu wychodzi na rue Saint-Sulpice. Dzięki temu obraz sprawia wrażenie, jak gdyby oglądało się go przez obiektyw szerokokątny.

Robię sobie dzień wolny, aby zapoznać się z wiszącym w Luwrze obrazem Veronese *Wesele w Kanie Galilejskiej*. Staram się ustalić identyczne stosunki między postaciami pierwszego planu i tłem. Oczywiście, w moim obrazie tło jest cofnięte przez subtelny laserunek. Pokrywam werniksem wieże Saint-Sulpice na tle nieba; niebo otula kopuły, obracające się w powietrzu koła harleya. Nadal próbuję projektować ruch, tak w dwóch, jak i w trzech wymiarach, to konieczne w tak wielkim płótnie. Jeśli nie będę ostrożny, cała konstrukcja obrazu rozleci mi się na wszystkie strony. Ten olbrzym ma po przekątnej osiem metrów.

Jestem rozbitkiem poza przestrzenią.
Odkąd utraciłem wiarę, szukam
Swoich własnych śladów.

Wreszcie osiągam ten etap, kiedy muszę wynieść obraz do zaułka, aby dokonać ostatnich poprawek. Wycinam w ścianie pionową dziurę, by móc wysunąć obraz bez konieczności wyjmowania go z ramy. Pomagają mi przy tym Sweik i Tompkins. Ustawiamy razem obraz na końcu zaułka.

Wielki Boże, teraz dopiero robi wrażenie! Nic nie mogłoby wyglądać bardziej prawdziwie. Przypomina ogromny ekran Cineramy, wystawiony na światło dzienne. Umieszczam nad obrazem daszek z blachy falistej.

*

Pracuję przez następne dwa tygodnie, ciągle biegam z jednego końca zaułka na drugi, aby uzyskać odpowiedni dystans do płótna; dawni mistrzowie wielkich płócien musieli mieć fantastyczną kondycję. Zrzucam w ten sposób następne dwa kilogramy, zanim skończę, zostanie ze mnie tylko cień, i to bardzo szczupły. Posługuję się puszkami farby kupowanymi hurtem, wszystkie tubki wydają się żałośnie małe w takiej sytuacji. Na same farby wydaję następne dwieście dolarów. Przy tak wielkiej powierzchni obraz musi mieć fakturę, aby pozorny konkret wydawał się prawdą.

*

Ostateczne laserowanie zajmuje mi dwa dni. Teraz, kiedy przychodzę rano do pracy, wokół obrazu zbiera się już tłumek. Ludzie ustawiają się pod ścianami i jedzą drugie śniadanie na stojąco. Ktoś przychodzi nawet z przyrządem podobnym do peryskopu, jakiego dawniej używano do oglądania defilad. Kilku starych facetów przychodzi tu codziennie. Dwie dziewczyny robią szkice; zrobił się z tego Luwr dla ubogich na świeżym powietrzu. Motocykliści, którzy zjeżdżają się tutaj, by rzucić okiem na obraz, blokują ulice na dwie przecznice we wszystkich kierunkach. Robią potworny hałas, odpalając motory, ścigając się czy gwałtownie przyśpieszając.

Przybywają też oczywiście moi ulubieńcy gliniarze. Nic nie robią, nie odzywają się do mnie nawet słowem, ustawiają tylko wartę. Jeśli mam być absolutnie szczery, cieszę się, że tu siedzą. Na noc oświetlam obraz małą lampką. Cudownie wygląda, kiedy patrzę na niego z końca zaułka, błyszczy pośród nocnych ciemności. Brama prowadząca do zaułka jest zamykana o dziesiątej wieczorem, a kowal, który ma tu swój zakład, pilnuje wszystkiego, kiedy mnie nie ma. Mimo wszystko dobrze, że przez całą noc siedzą tam dodatkowo gliniarze, podświadomie oczekuję, że wystawią mi za to rachunek, tak jak wtedy, kiedy Gwardia Republikańska asystuje przy ślubie albo kiedy zamawia się oświetlenie wieży Eiffla na godzinę. Jednak nie, obstawa jest za darmo. Ochraniają dobro publiczne.

Czy ocalisz mnie przede mną, przed tobą?
Po prostu przed klatką w zoo?

Wreszcie obraz jest skończony, nie pozostało już nic do zrobienia. Uznaję, że to powód, aby wydać przyjęcie, uczcić moje dzieło. Dozorczyni pozwala na wydanie przyjęcia w studiu, ale wiem, że obejmie cały zaułek. Będzie to *vernissage* dla wszystkich. Kupuję dwie pięćdziesięciolitrowe beczki wina z zamontowanymi kurkami, dwadzieścia paczek chipsów, ogromny pasztet i wielki krąg sera brie; cały dzień zajmuje mi przygotowywanie prażonej kukurydzy.

Mówię gliniarzom, że wydaję przyjęcie. W ciągu miesiąca we Francji wolno wydawać jedno huczne przyjęcie, które trwa dłużej niż do dziesiątej. Daję znać wszystkim sąsiadom, zapraszam, by przyszli. Datę wyznaczam na sobotę, tak aby dowiedzieli się o nim motocykliści zjeżdżający się w piątek do Bastylii.

*

W pobliżu, na poddaszu, mieszka amerykańska komuna, nazywają się Skunk Patch. Oni również przyjdą na moje przyjęcie. Niedawno przyjechali z Amsterdamu autobusem w psychodelicznych kolorach; w Paryżu zatrzymali się w drodze do Delhi, gdzie wezmą udział w konferencji duchowej. Obiecują dać darmowy występ na przyjęciu; a zatem czeka mnie prawdziwy karnawał.

Kate uprzejmie informuje mnie, że nie zamierza pojawiać się na moim *vernissage*. Twierdzi, że martwi się o mój obraz, obawia się, że może zostać uszkodzony w ogólnym szaleństwie.

Patrzy mi prosto w oczy jak opiekunka z przedszkola.

— Czy ty właściwie wiesz, po co to robisz? Po co ten cały cyrk? Wydajesz mnóstwo pieniędzy, które moglibyśmy znacznie sensowniej wykorzystać, a poza tym tracisz tylko czas.

Wiem, że Kate ma rację; zawsze tak jest. Sam zadawałem sobie te same pytania, nie tylko o wernisaż, o wiele innych spraw. Myślę, że chcę się po prostu popisać, po udawać wielką gwiazdę. Próbuję też przekonać samego siebie, że jeszcze nie umieram, jeszcze panuję nad swoim życiem. Robienie czegoś, czegokolwiek, bez żadnego powodu, zabawa, to najlepszy sposób, oprócz malowania, aby odepchnąć od siebie poczucie pustki.

— Sam nie wiem, Kate. Chcę uczcić ukończenie obrazu. Chcę, aby zobaczyli go ludzie, zanim będę musiał zdjąć go z ramy i zwinąć.

— Nikt nigdy nie kupi tego obrazu, kochanie. Nawet gdyby to był dobry obraz, a chyba tak właśnie jest, nikt go nie kupi, po co więc chcesz go pokazywać?

Zazwyczaj nie prowadzimy takich rozmów, podjęliśmy taką decyzję zaraz na samym początku naszego małżeństwa. Jane, moja pierwsza żona, zawsze domagała się, aby wszystko omówić. Zdarzało się, że spędzaliśmy całe noce, dzieląc się naszymi uczuciami, wyjaśniając sobie wszystko. I co dobrego z tego wynikło? Kiedy zdarzyło się coś naprawdę ważnego, kiedy naprawdę jej potrzebowałem, nie było jej przy mnie.

Wydaje mi się, że rozmowa jest jak szkic. Można wygadać wszystko tak, że nie ma już nic, co można by przeżyć, żadnych tajemnic, żadnego podniecenia, romantyzmu, żadnej spontaniczności. Wspominałem już, że można szkicować tak długo, aż nie zostanie już nic, co można by namalować. Z mówieniem jest tak samo.

Ale teraz Kate chce ze mną porozmawiać. Nie jestem wcale pewien, czy wiem, co powinienem powiedzieć. Nie wiem nawet, czy w ogóle chcę coś powiedzieć. Nie lubię zaglądać do swojego wnętrza częściej, niż jest to konieczne. Bycie artystą to, po części, umiejętność zaskakiwania samego siebie. Najlepsze z moich obrazów pochodzą właśnie z tych tajemnych miejsc w moim wnętrzu, o których nic nie wiem. Sądzę, że Kate zaskakuje mnie bardziej jeszcze niż ja ją; w wielkiej części to właśnie jest przyczyną, dla której tak bardzo ją kocham. Nie sądzę, bym potrafił żyć z nudną osobą, której zachowanie umiałbym przewidywać. Kate czeka. Stoimy właśnie w kuchni, gdzie przygotowuję prażoną kukurydzę.

— Mogę po prostu wszystko odwołać, Kąte. To chyba był bardzo głupi pomysł. Jak to możliwe, że ja, człowiek, który nienawidzi galerii, organizuję wernisaż?

— Wiesz dobrze, kochanie, że nie chciałbyś go odwołać. Proszę cię tylko o to, abyś zastanowił się, dlaczego to robisz, pomyślał nad tym choć przez chwilę. Przez ostatnie kilka miesięcy dawałeś mi wiele powodów do zastanawiania się, co się z tobą dzieje.

Po tych słowach Kate wychodzi z kuchni, a kukurydza zaczyna strzelać. Czuję się szczęśliwy, że nie posunęła się dalej, nie jestem jeszcze na to gotowy.

Wyciskanie pryszczy. Wyrywanie zęba
Za pomocą nitki i klamki. Rozwiązanie
Nie jest nigdy tak proste.

*

Przyjęcie zaczyna się jeszcze przed zachodem słońca. Mamy wspaniałą noc — czyste niebo, wielki księżyc. Jest wprawdzie początek lata, ale czuję się trochę tak, jak gdyby zbliżało się Halloween. Na obu piętrach mojego studia kręcą się tłumy ludzi, mam nadzieję, że budynek się od tego nie rozleci. Beczki z winem ustawiłem na parterze; posągi Claude'a zasłoniłem płachtami brezentu. Wyglądają teraz jak trupy albo mumie. Całe to miejsce sprawia upiorne wrażenie, które potęgują jeszcze pozapalane świece.

Przed moją bramą musiało się zebrać co najmniej dwieście motocykli, głównie podrasowane czterocylindrowce. Faceci we fluorescencyjnych hełmach i skórzanych kurtkach wchodzą w zaułek jak średniowieczni rycerze. Ich dziewczyny mają na sobie puchate afgańskie swetry albo dresy. Żadna nie nosi biustonosza, pełne piersi kołyszą się w półmroku.

Skunk Patch docierają około jedenastej. Wchodzą i wchodzą, jest ich chyba ze trzydziestu. Natychmiast zaczyna się turniej zapasów na nogi. Podłoga już teraz jest pokryta rozlanym winem i okruchami szkła. Kierowca Skunk Patch jest mistrzem w tej dyscyplinie, jednym wyrzutem nóg przerzuca przeciwników w przeciwległy kraniec pokoju. Całe studio zaczyna śmierdzieć trawką. Cholera, jeśli policjanci wejdą do środka, aresztują nas wszystkich. Tańczę jak szalony z najdzikszymi kobietami. Moje przyjęcie przemienia się powoli w małą orgię.

Odważnie zdobywam przestworza,
Wypróbowując siłę nośną nieznanej maszyny.
Upieram się beznadziejnie przy magicznej
Wierze w siłę moich miłosnych zaklęć.

Obraz okazuje się ogromnym sukcesem. Ludzie otaczają go ciasnym kręgiem; oświetliłem płótno trzema reflektorami punktowymi. Motocyklistów najbardziej podnieca to, że namalowałem właśnie motocykl, dla nich jest piękny jak Mona Lisa. Sweik przyszedł razem z Sandy. Nie mogę uwierzyć własnym oczom — założyła ciemnobłękitny komplecik, pończochy i pantofle na wysokich obcasach. Ma nawet na sobie białą bluzkę z szalowym kołnierzykiem. Wygląda jak mniszka. Opiera się na ramieniu Sweika, on zaś stoi wyprostowany, żadnych kłopotów z kręgosłupem. Miło tak zobaczyć ich razem. Przyszli głównie obejrzeć obraz, znikają już około północy.

Wtedy właśnie Skunk Patch uznają, że nadeszła ich pora. Przyciągają wielki foliowy wór pełen jogurtu, sam nie wiem, skąd go wytrzasnęli. Jedna z dziewczyn, która tańczyła przez cały wieczór, kręcąc głową jak szalona Hinduska, rozbiera się do naga i wskakuje do worka. Zanurza się w nim powoli, a wtedy inni członkowie Skunk Patch zawiązują jej worek pod pachami. Kręci się w nim i wierci, a potem podnosi w górę najpierw jedną, a potem drugą rękę; musi mieć co najmniej metr osiemdziesiąt wzrostu. Wygląda teraz jak ogromny ślimak z kobiecą głową albo ziemniak, z którego wychyla się robak.

Kierowca autobusu, imieniem Billy, zaczyna rozdawać słomki, a potem wbija swoją w foliowy worek i zaczyna ssać jogurt. Wszyscy przyłączają się do niego, po chwili cały tłum zbija się wokół worka. Dziewczyna kiwa głową w tył i w przód, powtarzając w kółko „Ssij! Ciągnij!" i „Och, tak!" Wszyscy kolejno podają sobie słomki. W worku musi być przynajmniej piętnaście kilo jogurtu.

Wyssali już połowę jogurtu, który sięga w tej chwili poniżej biustu, oblepionych folią cycków, które wyglądają jak kiełbaski owinięte w plastyk. Już chcę zabrać się do szkicowania, kiedy worek niespodziewanie pęka.

Jogurt powoli wylewa się na podłogę. Kilka kobiet zrzuca ubrania i zaczyna się w nim tarzać; wcierają sobie nawzajem jogurt we włosy. Wszystko wydaje się teraz częścią jakiegoś rytuału. Faceci zaczynają zlizywać jogurt z wysokiej dziewczyny, która nadal kręci się w hinduskim tańcu. Kręci się po studiu, a kolejni faceci zlizują z niej jogurt. Oblizują ją całą, wyszukując co smaczniejsze miejsca. Teraz wszyscy już się liżą, z jogurtem i bez. Faceci też mażą się jogurtem, więc i oni zaczynają ściągać ubrania. Mam przed sobą prawdziwą orgię. Jogurt jest teraz dosłownie wszędzie, przykleja się nawet do styropianowego sufitu. Brezent osłaniający posągi jest nim wprost przesiąknięty, co nadaje mu bardzo seksowny wygląd. Studio wypełnia mieszanina śmiechu, mlaskania, okrzyków i odgłosów lizania.

Podłączam wąż do hydrantu na podwórku; boję się wracać na górę. Na podłodze nie ma już gdzie stopy postawić, słyszę coraz głośniejsze mlaskania.

Kate dobrze wiedziała, że czegoś mi brakuje. Mój umysł nie potrafi wybiec w przyszłość odpowiednio daleko. Krótkoumysłowość zamiast krótkowzroczności, ale kiedy patrzy się zbyt daleko, to, co można tam zobaczyć, paraliżuje.

W polu widzenia
Przesuwają się zakamarki mojej duszy,
Których nie znałem do tej pory,
Gdyż były niewidzialne.

Wciągam wąż i odkręcam wodę, zaczynam spryskiwać wszystko wokół siebie. Zmywam jogurt z zapaśników. Może w ten sposób zdołam choć trochę ochłodzić atmosferę na przyjęciu. Wszyscy zaczynają krzyczeć, ochlapywać się nazwajem. Leję dalej, to mi zabawa. Moje studio wygląda jak żywcem wyjęte z jednego ze zdjęć Nowego Jorku, które co roku pojawiają się w gazetach w gorące dni, a które przedstawiają dzieci skaczące w strumieniach wody bijącej z ulicznego hydrantu.

W tej chwili w studiu mam około piętnastu centymetrów stojącej wody wymieszanej z jogurtem. Woda powoli opada.

Włączam muzykę. Wszyscy zaczynają się uspokajać. Nerwowo szukają swoich ubrań, jedni drugim pomagają się ubrać, a potem na nowo rozebrać. Wszystkie ubrania są mokre, goście wykręcają koszule, spodnie, kurtki. Część wychodzi na zewnątrz i myje się przy hydrancie. Cézanne na pewno z rozkoszą namalowałby tę scenę. Dziewczyny skąpane w jogurcie leżą na plecach przed moim obrazem, próbując wciągnąć przesiąknięte jogurtem dżinsy na lepkie biodra.

Właśnie w tej samej chwili do zaułka wkraczają policjanci. Nie wiem sam, dlaczego trwało to tak długo. Wychodzę przed dom i mówię, że torba z jogurtem, który jedliśmy na deser, eksplodowała. Nie wierzą mi, zresztą nikt by w to nie uwierzył, ale nie ma to żadnego znaczenia. Nigdy nie wymyślą innego wyjaśnienia dla tego, co widzą.

Tym razem trafiam na bardzo uprzejmych gliniarzy. Proszą tylko, abyśmy trochę się uciszyli; ściszam magnetofon. Mówią, że musimy przesunąć kilka motocykli, które blokują ruch na ulicy. Ogłaszam to na górze. Zapraszam policjantów, aby przyłączyli się do zabawy, ale dziękują, szef czeka na nich w furgonetce.

Odchodzą, a ja idę zobaczyć, w jakim stanie jest mój obraz. Jest nietknięty, ani kropli jogurtu czy czegokolwiek innego. Wygląda wspaniale, jak zamrożona chwila. Wszyscy pytają, co zamierzam z nim teraz zrobić. Jest tak piękny, że czuję, jak łzy kręcą mi się w oczach, czuję się jak ojciec wydający za mąż ukochaną córkę. Rano zdejmę go z ramy i zwinę. Prawdę powiedziawszy, powinienem odczekać jeszcze z miesiąc, żeby nie pokruszyć farby, ale co mi tam; w studiu nie ma dość miejsca, by pozostawić obraz w ramach i robić cokolwiek innego. Zasłania światło. Poza tym Włosi mieszkający w zaułku skarżyli się już kilka razy, że zablokowałem dostęp do ich garażu.

Po pokusach, które wybaczamy sobie,
Pozostają tylko kręgi na wodzie.
Rozpalone głazy. Wrogowie czekają w milczeniu.

Dwaj Włosi mają w naszym zaułku małą fabryczkę wytwarzającą fałszywą chińską lakę. Opracowali sposób suszenia i ogrzewania, który pozwala uzyskiwać efekt wielowarstwowości. Produkują imitację przedmiotów z epoki Ming, potrafią wyprodukować w tydzień kilkadziesiąt „oryginalnych" waz. To bardzo dobrzy rzemieślnicy, ich produkty kupują najlepsi antykwariusze. Prawdopodobnie wyprodukowali już więcej waz z epoki Ming niż Chińczycy. Cała ta dzielnica pełna jest ludzi, którzy fałszują wszystko, od mebli w stylu Ludwika XIII po stare brązy. Światowe centrum fałszerzy.

Przyjęcie zaczyna przygasać około czwartej nad ranem. Koniec nadchodzi powoli, goście śpią, kochają się po kątach, palą, tańczą, aż pojawiają się pierwsze światła świtu. Zaczynam wypłaszać gości, a potem biegnę do piekarni na rogu po pierwsze rogaliki. Jakaś nieznajoma kobieta pomaga mi zrobić kawę na kuchence gazowej. Nie wiem, co się stało z Traude. Może wściekła się na mnie, a może ktoś mi ją ukradł.

Podajemy kawę i rogaliki. Zachęcam gości do wyjścia, większość budzi się do życia, kiedy tylko otworzę drzwi. Wreszcie wypycham ostatnią grupkę i zamykam drzwi. Kobieta, która pomogła mi przygotować kawę, szybko zamiata całe studio, bardzo zgrabnie to robi. Ze sposobu, w jaki zbiera brudne naczynia, wnioskuję, że jest kelnerką, bierze za jednym razem tuzin szklanek i wkłada je wszystkie do wiaderka z wodą.

Łopatką do węgla zbieram ostatnie resztki brudnego jogurtu i wrzucam je do kratki ściekowej. Nasze szczury muszą odbierać to jak mannę z nieba.

Około siódmej udaje nam się doprowadzić studio do jako takiego porządku. Czuję, jak ogarnia mnie zmęczenie. Nie potrafię zadecydować, czy wolę położyć się na górze, czy wrócić do domu. Wiem, że Kate nie będzie dla mnie zbyt miła, nie mam odwagi, by stawić jej teraz czoło.

W końcu postanawiam iść na górę i przespać się w gniazdku Traude. Dziewczyna od kawy idzie za mną. Prawdę powiedziawszy, nie jest to wcale dziewczyna, ale dojrzała kobieta, i to pierwsza klasa, ma pewnie z trzydzieści pięć lat. Kładziemy się obok siebie i zasypiamy. Nie mówimy ani słowa, po prostu idziemy spać. Cóż za przyjemne zakończenie wieczoru.

Później dowiedziałem się, że ma na imię Wasza, a może Wrasza, w każdym razie jej imię zabrzmiało z rosyjska. Pracuje nad doktoratem na Sorbonie, ale by przeżyć, dorabia jako kelnerka.

A zatem mam do czynienia z następną urodzoną, cudowną żoną, która musi żebrać. Miałaby wspaniałe, niewysokie dzieci o zręcznych dłoniach. Czasami chciałbym mieć dziewięć żywotów, jak kot. W każdym życiu miałbym inną żonę, a z każdą żoną dziewięcioro dzieci; a może zrobiłbym jeszcze inaczej — zamieniłbym wszystkie na jedno życie jako kobieta, prawdziwa matka.

Gdybym był kobietą, chciałbym urodzić tyle dzieci, ile to tylko możliwe, każde z innym mężczyzną, tak by każde należało do innej rasy — od Pigmejów do Watusi, od ludów pustyni do blond olbrzymów ze Skandynawii. Jestem przekonany, że znaleźliśmy się w niebezpieczeństwie zniszczenia naszego gatunku, a może wszystkich gatunków, jeśli nie całej tej przeklętej planety. W czasie wojny, którą ja przesiedziałem w więzieniu, zabiliśmy ponad pięćdziesiąt milionów ludzi za pomocą zwykłej broni; pomyślcie tylko, do czego będziemy zdolni, jeśli posłużymy się bronią atomową.

Lubię ludzi, niezależnie od tego, co twierdzili psychiatrzy w więzieniu; wolałbym, aby nasz gatunek przetrwał jeszcze przez jakiś czas. Dla mnie jedynym rozwiązaniem jest stworzenie nowej rasy ludzi, ludzi, którzy nie będą chcieli niszczyć się nawzajem, a jeśli okaże się to niemożliwe, przynajmniej wymieszanie ras ludzkich, tak aby choć kilku ludzi miało szansę przetrwać, zacząć życie od nowa, kiedy wszystko zrobi BUM!

Niech zaświeci atomowy grzy... —
Schowajmy się do betonowych... beczek!

Rozdział 18

BAL STRAŻAKÓW

W poniedziałek zwinąłem wielki obraz i umieściłem
go pod schodami, gdzie trzyma swoje rzeczy Duncan.
Duncan maluje trochę, zwykle wielkie abstrakcyjne kompozycje na płytach z włókna szklanego. Nie ma dla nich
miejsca w maleńkim mieszkanku, które zajmuje razem
z Pierrette, przechowuje je więc w moim studiu. Upycha-
my je pod drabiną prowadzącą do mieszkania Traude.
Tam właśnie, w narożniku, ustawiam swój obraz-mon-
strum.

Magazynowanie obrazów zawsze stanowiło spory problem dla artystów, zazwyczaj nikt nie chce kupować tego,
nad czym akurat pracujemy, ale nam obrazy te wydają
się zbyt ważne, by tak po prostu o nich zapomnieć.

> *Jestem malarzem, a ty będziesz*
> *Moim modelem. Butelką lub białą*
> *Szmatką z błękitnym odcieniem.*
>
> *Ty jesteś górą. Niebieską i zieloną.*
> *Albo stołem, który stoi*
> *W nieodległej perspektywie.*
> *Jestem zawsze tam, gdzie ty!*

Strych w domu zaczyna już pękać w szwach, uznaję
więc, że pora urządzić magazyn na obrazy w studiu. Kupuję struny ze starego pianina i rozciągam je między su-

fitem a podłogą, rozmieszczając je ciasno w wolnej przestrzeni pod schodami. Umieszczam kolejne struny co pięć centymetrów, naciągam tak ponad sto strun, całość wygląda jak gigantyczna harfa. Kiedy przebiegam po niej palcami, wydaje dźwięk podobny do muzyki z *Gwiezdnych wojen*. W połowie długości strun umieszczam platformę i mam teraz dość miejsca na ustawienie dwustu obrazów. Powinno to przynajmniej trochę odciążyć strych. Moje obrazy będą teraz stały, nie dotykając się wzajemnie, tak będzie dla nich najlepiej. Postanawiam przewieźć tutaj drewnianym wózkiem część zapasów z domu.

Wózek kupiłem kiedyś od stolarza, który miał zakład w sąsiednim zaułku, dałem za niego sto pięćdziesiąt franków. Ma podwójny dyszel przymocowany do dolnej osi i wielkie koła. Wożę nim teraz najróżniejsze rzeczy, przydaje się zwłaszcza do blokowania miejsca do parkowania, kiedy Kate jedzie do szkoły. Parkowanie w Paryżu to upiorna zabawa.

Czasami woziłem też wózkiem dzieci. Kiedyś zawiozłem Mike'a i Sarę aż do Jardin des Plantes, do zoo. Z górki szło mi świetnie, gorzej trochę było z podjazdem w drodze powrotnej. Koła okute są żelaznymi obręczami, wózek porusza się więc z okrutnym brzękiem. Dzieciakom strasznie się to podobało, a i moim nogom i sercu nieźle zrobił taki wysiłek, na pewno lepiej niż bieganie dookoła stołu.

Cały ten zaułek wydaje się żywcem wzięty z nocnych koszmarów jakiegoś strażaka. Wszystkie budynki są drewniane, bez przerwy też odbywa się w nich obróbka drewna, pełno tu farb i rozpuszczalników. Do tego dochodzi jeszcze *monsieur* Le Forte ze swoją kuźnią. Najgorsi jednak są Włosi i ich wytwórnia fałszywej porcelany z epoki Ming. Jeden niedopałek rzucony w lakierni i wszystko stanie w ogniu. A ognia boję się wyjątkowo.

Pewnego ranka, mniej więcej w tydzień po wielkim przyjęciu, zabieram się do codziennej bieganiny z gołym tyłkiem po mieszkaniu, zamiatania, odkurzania, układania, wyglądam przez okno i widzę, tam właśnie, gdzie się tego spodziewałem, kłęby gęstego, czarnego dymu bijące w niebo. Wciągam na siebie ubranie i zbiegam po schodach. Jednym kopniakiem w rozrusznik zapalam silnik hondy, na miejsce dojeżdżam w trzy minuty. To fabryka fałszywej laki, płomienie biją w górę z dzikim łoskotem. Kilkoro ludzi przygląda się pożarowi z głupimi minami. Podchodzę do najinteligentniej wyglądającego, mówię mu, żeby pobiegł i zadzwonił do straży pożarnej. Okazuje się, że to Arab, nie mówi zbyt dobrze po francusku, niewiele też może nam pomóc. Widzę, że słucha nas jakaś czarna dziewczyna, rozumie, co mówię. Daję jej franka i wskazuję restaurację, pędzi, jakby ją gonili wszyscy diabli.

Wbiegam w zaułek. Włosi usiłują przygasić ogień, stłumić płomienie płóciennymi workami. Wyciągam wąż ze swojego studia i próbuję zalać ogień, ale wąż jest za krótki, a mnie brakuje siły. Ogień się rozprzestrzenia. Potężne, tłuste kłęby dymu zaczynają przesłaniać słońce. Powracają złe wspomnienia, pożar trawy w Kalifornii, który pochłonął mój dom, zginęły w nim osiemdziesiąt dwie osoby. Poparzyłem sobie wtedy oskrzela, spluwałem potem na czarno przez pół roku. Do dzisiaj nie potrafię jeść w restauracji, w której wolno palić. Jeśli serce nie wysiądzie pierwsze, umrę najprawdopodobniej na raka gardła. Tak właśnie umarł Sisley, okropna śmierć dla tak świetnego malarza.

Zaczynam spryskiwać wodą dach swojego studia i ściany, które mogą zaatakować płomienie. Temperatura rośnie tak, że dalsze pozostawanie w sąsiedztwie ognia może być niebezpieczne. Nasłuchuję, czy nie nadjeżdżają już wozy strażackie, potem sam oblewam się wodą i próbuję zbliżyć się do pożaru, ale to beznadziejna próba. Rzucam wąż, nie zakręcając wody, i biegnę ratować obrazy. Łapię wszystkie portrety, które namalowałem przy okazji przygotowań do wielkiego obrazu. Wycofuję się i wracam. Wyciągam dwa wielkie obrazy Duncana. Wystarczy mi czasu na jeszcze jedną taką wyprawę. Kieruję się na górę, by wyciągnąć swoje motocyklowe arcydzieło, kiedy dwóch gliniarzy łapie mnie za ramiona.

Próbuję wyjaśnić im, że chodzi mi o obraz, ale moja znajomość francuskiego zupełnie mnie zawodzi. Trzymają mnie teraz jeszcze mocniej. Jezu! Co mi zrobią, kiedy znokautuję dwóch gliniarzy? Kogo próbuję oszukać? Siłą nie potrafiłbym się wydostać ze styropianowego pudełka na hamburgera. Ale oni wyczytali zbrodnicze zamiary z moich oczu, teraz trzymają mnie mocno za oba ramiona. Próbuję odzyskać panowanie nad własnym językiem, lewa półkula mózgu dochodzi do głosu, wyjaśniam powoli sytuację.

Proszę, by polewali wodą dach i ścianę studia, tak bym mógł wejść do środka i uratować jeszcze kilka obrazów, może i rzeźb. Nie, mówią, nie wolno. Nie mam zezwolenia na polewanie tego budynku wodą, a tym bardziej oni. To zadanie dla *pompiers*.

Chcą wiedzieć, czy jestem *propriétaire*. Odpowiadam, że jestem tylko *locataire*, najemcą, ale w środku są moje obrazy. Budynek za chwilę stanie w płomieniach, a oni bawią się w legalistów! Wolą dopuścić do tego, by spalił się do cna, niż ponosić odpowiedzialność za zniszczenia, do których mogłoby dojść w czasie akcji ratunkowej.

W głębi zaułka stoją dwa samochody i trzy ciężarówki. Nadal mamy dość czasu, by je stamtąd wyprowadzić, mówię o tym gliniarzom. Jeden podchodzi do pierwszego samochodu, naciska klamkę, zamknięty. Potrząsa głową i wraca. Woli pozwolić, by spłonął, niż wybić szybę. Najprawdopodobniej za chwilę eksplodują, oblewając wszystko płonącą benzyną.

Narożnik mojego studia zaczyna się już palić. Wystarczy polewać go wodą. Jeden z gliniarzy zakręca jednak wodę. Nie mogę w to uwierzyć!

Ludzie wiszą w oknach, mają prawie równie dobrą zabawę jak wtedy, gdy oglądali zwariowanego malarza przy pracy.

Nasze dusze spragnione
Niszczycielskiego ognia drżą,
Uzmysławiając sobie początek nieistnienia.

W końcu przyjeżdżają strażacy. W hełmach i z toporkami w dłoniach wpadają biegiem w zaułek. Tu się pali, panowie! Tak jest, proszę pana, palą się obrazy i rzeźby, czyż to nie piękny dzień na pożar? Pospiesznie odsuwam na bok obrazy, które zdążyłem wyciągnąć ze studia, tak by nie zniszczyli ich strażacy. Jedynym żywiołem bardziej niszczycielskim od ognia jest francuska straż pożarna. Rozwijają węże, przeciągając je w poprzek ulicy, i woda z impetem uderza we włoski zakład porcelany. Tutaj i tak nic nie da się już uratować. Powinni polewać sąsiednie dachy, moje studio, samochody i ciężarówki. Opony jednej z ciężarówek i jednego samochodu zaczynają się już palić. Płonie też dach mojego studia. Wskazuję go strażakowi, ale przynosi to tyle pożytku, co próba rozmowy z żołnierzem z wrogiej armii. Oczy mu płoną, przecież właśnie dla takich chwil wstąpił do straży pożarnej. Całymi dniami siedzi w małym pokoiku albo trenuje na suchym, gorącym placu, pożar odpłaci za wszystko — hałas, ogień, podniecenie. Dlaczego miałby gasić ogień? Przecież i tak cała ta dzielnica jest skazana, wyrok zapadł już pięćdziesiąt lat temu. Pożar to niezła okazja, żeby pozbyć się gnieżdżących się tutaj szczurów.

Teraz usuwają wszystkich z zaułka, chcą mieć cały pożar dla siebie. Spoglądam na ulicę, pełno tu ludzi, prawie jak wtedy, kiedy malowałem swój największy obraz. Tylko że pożar nie trwa tak długo jak malowanie obrazu, nie ma czasu na przynoszenie peryskopów. Ale zaraz, zaraz, mój obraz przetrwał tylko do pierwszego pożaru.

Wyciągam swoje obrazy z zaułka. Tu zatrzymuje mnie następny strażak. Myśli, że je kradnę, rabuję pogorzelisko. Za naszymi plecami szaleje pożar, a ja wyciągam dokumenty i wskazuję podpisy na obrazach. Zgadza się, żebym zabrał swoje, ale nie Duncana. Próbuję mu coś wyjaśniać, ale to bezsensowne. Nie ma jak. Obrazy Duncana są wielkie, totalny abstrakcyjny ekspresjonizm. Nie sądzę, by strażak uważał, że są wiele warte, ale na pewno nie pozwoli mi ich ze sobą zabrać. Nic nie poradzę, traktują mnie jak tłuste, brodate, zwariowane dziecko. Ukrywam obrazy Duncana najlepiej jak tylko mogę, potem strażacy wyrzucają mnie z zaułka.

Ludzie stoją na ulicy z telewizorami, materacami, odkurzaczami. Ktoś zdołał nawet wyciągnąć z domu pralkę. Ubóstwo życia tych ludzi jest wręcz niewiarygodne. Okropnie wyglądają, siedzą na przedmiotach, które uznali za najważniejsze dla siebie. Jestem pewien, że uważają mnie za wariata, bo siedzę otoczony portretami. Proszę dziewczynę, która zadzwoniła po straż pożarną, by popilnowała moich obrazów, podczas gdy ja pojadę do domu po wózek. Wracam i załadowuję ocalone płótna. Teraz dopiero zdaję sobie sprawę, że zostawiłem w studiu portret hiszpańskiej czarownicy. Wisiał na górze, w mieszkanku Traude, prosiła mnie tylko o ten jeden obraz. WIELKIE NIEBA! TRAUDE! Jest dopiero dziesiąta rano! Przecież ona jeszcze śpi.

Porzucam wózek, rzucam się biegiem, przebijam przez kordon policji, gliniarze gonią mnie, ale dopadam strażaków szalejących z wężami. Szef strażaków zatrzymuje mnie. Całe studio stoi w płomieniach, i tak nie mam już jak dostać się do środka. Próbuję wyjaśnić mu, że w środku śpi kobieta. Spogląda na płonące studio, potrząsa tylko głową, zaczyna rozpytywać, czy ktoś widział jakąś kobietę wychodzącą z tego budynku. Chryste! Powinienem był o tym pomyśleć. Powinienem był iść na górę sprawdzić, czy jej tam nie ma. Traude ma bardzo mocny sen, mogła się nie obudzić, przespać całe to zamieszanie.

Dowódca strażaków zaczyna zadawać mi pytania. Czy to moje studio? Czy ktoś tam mieszkał? Czuję, że sieć wokół mnie zaczyna się zamykać. Nikt nie powinien tu mieszkać. Dowódca wyciąga notatnik. Moja umowa z Saszą jest całkowicie nielegalna, wszyscy możemy znaleźć się w kłopotach. Zaczynam się wycofywać.

Zostałem chyba źle zrozumiany, mówiłem o obrazie, portrecie pięknej kobiety, który spłonął w pożarze. Strażacy wymieniają spojrzenia, a potem patrzą na mnie jak na wariata. Dowódca odkłada notatnik i pyta, czy byłem ubezpieczony. Tylko podstawowe ubezpieczenie, i tak kosztuje to potworne pieniądze, ale zgodnie z prawem francuskim jest obowiązkowe. Nienawidzę wydawania pieniędzy na ubezpieczenia, sam jestem swoją własną polisą.

Mój paszport na świat został unieważniony.
Czekam pod wynajętym niebem,
Do którego nie mam klucza.
Moje serce to tylko przeszczep.
Przestępuję z nogi na nogę,
Nie mogąc się doczekać końca.

Nie mogę już uratować Traude, muszę jednak się dowiedzieć, co się z nią stało. Wokół rozpętało się już płonące piekło. Przechodzę ponownie przez kordon policji, jeden z gliniarzy próbuje mnie zrugać, ale usuwam się na bok, nie mam ochoty na kłótnię. Zaczynam biec. Następny gliniarz łapie mnie za ramię. Podnoszę wzrok, czuję, że za chwilę zwymiotuję. To Clement, młody glina z Saint-Sulpice. U jego boku stoi Traude!

Chwytam ją w ramiona i oboje zaczynamy kręcić się w szalonym tańcu. Bogu niech będą dzięki, że nie zginęła w pożarze. Bogu niech będą dzięki, że nie będę musiał umierać z tak okropną winą na sumieniu. Ty to masz szczęście, Scum, znowu los uśmiechnął się do ciebie w ostatniej chwili!

Młody gliniarz nie wygląda na szczególnie zachwyconego tym, że tańczę na ulicy z jego dziewczyną. Jak się okazuje, tę noc Traude spędziła z Clementem. Wróciła po swoje rzeczy, chciała się do niego wprowadzić. Szukała mnie, bo chciała mi o tym powiedzieć. Są bardzo zakochani, świata poza sobą nie widzą, aż miło popatrzeć. Traude nie wydaje się rozpaczać nad utratą wszystkich swoich rzeczy. Mówię jej o spalonej czarownicy, dopiero wtedy załamuje się kompletnie, wybucha płaczem, próbuje wytłumaczyć Clementowi swoją holenderską francuszczyzną, co się stało. Traude to dobra dziewczyna, będzie miała wielką rodzinę; harcerki o szerokich pośladkach i mali gliniarze.

Mężczyzna i kobieta
Wzajemnie sobie matkują,
Wzajemnie ojcują.

Ciągnę swój wózek do domu jak koń, krocząc pomiędzy dyszlami. Wciągam obrazy na strych. Panuje tu teraz taki ścisk, że trudno jeszcze coś wcisnąć. Dzięki Bogu nie zacząłem jeszcze wielkiej przeprowadzki, przynajmniej raz moja inercja się opłaciła. Stoję w panujących na strychu ciemnościach i myślę o tym, że ogień zmienił moją harfę w płonące czerwienią linie rozpalonego drutu. Chciałbym móc to zobaczyć. Rozglądam się dookoła, widzę moje obrazy, moje życie, i myślę, że w każdej chwili wszystko to może przestać istnieć. Człowiek przekonuje sam siebie, że tworzy coś mniej lub bardziej trwałego, a ogień może pożreć to wszystko w kilka minut. Cóż zatem stanie się z nimi za cztery lata czy czterysta lat, po czterech tysiącach pożarów?

Schodzę do mieszkania i dzwonię do Pierrette do pracy. Opowiadam jej o tym, że większość rzeczy Duncana spłonęła. Mówię jej o obrazach, które musiałem zostawić w zaułku, skąd Duncan może je zabrać. Pierrette jest wstrząśnięta, była z Duncanem, kiedy tworzył większość swoich obrazów.

Później dowiedziałem się, że Duncan nie zdołał odzyskać nawet tych obrazów, które ocaliłem z pożaru. Twierdzi teraz, że pożar przekonał go, że malowanie nie ma sensu. Postanowił mieć dziecko z Pierrette, rozpocząć prawdziwe życie.

Dzwonię też do żony Claude'a. Muszę rozmawiać z nią po francusku, żeby przekazać jej to, co mam do powiedzenia. Jest wobec mnie bardzo chłodna, mówi, że zadzwoni do Claude'a do Włoch. Myślę, że podziela zdanie swoich bogatych przyjaciół, uważa, że Claude bawi się w klocki, posługując się do tego wielkimi kamiennymi blokami. Mówię jej, że kamienne rzeźby powinny były przetrwać pożar, ale drewniane na pewno spłonęły. Nie miałem racji. Pod wpływem gorąca większość kamiennych rzeźb zamieniła się w kamienny pył. To musiał być naprawdę niezły pożar.

W ten sposób straciłem jedną trzecią dochodu, jaki przynosiły mi moje szczurze gniazda. Spalił się na popiół. Mam szczęście, że z zarobionych trzynastu tysięcy dolarów zostało mi jeszcze pięć. Teraz się przydadzą.

> *Pozbawiony gniazda, czuję się*
> *Zmęczony. Wypacam cały ból,*
> *Poszukując nowych nor, gniazdowisk.*
> *Gonię w kółko, zamykam, czmycham,*
> *Grzebię w ziemi jak wiewiórka,*
> *Która musi zakopać orzeszek.*

Rozdział 19

PRZESZYWAJĄCA MYŚL

Skoro już wspomniałem o znikających trzynastu tysiącach dolarów, muszę tu zrobić kilka kroków wstecz.

Po dwóch tygodniach od dnia, kiedy Bert kupił moje obrazy, poszedłem wraz z nim do *Les Amis des Artistes*, sklepu na Montparnasse, by wybrać ramy. Bert nie oszczędza na niczym, kupuje najlepsze ramy, jakie mają. Zabraliśmy ze sobą jeden obraz, by zorientować się, w jakich będzie najlepiej wyglądać. Kiedy już podjął decyzję, zamawia trzydzieści sześć ram.

Szczęka starego *monsieur* Deslanges opada ze zdziwienia. Powtarza w kółko *trente-six* i mnoży to przez cenę jednej ramy, by uświadomić Bertowi, w co się pakuje. Wiem dobrze, co teraz czuje.

Zdołałem wytargować piętnaście procent rabatu i dostawę w ciągu dziesięciu dni. Bert chce oddać mi zaoszczędzone piętnaście procent, ale odmawiam, muszę zachować jakieś granice. Zaczynam żałować teraz, że nie posunąłem się trochę dalej. Ojojoj!

Tydzień później poszedłem tam z Jan, która zamówiła następne siedem takich samych ram. Biedny *monsieur* Deslanges myśli teraz pewnie, że jestem największą osobistością w paryskim światku malarskim.

Dojmujący żal. Niczego nie zdobyłem.
Byłoby lepiej, gdybym zaczekał.

Później często spotykaliśmy się z Bertem i Jan. To najmilsi cholerni bogacze, jakich kiedykolwiek poznałem, wcale nie dlatego, że kupili moje obrazy. Świetnie się razem bawimy, przede wszystkim zapraszają nas do restauracji, o których dotychczas tylko słyszeliśmy. Możecie mi wierzyć, w tym mieście restauratorzy naprawdę potrafią zedrzeć z klienta ostatnią koszulę. Czasami warto, czasami nie.

Ogólnie rzecz biorąc, modne restauracje o znanych nazwach podają bardzo niewielkie porcje. W dodatku podaje się je na talerzach jakby zrobionych dla dzieci. Nie potrafiłem zrozumieć, jakie są tego przyczyny, dopóki nie rozejrzałem się wokół siebie.

Większość bogaczy, którzy mogą sobie pozwolić na jadanie w restauracjach najwyższej klasy, to starzy ludzie. Mają stare żołądki, zniszczone zęby, wysuszone jelita, słabe wątroby. Oni nie mogą już jeść prawdziwych posiłków. Jedzą zatem wspaniałe jedzenie w maleńkich porcjach. Jest to dla mnie wskazówka, by jeść wszystko, na co mam ochotę, zanim moje własne wnętrzności odmówią mi posłuszeństwa.

Kate i ja wracamy nocą z restauracji, w których rachunek wyniósł naszych przyjaciół trzysta dolarów, i rzucamy się do lodówki, jesteśmy nadal głodni.

Ilość góruje nad jakością.
Tak, istotnie, ale w mojej spiżarni
Jest pusto. Zadowoliłbym się nawet kością.

Kiedy Bert otrzymuje z powrotem swoje obrazy, już w ramach, wiesza je w swoim mieszkaniu. Rozwiesza je w czterech poziomych rzędach na ścianach w całym apartamencie. Miejsce to przypomina teraz nasze mieszkanie, czuję się tutaj jak u siebie w domu, mógłbym się od razu wprowadzić. Pokazuję Bertowi, jak wspaniale wyglądają obrazy oglądane przez lornetkę. Wypełniają wtedy całe pole widzenia. Obcuje się z nimi z bliska i nie patrzy na nic innego. Zawsze zabieram ze sobą lornetkę do muzeum, by być naprawdę blisko, sam na sam z obrazami. Ludzie, którzy mnie mijają, sądzą, że padłem ofiarą strasznej krótkowzroczności.

Siedzimy więc sobie w ich mieszkaniu, przekazując sobie lornetkę. Czuję się tak, jak gdybym oglądał obrazy namalowane przez kogoś innego. Kocham je teraz jeszcze bardziej. Gdybym miał jeszcze pieniądze, odkupiłbym je natychmiast. Niewielkie szanse. Dobrze, że mają je najmilsi ludzie na świecie, Bert i Jan, no prawie, to my sami jesteśmy najmilsi.

Bert nie pogodził się jeszcze z tym, że tajemniczy kupiec z Nowego Jorku kupił siedem z moich obrazów. Nadal czekają one ukryte w naszej sypialni, wraz z kupionymi przez Jan ramami. Schowałem je w swojej szafie na ubrania, przenosząc własne rzeczy do szafy Kate, na buty nie mam teraz wcale miejsca. Fakt, że sprzedałem wszystkie te obrazy za jednym razem, jest dla mnie bardzo bolesny, prawie tak, jak gdyby spłonęły w pożarze. Nie wyobrażam sobie, by istniał jakiś sposób, żeby mnie usatysfakcjonować.

Bert nie porzucił swojej zabawy.

— Spójrz tylko na ten obraz, Jan, ten z zakładem szewskim. Jak to możliwe, że ten głupek wypuścił z rąk obraz o takiej wartości?

I tak to trwa, dla mojego ego jest to świetne, ale dla Jan to trudna próba. Co jakiś czas próbuje się odgryzać.

— Ależ, Bert, nie zapominaj, że kupił ten z Saint-Sulpice i kobietą niosącą pranie.

— Sukinsyn — mruczy ponuro Bert spod lornetki.

Śmieszne wykręty, małe
Gierki, które pozwalają
Zrzucić winę na życie.

Postanawiamy, że przyjęcie-niespodziankę z okazji urodzin Berta wydamy w naszym mieszkaniu. Planami zajmuje się Jan. Postanawia, że każe Bertowi ubrać się odświętnie, a sama założy najwspanialszą biżuterię. Najpierw każe się zawieźć do Maxima, tam powie, że nie podoba się jej tutaj, pojadą do Grand Vefour, gdzie powtórzy się to samo. Wreszcie przyprowadzi go do nas, naszej małej dziupli w dzielnicy Bastille.

Gniazdo w niszy —
jestem suki — n — synem!

Kate i Jan spędzają dwa dni na zakupach. Nasza kuchnia przypomina teraz zaplecze Fouqueta. Kupują wyłącznie to, co najlepsze. Dostały soczystą sarnią polędwicę na pieczeń, świeżą fasolkę z Afryki, wina od Pommarda, pięćdziesiąt dolarów za butelkę, szampan *cordon bleu cru*. Na deser zamówiły u Maxima suflet Grand Marnier, ulubione danie Berta, które zostanie dostarczone o godzinie dziesiątej.

*

Tego wieczora Bert wkroczył do naszego mieszkania wyraźnie wstrząśnięty.

— Coś chyba wstąpiło w Jan, niech to diabli! Zawsze potrafi podjąć decyzję od razu, a dzisiaj ciągała mnie po całym Paryżu, a to przecież moje urodziny. Bolą mnie nogi i jestem głodny.

Wciągam go do naszej sypialni, by pokazać mu stary zegar, który właśnie kupiłem na pchlim targu w Clignancourt. Kate i Jan biegają jak szalone po całym mieszkaniu, przygotowując przyjęcie. Jan spędziła cały dzisiejszy dzień przy kuchni. Obrazy czekają już tylko, by ktoś powiesił je na ścianie. Wszystkie potrawy są gotowe i pachną smakowicie. Dzieci udało nam się wyprawić do sąsiadów, Amerykanów mieszkających na sąsiedniej ulicy. Bert nudzi się wyraźnie w sypialni, zegary nigdy go specjalnie nie interesowały. W samą porę dostrzegam sygnał od Jan.

Wracamy do jadalni. Świeczki płoną na torcie, wszyscy zaczynamy śpiewać *Happy Birthday*. Wydaje mi się, że naprawdę zrobiliśmy mu niespodziankę, ale z psychiatrami nigdy nic nie wiadomo. Kiedy jednak dostrzega wiszące na ścianie obrazy, szczęka opada mu z zaskoczenia. Jan przypięła do każdego błękitną wstążeczkę.

— Jan, jak udało ci się je zdobyć? — Obraca się w moją stronę. — A ty, dlaczego do cholery podałeś jej nazwisko kupca, skoro mnie nie chciałeś powiedzieć?

Wszyscy wybuchamy śmiechem. Podchodzę do Jan.

— Pozwól, Bert, że przedstawię ci mego kupca z Nowego Jorku.

— Ty sekutnico!

Podchodzi do niej, podnosi ją w górę i całuje, Jan wymachuje nogami w powietrzu.

Bert chodzi teraz po pokoju i ogląda obrazy. Wybucha śmiechem.

— Jezu, Jan, kiedy teraz pomyślę o wszystkim, co wygadywałem o kupcu z Nowego Jorku, muszę przyznać, że wybrał kilka niezłych obrazów.

Przygląda się płótnom. Wydaje mi się, że Bert pije obrazy. Miło na to popatrzeć, zwłaszcza jeśli chodzi o moje płótna.

— Jesteś jednak okropnie głupiutka. Jeśli tak dobrze potrafisz wybierać, powinnaś była kupić od razu cały cykl!

*

Jedzenie jest po prostu fantastyczne, o wiele lepsze niż którykolwiek z naszych dotychczasowych wspólnych posiłków. Mamy już nieźle w czubie od wypitego wina, kiedy w furgonetce od Maxima przyjeżdża zamówiony suflet.

Nasza *concierge* nie może uwierzyć własnym oczom. Kelnerzy przyjechali we frakach i z małym srebrnym stoliczkiem. A przecież parę godzin temu dotarli do nas Bert i Jan, oboje w strojach wieczorowych. Sam przyjazd taksówki jest już ewenementem na naszej ulicy. Chłopcy od Maxima są równie zaskoczeni jak my, ale podgrzewają i podają suflet jak gdyby nigdy nic. Popijamy szampana, wspaniale teraz wyglądamy w świetle świec. Proponujemy szampana i suflet kelnerom z Maxima, ale mowy nawet nie ma, kwestia formy, jak sądzę. Jan musiała zapłacić kupę pieniędzy, żeby ściągnąć ich do naszego zaułka.

Nie da się pominąć
Ostatniego bastionu snobizmu.

Po odjeździe kelnerów zaczynamy rozmawiać o sekretach bogactwa. Powinienem się na nie przygotować, zostałem przecież wielkim handlarzem obrazami. Większość bogatych ludzi, których poznałem, była bardzo nieszczęśliwa, chcę dowiedzieć się, co Jan i Bert robią, by się przed tym obronić.

Jan mówi, że najważniejsze to nie zapominać, że w ciągu dnia można zjeść najwyżej trzy posiłki i spać tylko w jednym łóżku naraz. O to należy zadbać przede wszystkim. Jeśli próbuje się ominąć tę podstawową zasadę, można znaleźć się w kłopotach. Bert twierdzi, że zdrowie i swoboda w organizowaniu swojego własnego życia są dziesięciokrotnie ważniejsze od pieniędzy. Oboje zgadzają się, że prywatność i anonimowość to dwie rzeczy najtrudniejsze do zachowania, kiedy jest się bogatym.

Zwracają szczególną uwagę na to, jak ważny jest wybór tego, co się kupuje. Liczba przedmiotów, w które można zainwestować siebie samego, psychicznie czy fizycznie, jest ograniczona. Prawna strona własności nic tu nie znaczy. Jan wychowywała się w ogromnym domu, który tak naprawdę stanowił własność służby. Służba znała go, kochała, dbała o niego. Jej rodzice byli zawsze gośćmi we własnym domu. Podróżowali po całym świecie, próbując uciec przed nagromadzonymi przedmiotami.

Jan mówi, że punktem krytycznym jest chwila, gdy do domu wprowadzają się ludzie, których zadaniem jest opiekowanie się ludźmi, którzy z kolei opiekują się tobą, wtedy dom staje się hotelem. Jeśli jednak dom ma piętnaście łazienek, zawsze któraś z umywalek, toalet czy wanien jest zapchana. Wtedy hydraulik staje się niezbędny. Ale jeśli zatrudnia się szofera, ogrodnika, pokojowego, lokaja, kilka pokojówek i kucharza, wtedy piętnaście łazienek to konieczność. Wszystko to kwestia zmniejszającej się skuteczności. Kucharz gotuje dla dwudziestu osób, z których do rodziny należy zaledwie pięć. I wszyscy ci ludzie nienawidzą gospodarzy za to, że to oni mają pieniądze. Mieszkanie wśród ludzi, którzy cię nienawidzą, to żadna przyjemność.

Jak cię widzą, tak cię piszą.
Więc zastaw się, a postaw się.
I już jesteśmy goli!

Przyjęcie kończy się około trzeciej nad ranem. Przy wsiadaniu do taksówki Jan zauważa, że zgubiła jeden klips. Bert prosi taksiarza, by chwilę poczekał. Zaczynamy szukać na podwórku, a potem na schodach. Bert bierze Jan za ramię.

— Posłuchaj, Jan, jeśli go znajdziemy, obiecaj, że zgodzisz się na przebicie uszu. Gwarantuję znieczulenie.

— W porządku, Bert. Obiecuję.

Jak się okazuje, Bert sam zaprojektował kolczyki, ofiarował je Jan jako prezent z okazji dwudziestej rocznicy ślubu.

Poszukiwania trwają dziesięć minut, wreszcie znajduję zagubiony kolczyk za oparciem kanapy. Wszyscy biegniemy do taksówki. Bert przypomina Jan o jej obietnicy. Teraz jednak ona zaczyna się z niej wycofywać. Bert odwraca się ku mnie i mówi cicho:

— Te cholerne klipsy kosztowały czterdzieści tysięcy dolarów, a już chyba z dziesiąty raz zdarza się, że gubi któryś z nich.

Cóż za pomysł, klips wart dwadzieścia tysięcy dolarów w kanapie, którą za piętnaście franków kupiłem na pchlim targu. Cóż za wariactwo, czterdzieści tysięcy dolarów przyczepione do uszu.

To właśnie nazywam przeszywającą myślą*.

---

* Słowo *pierce* oznacza przeszywać, ale również przebijać np. uszy.

Rozdział 20

CUD DZWONÓW

Oprócz zakładania coraz to nowych gniazd zajmuję się kolekcjonowaniem zegarów. Francuzi zwariowali na ich punkcie w dziewiętnastym wieku. Żaden dom nie był godzien mienić się domem, dopóki nie znalazł się w nim duży zegar, który odliczał mijające sekundy i minuty, a biciem oznajmiał upływ godzin. Teraz wszyscy przerzucili się na zegary elektryczne, zegarki na rękę, czas łatwo przychodzi i szybko ucieka.

Jeśli chodzi o zegary, w głębi duszy jestem dziewiętnastowiecznym Francuzem, lubię, by w moim domu stał zegar. Szczególnie upodobałem sobie wielkie zegary, które Francuzi nazywają „westminsterami". Takie zegary biją co kwadrans — bong, bong, bong, bong. Co kwadrans też dodają cztery uderzenia, w innym porządku, różniące się wysokością dźwięku, aż o pełnej godzinie wszystkie te dźwięki zlewają się w maleńką symfonię. Lubię słuchać jej w środku nocy. Wiem wtedy, że wszystko jest w porządku, nasze gniazdo jest bezpieczne; wsłuchuję się wtedy w oddechy moich bliskich.

Przez dwadzieścia cztery godziny na dobę pali się w naszym domu lampka. Lubię wyobrażać sobie, że nasz dom nocą to żywa istota pogrążona we śnie; temperatura spada, serce uderza miarowo, światełko odpędza ciemności.

Równomierne tętno czasu.
Niewidoczne. Sześćdziesiąt sekund
Na minutę. Dowód na to, że
Wzejdzie znów słońce.

Swoje zegary przechowywałem na poddaszu, które wynająłem na rue Vaugirard, w pobliżu stacji metro Convention, tuż przy Porte de Versailles. Rue Vaugirard to najdłuższa ulica Paryża. Jest jednokierunkowa i nie mogę tam dojechać bezpośrednio. Kiedy jadę na swoje poddasze, muszę kluczyć bocznymi uliczkami, a zazwyczaj wiozę na bagażniku hondy kilka zegarów. Powrót jest za to łatwy, przejeżdżam po prostu całą długość ulicy. Taki właśnie jest Paryż, w niektóre miejsca łatwo jest dotrzeć, ale trudno stamtąd wrócić. Postanawiam przebudować poddasze na kilka gniazdek, muszę nadrobić straty, jakie poniosłem w ostatnim pożarze.

W tydzień później rozmawiałem z Saszą. Miał ubezpieczenie, naprawdę było mu przykro z powodu spalonych obrazów i rzeźb. To wspaniały facet, mam nadzieję, że dożyje setki, będzie miał jeszcze pięcioro dzieci i nauczy je kochać świat.

Odmień swoje życie
Nie tylko z wiosną,
Ale również w środku zimy.
Pomaluj oblodzone szybki!

Przeniosę zegary do wielkiej sali pod Saint-Germain-des-Prés. Miejsce jest już gotowe, założyłem nawet oświetlenie, puszczając kable po ścianach tunelu. Pozamiatałem tam, odkurzyłem wszystkie trumny. Na pchlim targu w Montreuil znalazłem gigantyczny fałszywy perski dywan, o rozmiarach siedem na dziewięć metrów, za jedyne dwieście franków. Rozwinąłem go w podziemiach, przyniosłem też kilka krzeseł i stół. Dywan jest przetarty na środku, ale w tym miejscu postawiłem stół.

Uzyskałem w ten sposób wspaniałe miejsce na kolekcję

zegarów. Panuje tam stała temperatura, a wcale nie ma wilgoci. W mieszkanku Lotte zbudowałem drabinkę i pokrywę w podłodze.

Lotte mieszka tam nadal. Zbudowałem więc oddzielne wejście i korytarz, aby nie zakłócać jej spokoju. Kobiety do wszystkiego potrafią mnie zmusić. Co bardzo mnie zaskakuje, sam tunel nic a nic jej nie obchodzi.

Mamy różne interesy. Prowadzimy
Inne życie. Jednak szukamy
Pięknych muszli i kamieni
Na swych wewnętrznych plażach.

Zakładam do wózka dyszel i mocuję go do hondy. W ten sposób przewożę wszystkie zegary. Nie jest to wcale proste, zwalnianie i hamowanie staje się wręcz niebezpieczne. Przybity do wózka dyszel przywiązałem do bagażnika hondy. Niełatwo jest manewrować takim zestawem po zatłoczonych ulicach miasta. Dwaj gliniarze gapią się na mnie, kiedy mijam dworzec Montparnasse, ale nie zatrzymują mnie. Przeprowadzka zajmuje cały dzień, jedenaście rundek. Po raz pierwszy liczę swoje zbiory. Mam siedemnaście zegarów stojących, dwadzieścia siedem zegarów ściennych i piętnaście kominkowych. Wszystkie na chodzie; większość trzeba nakręcać co tydzień. Wszystkie znoszę kolejno na dół, do swojego tunelu. Ustawiam je dość przypadkowo tu i ówdzie, jedynie zegary stojące rozstawiam starannie pomiędzy trumnami.

Dziadek leży w trumnie. Milczy.
Wsłuchany w ciemności w głos pogrzebowego dzwonu.

Zanim zacznę bawić się w ostateczne ustawianie, muszę zająć się poddaszem na Vaugirard. Zapewnienie sobie jakiegoś stałego źródła dochodu staje się powoli koniecznością, zwłaszcza że zbliża się czas płacenia czesnego.

Poddasze na Vaugirard to mansarda pięciopiętrowego budynku; dawniej były to *chambres des bonnes*, pokoje dla służby, które wykupił mój znajomy artysta. Wyburzył ścianki działowe i zbudował sobie studio. Mieszkał tam zaledwie przez rok, potem wrócił do Stanów. Rzeźbi w plastyku, przygotowuje formy w gipsie, najczęściej ze starych butów, radia czy odcisków twarzy, a potem wypełnia je włóknem szklanym, łączy w najdziwaczniejsze kształty i maluje. W ten sposób całkiem nieźle zarabia na życie; wyrobił sobie nawet pewną renomę na Środkowym Zachodzie, jako malarz i rzeźbiarz z Paryża.

Kiedy dowiedziałem się, że zbiera się do powrotu, wynajmowałem od niego to studio niemal za darmo. Muszę mu je oddać, gdyby kiedyś zjawił się z powrotem, ale od jego wyjazdu minęły już trzy lata, a on sam ożenił się z bogatą wdową, na dodatek pojawiła się córeczka. Chciałbym odkupić od niego to poddasze, ale jedynie gdyby okazało się to konieczne.

Po *chambres des bonnes* pozostało troje drzwi. Postanawiam zatem podzielić całość na trzy części, powracając do pierwotnego rozkładu. Posłużę się do tego płytami z włókna szklanego. Z hydrantu przy schodach poprowadzę wodę plastykowym wężem, podzielę sieć na dwie części, do jednej podłączę bojler na gaz, od którego puszczę oddzielną rurę do każdego mieszkanka. Drugą rurą doprowadzę bezpośrednio zimną wodę. W Montreuil kupuję trzy zlewy po pięćdziesiąt franków za sztukę i montuję w pokojach. Wieszam je wysoko na ścianach, aby uzyskać odpływ do rynien biegnących wzdłuż krawędzi dachu i dalej do kanalizacji burzowej. Wszystko to jest oczywiście absolutnie nielegalne, ale moją konstrukcję można by wypatrzyć jedynie z helikoptera. Dozorczyni była tu ostatni raz dziesięć lat temu, a na wszelki wypadek daję jej sto franków na każde Boże Narodzenie. Na końcu korytarza jest toaleta, tym przynajmniej nie muszę się przejmować. W razie nagłej konieczności można zawsze stanąć na stołku i nasiusiać do zlewu. Moja matka zawsze podejrzewała o to kawalerów, nawet jeśli mieli do dyspozycji toaletę. Założę się, że kobiety robią to samo, to znaczy sikają do zlewu. W porządku, to tylko podejrzenia.

Najpierw wzajemne wyznania. Przede wszystkim
Wiek, płeć, rasa lub profesja.

Ponownie wyruszam na pchli targ. Kupuję używane
łóżka, mam nadzieję, że bez pcheł, kilka małych stolików
i krzeseł. Wnoszę je na górę, ustawiam i mogę wrócić do
interesów.

Wywieszam ogłoszenia w Alliance Française i Institut
Catholique, wynajmę je po sześćset franków miesięcznie.
Do końca tygodnia wszystkie trzy pokoje są już zajęte.
Jedna dziewczyna jest Szwedką, druga Angielką, a trzecia Amerykanką, mówiącą z silnym południowym akcentem. Wszystkie są okropnie inteligentne i niewiarygodnie
młode. Mógłbym cały swój czas spędzić na rozmowach
z nimi, naprawiając i ulepszając ich gniazdka. Przypominają przecież ptasie gniazda zawieszone wysoko pod
chmurami.

Nacieramy i wycofujemy się,
Zdobywamy i odstępujemy od murów.
Widzimy świat w nowym świetle.

Wracam do swojego tunelu na rue du Four. Lotte jest
właśnie w domu, zatrzymuje mnie na schodach. Zasta-
nawiała się, co właściwie robię, dlaczego biegam ciągle
tam i z powrotem? Namawiam ją, by zeszła na dół do
mojego pokoju zegarowego. Uwielbiam pokazywać swoje
zegary, a teraz znalazłem do tego wspaniałe miejsce. Lotte nigdy jeszcze nie schodziła do tunelu. Teraz, kiedy założyłem światło, przypomina to korytarz łączący stacje
metra. Może mógłbym sprzedawać miejsce na ścianach
na ogłoszenia.

Zegary robią na Lotte spore wrażenia, ale trumny po
prostu ją fascynują. Otwarłem jedną, żeby się upewnić,
w środku znalazłem kompletny szkielet z czaszką. Wszystko to okropnie podnieca Lotte. Trzyma się blisko mnie,
nie puszczając mojej ręki; jej niepokój zaczyna się udzie-

lać i mnie. Rzeczywiście, cała ta sytuacja ma w sobie coś niesamowitego — szkielet, zegary, głęboka cisza, ciemności, zamarły czas.

Wszystko to sprawia, że chcę położyć się razem z Lotte na fałszywym perskim dywanie, pośród szkieletów, trumien, kamieni i ciemności, i połączyć się z nią w jedynym prawdziwie zdolnym do pokonania śmierci i dawania życia akcie, jednym jedynym.

Wiem, że gdybyśmy to zrobili, Lotte z całą pewnością zaszłaby w ciążę; prawdopodobnie urodziłaby mi bliźniaki, trojaczki, całe stadko dzieci jak kiść bananów. Muszę powstrzymać się ostatkami silnej woli. Czuję, wiem, że Lotte zrobiłaby to dla mnie, wychowałaby te dzieci. Czasami ludzie robią rzeczy niemożliwe tylko po to, by udowodnić, że są możliwe. Potrzebujemy czegoś drastycznego, by zwalczyć czarną magię tego miejsca.

Zaczynam rozwieszać zegary na ścianach i w nogach trumien. Lotte pomaga mi, zegary bardziej jej odpowiadają niż motocykle.

Jak na kogoś, kto nigdy nie płaci więcej niż trzysta franków za zegar, mam wspaniałą kolekcję. Pewnego dnia będzie warta fortunę; prawdopodobnie już teraz warta byłaby sporo pieniędzy w Stanach.

Francuzi potrafią wydać kupę pieniędzy na sprane dżinsy i koszulki z napisem UCLA. Amerykanie kupują francuskie antyki. Nikt nie chce tego, co już ma. Myślę, że to jest właśnie sens życia.

> *Coś nowego, coś jeszcze.*
> *Nie ma znaczenia, jeśli nowe*
> *Bywa gorsze. Zawsze to jakaś odmiana.*
> *Błogosławieństwo lub przekleństwo.*

Rozstawiamy już wszystkie zegary na podłodze, krzesłach i stołach. Potem wyciągam kluczyki i zaczynam je nakręcać. Nastawiam wszystkie zegary na za kwadrans dwunasta. Nakręcenie i ustawienie wszystkich zabiera mi ponad godzinę, potem zaczynam je uruchamiać. Potrafię rozpoznać na słuch, czy zegar jest dobrze zbalansowany i będzie chodzić.

Chirurg sztucznego serca:
Tik tak, tik tak, tik tak.

Chwytam Lotte za rękę i razem biegniemy tunelem, wspinamy się po drabinie, biegniemy rue du Four, bulwarem Saint-Germain i wpadamy do wielkiego kościoła Saint-Germain-des-Prés. Być może stracę w ten sposób jedno ze swoich gniazd, ale są przecież rzeczy ważniejsze. Siadamy w czwartym rzędzie od ołtarza. Po kościele kręci się kilku turystów, którzy oglądają kolumny i sklepienie, kartkują przewodniki. Jak zawsze siedzi tu około dwudziestu kobiet w czerni. Jedne odmawiają różaniec, inne siedzą tylko, a jakaś kobieta zapala świecę przy ołtarzu. Ksiądz, czy może diakon, układa kwiaty u stóp posągu stojącego przy głównym ołtarzu.

Lotte i ja wiemy, czego się spodziewać, więc słyszymy już pierwsze dźwięki. Są stłumione i ze względu na akustykę tego miejsca wydają się dobiegać spod łuków sklepienia, dokładnie z miejsca, w którym krzyżują się nawa główna i transept. Dzwonienie narasta, nabiera mocy, aż rozlega się kakofonią głębokich, wibrujących dźwięków. Jest to muzyka najbliższa muzyce sfer niebieskich, jaką człowiek może usłyszeć.

Świeca wysuwa się z dłoni miłej pani w czerni, która podnosi wzrok ku sklepieniu. Kobiety siedzące w ławkach patrzą w górę z otwartymi ustami. Nasza pani od świeczki pada na kolana obok świeczki palącej się na posadzce. Ksiądz, który poprawiał bukiety, robi trzy szybkie kroki w poprzek nawy, osłania oczy dłonią i podnosi wzrok ku łukom sklepienia. Robi jeszcze kilka szybkich kroków, nie spuszczając oczu ze sklepienia. Potem przebiega przed ołtarzem, klęka na moment i wybiega przez boczne drzwi.

Do tej pory muzyka zdążyła ucichnąć, starsze panie popatrują po sobie nawzajem. Klęcząca dźwiga się z wysiłkiem na nogi i podnosi płonącą wciąż świeczkę. Stare kobiety kiwają głowami. Przeżyliśmy komunię świętych, cud dzwonów.

Wybiegamy razem z Lotte. Lepiej będzie wrócić i zatrzymać wszystkie te przeklęte zegary. Jeśli będą tak biły co kwadrans przez osiem dni, to albo ktoś zorientuje się, co jest grane, albo Paryż zamieni się w następne Lourdes, a to byłoby nie do zniesienia.

Cuda się zdarzają. Cud narodzin
Lub wielkie szczęście. Ale strzeż się
Nimbu żałoby czy kłótni w namiocie.

Rozdział 21

AUTO-DA-FÉ

Mamy dziś ciepły, deszczowy dzień, jest już wczesne lato. Siedzę w domu i maluję martwą naturę, ziemniaki wysypujące się z papierowej torby, całość utrzymana jest w kolorach ziemi i bieli. Zbliża się już szósta wieczorem, pora zamykania banków, pakuję zatem swoje rzeczy. Będę musiał wyciągnąć z banku pieniądze na codzienne wydatki, gotówka przepływa przez nasz dom jak przez wielką, międzynarodową korporację.

Wyciągam książeczkę czekową, nie myśląc wcale o tym, by się przebrać; nie mam nawet na to czasu. Jadę hondą do Bank of America na placu Vendôme. Jezdnia jest śliska od padającego kapuśniaczku, zakładam więc kask. Zmyłem z niego swoje nazwisko, żeby jakiś gliniarz nie mógł złapać mnie jako zbiegłego więźnia.

Wchodzę do banku brudny, przemoknięty, wysmarowany farbą i potargany przez wiatr. Przyznaję, że wyglądam jak Jesse James; wypisuję czek. Dziewczyna w okienku przygląda mi się uważnie i prosi o jakiś dokument. Złożyłem w banku wzór podpisu, więc zazwyczaj nie potrzebuję żadnych dokumentów. Przyjechałem bez portfela, wziąłem tylko książeczkę czekową. Po drugiej stronie okienka odbywa się wielka narada. Nie są pewni, czy mój podpis jest autentyczny; jestem roztrzepany we wszystkich sprawach, podpis nie jest tu żadnym wyjątkiem. Ostatecznie odmawiają wypłacenia moich własnych pieniędzy.

Niech to cholera. Przejechałem z drugiego końca miasta w deszczu po nic. Wychodzę z banku, czując się jak obnośny handlarz, któremu pokazano drzwi. Deszcz pada teraz ze zdwojoną siłą.

Za pieniądze nie można kupić miłości.
Deszcz wypłukuje monety. Martwe
Nasiona nie wykiełkują. Nikt nie naje się forsą!

Wracam do domu, gdzie dozorczyni wręcza mi list; wygląda na pismo urzędowe, polecony, lotniczy. Nienawidzę otwierania takich listów, a w tej chwili wybitnie już nie mam na to ochoty.

Wchodzę na górę i nalewam sobie kieliszek podrabianego Cointreau domowej roboty. Sam smażę skórki pomarańczowe, potem zalewam je wódką kupowaną po osiemnaście franków za litr. Nawet nadaje się do picia. Otwieram list.

Pochodzi od handlarza nieruchomościami z Kalifornii, który chce kupić moje czterdzieści akrów. Przeskakuję wzrokiem na sam koniec listu. Proponuje osiem tysięcy dolarów za akr, trzysta dwadzieścia tysięcy zielonych! Nie mogę w to uwierzyć. Czytam całość jeszcze raz. Nie ma wątpliwości, to oficjalna oferta kupna. Kurczę, jestem teraz bogatym człowiekiem. Zaraz pobiegnę kupić sobie dom z piętnastoma sypialniami, zatrudnię własnego hydraulika. Znajdę sobie żeńskie wcielenie Piętaszka, czeladniczkę, która będzie mi czyścić paletę, naciągać płótna, odpisywać na listy. Zostanę wielkim malarzem o międzynarodowej renomie, jak Sandy Asshole czy kto tam.

Wysuszam jeszcze trzy kieliszki podrabianego Cointreau, czytając w kółko otrzymany list. Wygląda na prawdziwy. Nie znam nikogo, kto nienawidziłby mnie tak bardzo, by posunąć się do podobnego żartu!

*

Kupiłem te czterdzieści akrów na swoją ostateczną kryjówkę. Aby się tam dostać, trzeba maszerować trzy kilometry pod górę albo dojechać na motorze terenowym. Działka obejmuje szczyt wzgórza, jego stoki aż do podnóża, po jednej jej stronie przebiega suche koryto strumienia. Na jego brzegu zbudowałem sobie gniazdo ze skał i plastykowych płyt. Od góry zasłaniają je gałęzie, nikt go nigdy nie znajdzie, nawet grzechotnik. O tym właśnie miejscu śnię w najgorsze noce. Kiedy wydaje mi się, że rzeczywistość staje się zbyt trudna do zniesienia, śnię o tym, że wślizguję się tam w środku nocy.

Zakopałem tam jedzenie w puszkach, wykopałem płytką studnię i zbiornik na wodę. Zamontowałem stary generator na gaz, sześć butli z gazem czeka owiniętych w folię. Moglibyśmy ukrywać się tam przez rok; nigdy by nas nie odnaleziono. Kiedy spędziło się trzy lata w więzieniu, za takie miejsce można oddać wszystko.

Jedną z form wolności jest świadomość, że ma się dokąd uciec, gdyby zaszła taka konieczność. Nie chcę ubezpieczenia, to tylko jeszcze jedna forma rabunku, rząd gra na najprostszych ludzkich lękach. Zabiera trzynaście procent, a w zamian daje głupie czterysta czy pięćset dolarów, kiedy przekroczy się sześćdziesiąt pięć lat. Jeśli dożyję takiego wieku, nie sądzę, bym wystąpił o emeryturę. Mam swoje własne ubezpieczenie — moje gniazda, zegary, obrazy, dzieci.

Rozmarzyłeś się w bujanym
Fotelu, wierząc, że wszyscy będą
Dla ciebie mili. Ale mamy wojskowy rząd,
A ludzie chodzą jak w zegarku.

A teraz mogę zarobić trzysta dwadzieścia tysięcy dolarów. Faceci z Urzędu Skarbowego nieźle się obłowią, jeśli to sprzedam. Czegoś takiego nie uda mi się ukryć. Niech to cholera, na pewno wsadzą mi łapę do kieszeni. Zarobią osiemdziesiąt tysięcy dolarów za nic, bez ponoszenia jakiegokolwiek ryzyka. Potem wykorzystają te pieniądze, aby zabijać ludzi, których nie znam, może nawet małe dzieci. Zbudują jeszcze więcej bomb atomowych, tak żeby mogli zabić dziesięć razy więcej ludzi. Zrobią z garstki ludzi bogaczy, ludzi, których nie lubię i nie chcę znać. Jakie to żałosne.

Te wspaniałe naręcza kwiatów
Przechodzą w inne ręce,
Odcięte brutalnie od twoich rąk.

Dwadzieścia pięć lat temu kupiliśmy te czterdzieści akrów za sześć tysięcy dolarów. Płacenie podatków zaczęliśmy od jednego dolara za akr, to jeszcze było w porządku. Podatki wzrastały jednak z każdym rokiem, nasze schronienie powoli stawało się coraz bardziej kosztowne. Przez całe lata największym problemem było uzbieranie pieniędzy na opłacenie podatków. Teraz nie potrafię już za nimi nadążyć, trzymamy się ostatkiem sił. Czuję już na plecach ciężki oddech ścigających mnie poborców podatkowych, którzy chcą wyrwać nam naszą ziemię, nasze gniazdo.

Podgryzamy się wzajemnie,
Stosujemy wybiegi. Gryziemy
Mydlane bańki. Zasłużyliśmy
Na swoje sfabrykowane kłopoty.

Kiedy wyszedłem z więzienia, przenieśliśmy się właśnie do Kalifornii. Kiedy kupowałem te czterdzieści akrów, mieszkaliśmy w chacie na wzgórzu, w dzielnicy zwanej Topanga Canyon. Chciałem uciec tak daleko od domu, jak tylko było to możliwe, a wtedy nie mogłem jeszcze dostać paszportu. Gdybym tylko mógł, przeniósłbym się do Meksyku albo do Grecji po to tylko, aby znaleźć się jak najdalej od Ameryki.

Kiedy siedziałem w więzieniu, nikt do mnie nie pisał, nawet żona czy matka. Nikt nie pisze do wielbicieli faszystów, a w więzieniu poczta jest ważniejsza od jedzenia.

Nagle zacząłem dostawać codziennie listy bez podpisu.

Przychodziły przez trzy lata. Odpisywałem, nie wiedząc, kto do mnie pisze, wysyłałem swoje rysunki, pisałem długie elaboraty, starając się jakoś trzymać. Gdy skończyła się ta zwariowana wojna, kiedy wreszcie mnie wypuszczono, czekała na mnie przed bramą więzienia; okazało się, że była to moja dawna studentka. Wtedy byliśmy już w sobie zakochani. Pokochałem Kate, zanim jeszcze poznałem jej imię. Powiedziała, że kochała się we mnie, kiedy miała zaledwie siedemnaście lat. Nie pamiętałem jej jako jednej ze swoich studentek, trudno przyszło mi jej o tym powiedzieć.

Kiedy urodziło się nasze drugie dziecko, Kate zażądała prawdziwego domu, miała dosyć mieszkania w szczurzej norze. Chciała elektryczności, kanalizacji, lamp ulicznych i miejsca, gdzie można by postawić samochód. Kate nigdy nie polubiła jeżdżenia na tylnym siodełku motocykla. Takie rzeczy jak kanalizacja mogą mieć wielkie znaczenie, kiedy się ich nie ma.

Nikogo nie kochałem nigdy tak jak Kate, chciałem więc, aby była szczęśliwa. Jest najprawdopodobniej jedyną kobietą na świecie, która potrafi żyć ze mną i czuć się przy tym szczęśliwa.

Ciągle pytam ją, czy chce odejść. Gdyby tego zechciała, wszystko, co mam, należałoby do niej, zegary, obrazy, szczurze nory. Jak na razie co roku decydowała, że zostaje. Sylwestra spędzamy zawsze razem w łóżku, nie śpimy do północy, pijemy szampana, wydajemy małe, dwuosobowe przyjęcie; zazwyczaj spędzamy Nowy Rok w młynie.

Pozostańmy razem zlepieni klejem duszy.
Bierni. Poddani własnej dynamice.
Dwa napory formują nowe wektory.

Wróćmy jednak do Kalifornii, przenosimy się na kompletne odludzie zwane doliną San Fernando, na płaską jak stół równinę pokrytą tu i ówdzie pudełkami domów. Kupujemy akr ziemi w orzechowym gaju, na naszej działce rośnie dziesięć orzechów, wszystkie chore. Uczę w prywatnej szkole, więc mamy pieniądze. Przy naszym stylu życia pensja nauczyciela wydaje się ogromna. Obiecuję Kate, że wybuduję jej prawdziwy dom. Zaczynam projektować. Na samym początku zamawiam buldożer, który wykopuje trochę wzgórków i dolinek, aby nadać pewien charakter mojemu akrowi. Wszystko jest tu tak płaskie, że z lękiem otwieram oczy, boję się, że na horyzoncie zobaczę koniec świata. Jedną z wad Kalifornii jest to, że w pogodne dni nic nie przesłania widoku.

Niebo jest tu zbyt wysoko, a domy są zbyt niskie. Kiedy dobrze się rozejrzeć, można zobaczyć rzeczy odległe o setki mil. Smog łagodzi ostrość barw, ale jest za to śmiercionośny.

Przebudowałem swoją działkę tak, aby zasłonić widok, a zwłaszcza widok z okien naszych sąsiadów. Nasz akr zaczyna wyglądać jak miniaturowe pole golfowe albo Disneyland dla ubogich.

Kiedy urozmaiciłem już krajobraz, wybieram lokalizację dla swojego domu, która zapewniałaby mi maksimum prywatności. Przypomina to zabawę w chowanego na blacie stołu. Zaczynam inwestować w drzewa i krzaki, tworzę ogród krajobrazowy.

Wokół miejsca, gdzie chcę postawić dom, zaczynam sadzić drzewa, które rosną szybko i mają gęste liście. Później projektuję wysadzane drzewami i krzewami alejki prowadzące od ulicy w stronę domu. Zaprojektowałem cztery takie alejki, trzy kończą się ślepo, tylko jedna naprawdę prowadzi do domu.

W pobliżu naszego terenu mieścił się Pierce College, wyższa szkoła z wydziałem ogrodniczym. W nocy kradłem stamtąd rzadkie i egzotyczne drzewa, potem sadziłem je na swoim terenie.

*

Moi sąsiedzi postawiali kosztowne niby-rancza o dachach z drewna, normandzkie chaty z azbestowymi strzechami i nagimi belkowaniami z plastyku, najmodniejsze obrzydlistwa. Obserwują uważnie, kiedy wznoszę swoje wzgórza i sadzę rośliny. Powoli dostrzegam na ich twarzach niepokój, zaczynają wypytywać, jak będzie wyglądał mój dom.

Sąsiadowi z lewej strony, który mieszka w piętrowym domu w stylu Tudorów i jeździ bentleyem, opowiadam, że zamierzam zbudować cały dom pod ziemią, tak że wystawać będzie tylko długi maszt z ukrytą wewnątrz rurą, przez którą będę wpompowywał do środka świeże powietrze. Opowiadam, że zamierzam otoczyć swoją posiadłość wysokim murem i sprowadzić dzikie zwierzęta, żeby mieć kontakt z prawdziwą naturą. Pyta o prawo własności do przestrzeni powietrznej, odpowiadam, że wszystko już sprawdziłem, jestem szczęśliwym posiadaczem trzech kilometrów powietrza nad swoją działką, około dwustu osiemdziesięciu trylionów litrów smogu.

Następnemu ciekawskiemu, mojemu sąsiadowi z prawej strony, który mieszka w imitacji domu Cliffa Maya o ścianach pokrytych kamyczkami w dziesięciu kolorach, opowiadam, że zamierzam wybudować sześciopiętrowy dom, z jednym pokojem na każdym piętrze i poddaszem. Opowiadam, że jestem zapalonym krótkofalowcem i postanowiłem zbudować antenę, która będzie umocowana najwyżej w całym zachodnim San Fernando Valley. Umieszczę ją na dachu domu i będę mógł odbierać nawet Chiny i Moskwę. Zapraszam go, by wpadł czasami posłuchać. Pyta tylko, czy nie będę mu zakłócać odbioru telewizji.

Kowboj z przeciwka, mieszkający w podrabianej farmie, z której niby-okna nad garażem na trzy samochody wyłazi sztuczna słoma, zachodzi do mnie niby to przypadkiem. Jeździ półciężarówką z przyczepą do przewozu koni, w której nigdy nie widziałem żadnego konia. Jemu z kolei opowiadam, że zamierzam zbudować całkowicie okrągły dom z duraluminium. Wszystkie podłogi będą lekko pochylone, tak by wystarczyło spłukiwać je wodą z węża. Meble zrobione będą z wodoodpornego plastyku. Twierdzę, że moja żona nienawidzi sprzątania, ponieważ wychowała się w Chinach, gdzie miała zawsze co najmniej dziesięciu służących. Najgorsza jednak z nich wszystkich była damulka, która zaszła do mnie, kiedy podlewałem passiflory i avocado. Zapytała, gdzie kupiłem wąż ogrodowy, odparłem, że u Searsa; tak naprawdę kupiłem go na wyprzedaży Armii Zbawienia. W odpowiedzi żachnęła się tylko i poszła sobie.

Wiem, że nie może mi się to udać. Stanowię kamień obrazy dla tych ludzi, dla wszystkiego, w co wierzą. Nie życzę sobie żadnych kłopotów. Idę do biura obrotu nieruchomościami i wystawiam swoją działkę na sprzedaż. Zostaje sprzedana w tydzień, przy okazji ubijam niezły interes. Kupiłem ją za dwa i pół tysiąca, a sprzedałem za trzy tysiące trzysta dolarów. W tej chwili byłaby warta pięćdziesiąt tysięcy, pobudowała się tam modna dzielnica willowa, Wallnut Acres, jak podejrzewam, nazwano ją tak na cześć moich chorych orzechów.

Zabieram pieniądze i jadę do znajomego artysty, specjalisty od ceramiki, który dorabia sobie handlem nieruchomościami. Mówię, że szukam miejsca, w którym byłbym absolutnie sam. Mówi, żebym założył mocne buty, i razem idziemy obejrzeć te prześliczne czterdzieści akrów. Kupuję od razu i jadę do domu powiedzieć Kate, że zamieniłem nasz jeden akr na czterdzieści. Czuję się jak głupi Jaś z bajki, który zamienił krowę na garść fasoli.

Mam ledwie garść ziaren —
Nie wartych krowy.

Następnego dnia przekonuję Kate, by wsiadła na motocykl, i dojeżdżam tak blisko naszej działki, jak to możliwe. Resztę drogi pokonujemy pieszo. Ze szczytu widać całą dolinę San Fernando, po drugiej stronie rozpościera się ocean. Wszędzie wokół nas roztacza się naturalny kanion. Możemy patrzeć we wszystkie strony, nie narażając się na to, że cokolwiek zobaczymy, mam nadzieję, że wiecie, o co mi chodzi.

Kate wybucha płaczem. Stoi na szczycie góry, patrzy w pustkę i płacze. Nie chce tu zamieszkać. To miejsce jest jeszcze gorsze niż to, w którym mieszkamy teraz. Nie zamierza żyć jak kozica.

Obiecuję Kate, że doprowadzę elektryczność do naszego starego domu, że postawię przybudówkę. Naszą dotychczasową jadalnię przerobimy na sypialnię. Wybuduję nową jadalnię i prawdziwą kuchnię. Obiecuję, że zrobię wszystko, czego zechce. Obiecuję nawet wybetonowanie podjazdu i miejsca na samochód.

Zajmuje mi to wszystko pięć lat pracy, ale dotrzymuję słowa. Kończę akurat w porę, aby wielki pożar w jednej chwili mógł zniszczyć nasz gotowy dom.

*

Następnego ranka po pożarze oboje pojechaliśmy na miejsce, gdzie stał nasz dom, dookoła snuje się jeszcze dym, krajobraz jest biało-czarny. Boże, to takie wspaniałe uczucie, pozbyliśmy się wszystkich śmieci, przedmiotów, które były zbyt dobre, by je wyrzucić, ale nie dość dobre, by nam starczyły. Takie przedmioty przyklejają się do człowieka przez całe życie.

Czarne jest białe, a dym
Zmienia się w kadzidło,
Które błogosławi naszej wolności.
Pożądanie wzbija się ponad cichym światem
I rozprasza w świetle naszych płonących ciał.

W tym czasie, w latach od 1945 do 1960; życie w Ameryce stawało się coraz gorsze. Nie chcieliśmy wychowywać dzieci w społeczeństwie coraz bardziej nastawionym na współzawodnictwo, ale wydawało nam się, że sami na dobre w nim utknęliśmy.

Kate zdołała mnie wtedy zaskoczyć. Wykupiła ubezpieczenie od pożaru, nie mówiąc mi o tym ani słowa. Pieniądze z ubezpieczenia pomogły nam stanąć na nogi. Wreszcie dostałem paszport, wyjechaliśmy miesiąc później, od tej pory wpadaliśmy tam tylko w odwiedziny. To była najwspanialsza rzecz, jaka mogła się nam przydarzyć. Nasze dzieci nigdy nie oglądały Channel 4; nie mają standardowych mózgów rozmiarów ziarenek sezamu. Nasze życie nie zawsze było łatwe, ale zawsze pełne radości. Nawet Kate nauczyła się bawić swoją odrębnością. Warto żyć, kiedy ma się w tym jakiś cel.

Igramy z losem. Gramy
O wszystko, choć mamy niedużo
Do zyskania, a wiele do stracenia.

*

A zatem siedzę w Paryżu, trzymając w dłoni list z ofertą sprzedaży mojej czterdziestoakrowej działki. Co będzie to dla nas oznaczać? Co pocznę z taką kupą pieniędzy, kiedy już opłacę podatki? Wiem, że nie kupię żadnych akcji czy obligacji; okazałbym się hipokrytą czystej krwi, gdybym zrobił coś takiego. Nadal mamy trochę odłożonych pieniędzy, będzie tego parę tysięcy. Czy nasze życie mogłoby być jeszcze lepsze?

Nie sądzę, bym potrzebował sportowego wozu. Mamy dość jedzenia, dach nad głową, tyle miłości, ile potrzebujemy. Prawdopodobnie pieniądze zrobiłyby tylko krzywdę naszym dzieciom. Najgorsze, co może się przydarzyć w dzieciństwie, to dom tak wygodny, że dziecko przyzwyczaja się do luksusu i nie potrafi już żyć inaczej. Całe życie można wtedy zmarnować na zdobywanie tego, co miało się na początku. Nie chciałbym zrobić czegoś takiego moim dzieciom.

Kate naprawdę lubi pracować jako nauczycielka. Pokazywanie maluchom radości płynącej ze zdobywania wiedzy to bardzo ważna sprawa, a ona robi to po prostu znakomicie.

Nie możemy mieć więcej dzieci, szkoda więc, by marnowały się jej macierzyńskie instynkty. Myślę też, że Kate czuje się lepiej, mając świadomość, że i ona zarabia na utrzymanie naszego domu. Za swoją pracę dostaje wcale niezłą pensję i zasługuje na nią z całą pewnością. Tylko że w porównaniu z trzystu dwudziestoma tysiącami dolarów każda pensja wydaje się żartem. Nie, nie potrzebujemy tych pieniędzy.

Proszę, proszę, ja, facet, który ciągle narzeka na brak pieniędzy, który ciągle buduje nowe szczurze nory, maluje kilkadziesiąt obrazów rocznie, nagle uznałem, że nie potrzebuję, nie chcę więcej pieniędzy.

*

Jestem wstrząśnięty. Wydaje mi się, że zdarzyło się coś strasznego, jak gdyby umarło jedno z moich rodziców albo dzieci, albo jakbym miał atak serca, czy dowiedział się, że cierpię na nieuleczalny nowotwór. Coś się we mnie rozpadło.

Całe popołudnie siedzę w jadalni, zastanawiając się nad tym wszystkim. Staram się nie pić zbyt wiele podrabianego Cointreau. Czuję, że zaczynam dryfować wśród pomarańczy.

Zerwana plomba. Więcej przecieków.
Przeczucie końca. Słaby oddech ciemności.

Dochodzę do jednego wniosku. Dla mnie samego jest to wspaniałe odkrycie. Przysięgam na Boga, że nie zdawałem sobie dotąd z tego sprawy.

MAM NAJWSPANIALSZE, PIEPRZONE ŻYCIE, O JAKIM MÓGŁBYM MARZYĆ! NIE POTRAFIĘ NAWET WYOBRAZIĆ SOBIE, JAK MÓGŁBYM JE POPRAWIĆ!

Nie chcę zmieniać swojego życia.

Czuję się trochę rozczarowany. Nigdy nie opuszczała mnie myśl, że robię to wszystko, aby moje życie było lepsze. Może mógłbym je trochę poprawić, wygładzić kanty, ale na pewno nie pomogą mi w tym pieniądze.

To, co robię, jest niewybaczalne, aroganckie, ale nie mogę postąpić inaczej. Czasami robimy rzeczy, których nie potrafilibyśmy wyjaśnić nawet sobie samym.

Piszę krótki list do handlarza nieruchomościami, w którym wyjaśniam, że nie jestem zainteresowany sprzedażą. Później z radością buduję tipi z suchych kawałków drewna i podpalam je za pomocą listu. Potem biegnę na dół do piekarni, kupuję babeczki, bułeczki z jabłkami i czekoladowe eklery; wracam biegiem na górę, wstawiam wodę na herbatę i dorzucam do kominka. Jestem gotów na powitanie rodziny.

Może nie postąpiłem uczciwie, ale potrzebuję więcej czasu, aby się nad wszystkim zastanowić. Takie zdarzenia zbyt wiele mogą zmienić. Będę musiał porozmawiać o tym z Kate, dowiedzieć się, jakie jest jej zdanie.

Konsylium w oku cyklonu. Popłyń na pełne morze
W nadziei, że zostaniesz odnaleziony.
Lub płyń na oślep wbrew prądowi. Czemu zaufać?

Rozdział 22

23 SKIDOO

Od pożaru minęły już prawie dwa tygodnie, nie mówię tu o pożarze mojego studia, mówię o małym pożarze, w którym spłonął list z ofertą kupna moich czterdziestu akrów za trzysta dwadzieścia tysięcy dolarów. Jestem w domu sam, próbuję znaleźć trochę miejsca, gdzie mógłbym przechowywać swoje obrazy. Nie mam teraz żadnego prawdziwego studia, nie mam więc gdzie pracować.

Pogoda jest piękna, więc i tak większość czasu spędzam na ulicach. Mimo wszystko potrzebuję miejsca, gdzie mógłbym naciągać i przygotowywać płótna, mieszać farby, robić werniks — zajmować się całą techniczną stroną malowania. Ale w tej chwili, jak już powiedziałem, najbardziej potrzebuję miejsca do składowania obrazów, strych jest wypełniony aż po dach.

Mysz zbiega z zegara. Wspinam się
Na poddasze, szukając odrobiny przestrzeni —
Miejsca na zimową spiżarnię.

Zaczynam rozważać możliwość przerobienia jednego z poddaszy w naszym mieszkaniu na skład obrazów. Mój wybór pada na to, którego dzieciaki używały do chowania swoich lokomotyw i samochodzików, kiedy były jeszcze małe, teraz nikt go nie używa. Jim i Annie wyprowadzili się z domu, Mike wybiera się we wrześniu na Uniwersytet Stanowy Columbia w Los Angeles, Sara ma własny pokój ze sprzętem stereo, Tim jest ciągle na etapie pomiędzy zabawkami a stereo, czyta książki.

*

Wspinam się na górę, poddasze ma zaledwie metr wysokości, muszę więc poruszać się na kolanach. Cały dzisiejszy poranek spędziłem na malowaniu, znowu wybrałem się do Marais. Teraz siedzę na górze, sprzątając i przekładając najróżniejsze przedmioty do ślepej komórki, którą wybudowałem nad kuchnią. Nagle dobiega mnie stukanie do drzwi.

Dochodzę do wniosku, że to jakiś komiwojażer, a może kontroler do licznika gazu czy elektryczności. Obawiam się, że może to być ten facet ze Szwajcarii, który wynajmuje studio pod naszym mieszkaniem. Ciągle zdarza nam się zalewać brudną wodą jego niepokalanie białe studio i czarno-czarne obrazy. Zdarzyło się to już ze trzy razy. Jesteśmy najprawdopodobniej najbardziej beztroskimi ludźmi, jakim kiedykolwiek zdarzyło się mieszkać we francuskim domu. Nie potrafimy nawet nauczyć się zakręcania kurków. Ostatnim razem nasz sąsiad powiedział wyniośle swoją z niemiecka brzmiącą angielszczyzną

— Mój panie, pańska podłoga to mój sufit, proszę o tym pamiętać!

Zastanowiłem się nad tym później i uznałem, że to wcale zabawne.

Schodzę po drabinie, otwieram drzwi i staję twarzą w twarz z Sandy. Czuję, jak opada mi szczęka! Zewnętrzny świat bardzo rzadko zagląda do tego najbardziej tajnego z moich gniazd. Wpuszczam ją do środka.

Gdy tylko zamykam drzwi, Sandy rzuca mi się w ramiona. Kurczę! Tylko tego było mi potrzeba, pieczone gołąbki same wpadają do gąbki. Wyplątuję się jakoś z jej ramion i prowadzę ją do wielkiego stołu. Gdyby ktoś wrócił, wszystko wygląda jak należy. Sandy patrzy na mnie — jestem pewien, że widzi, w jakim jestem stanie, zaczynają mi drżeć dłonie.

— Matt dał mi twój adres, nie chciał, ale zmusiłam go. Chciałam porozmawiać z tobą na osobności.

Kto to u diabła jest Matt? Nagle przypominam sobie, to przecież imię Sweika. Ciekawe, jak go zmusiła? W porządku, myślę, posłucham. Ale chyba moglibyśmy załatwić całą sprawę mniej więcej w dwie godziny? Zanim zacznie zbierać się tutaj cała moja rodzina.

Czuję, jak ogarnia mnie poczucie winy. Zdarza mi się to nadzwyczaj często. Mam wtedy wrażenie, jak gdybym popełnił w przeszłości jakąś wielką zbrodnię i nie mógł sobie przypomnieć, o co chodziło. Tym razem jednak pamiętam aż nazbyt dobrze.

Czasami śni mi się, że mam w bagażniku samochodu zwłoki i jeżdżę po mieście, starając się ich pozbyć.

Strach narasta poza czasem.
Strach wiedzy. Nieznany strach
Przed odkryciem prawdy. Jeszcze nieznany.

Uśmiecham się i czekam, co powie Sandy. Myślę, że powinienem wstać i nastawić wodę na herbatę. Herbata nadałaby całej tej sytuacji bardziej normalną atmosferę.

Nie czułem się tak bardzo winny, kiedy była tu Jan, jednak pomiędzy mną a Sandy wydarzyło się coś bardzo ważnego i to widać, niezależnie od tego, jak bardzo starałbym się to ukryć. Stała się jedna z tych rzeczy, których nie da się po prostu usunąć w zakamarki świadomości, kiedy staje się niewygodna.

Sandy znowu ma na sobie sukienkę, staram się powstrzymać od przyglądania się jej skrzyżowanym kolanom.

— Jestem w ciąży.

„Cześć, jestem w ciąży", „A ja jestem George, miło mi panią poznać" — takie właśnie myśli przebiegają moją głowę, kiedy urywa, nie milknie, właśnie urywa. Myśl to chyba jedyna rzecz na świecie szybsza od światła.

— Wiesz, gdzie mogłabym w Paryżu usunąć ciążę?

Pozwoli pani, że polecę jej swojego dentystę, jest bardzo dobry, nie będzie mu pani musiała płacić nawet centa. Moje myśli zwalniają bieg, ale czuję, że zaczyna mi się kręcić w głowie. Patrzę na Sandy. Udaje dzielną, ale widzę wyraźnie, że jest przerażona. Do diabła, czy ja znam jakiegoś ginekologa, który zajmuje się przerywaniem ciąży? Gdybym znał, sam chciałbym z nim najpierw porozmawiać, dowiedzieć się, co jest dla niego ważne. Co czuje, wysysając zawartość macicy, codziennie, tak dzień po dniu.

— Jesteś pewna?

Brzmi znajomo, nie jestem chyba zbyt oryginalny.

— Właśnie powinnam mieć drugi okres i nic.

Uśmiecha się. Łapię się na tym, że gapię się na nią bezczelnie. Czy naprawdę pod tą bawełnianą sukienką kryje się drugi człowiek? Szkoda, że nie mogę zamienić się z nim miejscami. Podobno przez kilka pierwszych miesięcy pływa się jak kijanka po akwarium. Wyobrażam sobie, jak pływam, nie musząc oddychać, w ciemnościach, w płynie ciepłym jak ciało, jak naturalna gorąca kąpiel.

Czeka wyraźnie, aż coś powiem. Czy naprawdę chce, bym podał jej adres odpowiedniego ginekologa, czy też po prostu chce z kimś, kimkolwiek, porozmawiać?

— Nie znam poza tobą nikogo, kto mógłby mi pomóc.

Poza mną? Wielbicielem życia w każdej postaci? Fantastyczne, jak mogą odbierać nas inni ludzie. Najprawdopodobniej Sandy uznała mnie za podstarzałego Romea, nieudolnego uwodziciela młodych dziewcząt.

Obrazy w krzywym zwierciadle. Proste
Sensy załamane w odbitym świetle.

Wielkie nieba, jaka wielka odpowiedzialność spada na kobiety z powodu reprodukcji. Jak ze wszystkim, co ma jakąś wartość — ogień, potęga atomu — trudno to opanować. Nawet Szekspir, człowiek, który, sądząc przynajmniej z jego sztuk, wiele wiedział o życiu, wydziedziczył swoją własną córkę za to, że wyszła za mąż w czasie Wielkiego Postu, choć on sam i Anna Hathaway pobrali się przecież z konieczności. Ach, ta hipokryzja! W każdym razie była to hipokryzja poetycka.

Wszystko rozlatuje się na kawałki, kiedy ktoś ma urodzić dziecko, jeżeli cała kultura nie jest oparta na mocnych podstawach. Pomyślcie tylko — żaden mężczyzna nie może urodzić dziecka, mogą to robić wyłącznie kobiety, i to między dwudziestym a czterdziestym rokiem życia — znaczy to około jednej ósmej całej populacji. Wiele spośród nich nie może albo nie chce mieć dzieci, a zatem zostaje nam jedna dziesiąta. Powinniśmy opiekować się tą jedną dziesiątą, wspierać je, jak tylko możemy, obsypywać je prezentami, okazywać im pomoc. Najwartościowszym produktem na naszej planecie są ludzie, kochani ludzie.

Mimo to nikt, kto tego nie chce, nie powinien być zmuszany do rodzenia dzieci. Prawdopodobnie najgorszą rzeczą, jaka może przydarzyć się człowiekowi, jest zostanie urodzonym przez kogoś, kto go nie chce. Ktoś porównał to kiedyś do przejścia przez pokój pełen wrogich nieznajomych. Dzięki Bogu, w naszych czasach kobiety są już w stanie kontrolować takie sprawy. Muszę zapytać.

— Czy nie próbowałaś się zabezpieczyć? Nie bierzesz pigułek czy czegoś takiego?

Sandy przygląda się sobie, może sprawdza. Na jej ustach pojawia się pogardliwy uśmiech, uśmiecha się do mnie, a pogardza sobą, a może na odwrót, sam już nie wiem.

— Mam tak nieregularną miesiączkę. Nigdy nie myślałam nawet, że mogłabym zajść w ciążę. Jak myślisz, ile mam lat?

Nigdy o tym nie pomyślałem. Kiedy osiąga się mój wiek, każdy, kto ma więcej niż dziesięć własnych zębów, wydaje się młody. Wygląda na młodą, bardzo młodą osóbkę.

— Nie wiem, dwadzieścia jeden, może dwadzieścia dwa lata. Ile masz właściwie lat; jedenaście? Zamierzasz pobić rekord świata jako najmłodsza matka?

Uśmiecha się do mnie szczerze.

— Mam dwadzieścia dziewięć lat. Nie wiedziałeś o tym, ale cztery lata spędziłam w klinice psychiatrycznej. Załamałam się na pierwszym roku w Holyoke, nazywałam to miejsce Holy Hoax, Świętą Bzdurą. Lubar o tym wie, podobnie jak Dale, a teraz i Matt. Byłam pewna, że ktoś ci powiedział.

— Nikt nie dopuścił mnie do twojej wielkiej tajemnicy, Sandy. Jaka jest twoja specjalność: paroksyzmy, morderstwa, podpalenia, a może udajesz Napoleona?

— Samobójstwo. Trzy razy. Mój psychoanalityk stwierdził, że tak naprawdę nie chciałam ich popełniać, skoro trzy razy mi się nie powiodło, ale na pewno udało mi się przekonać samą siebie. — Zakłada ramiona, tak jak namalowałem ją na portrecie. — Może ty akurat mi nie uwierzysz, Scum, ale moim problemem są mężczyźni. Boję się kochać z mężczyznami. Pierwszy okres miałam w wieku osiemnastu lat. Cała się trzęsłam, kiedy dotykał mnie jakikolwiek mężczyzna, choć mój ojciec nie próbował mnie uwieść. Nie zostałam też nigdy zgwałcona; nie mam żadnej wymówki. Psychiatrzy badali mnie chyba ze sto razy. Ogarnia mnie po prostu niczym nie uzasadniony lęk; z czymś takim najtrudniej sobie poradzić.

Dobrze, a zatem musi porozmawiać. Nie jestem pewien, czy jestem właściwą osobą. Zbyt poważnie podchodzę do takich spraw; poza tym muszę przygotować nowy magazyn na moje obrazy. Ponad ramieniem Sandy patrzę w stronę poddasza, z którego mnie wyciągnęła. Dobry Boże, w tym tempie zajmie nam to co najmniej dwie godziny. Zastanawiam się, jak długo potrwa wstęp, zanim przejdzie do sedna sprawy. Byliśmy sobie tak bliscy, że obawiam się, iż wszystko może zacząć się od początku. Nie jestem na to przygotowany, nigdy nie będę na to przygotowany. Wszystko jest tak rzeczywiste, a jednocześnie wydaje się tylko dziecinnym udawaniem.

Prawdę mówiąc, cała ta zabawa z motocyklami miała w sobie aż nazbyt wiele dziecinnego udawania. Prawdopodobnie dobrze się stało, że moje wielkie płótno spłonęło. Nie było prawdziwe; kryła się w nim kpina z całego świata, desperacki, ostatni wybuch śmiechu, lepiej, by nikt go nie usłyszał.

— Sandy, nie znam żadnego ginekologa. Jesteś pewna, że chcesz przerwać tę ciążę? Nie chciałbym mieć nic do czynienia z zabijaniem małych dzieci. Może to dziwactwo, ale taki już jestem. Znam pewną Francuzkę, to lekarz pediatra; jest również psychiatrą. Zrobiła doktorat na Sorbonie na temat dzieci, które urodziły się, mimo że ich matki ubiegały się o aborcję. Kiedy dorosły, stawały się przestępcami, piły, popełniały samobójstwa. Dam ci numer Monique, może porozmawiałabyś z nią?

Wydaje mi się, że moja odpowiedź była dostatecznie jednoznaczna. Mam tylko nadzieję, że Sandy nie uzna tego za próbę uniknięcia podejmowania decyzji. Patrzy mi prosto w oczy; staram się odpowiedzieć jej spojrzeniem. Przypomina to zapasy wzrokiem, w które bawiliśmy się w szkole. Nie potrafię pozbyć się wrażenia, że mam do czynienia z dziewczynką z podstawówki; trudno mi pogodzić się z tym, że jest w ciąży, że naprawdę urodzi dziecko.

Patrzę w jej oczy i widzę, jak pojawiają się w nich łzy, tak jak woda przeciekająca przez dno starej łodzi, woda, która, nie wiadomo skąd, po prostu pojawia się na dnie. Boże, czuję się po prostu okropnie; nie mam pojęcia, co powinienem teraz zrobić.

— O to właśnie chodzi, Scum. Nigdy nawet nie pomyślałam, że mogę zajść w ciążę, zostać matką. Lekarze twierdzili, że nie osiągnęłam nigdy pełnej dojrzałości, że mam macicę małej dziewczynki. A teraz jestem w ciąży i sama nie potrafię w to uwierzyć. Dziwne, jakaś część mojej osoby cieszy się, że mi się to udało.

Wstaje, ja również podnoszę się z krzesła. Podciąga sukienkę obiema dłońmi, wystawiając w górę kciuki, w klasycznym macierzyńskim geście, odsłaniając brzuch.

Rzeczywiście, wydaje mi się, że dostrzegam wybrzuszenie. Sandy spogląda na mnie i uśmiecha się.

— Widzę to, ale nie potrafię uwierzyć. Czuję się dziwnie, ogarnia mnie taki spokój, a wiem, że powinnam się bać. Nie boję się wystarczająco mocno.

Przysuwamy się do siebie, obejmuję ją mocno. Próbuję wyczuć maleństwo przyciskane do mojego brzucha, ale nic nie czuję. Dzieli nas zbyt wielka objętość mojego brzuszyska. Przytulam ją mocno do siebie i tulę tak długo, aż przestaje łkać. Teraz brakuje już tylko, by ktoś wrócił wcześniej do domu.

Nic się nie martwcie, kochani. Sandy wpadła tylko po to, by powiedzieć mi, że jest w ciąży, i zastanawiamy się razem, co z tym począć.

Przytulam ją jeszcze mocniej, ona też przyciska się do mnie mocniej, łatwo zapomnieć, jak silne potrafią być kobiety. Zbyt szybko poddajemy się stereotypom. Oczywiście następne słowo należy do starego Scumblera.

— Dlaczego nie chcesz urodzić tego dziecka, Sandy? Może byłabyś szczęśliwa jako matka. To byłoby najwspanialsze wydarzenie w twoim życiu, mogłabyś zacząć wszystko od nowa.

Przytula mnie jeszcze mocniej, czuję jednak, jak kręci głową. Stoimy tak przez chwilę bez ruchu i mój kręgosłup zgłasza ostry protest. Włosy Sandy dostały mi się do nosa, zaczynają mnie łaskotać. Sandy mówi coś w mój kark.

— Matt poprosił mnie, abyśmy zamieszkali razem. Bardzo bym tego chciała. Jestem z nim taka szczęśliwa.

Kręci mi się w głowie. To takie cudowne, wszystko zaczyna się jakoś układać. Jestem szczęśliwy ze względu na Sandy, ze względu na Sweika. Pora otwierać szampana, urządzać przyjęcie. Pora zniknąć stąd, zanim wróci moja rodzina!

Sandy potrząsa głową coraz mocniej. Odsuwam głowę na bok i drapię się po nosie.

— Nie mogę mu tego zrobić, Scum, to nie byłoby uczciwe. Wiem, że czułby się jak zwierzę w pułapce. Nie potrafiłabym zrobić tego samej sobie. Myślę, że go kocham, wszystko jest jak najlepiej; nie chciałabym niczego zepsuć.

Chciałbym zakończyć na tym całą naszą rozmowę. Zrobiłem, co mogłem, choć nie było to wiele, może nie było mi to po prostu pisane, następnym razem pójdzie mi lepiej.

— W porządku, Sandy, sama powinnaś wiedzieć, co jest dla ciebie najlepsze. Nie rób niczego, czego nie byłabyś pewna.

Zaczynam delikatnie wyplątywać się z jej ramion. Przechodzę do kuchni i zabieram się do przygotowywania herbaty. Do godziny zero pozostało czterdzieści pięć minut. Czuję się załamany, zawiedziony. Wydaje mi się też, że zawodzą mnie nerwy.

Przypuszczam, że przynajmniej w moim wypadku starość najpierw atakuje nerwy. Nie potrafię już znosić tyle, ile dawniej. Czuję, jak drżą mi kolana; dłonie trzęsą mi się tak mocno, że z trudem nalewam wodę do czajniczka. Filiżanka Earl Greya powinna pasować do tej sytuacji, to ulubiony gatunek Kate.

Siadamy i trochę jeszcze rozmawiamy. Staramy się podejść rozsądnie do całej sprawy. Sandy mówi, że pójdzie do mojej znajomej lekarki, podaję jej nazwisko i adres. Nie chcę więcej o tym rozmawiać; czuję się tylko współwinowajcą. Dopijamy herbatę, zaczynam sprzątać ze stołu; mam nadzieję, że zrozumie, o co mi chodzi. Sandy to wrażliwa osóbka, chwyta w lot, co chcę przez to powiedzieć. Stoi w kącie i patrzy, jak zmywam naczynia i ustawiam je na suszarce, by obciekły. Podnoszę wzrok i widzę, że znowu na mnie patrzy. Odpowiadam jej spojrzeniem, choć niewiele mam już w sobie siły. Obawiam się, że za chwilę wszystko zacznie się od nowa. Nigdy nie uda mi się tego skończyć.

— Nie zapytałeś.

Zastanawiam się szybko, o czym ona mówi. Zapytałem już chyba o wszystko.

— O co nie zapytałem?

— Nie zapytałeś, kto będzie ojcem.

Racja, nie zapytałem. Przyjąłem, że będzie nim Sweik, cóż to w sumie za różnica? Prawdę powiedziawszy, nie chcę wcale wiedzieć, jeśli i tak zamierza zabić to maleństwo, to jeszcze powiększałoby moją zbrodnię. Do diabła, kto tak naprawdę wie, kto jest ojcem? Sądziłem, że byłem ojcem moich dzieci z pierwszego małżeństwa; naród amerykański uznał, że nie miałem racji, i odebrał mi je. Nigdy nie odezwały się do mnie choćby słowem; teraz powinny już mieć około trzydziestki. Mój syn służył w Wietnamie jako kapitan Zielonych Beretów. Ktoś inny musiał mi o tym powiedzieć. Mój syn był mordercą. Nawet de Maupassant nie wymyśliłby czegoś bardziej ironicznego.

Wychodzę z kuchni, a Sandy rusza w stronę drzwi. Rzucam szybkie spojrzenie na zegar; mamy jeszcze prawie pół godziny.

— A zatem, kto jest ojcem, Sandy?

— Wszystko wydarzyło się w Hiszpanii. Wiem to na pewno, bo nieczęsto mam do czynienia z mężczyznami. Najpierw był Lubar, robiliśmy to w nocy na piasku w jaskini; zrobiłam to, bo byłam wściekła na Dale, próbowałam się na niej zemścić.

Czuję pustkę w sercu. Niemożliwe, by sądziła, że to ja. Nie można zrobić dziecka przez oczy, dłonie, język, usta, palce, serce. Stoję w drzwiach, czekając na to, co ma jeszcze do powiedzenia. Może to jakaś gra. Staram się nie dać jej omamić.

— Potem, Scum, byłam z tobą. Po raz pierwszy w życiu byłam z mężczyzną bez lęku. Po raz pierwszy obudziłeś we mnie kobietę.

Urywa.

— Kiedy wyjechałeś, kochaliśmy się z Mattem. Z początku kochałam się z nim ze względu na jego kręgosłup; udawałam przed samą sobą, że to ty. Później jednak, kiedy poczuł się lepiej, kochał się ze mną i nauczył mnie tego, o czym nigdy nie miałam pojęcia.

W pierwszej chwili zastanawiam się, dlaczego właśnie mnie o tym wszystkim opowiada. Co dobrego może z tego wyniknąć? Stoję, czekając, aż wyjdzie. Sandy zatrzymuje się w drzwiach, obserwuje moją twarz. Nie odpowiadam na jej spojrzenie, ale jest to męczące.

— Wiesz, Scum, to powinno być twoje dziecko.

Uśmiecha się, wyciąga dłoń i dotyka mojej brody, całuje mnie delikatnie w usta, a potem beztrosko zbiega po schodach. Z trudnością powstrzymuję się od krzyknięcia, by uważała na siebie, w końcu jest w ciąży. Nawet dla mnie byłoby to bez sensu. Czy świat naprawdę jest tak bezsensowny, jak czasami mi się zdaje?

Żelazna wola nie wystarczy. Przygniata mnie
Brzemię nie spełnionych obietnic.
Oczy intelektualisty zawsze zaciemniają chmury,
Toteż nie zna czystości błękitnie pogodnego nieba.

Całe popołudnie przesiaduję w mieszkaniu, zastanawiając się nad tym wszystkim. Członkowie mojej rodziny pogodzili się już dawno z faktem, że mieszkają razem z szalonym artystą, zostawiają mnie więc w spokoju, kiedy wpadam w ponury nastrój. Nienawidzę siebie w takich chwilach, ale nic nie mogę na to poradzić. Wiele razy próbowałem wyjaśnić to Kate, ale bez powodzenia, nadal nie potrafi zrozumieć, ale najczęściej potrafi to znieść.

Ciągle rozmyślam o tym maleństwie, być może dziecku Sweika i Sandy, nie mam pojęcia, co się z nim teraz stanie. Może to Lubar był ojcem, szalona kombinacja, ale tak bardzo chciałbym dowiedzieć się, co z niej wyniknie. Być może byłby to pół-ptak, pół-delfin. Nie chcę nawet myśleć o tym, że Sandy znajdzie się pod nożem jakiegoś francuskiego rzeźnika. Nasza cywilizacja rzeczywiście zakuwa nas w najdziwaczniejsze okowy.

Mój kwiat kłoni się pszczołom, kusząc,
By przysiadły i posmakowały słodkiego pyłku.
Słońce to mała tragedia. Nie wydam nasion,

Nie wykiełkuję
W nadchodzącym roku i nie ulistnię się znowu,
Gdyż nie zostałem zapylony. Obracam z wolna
Moją twarz ku sterylnemu niebu.

Kładziemy się już do łóżka, kiedy Kate całuje mnie i pyta, co się stało. W pierwszej chwili mam zamiar zbyć ją jakimś ogólnikiem, ale tym razem chcę z nią porozmawiać. Boję się z początku, ale jakoś okrężną drogą zdołałem opowiedzieć jej całą historię. Opowiadam o Sandy, mówię o niej tylko, że była jedną ze znajomych, których spotkałem w Hiszpanii. Opowiadam, że przyszła dzisiaj do naszego domu.

Wkraczam na niebezpieczny teren; Kate niewiele obchodzą ludzie, z którymi spotykam się w mieście, ale nie zamierza tolerować ich w swoim gnieździe. Przypomnijcie sobie tylko, jak zareagowała, kiedy nocował u nas Lubar. Kate lubi porządek, szalony dwudziesty wiek zdecydowanie jej nie odpowiada. Opowiadam, że Sandy będzie miała dziecko, a dziś po południu przyszła, by mi o tym powiedzieć. Opowiadam jej prawie wszystko o Sandy, minimalizując jedynie swój udział w całej sprawie. Trudno czasem rozgraniczyć uczciwość i okrucieństwo.

Zapada cisza. Czekam. Potem mówię wszystko. Nigdy nie potrafię przerwać w odpowiednim momencie. Zawsze zbyt wiele oczekuję od ludzi, zwłaszcza od tych, których kocham.

— Kate, wiem, że to nienormalne, ale nie potrafię pogodzić się z tym, że to dziecko zostanie zamordowane. Czy nie powinniśmy opłacić szpitala i pomagać im, aż Sandy będzie w stanie sama się nim zająć?

To chyba jeden z moich najbardziej zwariowanych pomysłów. Czekam, leżąc w ciemnościach na plecach. Spodziewam się wszystkiego, od milczenia aż do rana do odejścia w milczeniu.

Kate kładzie mi dłoń na powiekach.

— Czy to twoje dziecko?

Powinienem był się tego spodziewać. To właściwe, naturalne pytanie. Kate zawsze zadaje właściwe pytania.

— Nie, nie moje. Ale wiem, kto jest ojcem, z dokładnością do dwóch.

Nadal trzyma dłoń na moich powiekach. Nie ruszam się, czekam.

Kate milczy przez dłuższą chwilę, a potem całuje mnie. Zsuwa dłoń z mojej twarzy, a potem przygląda mi się w ciemnościach. Dostrzegam tylko zarysy jej twarzy.

— W pewnym stopniu szkoda, miło byłoby mieć jeszcze kogoś choć w połowie podobnego do ciebie. Ale odpowiedź brzmi nie. Nie chcę pomagać w tym, by to dziecko przyszło na świat. Nie mamy dość pieniędzy, a poza tym z tego, co powiedziałeś, nie wydaje mi się, by ta dziewczyna nadawała się na matkę. W końcu mogłoby się okazać, że sami musimy się nim zająć, a na to jesteśmy już zbyt starzy.

Jestem pewien, że Kate powiedziała to tylko dlatego, że nie jestem ojcem. Wie, że czasami nie mówię jej wszystkiego, ale nigdy jej nie okłamuję. Leżę w ciemnościach, starając się pozbierać do kupy i równocześnie rozluźnić. Czuję się całkowicie rozbity. Przyciągam Kate do siebie i szukam w ciemnościach jej ust, by ją pocałować. Później łączy nas ten błogosławiony akt, dzięki któremu wszyscy przyszliśmy na ten świat.

Tylko dwoje stworzy jedność.
Poczęcie jest zapomnieniem.

Kiedy wtulamy się w siebie, zdaję sobie sprawę, że muszę podzielić się z nią moją wielką tajemnicą, inaczej wypali mi dziurę w mózgu.

— Kate, coś jeszcze muszę ci powiedzieć.

Cisza, czuję, jak jej ciało napina się gwałtownie.

— To ty jesteś ojcem tego dziecka? Okłamałeś mnie!

— Nie, to, co chcę powiedzieć, nie ma z nim nic wspólnego, przynajmniej bezpośrednio.

Mówię jej zatem o liście z propozycją, o ośmiu tysią-

cach za akr, trzystu dwudziestu tysiącach dolarów za nasze czterdzieści akrów.

Kate odsuwa się ode mnie powoli, odwraca i klęka na
łóżku.

— Chcesz przez to powiedzieć, że wiesz o tym od kilku
tygodni i nie powiedziałeś mi ani słowa?

— Przepraszam, Kate. Przestraszyłem się tych pieniędzy, przestraszyłem się, że mogłyby wszystko zniszczyć, nas, dzieci, nasze życie, twój stosunek do pracy. Nie
przyszła mi do głowy żadna rzecz, którą mógłbym ulep-
szyć za pomocą pieniędzy, a tak wiele poszłoby na podatki, które wydano by na bomby atomowe do zabijania
ludzi. Potrzebowałem czasu, by się nad tym wszystkim
zastanowić.

— I nic nie mówiłeś. Kupiłeś tą zwariowaną działkę
za nasze wspólne pieniądze. Nie miałeś prawa ukrywać
tego przede mną, podejmować takiej decyzji samodzielnie, nie wspominając o tym nawet słowem. Skąd możesz
wiedzieć, czego chcę? A może chciałabym zrezygnować
z uczenia, wrócić do Ameryki, mieszkać w prawdziwym
domu, spędzić ostatnie lata blisko matki.

— Nigdy o tym nie myślałem, Kate. Przecież nigdy
o tym nie wspominałaś.

Nadal klęczy. W półmroku dostrzegam jej zaciśnięte,
przyciśnięte mocno do kolan pięści.

— Zawsze myślisz tylko o sobie. Traktujesz wszystko
i nas wszystkich, jak gdybyśmy byli tylko elementami
wielkiego obrazu, twojego autoportretu, tak naprawdę
stanowimy tylko tło. Mam już tego serdecznie dosyć!

Kate kładzie się na brzuchu i odwraca głowę. Nawet
ja zdaję sobie czasami sprawę, że nie powinienem nic mówić. Gdybym nawet chciał, nie wiem, co mógłbym teraz
powiedzieć.

Kate nigdy nie zgodzi się na to, byśmy pomogli Sandy;
będę więc musiał zrobić to sam.

Morderstwo może przybierać różne formy. Najbardziej
oczywistą jest dokonanie go własnymi rękami, zaraz po

nim idzie zmuszenie kogoś innego, tak jak robili to Stalin czy Johnson. Później idzie zachęcanie innych. Najbardziej jednak pospolitą metodą jest dopuszczenie do tego, by ktoś umarł, tylko dlatego że się tego nie dostrzega, wpada w panikę albo udaje, że nie ma to żadnego znaczenia. Sądzę, że żyję z mordercą, ale skoro mój syn jest nim z całą pewnością, nie powinienem się tym zbytnio przejmować. Zbyt wiele biorę na siebie.

Pomogę jednak Sandy, tak by mogła urodzić dziecko, jeśli się na to zdecyduje. Nie potrafię dopuścić, by stało się najgorsze, tylko ze względu na brak pieniędzy.

*

Leżę w ciemnościach obok Kate, cały zesztywniały, nie śpię, oddycham, myślę o dziecku, naszym dziecku, które powinno być moje i Sandy. Prawdopodobnie i tak nie zgodzi się przyjąć ode mnie pieniędzy. Jak bardzo można zbliżyć się do własnych urodzin, zanim ktoś usunie nas ze swej drogi?

> *Jednak. Oburzony tym, że fontanna*
> *Nie wytrysnęła ze źródła. Bo nie ma już*
> *Siły, a zaledwie przeczucie wiedzy. Wolniutko*
> *Prószący śnieg jest bardziej widoczny*
> *Niż ulewny deszcz.*

Kręci mi się w głowie. Coraz to nowe pomysły pojawiają mi się przed oczami. Jestem ojcem, bratem, wujem, matką, siostrą, babką i dziadkiem mającego się narodzić dziecka. Chyba w ogóle już dzisiaj nie zasnę.

Zastanawiam się nad tym, co powiedziała Kate. Ma rację, ciągle próbuję zaprojektować swoje życie. Życie samo w sobie jest tak ważne, że muszę przeżyć je dla jakiegoś celu. Większość ludzi próbuje się przez nie prześliznąć tak, by nawet samych siebie nie obudzić. Ja tak nie potrafię.

Równocześnie staram się projektować życie wszystkich ludzi wokół mnie. Próbuję wepchnąć Sweika w objęcia Lotte, Sandy w objęcia Sweika, Traude w objęcia Clementa, nawet biednego Saszę próbuję wepchnąć do łóżka jego Arabki. Zachowuję się jak żydowska swatka. Później idą moje gniazda — ptasie gniazdka, szczurze nory, gniazda natury, gniazda rodzinne, gniazda dla artystów. Próbuję zaprojektować życie dla wszystkich, ustalić, jak i gdzie mają żyć, po prostu wszystko.

Nie wiem sam, kiedy to się stało. Być może należałem do tych nielicznych ludzi, których usunięto z przedszkola. Nie przypominam sobie, bym był niegrzeczny; przynajmniej nigdy tego nie chciałem. Zazwyczaj chciałem wszystko poprawiać, a kiedy się to nie udawało, uciekałem.

Zanim ukończyłem szesnaście lat, pięć razy uciekałem z domu; potem wcześniej ukończyłem szkołę i wyprowadziłem się na dobre.

Najdziwniejsze, że miałem wspaniałych, troskliwych rodziców i bardzo ich kochałem. Kochałem również swojego brata i siostry. Kłopot polegał na tym, że kiedy jest się dzieckiem, dorośli — a zwłaszcza troskliwi dorośli — myślą, że mają prawo kierować życiem dziecka, że zawsze wiedzą, co dla niego najlepsze. Moja słodka, najukochańsza matka powtarzała zawsze: „Tak, ale to ja jestem twoją matką", i uważała, że jest to wystarczający powód, by mogła kierować moim życiem.

*

Unoszę się powoli i siadam na łóżku. Stało się we mnie coś wielkiego, czuję, że za chwilę coś we mnie pęknie. Siedzę na krawędzi łóżka z bosymi stopami na podłodze, czekam, czy Kate zechce coś jeszcze powiedzieć. Nie jestem wcale pewien, czy zasnęła, czy nie.

*

Moja nauka na uniwersytecie pełna była wzlotów i upadków, podobnie jak całe moje życie. Założyłem pralnię dla studentów z Uniwersytetu Stanu Pensylwania.

Kupiłem poobijaną półciężarówkę i zacząłem zbierać brudną bieliznę na mieście. W owych czasach na uniwersytet szły prawie wyłącznie dzieci z bogatych domów. Znalazłem pusty magazyn po zbankrutowanej firmie i wynająłem go za piętnaście dolarów miesięcznie. W stoczni kupiłem stare kotły parowe jako złom i przewiozłem je do swojego magazynu. Opalałem je drewnem zbieranym na placach rozbiórek.

Przez pierwszy rok pracy prałem bieliznę staromodnym sposobem, udeptując ją bosymi stopami. Musiałem płacić jedynie za mydło i prąd do żelazka. Prasowałem całymi dniami, a czasami i całymi nocami. Mój magazyn mieścił się w porządnej, czarnej dzielnicy; był to rok 1937, a ja miałem zaledwie siedemnaście lat. Ale żyłem własnym życiem i tylko to się wtedy dla mnie liczyło.

*

Ostrożnie podnoszę się z łóżka i wstaję na równe nogi. Przechodzę przez kuchnię do łazienki. Zamykam za sobą drzwi i zapalam światło. Patrzę na swoje odbicie w lustrze. Boże, jak okropnie wyglądam! Prawie jak trup, którego nikt nie chce nawet pogrzebać. Zdecydowanie wyglądam na bardziej pomarszczonego i zmęczonego niż zazwyczaj; moja twarz wydaje się szara, prawie tak jak potargana broda. Wyglądam jak moja własna smutna biało-czarna fotografia. Jak twarz na zbiorowej fotografii w gazecie, na której ktoś namalował czarne kółko wokół twarzy człowieka, który właśnie zginął w katastrofie lotniczej.

*

Zanim ukończyłem dziewiętnaście lat, miałem już dwie prawdziwe maszyny pralnicze, trzy półciężarówki, pięciu pracowników, ja sam zaś zapisałem się na uniwersytet i dostałem stypendium. Mieszkałem nielegalnie na strychu budynku wydziału fizyki. Seks pojawił się w moim życiu dość wcześnie, swoją żonę poznałem kilka dni przed ukończeniem studiów inżynierskich. W 1939 roku każdy, kto miał równo pod sufitem, chciał zostać inżynierem.

Ożeniłem się z Jane i po raz pierwszy zostałem ojcem w dwa dni po moich dwudziestych pierwszych urodzinach. Tak właśnie chciałem. Już wtedy jak wariat projektowałem swoje życie. Chciałem mieć co najmniej dziesięcioro dzieci i to zanim ukończę trzydzieści pięć lat. Chciałem się z nimi bawić. Jane zgadzała się wtedy ze mną; nie sądzę, bym dał jej jakąkolwiek szansę. Nikogo wtedy nie słuchałem. Wydaje mi się, że nadal tego nie robię.

*

Oglądam swoje dłonie. Pokryte są plamami farby i kurzu, pobrudziłem się, szukając po poddaszach miejsca na magazyn dla moich obrazów. Sandy tak bardzo wytrąciła mnie z równowagi, że zapomniałem nawet umyć się przed pójściem do łóżka. Obwąchuję pachy, śmierdzę. Nie tylko śmierdzę, śmierdzę jak stary człowiek, otacza mnie zapach zastałych alkaloidów, smród żywej materii, która przekształca się w materię nieorganiczną. Mój pot miał dawniej mocny, zwierzęcy zapach jak czysta klatka tygrysa w zoo, teraz to już przeszłość. Obawiam się, że zmienił się mój metabolizm.

Nie wiem naprawdę, jak długo Kate będzie to znosić, życie z rozkładającym się zwierzęciem nie jest specjalnie zabawne. Przez wszystkie te lata rekompensowałem to swoją witalnością, ale teraz niewiele mi jej pozostało. To znaczy, jeśli nie liczyć obrazów, ale i one podzielą ten sam los.

Wiele z tego, co składa się na moje życie, tego, co robię, stanowi obrazę dla wszystkiego, co sobie ceni, dla całej reszty jej życia.

Wiem, że zabrzmi to jak narzekanie na kwaśne wino-
grona, ale większość tak zwanych kulturalnych ludzi,
których poznałem, kocha sztukę, niezależnie od tego, czy
jest to malarstwo, muzyka, rzeźba, literatura, czy cokolwiek innego, ale nie chce mieć do czynienia z prawdziwymi, żywymi artystami. Dobrzy artyści to martwi artyści, podobnie jak rzecz się miała z Indianami. Jeśli
zastanowimy się nad tym, co zrobiliśmy z Indianami, których zabijano w imię cywilizacji, to Adolf Hitler wydaje się orędownikiem rozszalałego humanitaryzmu. Oczywiście, są zawsze „dobrzy", „cywilizowani" artyści, podobnie jak dobrzy, cywilizowani Indianie, którzy założą
pióropusz albo beret i wykonają kilka sztuczek dla pu-
bliczności.

Jak mi się wydaje, dzisiaj artyści powinni nosić dżinsy
z eleganckich sklepów z łatami na kolanach i podarte
tenisówki. Oczekuje się, że będą brali narkotyki, pili
i zajmowali się polityką, zamiast spać, jeść czy myć się.
Tak naprawdę jednak wcale się nie liczą, stanowią tylko
część życia, dekorację, która ma zasłaniać pęknięcia, ob-
sługę wesołego miasteczka.

Powinienem wziąć prysznic, ale narobiłbym przy tym
zbyt wiele hałasu i pobudził wszystkich. Poza tym nie
podejrzewam, abym miał dość siły na to, by wspiąć się
do kabiny naszego prysznica na podwyższeniu. Naprawdę, nawet mnie zaskakuje, z jak wieloma rzeczami musi
godzić się Kate, aby być ze mną. Zastanawiam się, jak
mógłbym zaproponować jej, aby odeszła i zaczęła własne
życie, nie raniąc jej uczuć i nie zaczynając od nowa „projektować" jej życia. Tylko co stałoby się wtedy z Timem
i Sarą?

*

Psychiatra więzienny stwierdził, że jestem psychopa-
tą. Twierdził z uporem, że udaję łagodnego psychopatę,
ale coś takiego nie istnieje. Wybuchnąłem mu śmiechem

prosto w twarz, a on powtarzał, że mój pacyfizm opiera się w rzeczywistości na głębokiej wrogości i nieufności wobec wszystkich ludzi. Twierdził, że odseparowałem się; upierałem się, że jestem wyjątkowy, i żywiłem brak szacunku dla innych ludzi. Powiedział, że to typowe cechy psychopatów; prawdopodobnie była to definicja psychopaty. Alienacja, wyobcowanie, poczucie wyższości, to one właśnie sprawiają, że psychopaci są tak bardzo niebezpieczni.

Boże, wtedy uważałem, że to śmieszne. Próbowałem wyjaśnić mu, że chcę tylko żyć swoim życiem i z całą pewnością nie zamierzałem nikogo skrzywdzić. W odpowiedzi wyciągnął sprawę mojego rozwodu i to, jak bardzo skrzywdziłem Jane i dzieci, rodziców. To właśnie on określił mnie w swoim raporcie jako psychopatę, przez co tak trudno mi było znaleźć pracę w szkolnictwie po wyjściu z więzienia. To właśnie rząd Stanów Zjednoczonych nazywa rehabilitacją.

Teraz wiem jednak, że w pewnym stopniu psychiatra więzienny miał rację. Skrzywdziłem wielu ludzi, po prostu żyjąc i starając się być sobą; nadal ich krzywdzę. Nie chcę nikogo zranić, a robię to bez przerwy. Myślę, że krzywdzę ludzi przez to tylko, że żyję, przez swoje szaleńcze przekonanie, że powinienem żyć tak, jak tego chcę, co jest okropnym gwałtem na wszystkich innych ludziach. Stanowię żywe zaprzeczenie ważnej części ludzkich oczekiwań wobec życia, stawiając za cel swego istnienia nieprzewidywalność.

Podejrzewam, że znakomitą część swojego życia spędziłem, uciekając przed nudą.

Teraz wiem już, że spolegliwość, stałość, niezawodność stanowią części wartości cenionej w każdym prawie społeczeństwie — odpowiedzialności. Jeśli życie cię przeraża, każda nieprzewidywalna zmiana jest wstrząsem, a w konsekwencji złem. Nieprzewidywalna osoba jest wykluczana ze społeczeństwa, uznaje się ją za pariasa dla dobra grupy.

Być może nieprzewidywalność stanowi naturę twórczej osobowości. Nie mówię tu o byciu artystą czy naukowcem ani o żadnej działalności twórczej, mówię o podejściu do własnego życia. Człowiek twórczy pożąda, drąży go nieludzka wprost tęsknota za wyjątkowością. To pożądanie jest najpewniej jedną z najczęstszych przyczyn chorób psychicznych. Poza tym musi ona doprowadzać do szaleństwa wszystkich, którym przychodzi żyć razem z takimi ludźmi, którzy nie potrafią zostawić spraw takimi, jakimi je zastali, którzy stale starają się je zmieniać, przemieszać tak, by stały się inne; albo, co jeszcze gorsze, jeśli nie mogąc nic zmienić, starają się przebudować, przetworzyć tak zwaną rzeczywistość w taki sposób, aby im pasowała.

*

Wiem, że takie są właśnie moje obrazy. Nie wymyślam ich ot tak, z pustego płótna, ale równocześnie nie staram się nawet malować tego, co widzę. Maluję świat takim, jakim chciałbym, aby był.

A ta opowieść, ta książka — z pewnością istnieją ludzie tacy, jak Sweik i Lotte, Kate i Sandy; z pewnością pod domami Paryża znajdują się jakieś tunele i zegary, odbywają się tu obrzydliwe orgie, zbierają motocykliści, dzieje się to wszystko, ale nie opisałem tego, jak jest-było naprawdę. Nie jestem reporterem, nie mam w głowie magnetofonu. Zanudziłbym się na śmierć, opisując jedynie fakty, wydarzenia, rzeczy, wypadki, ludzi. Was znudziłoby to najprawdopodobniej również, a zatem nie znaleźlibyście się tutaj w moim umyśle na ostatnich stronach tej książki. A może nie ma was tutaj. Szkoda.

Ale uczucia, które opisałem, są prawdziwe, prawdziwe w takiej mierze, w jakiej mogę to wiedzieć. To moje uczucia.

Teraz męty, które powinny unosić się na powierzchni, opadają na dno, stają się osadem. Może kultura jest właśnie osadem. Obawiam się, że tak dzieje się właśnie wtedy, gdy nałoży się zbyt grubą warstwę werniksu. Powinienem był się tego spodziewać.

*

Odkręcam wodę i napełniam zlew. Moje dłonie drżą. Sandy wytrąciła mnie z równowagi rozmową o możliwych, niemożliwych, prawdopodobnych i nieprawdopodobnych dzieciach, potem jeszcze ta rozmowa z Kate. Z całą pewnością kończę się już, to też pewna forma ucieczki.

*

Sięgam po wierny 23 Skidoo i zaczynam wcierać go w dłonie. Połączenie gładkości i szorstkości przynosi mi ulgę. Trę, drapię, płuczę tak długo, aż farba i brud znikają z moich dłoni. Biorę szczoteczkę do paznokci i cążki i czyszczę tak długo, aż udaje mi się usunąć spod paznokci najgorszy brud. Wycieram umyte dłonie w ręcznik i wchodzę do jadalni.

Siedzę samotnie w nocnej ciszy, kołyszę się w fotelu na biegunach, słucham tykania mojego ulubionego zegara ściennego, próbuję zsynchronizować bujanie fotela z ruchem wahadła; staram się uspokoić szybki, nerwowy rytm zmęczonego serca. Chcę się odprężyć, odpędzić, co złe. Próbuję powtarzać mantrę; wydaje mi się, że słyszę trzepot ptasich skrzydeł.

W pokoju pali się tylko mała lampka, rozjaśniająca ciemności. Siedzę tak, aż mój zegar bije jeszcze raz. Jeszcze raz mógłby wystarczyć.

KONIEC

Rozdział 23

OSTATECZNE GNIAZDO

Mój Boże! Jeśli jakiś głupiec chce mi dać trzysta dwadzieścia tysięcy dolarów za te czterdzieści akrów, to z pewnością mógłbym pożyczyć trzysta tysięcy. Wyobraźcie sobie tylko, jakie wspaniałe gniazdo mógłbym zbudować za takie pieniądze!

Najpierw wykopałbym trzystumetrową studnię, stalową rurę, przez którą srebrzysta woda zostałaby uwolniona na suche powietrze. Podłączyłbym się do setek podziemnych rzek, zszedłbym prawie do poziomu morza.

Pompowałbym wodę za pomocą gigantycznych wiatraków o skrzydłach zrobionych z arkuszy barwnego, przezroczystego plastyku. Wznosiłyby się na dziesięć metrów ponad ziemię, a ich skrzydła miałyby pięć metrów rozpiętości. Całe rzeki wody wystrzeliwałyby w powietrze.

Później zbudowałbym jeszcze więcej wiatraków, które chwytałyby łagodną bryzę wiejącą znad oceanu ponad moją górą. Zmieniałyby siłę wiatru na energię elektryczną, którą magazynowałbym w bateriach połączonych szeregowo, ukrytych głęboko pod ziemią, całe ich setki spijałyby elektryczność i przechowywały ją dla mnie.

Miałbym tyle energii elektrycznej, że nie potrafiłbym zużyć nawet jej ułamka. Kupiłbym dwubiegowe liczniki, które instalują towarzystwa elektryczne. Płaciłbym za energię, którą pobierałbym od nich, a więc nic, a oni musieliby płacić za energię, którą wlewałbym w ich sieci.

Mógłbym też zamontować fotonowo-platynowe baterie słoneczne, takie, jakie instaluje się na satelitach, oraz zwyczajne kolektory ciepła. Wybudowałbym wiatraki na granicach mojej posiadłości, tam w niczym by mi nie przeszkadzały. Dobrałbym odpowiednio kolory skrzydeł moich wiatraków, tak by obracając się z odpowiednią prędkością, przybierały białą barwę, wyglądałyby wtedy jak srebrzyste aureole albo latające spodki. Wyobrażam już sobie, jak wszystko to wyglądałoby w chwili zmiany kierunku wiatru, byłoby to jak ptasi taniec.

Świetliste tarcze. Wirujące w słońcu,
Krążące w mistycznym asonansie.

Następnie odgraniczyłbym swoje czterdzieści akrów, nie tyle może, by nie wpuszczać do środka ludzi, ile by chronić mieszkające wewnątrz zwierzęta. Zaludniłbym swoją górę spokojnymi zwierzętami — jeleniami, zającami, wiewiórkami, świnkami morskimi, kurczakami, kaczkami — zwierzętami, które mogłyby żyć na wolności, ale można by się z nimi bawić, nie byłyby tak naprawdę dzikie.

Zbudowałbym swoje gniazdo na samym skraju urwiska, tam gdzie teren staje się płaski. Postawiłbym gniazdo natury, podobne do tego, które wybudowałem z dziećmi w Morvan, tylko że na kolosalną skalę.

Głównym słupem byłaby odlana z brązu dziesięciometrowa kolumna. Miałaby metr średnicy i byłaby pusta wewnątrz jak miniaturowa kolumna Berniniego. Woda płynęłaby aż do jej szczytu umieszczonymi wewnątrz rurami. Później część wody spływałaby po kolumnie, zakręcając, pluszcząc i chlapiąc. Kolumna byłaby pokryta wgłębieniami, malutkimi basenami, pustymi miejscami, miniaturowymi górami i wodospadami; woda wydawałyby najprzeróżniejsze dźwięki w zależności od grubości brązu i tego, z jakiej wysokości pada, jak uderza o metal. Części kolumny, po których spływałaby woda, kazałbym wypolerować na złoto, pozostałe przybrałyby przeróżne odcienie zieleni, gdzieniegdzie porosłyby też mchem.

Woda spływałaby do położonego u dołu basenu na tysiąc najprzeróżniejszych sposobów. Sam basen miałby przynajmniej siedem metrów średnicy. Wpuściłbym do niego ryby, a małe fontanny z pluskiem rozpryskiwałyby wodę. Nenufary, wodne rośliny, złote rybki i różne inne tropikalne ryby byłyby ustawicznie zraszane srebrnymi kropelkami wody.

Gdyby dane mi było żyć jeszcze kilka razy, cały ten czas mógłbym spędzić, oglądając spływającą po kolumnie wodę i basen z rybami i roślinami.

Połącz się ze mną,
Czasie niewidzialny,
Igrając radośnie wśród cieni
Najzieleńszych cieni.

Pozostała część wody płynąca w górę wewnątrz brązowej kolumny spływałaby po gigantycznej piramidzie z barwnego szkła, podobnej do namiotu cyrkowego. Tworzyłaby ona szklany dach osłaniający całe patio. Moje gniazdo zostałoby zbudowane wokół tego patio, kolumna ze spływającą wodą, basen i fontanny zajmowałyby jego środek.

Szkło dachu patio będzie miało różną grubość i barwy, płytki będą tworzyły przeróżne wzory, tak że nad głową będą się przesuwały wielobarwne chmury. Będzie to przypominało obserwowanie przez półprzymknięte oczy witraży w Chartres albo w Sainte-Chapelle w słoneczny dzień. To jednak będzie dziesięciokrotnie bardziej interesujące, bo będę wewnątrz, będę częścią tego przedstawienia. Szkło będzie wydawało się żyć własnym życiem, dzięki spływającej po nim bez przerwy wodzie, tworzącej nieprzewidywalne strumyki, zmieniające się w każdej chwili, tworzące miliony świetlnych wzorów i tęcz na wszystkim pod sobą.

Woda będzie spływała po szkle, dalej po dachu domu i w dół do specjalnych basenów i kanału odpływowego.

Wnętrze kalejdoskopu, gdzie załamuje się światło.
Świetlista rzeźba. Przepływ wiadomości
Z tamtego świata.

Moje gniazdo nie będzie ani kwadratowe, ani okrągłe,
nie nadam mu żadnego kształtu znanego ludzkiej geo-
metrii; będzie całkowicie nieregularne, tworząc co najmniej kilka różnych trójkątów, każdy zwrócony czubkiem
w stronę centralnej kolumny, tak by wyglądało jak wolno
dryfująca katedra ze szkła.

Część wody będzie wystrzeliwała z kolumny jak gej-
zery w parku narodowym Yosemite albo fontanny w ogrodach Wersalu, może nawet tak wysoko jak wielki gejzer
na jeziorze Leman w Genewie. Słup wody będzie osiągał
różną wysokość w zależności od wiatru, słońca, pory dnia
i roku, dostosuję go jednak do naturalnych rytmów, by
ciągle był inny. Mogę go wyłączać na czas deszczu, ale
będę mógł go uruchomić w każdej chwili, nawet w najbardziej suchy i upalny dzień, i mieć swój własny deszcz.

Na zewnątrz gniazda zrobię trawniki, posieję trawę ber-
mudzką albo jakąś inną roślinę, która nie wymaga strzy-
żenia. Nienawidzę dźwięków wydawanych przez kosiarki
do trawy prawie tak bardzo jak szumu odkurzacza.

Muzyka pokrewna ciszy.
Żywotne powietrze. Brzęczenie owadów.
Woda spada w kaskadach.
Wieje rześki wietrzyk w gęstwinie,
Pośród szakłaku i dzikiego bzu.

Później, w odległości siedmiu metrów od mego gniazda
zbuduję fosę-basen pływacki, okrążającą całe gniazdo,
o szerokości zaledwie dwu i pół metra. Fosa będzie za-
kręcać pod takimi samymi kątami jak gniazdo, ale i tak
nadam jej odmienny kształt. Nie będzie tu żadnej mono-
tonii, wszystko będzie niespodzianką, nawet gdyby prze-
żyło się tutaj sto lat.

W basenie będzie można pływać, ale nie będzie w nim miejsc głębszych niż metr dwadzieścia, chcę zbudować basen do pływania, nie do nurkowania. Wokół mojego gniazda można będzie latać, ale nie nurkować.

W basenie będzie można przepłynąć prawie pół kilometra i ciągle mieć przed sobą inne widoki, jedne z najpiękniejszych na świecie, całą zatokę Santa Monica, góry Santa Monica, proste i naturalne, a w dole Topanga Village.

W pewnej, właściwej odległości w bezchmurne noce można będzie obserwować różnobarwne światła doliny San Fernando jak długie łańcuchy klejnotów lśniących w ciemnościach. Będziemy się tam mogli bezpiecznie kąpać nago w czystej, ciepłej wodzie.

Na zewnątrz fosy wzniosę mur, bo w tym właśnie miejscu szczyt, na którym postawię swoje gniazdo, urywa się gwałtownie. Otulę je łagodnymi kątami identycznymi z kątami tworzonymi przez ściany patio. Nie będzie tam nic oprócz łagodnych stoków zielonych i szarych wzgórz, które wyglądają jak olbrzym śpiący pod okryciem z barwnych kwadratów, pomiędzy patrzącym a skrajem nieba.

Woda w basenie będzie ciepła, ponieważ będzie spływała po szklanym dachu domu, zbierając ciepło. Dzięki temu w domu zapanuje chłód, ale nie będzie tam ani zbyt sucho, ani zbyt wilgotno. Dom urządzę bez żadnego blichtru, ściany zbuduję z naturalnego drewna i kamienia, z wyjątkiem drzwi. Szklane tafle, które będą tworzyć zewnętrzne przesuwane okna-drzwi, będą spolaryzowane. Okna-drzwi będą składały się z dwóch tafli, jednej spolaryzowanej poziomo i drugiej spolaryzowanej pionowo, tak by można zesunąć obie warstwy i odciąć dopływ światła i ciepła albo otwierać okna i wpuszczać światło i ciepło do środka. W moim gnieździe będzie zawsze wygodnie.

W nocy dodatkowe ciepło z basenu będzie przepływać przez tunele ukryte pod podłogą, gdzie umieszczę skały wulkaniczne, które absorbują i wypromieniowują ciepło, w ciepłe dni będą gromadzić energię i działać jako ciche, naturalne klimatyzatory. Temperatura będzie zawsze zgodna z moimi życzeniami.

Potraficie sobie wyobrazić pływanie w basenie, który nie ma końca? Przypomina to kąpiel w miłosnym oceanie. Nawet ktoś, kto tak jak ja boi się wody, będzie mógł się odprężyć. Woda będzie pieścić, łagodzić, żadnego lęku: po prostu cudowna nieważkość.

*

Wszystkie pokoje w moim gnieździe wychodzić będą na patio. Drzwi, podobnie jak japońskie okna, będą miały małe, niespolaryzowane szyby przesuwane na rolkach, tak by w zależności od woli można zamknąć pokój albo stworzyć z patio i pokojów jedno wielkie pomieszczenie, prywatność albo otwartość w zależności od tego, czego się chce. Czasami trudno będzie ustalić, gdzie kończy się patio, a zaczyna gniazdo, patio będzie stanowić część mojego gniazda, najgłębszą jego część.

Wewnątrz ptaki będą fruwały na wolności, stworzę wspaniałe miejsce dla ptaków, obszerną przestrzeń, gdzie przez cały rok panować będzie na wpół tropikalny klimat. Posadzę tysiące barwnych kwiatów, kwitnących przez cały rok, a także drzewka pomarańczowe, cytrynowe i grejpfrutowe, avocado, guajawy, śliwy daktylowe, morwy, mączniki i banany. Wśród ptaków najwięcej będzie kanarków, ponieważ one potrafią śpiewać, ale zgromadzę tu także egzotyczne zięby, trochę skowronków i papużek. Moje kanarki pokochają trelowanie wespół z symfonią wody, kąpiele w kolorowych promieniach światła. Ich skrzydełka będą szeptać pieśni wiatru, stanowiące tło dla ich treli.

Każda łazienka będzie miała przesuwane ściany wychodzące na trawniki tak, by można było brać kąpiel czy prysznic na zewnątrz, tak jak w naturze. Wanny wykuję w skalnych blokach i otoczę zielenią, woda będzie spływać po skałach. Mur wokół fosy zapewni odosobnienie.

Być może nie będziemy musieli nosić ubrań w naszym gnieździe, chyba że dla ozdoby, jakiś piękny kawałek tkaniny udrapowany na ramieniu albo zawiązany wokół bioder, który będzie pasował do koloru i światła tego właśnie dnia, jego muzyki czy zapachu. Wszystko będzie doskonale zgrane, wszystko będzie toczyło się wspólnie, ale zawsze odmiennie, jak dobra muzyka, dobry obraz czy dobra poezja.

*

Konieczna będzie droga, którą raz w roku przyjeżdżać będą zapasy albo ci nieliczni goście, którzy nie potrafią latać, przez większą część roku jednak bramy pozostaną zamknięte, a droga nie używana.

Jedyną drogą otwartą dla naszych gości byłoby powietrze. Na naszym lotnisku mogłyby jednak lądować jedynie superlekkie samolociki albo paralotnie, żadnych helikopterów. Pod względem hałasu helikoptery są gorsze od odkurzaczy i kosiarek do trawy razem wziętych.

Wyobraźcie sobie, jak wspaniale wyglądałyby migocące kolory dakronowych skrzydeł paralotni, na których nasi przyjaciele nadlatywaliby niesieni przez prądy ciepłego powietrza, lądujący superlekkimi samolotami, podobnymi do latających motocykli, na ciemnozielonym pasie startowym, otoczonym wielobarwnymi kwiatami.

Na dole trudno byłoby znaleźć miejsce do zaparkowania paralotni. Może nigdy nie schodzilibyśmy na dół, krążylibyśmy tylko nad górami albo nad oceanem. A może zdołałbym ubić interes z jakąś szkoła, pozwoliłbym dzieciom odwiedzać moje gniazdo, wspinałyby się z kanionu Topanga, a ja otwierałbym przed nimi bramy. W zamian pozwoliłyby mi używać boiska albo szkolnego parkingu jako lądowiska wtedy, gdy nie są normalnie użytkowane. Wiem, że dzieci świetnie bawiłyby się w moim nowym domu.

Wspaniałą rzeczą byłoby to, że mógłbym wieszać swoje obrazy na wszystkich wewnętrznych ścianach. Zmieściłoby się tam co najmniej dwieście obrazów, wszystkie doskonale oświetlone, tak że każdy wisiałby w swoim własnym świecie. Byłoby to prywatne muzeum, jak Getty'ego albo Fricka, tylko że jeszcze bardziej osobiste. Tak wspaniale byłoby zobaczyć wszystkie moje obrazy naraz, spojrzeć wstecz na całe moje życie, widzieć, czuć, smakować to wszystko jeszcze raz.

Pewien jestem, że dzieci bardzo chciałyby coś takiego zobaczyć, mogłyby też obserwować ptaki i ryby, bawić się na zewnątrz ze zwierzętami. Prawdopodobnie polubiłyby też pływanie w fosie. Ustawiłbym prąd wody tak, by mogły puszczać lekkie łódeczki, albo po prostu dryfowałyby, leżąc na plecach. Woda miałaby tam zaledwie metr dwadzieścia głębokości, nikt więc z całą pewnością nie mógłby się utopić. Byłyby bezpieczne, a ja miałbym nad nimi pieczę.

Oczywiście kosztowałoby to wszystko o wiele więcej niż trzysta tysięcy dolarów, ale w końcu bogaciłbym się na mojej „fabryce prądu", elektryczności, którą wtłaczałbym do sieci. Poza tym teren nabierałby wartości w miarę stawiania kolejnych elementów, mógłbym ubiegać się o kolejne pożyczki, brać je na hipotekę. To podniebne gniazdo byłoby tak piękne, że nikt nie dopuściłby, aby cokolwiek mu się przydarzyło. Byłby to dowód na to, jak niewiarygodnie piękne i ekscytujące potrafi być życie, jeśli tylko mu się na to pozwoli.

*

Nie musiałbym się martwić pożarami. Woda w fosie i fontanna wytryskująca z kolumny otaczałyby wszystko ochronnym welonem, nigdy nie znalazłbym się w niebezpieczeństwie. Nawet gdyby rozszalały się wokół pożary, my po prostu włączylibyśmy deszcz i siedzieli na szczycie wzgórza, ochraniani przez wodną mgłę, która przemieniałaby się w chmury pary, i patrzyli. Nie byłoby dla nas bezpieczniejszego miejsca.

Dzięki naszej fosie żadne węże, tarantule, skorpiony czy choćby zwykłe pająki nie byłyby w stanie dostać się do środka. Być może pewnego dnia Kate zgodziłaby się ze mną zamieszkać. Może nawet moje dzieci z pierwszego małżeństwa, których nigdy nie poznałem, a nawet Jane mogłyby się do nas przyłączyć. Przez długie lata żylibyśmy jak jedna wielka, szczęśliwa rodzina.

*

Po zewnętrznej stronie basenu wybudowałbym ścieżkę do joggingu, o odpowiedniej twardości i trwałości. Byłoby to nawet lepsze od biegania wokół stołu w Paryżu, nie musiałbym udawać przed samym sobą, że biegam w najróżniejszych miejscach. Biegałbym dokładnie tam, gdzie bym był, w miejscu, które sam sobie wybrałem.

Całe zbocze wzgórza od mojej ścieżki wysadziłbym gatunkiem sukulenta o drobnych, czerwonych, fioletowych i różowych kwiatach.

Patrzącym z dołu wydawałoby się, że nasza góra ma na szyi girlandy z kwiatów, a na głowie dużą, spiczastą czapkę z oślimi uszami. Miły byłby to widok i wszyscy wiedzieliby, że jesteśmy tam na górze szczęśliwi.

*

Mając tam gniazdo, spokojne, odprężające, mógłbym skoncentrować się i malować, pływać w fosie, ćwiczyć jogę, medytować, obserwując wodę, ptaki, ryby, baraszkujące zwierzątka, cieszyć się razem z całą rodziną. Nie musiałbym o nic walczyć ani się martwić. Prawdopodobnie mógłbym tak żyć jeszcze dwadzieścia, a może nawet tysiąc lat.

To byłoby moje ostateczne gniazdo.

Spis treści

W *przygotowaniu:*

Ken Kesey

PIEŚŃ ŻEGLARZY

Przekład: Wojsław Brydak

Rewelacyjna powieść znakomitego pisarza, który jeszcze raz skupia swój talent na ogromnym przedsięwzięciu, dając czytelnikom do rąk powieść o Ameryce, niepowtarzalną i wspaniałą. Akcja powieści toczy się na Alasce, w podupadłej wiosce rybackiej Kuinak. W wiosce aż roi się od barwnych postaci. Wśród tych osobliwości żegluje statek pełen bogatych ludzi z wytwórni filmowej w Hollywood. Ów słynny jacht-studio wyruszył na północ, żeby sfilmować *Lwa morskiego*, klasyczną książkę dla dzieci. Potok perypetii wzbiera, w miarę jak filmowy projekt wprawia miejscową społeczność w coraz większy zamęt. *Pieśń żeglarzy* to epicka powieść, która mówi o sprawach dotyczących każdego z nas.

W *przygotowaniu:*

E. Annie Proulx

KRONIKA PORTOWA

Przekład: Paweł Kruk

Trzeciorzędny dziennikarz Quoyle zostaje w wieku 36 lat brutalnie wyrwany z szarej codzienności, kiedy zdradzająca go notorycznie żona ginie w wypadku samochodowym. Wówczas Quoyle przenosi się wraz z córeczkami na wybrzeże Nowej Funlandii, skąd się wywodzi i gdzie lokalni mieszkańcy odgrywają ważną rolę w doprowadzeniu jego rozchwianego życia do porządku. Tutaj, podczas gdy jego rodzina w ciągu trzech pokoleń stara się uporządkować swoje życie, Quoyle będzie musiał zmierzyć się z prywatnymi demonami — nieprzewidywalnymi siłami natury i społeczeństwa — zanim dojrzy możliwość życia w miłości bez bólu i nędzy. Ta oryginalna tragikomiczna powieść zdobyła w 1994 nagrodę Pulitzera oraz National Book Award.

OFERTA SPRZEDAŻY WYSYŁKOWEJ DOMU WYDAWNICZEGO „REBIS"

Seria z Salamandrą (Klub Ciekawej Książki)

Kingsley Amis, Alteracja
Kingsley Amis, Zielony człowiek
Kingsley Amis, Liga walki ze śmiercią
Kingsley Amis, Gruby Anglik
Kingsley Amis, Jim szczęściarz
Kingsley Amis, Rosjaneczka
Martin Amis, Sukces
James F. Boylan, Planety
Malcolm Bradbury, Homo historicus
Jonathan Carroll, Poza ciszą
Jonathan Carroll, Kości Księżyca
Jonathan Carroll, Muzeum Psów
Carlos Fuentes, Terra Nostra, tom I i II
Carlos Fuentes, Zmiana skóry
John Fowles, Kochanica Francuza
John Fowles, Mantissa
William Golding, Papierowi ludzie
Christopher Hope, Pogodny Dom
Christopher Hope, Czekoladowy zbawiciel
Kazuo Ishiguro, Pejzaż w kolorze sepii
Jack Kerouac, Włóczędzy Dharmy
Jack Kerouac, Podziemni
Robert Lipscombe, Drzewo salamandry
Mario Vargas Llosa, Kto zabił Palomino Molero?

David Lodge, Gdzie leży granica
David Lodge, Rudy wariat
David Lodge, Alarm odwołany
Philip Roth, Kiedy była dobra
Peter Straub, Kraina Cieni
D. M. Thomas, Ararat
William Wharton, Franky Furbo
William Wharton, Stado
William Wharton, Werniks
William Wharton, Ptasiek
William Wharton, Spóźnieni kochankowie
Jeanette Winterson, Namiętność

UWAGA

Sprzedaż wysyłkową serii z Salamandrą, jak i pozostałych książek Domu Wydawniczego REBIS prowadzi Księgarnia Wysyłkowa „FAKTOR" 02-792 Warszawa 78, skrytka pocztowa 60